Nick Trout

Lass uns an Wunder glauben

Roman

Aus dem Amerikanischen
von Christine Heinzius

GOLDMANN

Die amerikanische Originalausgabe erschien 2019 unter dem Titel
»The Wonder of Lost Causes« bei William Morrow,
an Imprint of HarperCollinsPublishers, New York.

Dieses Buch ist auch als E-Book erhältlich.

MIX
Papier aus verantwortungsvollen Quellen
FSC® C014496
FSC
www.fsc.org

Verlagsgruppe Random House FSC® N001967

1. Auflage
Deutsche Erstveröffentlichung April 2020

Dieses Werk wurde vermittelt durch die
Literarische Agentur Thomas Schlück GmbH, 30827 Garbsen
Umschlaggestaltung: UNO Werbeagentur, München
Umschlagmotiv: Getty Images (Christina Reichl Photography/
Moment Open; MaryWilson Photography/Moment Open)
Redaktion: Ilse Wagner
KS · Herstellung: ik
Satz: KompetenzCenter, Mönchengladbach
Druck und Bindung: GGP Media GmbH, Pößneck
Printed in Germany
ISBN: 978-3-442-48849-0
www.goldmann-verlag.de

Besuchen Sie den Goldmann Verlag im Netz

Für Kathy und inspirierende,
selbstlose und tapfere ZF-Mamas überall

Teil 1

Schäme dich nie für eine Narbe.
Sie bedeutet nur, dass du stärker warst als das,
was dich verletzen wollte.

Anonym

1

Jasper

Mein Name ist Jasper Blunt, und ich habe immer Hunger. Nicht nach Essen. Ich habe immer Hunger nach Luft, also Atem, also dem Zeug, das unsere Lunge verarbeiten können soll, ohne darüber nachdenken zu müssen. Bloß fühlt es sich manchmal, wie genau jetzt, an, als würde ich verhungern.

Als ich das letzte Mal im Krankenhaus war, vor drei Monaten, hat Mom mir im Kiosk im Foyer das Guinnessbuch der Rekorde gekauft. Weißt du, dass die höchste Anzahl von Leuten, die in einen MINI Cooper passen, achtundzwanzig ist? Stell dir mal vor, man ist auf die Rückbank gequetscht, wenn der Letzte einsteigt. So eng fühlt es sich manchmal in meiner Brust an.

Dieses Mal ist es bei Weitem nicht so schlimm, aber irgendwas ist nicht in Ordnung. Mein Herz ist nach oben gerutscht, zwischen meine Ohren, eine Boa constrictor ist da, wo vorher mein Magen war. Und auch zweimal auf den Inhalator zu drücken nützte gar nichts. Ich mache die Augen zu, tue so, als wäre ich ganz ruhig, konzentriere mich auf tiefe Atemzüge und hoffe, nicht sterben zu müssen.

Normalerweise würde Mrs Katz, die Schulbusfahrerin, mich fragen, wie es mir geht. Aber als ich gestern ihr neues Namensschild gesehen habe, habe ich den Fehler gemacht, ihr zu sagen, dass es mir gefällt.

»Danke«, sagte sie, überrascht, aber geschmeichelt, und zeigte mir ihr bestes Lächeln mit ihren grauen Zähnen. »Ich habe das alte gehasst. Aber woran liegt es nur, dass Fotos einen immer fett aussehen lassen?«

Ich dachte darüber nach und antwortete: »Fett lässt Sie fett aussehen, Mrs Katz.«

Jetzt tut sie so, als hasse sie mich, obwohl ich das einzige Kind bin, das jeden Tag ganz vorn sitzt. Es ist Oktober und immer noch heiß, als hätte jemand den Herbst vergessen und wollte den Sommer nicht enden lassen. Zum Glück sind die Fenster geöffnet, und wenn ich meinen Kopf richtig zur Seite drehe, kann meine Lunge ein bisschen was von der salzigen Meeresluft erwischen. Die Augen habe ich fest geschlossen, nur noch fünf Minuten, bis wir da sind. Ich tue so, als wäre ich ein Apnoetaucher, der sich auf einen Tauchgang vorbereitet, und ignoriere den furchterregenden Knoten im Bauch, der fester wird, je näher ich meiner Haltestelle komme.

2

Kate

Ich habe ihn, Dr. Blunt«, sagt Martha. Sie hält den Griff der Fangstange fest.

Martha ist meine erfahrenste Assistentin, mega gepierct und mit schlumpfblauen Haaren, die zu festen Spitzen gegelt wurden, die Frisur für diese Woche. Die Flügel des Weißkopfseeadlers, der über ihren inneren Bizeps tätowiert ist, zittern vor Muskelanspannung.

Wir stehen auf der Ladefläche hinter dem Tierheim. Das Tier am anderen Ende der Stange wehrt sich gegen die geflochtene Stahlschlaufe, die sich um seinen Hals zuzieht. Es scheint wie am Asphalt festgeschraubt, den Kopf nach unten, das Kinn auf die Brust gedrückt vermeidet es Blickkontakt.

In meiner speziellen Version der Hundekuppelei – ein wichtiger Teil meines Jobs – ist der erste Eindruck entscheidend, aber diesen Hund starrt man aus den ganz falschen Gründen an. Er ist auf jeden Fall ein extremer Mischling, ein Heinz 57 mit so vielen Geschmacksrichtungen, dass es unmöglich ist, alle Zutaten zu erkennen. Hängebacken wie ein Mastiff; übergroße, alberne Schäferhundohren; einen überlangen Dobermannhals; die Beine einer Dänischen Dogge und den breiten Biberschwanz eines Labradors. Ich könnte wahrscheinlich noch mal von vorn beginnen und würde ein Dutzend weiterer Rassen entdecken. Das Beste, was ich aus ihm machen kann, ist, ihn als hauptsächlich schwarzen, kastrierten Rüden aufzunehmen und als groß einzustufen, so um die fünfundvierzig Kilo.

Doch der Rassenmischmasch des Hundes ist gar nichts im Vergleich zu seinen Narben, die Geschichte eines schwierigen Lebens, in ewigen Markierungen auf seinen armen Körper geschrieben. Man kann sie unmöglich ignorieren, sie fangen einen ein, lassen einen stolpern und zwingen dazu, sich zu fragen, was geschehen ist und warum und leider auch seit wann.

Neben der riesigen Narbe in Form der Antarktis an seiner Flanke wirken die anderen Hautläsionen erst mal winzig, aber der gesamte Hundekörper ist mit deutlichen Kerben und Dellen übersät, ein Gebrauchtwagen mit viel zu vielen Kilometern auf dem Tacho, um noch mal repariert werden zu können. Ihm fehlen zwei Zehen an seiner linken Vorderpfote, die Amputation war grob, mehr Metzgerei als Chirurgie, sodass die übrig gebliebenen Stummel krumm und unansehnlich sind. Und dann ist da noch das Kopftrauma. Die oberen und unteren Schneidezähne hat der Hund verloren, sodass die Zunge zwischen seinen Zähnen hervorlugt, wenn er nicht hechelt. An seinem rechten Ohr scheint ein Hai geknabbert zu haben, und sein rechtes oberes Augenlid hängt, sodass sein Wimpernschlag auf dieser Seite müde und feucht aussieht.

Aber die größte Sorge bereiten mir die haarlosen Zebrastreifen aus Narbengewebe über seinem Nasenrücken – unregelmäßig, breit, fast gummiartig. Ich habe so etwas schon einmal gesehen, auf einem Foto in einem Wissenschaftsjournal, ein Bild, das ich vergessen wollte. Dort hieß es, wenn ich mich recht erinnere, dass der Schaden von unzähligen Lagen Klebeband verursacht wurde, das fest um das Maul des Hundes gewickelt worden war. Die Absicht war dabei gar nicht, den Hund zu verletzen oder zu kennzeichnen. Die Absicht war, ihn zum Schweigen zu bringen – eine billige, grausame, herzlose Methode, um jeden Hund, der zu viel bellt, ruhigzustellen, besonders einen Hund, der alles dafür geben würde, woanders zu sein.

Ich bewege mich langsam in die potenzielle Beißzone, meinen »Zauberstab«, das Chiplesegerät in der Hand. »Braver Junge«, sage ich. Die Haltung des Hundes ist verwirrend. Er ist wachsam und misstrauisch, aber nicht offen aggressiv, verängstigt oder unterwürfig.

Wenn ich es nicht besser wüsste, würde ich glauben, dass er kurz davor ist aufzugeben, sich in sein Schicksal zu fügen.

»Braver Junge.«

Ich beuge mich vor, führe den Scanner über seine zusammengezogenen Schulterblätter. Jackpot – die digitalen Ziffern leuchten auf, und man hört ein Ping.

»Bingo«, sagt Martha und hält die Fangstange weiterhin zuverlässig fest.

Eine Seriennummer erscheint auf dem Display. Das ist das beste Ergebnis – ein Hund, der zu merkwürdig ist, um adoptiert zu werden, hat bereits ein Zuhause.

»Kommst du klar, während ich herausfinde, wem er gehört?«

Ich bin weg, bevor Martha antworten kann, auf dem Weg nach vorn, um die Haustierdatenbank anzurufen. Ich bin fast zu abgelenkt, um den rauen Dieselmotor und das typische Knirschen eines bremsenden Schulbusses zu hören.

3

Jasper

Ein Doktor hat mal vorgeschlagen, ich solle lernen zu meditieren, er meinte, es würde mir helfen, in stressigen Situationen zu atmen. Was für ein *Vollpfosten.* Versuchen *Sie* doch mal, sich zu entspannen und »den Geist zu öffnen«, wenn Sie das Gefühl haben, einen 100-Meter-Sprint mit geschlossener Nase und einem Strohhalm im zugeklebten Mund zu laufen.

»Hey.«

Ich schaue auf und sehe Mrs Katz vor mir stehen.

»Deine Haltestelle.«

Ich blicke aus dem Fenster – falls sie lügt –, murmle »Tut mir leid«, packe meinen Ranzen und steige aus dem Bus. Ich versuche zu laufen, aber dadurch wird die Enge in meiner Brust schlimmer. Sogar beim langsamen Gehen fühlt sich mein Ranzen an, als wäre er voller Steine, sodass ich schließlich über den Kiesweg zum Tierheim schlurfe.

Je näher ich dem Hauptgebäude komme, umso ängstlicher werde ich. Und es ist nicht mein übliches »Mom, ich glaube, wir müssen in die Notaufnahme«. Es ist anders. Mehr so, als wäre ich völlig gestresst, und das ohne Grund. Ich stürze durch die Vordertür in den leeren Vorraum.

Mom steht am Empfang, schaut auf einen Computerbildschirm und greift nach dem Telefon. Als ich hereinkomme, sieht sie auf.

»Ich fühle mich komisch«, sage ich, lasse den Ranzen fallen und gehe langsam zu ihr.

Noch bevor meine Bücher, Ordner und Pfadfinderunterlagen auf dem Boden landen, ist sie bei mir.

»Hast du ein Engegefühl? Husten? Brustschmerzen?«

Wenn Mom Poker spielen wollte, müsste sie das online tun. Ihr linkes Auge beginnt zu zucken, und ich weiß, dass sie nicht will, dass ich es bemerke, und ich will nicht, dass sie sich schlecht fühlt, aber das geschieht jedes Mal, wenn sie Panik bekommt.

Ich tue so, als würde ich lächeln. »Es geht mir gut. Es ist bloß … als hätte ich etwas Falsches gemacht. Innen. So fühlt es sich an. Als würde ich in Schwierigkeiten stecken. Aber ich habe nichts Falsches getan, ehrlich.«

Mom hockt sich hin, sodass wir auf Augenhöhe sind. Langsam wird das Zucken weniger. »Muss ich mit einem schlechten Zeugnis rechnen?«

Ich schüttle den Kopf.

»Aber du hast vor etwas Angst?«

Unter anderen Umständen wäre das wohl ein guter Moment zu erwähnen, dass ich bei Amazon etwas gekauft habe, das ich nicht hätte kaufen sollen, aber ich murmle: »Wahrscheinlich.«

Das eigenartige Gefühl schnürt wieder meinen Bauch zusammen, und nach meiner Antwort zuckt erneut ihr Auge, also strecke ich meine Finger aus und berühre es. Ich streichle die weiche Haut glatt, damit es verschwindet, und flüstere: »Es ist okay, Mom«, so leise, dass niemand sonst es hört.

4

Kate

Seine Lippen sind wie üblich blasslila, ins Blut gelangt nur eine bestimmte Menge Sauerstoff, aber paradoxerweise beruhigt mich die Art, wie er spricht. Jaspers Stimme hat immer ein leicht rauchiges Timbre, weil er seit Jahren scharfe Medikamente inhalieren muss, die seine Stimmbänder angreifen. Es ist nicht der Klang oder der Tonfall, es ist der Rhythmus, der entscheidend ist. Wie seine Sätze zwischen seine Atemzüge passen. Wenn Jasper nicht schnell sprechen muss, Wörter nicht zwischen Atemzüge quetschen oder Silben trennen muss, ist das immer ein gutes Zeichen.

Ich mache einen Scherz über ein Zeugnis, aber er lacht nicht. Er ist entweder besorgt oder verängstigt, ich weiß es nicht. Elfjährige Jungs sollten sich keine Sorgen machen müssen, am allerwenigsten darüber, am Leben zu bleiben.

Seine Sorge macht mir Sorgen. Und dann ertappt er mich, und dieser kranke kleine Junge wischt *meine* Sorgen weg. Die Aufrichtigkeit, die in seinen Augen steht, haut mich um. Mein kleiner Junge bemüht sich, sorglos zu wirken, ganz darauf konzentriert, mir Trost und Sicherheit zu vermitteln.

Bei der Arbeit versuche ich, Dr. Blunt zu sein, nicht Mom, aber ich beuge mich vor und küsse ihn schnell auf die Stirn.

»Bring deine Sachen in mein Büro und zieh dich um. Wir sind auf der Ladefläche.«

Jasper nickt und trottet durch den Flur. Er trägt zum zweiten Mal hintereinander sein Lieblingstrikot »7 Beckham«. Ich unterdrücke ein Lächeln, für einen Sekundenbruchteil mache ich mir Gedanken über Kleinkram wie normale Eltern.

Hinten hat sich bei dem Duell zwischen Martha und dem trotzigen Hund noch nichts verändert.

»Er ist noch ein Lucky«, sage ich, als ich durch die Tür trete.

»Wie originell«, erwidert Martha gelangweilt und ändert ihren Griff um die Stange.

»Der Mikrochiptyp sagt, er ruft mich zurück, sobald er den Besitzer erreicht hat. Bringen wir unseren Freund bis dahin mal in die Quarantäne. Lucky, bereit, dich zu benehmen?«

»Lucky«, sagt Martha fest entschlossen, »komm schon, Lucky. Gehen wir.«

Als Martha an der Stange zieht, zuckt der Hund nach vorn, die Krallen kratzen über den Beton, aber da seine starren Vorder- und Hinterbeine blockieren, rührt sich Lucky kaum.

»Lucky«, rufe ich.

Lucky zuckt nicht mit der Wimper.

»Vielleicht ist er taub«, sagt Martha.

Oder stur, denke ich.

Ich schleiche mich näher heran und flüstere: »Lucky«, dabei sieht der Hund aus, als wolle er sich ganz, ganz klein machen, um zu verschwinden. Ich strecke meine Hand aus, und sie bewegt sich wie von selbst auf die größte Narbe zu.

Mit gesenktem Kopf kann der Hund die Geste unmöglich sehen, und doch tritt er zur Seite, außerhalb meiner Reichweite.

»Nicht, Lucky«, bellt Martha und reißt an der Schlaufe, sodass der Hund zusammenzuckt. Sie erwidert meinen missbilligenden Blick mit einem trotzigen Gesichtsausdruck. Ich bin mir sicher, dass Beißen das Letzte ist, was er vorhat. »Willst du ein Beruhigungsmittel holen oder soll ich?«

Fairerweise muss ich sagen, dass sie nicht unrecht hat. Wir kommen nicht weiter. Aber möchte ich, dass ein Besitzer einen Hund abholt, der aussieht, als hätte er mit einer Studentenverbindung gesoffen?

»Warte kurz.« Ich übernehme die Stange von Martha, versuche es noch einmal mit totaler Autorität, indem ich wie ein Herrchen »Lucky, komm« befehle, und bemühe mich, diesen sturen Hund zur offenen Tür zu zerren.

Nichts. Bloß totes Gewicht.

Dann, ohne Vorwarnung, verschwindet die Spannung in der Fangstange, der Hund hebt den Kopf königlich bedächtig an, die Muskeln entspannen und lockern sich, und nach all unseren Anstrengungen stellt das Tier zum ersten Mal echten Augenkontakt her.

Aber nicht mit mir.

Ich folgte Luckys Blick, und dort in der Tür steht mein Sohn, gebannt und wie erstarrt.

Die Sekunden vergehen schleichend, niemand bewegt sich. Ich halte die Luft an. Sofort ist klar, dass das hier mehr ist als bloß ein Junge und ein Hund, die einander abchecken, mehr als schlichte Neugier oder gegenseitiges Einschätzen. Die beiden scheinen gleich fasziniert zu sein.

In ihren Augen leuchtet eine merkwürdige Verbindung, sie sehen einander nicht bloß an, sie sehen in den anderen hinein. Wenn ich Jaspers Gesichtsausdruck beschreiben müsste, würde ich sagen, eine plötzliche Verwirrung, gefolgt von etwas, das wie erfreutes Wiedererkennen aussieht – ich weiß, dass das überhaupt keinen Sinn ergibt.

»Lucky, komm«, wiederhole ich und versuche, die Ablenkung des Hundes zu nutzen. Das Tier stolpert ein paar Schritte vorwärts, bis die Trance bricht und die Gelenke dieses Zinnhundes wieder starr werden.

»Ich hole die Medikamente«, sagt Martha und geht in Richtung Medikamentenschrank.

Ich lasse die Stange etwas locker, da zupft eine kleine Hand an meinem Ärmel.

»Mom, er heißt nicht Lucky.«

»Nicht jetzt, Jasper.«

»Dr. Blunt, er heißt nicht so.«

»Jasper, der Hund ist gechippt. Frag mich nicht, wieso, aber er ist fünfzehn Kilometer von seinem Zuhause in Wellfleet entfernt, und laut den Chipdaten heißt er Lucky.«

Jasper schüttelt den Kopf. Er ist nicht stur, er ist todernst. »Er heißt Whistler.«

Und als hätte man einen Schalter umgelegt, spüre ich durch die Stange eine Veränderung. Der Hund ist vom Klang der zwei neuen Silben wie verwandelt, als wäre er erleichtert. Er wedelt langsam und anerkennend mit dem Schwanz.

»Whistler«, wiederhole ich, und als er seinen Namen hört, wedelt er noch stärker mit dem Schwanz wie ein schneller Scheibenwischer. Und es ist ganz einfach, einen völlig anderen, sehr leicht führbaren Hund durch eine offene Tür direkt in den Isolierbereich zu bringen, wo es unangenehm kahl ist, frisch nach Desinfektionsmittel riecht und unheilvolles Bellen zu hören ist. Mit einer einzigen Bewegung nehme ich die überflüssige Schlaufe der Fangstange ab, verschließe das Metalltor und drehe mich zu meinem Sohn um.

»Raus mit der Wahrheit«, sage ich. »Hast du diesen Hund schon mal gesehen?«

Jasper schüttelt den Kopf, aber so wie er auf seine Unterlippe beißt, scheint er entweder beschämt oder ängstlich zu sein.

»Woher kennst du dann seinen Namen?«

Mein einziges Kind betrachtet den Boden, windet sich bei einer schwierigen Entscheidungsfindung, atmet so tief ein, wie es seine kaputte kleine Lunge erlaubt, und sagt: »Er hat ihn mir gesagt.«

5

Jasper

Ich weiß, dass ich jetzt ein bisschen gruselig oder bekloppt oder durchgeknallt klinge, aber seit einer Weile habe ich bei bestimmten Hunden … sonderbare Gefühle. Wie vor ein paar Tagen, als ich während der Besuchszeit vor Mr Tibbles' Käfig stand. Er ist dieser zornige dreibeinige Zwergspitz, der mich anscheinend mag, auch wenn Martha ihn als »absolut keine Kinder« markiert hat. Eine Familie schlenderte vorbei, und frag mich nicht, wie, aber der Hund hätte mir genauso gut ins Ohr schreien können, dass er Jungen gern mag, aber keine Mädchen, besonders keine mit Zöpfen wie das, das an der Hand ihrer Eltern ging. Und ich erinnere mich, dass ich plötzlich diesen Schmerz in meinem Arm spürte, kurz, aber stechend, und gleichzeitig drehte sich mir der Magen um wie in einer Achterbahn – vermute ich, ich durfte noch nie in einer fahren. Es dauerte bloß Sekunden, aber später hat Martha mir erzählt, dass der Zwergspitz sein Bein verloren hat, weil es gebrochen war und sein früherer Besitzer sich keinen Tierarztbesuch leisten konnte. Sie glaubt, dass er wahrscheinlich aus großer Höhe gefallen ist. Ich hielt meinen Mund – bei Martha ist das meistens am besten –, aber nach meiner Erfahrung heute würde ich Geld darauf wetten, wenn ich denn welches hätte, dass Mr Tibbles sich das Bein gebrochen hat, nachdem ein kleines Mädchen mit Zöpfen ihn versehentlich aus großer Höhe hat fallen lassen.

Okay, vielleicht kein gutes Beispiel, aber ich schwöre, in dem Moment, in dem ich diesen Hund namens Whistler gesehen habe, war es, als ob diese Verrücktheit tatsächlich Sinn ergab. Was, wenn ich im Schulbus gar nicht *meine* Nervosität gespürt habe, sondern die des *Hundes*? Und vielleicht ist es mehr, als bloß etwas in meinem Kopf zu bemerken. Was, wenn ich tatsächlich die Veränderungen in einem Hund *spüren* kann? Was, wenn die Boa constrictor in *meinem* Magen von einem verängstigen Hund an einem angsteinflößenden Ort am falschen Ende einer Fangstange verursacht worden war?

Ich wollte Mom mit dem Namen Whistler nicht erschrecken. Er tauchte einfach in meinem Hirn auf. Der Hund hat natürlich nicht richtig gesprochen wie in irgendeinem blöden *Dr.-Dolittle*-Film. Es war eher so, als wäre der Name schon dort, verborgen, und wartete nur darauf, gefunden zu werden. Ich wusste, dass der Name Whistler stimmte, auch wenn ich keine andere Stimme als meine eigene gehört habe.

6

Kate

Ich kenne die Antworten auswendig.

Frage: Wie viel Prozent der Tierbesitzer sprechen mit ihrem Tier?

Antwort: Hundert Prozent.

Alles in Ordnung, dafür muss man sich nicht schämen.

Frage: Wie viel Prozent der Tierbesitzer glauben zu wissen, was ihr Tier sagt?

Antwort: Siebenundneunzig Prozent.

Was Jasper jedoch behauptet, ist beunruhigender.

»Er hat ihn mir gesagt.«

Ich hoffe, Jasper ist einfach fantasiebegabt. Auditorische Halluzinationen auf die ständig wachsende Liste seiner Gesundheitsprobleme zu setzen, das könnte der Tropfen sein, der das Fass zum Überlaufen bringt.

Meine Grübelei wird von Martha unterbrochen, die »Hey, Doc, Telefon« brüllt.

Da der Hund, ehemals bekannt als Lucky, sich in einem Gehege befindet, folge ich ihrem Ruf zum Empfang. Anscheinend hat die Chipfirma zurückgerufen.

»Was haben Sie herausgefunden?«, frage ich.

»Leider stellten sich unsere Unterlagen als nicht korrekt heraus, Dr. Blunt«, sagt derselbe Typ wie vorhin verlegen.

Ich höre Geplapper im Hintergrund und stelle mir sterile Kästen vor, Headset und eine andere, weit entfernte

Zeitzone, Nacht in einem indischen Callcenter. »Anscheinend wohnt der Hund nicht mehr bei dem Besitzer, der in den Unterlagen steht.«

»Wie meinen Sie das?«, frage ich. »Sie hatten mir doch gesagt, dass der Hund Lucky heißt.«

»Soweit dieser Herr weiß, heißt er immer noch so. Sicherlich hieß er mal so. Er sagt jedoch, dass er den Hund vor über zwei Jahren zur Adoption freigegeben hat und dass es das fünfte Mal sei, dass man ihn wegen eines Hundes kontaktiert, der ihm gar nicht mehr gehört.«

»Dieser Hund ist schon fünfmal weggelaufen?«

Es wird für eine Sekunde still in der Leitung.

»Richtig, Madam. Ich habe ihm versichert, dass ich die Akte korrigiert habe und dass wir dieses Mal seinen Namen, Telefonnummer und Adresse garantiert gelöscht haben.« Der Mann macht eine Pause. »Aber er war sehr … bildlich … in seiner Schilderung, was er gern mit dem Chip tun würde.«

Das ist unlogisch. Man lässt seinen Hund chippen, weil man sich Sorgen macht, dass das Tier wegläuft, gestohlen wird oder sich verirrt. Man wählt den Chip, weil man ein verantwortungsbewusster Hundebesitzer ist.

»Fünfmal, haben Sie gesagt.«

»Richtig, Madam.«

Was hat diesen ursprünglichen Hundebesitzer dazu gebracht, den Hund, der ihm mal wichtig gewesen ist, wegzugeben? Und wichtiger noch, warum kam dieser Hund von einem neuen Besitzer zum nächsten? Tierheime wie unseres achten sehr darauf, den richtigen Hund den richtigen Menschen zu vermitteln. Wir befragen und bewerten, um ein sicheres und liebevolles Zuhause für jeden unserer

Hunde zu finden. Was bringt diesen speziellen Hund dazu, immer wieder wegzulaufen?

»Sie haben den Ort Wellfleet, Massachusetts erwähnt. Ich vermute, Sie können mir nicht die Telefonnummer dieses Mannes geben? Ich würde sehr gern mehr über Luckys Geschichte herausfinden.«

»Tut mir leid, Madam. Der Herr hat sogar mit meinem Vorgesetzten gesprochen.«

Ich bin enttäuscht. »Okay, darf ich Sie fragen, ob Sie Tiere mögen?«

»Natürlich. Ich liebe die Serie *Der Doktor und das liebe Vieh.*«

»Wunderbar. Ich auch. Was ich tun möchte, ist, das Leben eines Tieres zu retten, das – ganz unter uns – höchstwahrscheinlich nicht adoptiert werden wird. Er ist alt und, um ehrlich zu sein, auch recht hässlich, und nach dem, was Sie mir erzählt haben, ist er lieber ein Flüchtling als ein Familienhund. Bitte, gibt es irgendetwas, das Sie mir mitteilen können, das mir helfen könnte, diesen Hund zu verstehen, damit ich versuchen kann, für ihn das richtige Zuhause zu finden?«

Fingernägel klappern über eine weit entfernte Tastatur.

»Keine AKC-Nummer«, sagt er. »Rasse. Mischling. Ah, das passt. Geschlecht: männlich und kastriert. Alter … da steht nur ›reif‹. Moment, da ist eine Notiz zu etwas namens *Panhandle Canine Railroad.*«

Ich kritzele den Namen auf einen Zettel. *Panhandle Canine Railroad.* Nie davon gehört. Eventuell eine Rettungsorganisation, die Hunde aus der Dust Bowl, dem Trockengebiet der Großen Ebenen, in den Nordosten bringt, auch hierher nach Cape Cod?

»Ach, und da ist noch was: Der Hund stammt ursprünglich aus Oklahoma.«

»Was? Oklahoma?«

Nach einer Pause ergänzt er: »Wie Rodgers und Hammerstein.«

»Ich kann Ihnen nicht folgen«, sage ich.

»*Oklahoma.* Das ist eine Show, ein Musical. ›Where the wind comes whistlin' down the plain.‹ Kennen Sie das?«

Während ich nachdenke, höre ich ein kehliges Kichern. *Unmöglich.*

Whistling down the plain.

Whistler?

7

Jasper

Hinter abgewetzten Metallstäben sieht Whistler wie ein Gefangener aus.

»Durst? Hunger? Oder beides?«

Er neigt den Kopf zur Seite, aber seine schokoladenbraunen Augen bewegen sich nicht, sind starr auf mich gerichtet.

»Ich denke, das heißt: Ja.«

Glänzende Metallnäpfe und alle möglichen Sorten Hundefutter stehen in einem Schrank unter der Spüle. Ihm ein bisschen kaltes Wasser einzuschenken ist einfach, aber was würde er gern fressen?

»Hilf mir mal«, sage ich, hole Tüten und Dosen heraus und zeige sie ihm. Ich hoffe auf eine Reaktion, wenn ihm etwas gefällt. Nichts, aber Whistler starrt mich weiterhin an.

»Okay, dann suche ich etwas aus.«

Ich greife nach einem Beutel Huhn und Reis, aber irgendetwas lässt mich weitersuchen. Meine Finger bewegen sich ausgerechnet auf eine Tüte mit Lamm und Gartenerbsen zu. Einmal wollte meine Grandma mir zu Ostern Schaf servieren – das geht so was von gar nicht, Grandma –, und ich vermeide so ziemlich alles Grüne auf meinem Teller, aber aus irgendeinem Grund fühlt sich diese Wahl richtig an.

Ich schaue über die Schulter, und er hat mich immer noch im Visier. Ist es möglich, dass dieser Hund mich für ihn *auswählen lässt*, auch ohne zu blinzeln oder zu bellen?

»Dann also Lamm und Gartenerbsen«, sage ich, dabei rasselt das Trockenfutter auf dem Metall. Ich balanciere beide Näpfe und schiebe sie unter dem Gitter durch.

Whistler zeigt keinerlei Interesse daran. Vielleicht lenkt ihn das Geräusch von näher kommenden Schritten ab.

»Alles in Ordnung?«, fragt Mom. »Oder hat dieser Hund dich hypnotisiert?«

»Guck mal«, sage ich, stehe auf und zeige auf die Karte, auf der Whistler steht. »Ich habe sie gemacht und an sein Gehege gehängt.«

»Aha, dir geht es also besser?«

»Viel besser. Sobald ich Whistler gesehen habe, ging's mir gut.«

Ihre Augen werden schmal, bevor sie so tief einatmet, dass sie sich auf ihre vollen 1,77 Meter streckt. Es tut mir im Nacken weh, so weit nach oben sehen zu müssen.

»Wirklich?«, erwidert sie und unterdrückt ein Lächeln. »Darum geht es also? Eine psychische Verbindung zwischen dir und einem Hund, der zur Adoption steht?« Mom greift in die hinteren Taschen ihres grünen Kittels, zieht einen Pflegestift heraus und fettet ihre trockenen Lippen ein, als würden sie jeden Moment zersplittern, wenn sie es nicht täte. Sie ist abhängig. Sie trägt nie Lippenstift. Nur auf Fotos, bevor ich geboren wurde. »Wir haben das schon tausend Mal besprochen, und die Antwort ist immer noch dieselbe.«

Ich verziehe das Gesicht – verletzt und ein bisschen bettelnd. Der Ausdruck soll unwiderstehlich sein. Es soll

Mom dazu bringen nachzugeben. Whistler scheint mich zu imitieren und setzt eine großartige traurige Miene auf. Klasse.

»Bitte, Jasper, nicht.«

Vor nicht allzu langer Zeit hätte ich vielleicht angefangen zu weinen oder wäre davongestürmt oder hätte »Aber, Mom …« gejammert. Jetzt, da ich elf Jahre alt bin, befinden wir uns in einer neuen Phase unserer Beziehung – diskutieren.

»Okay«, sage ich, »aber ich weiß, dass du glaubst, dass Hunde vorhersehen können, wann ihr Herrchen von der Arbeit nach Hause kommt, stimmt's?«

»Jasper.«

»Und wir haben diese Sendung gesehen, dass Tiere einen Tsunami oder auch einen Schlaganfall bei Menschen vorhersagen können. Ich wette, Andrew Peach wünschte, er hätte einen Assistenzhund.«

»Wer ist Andrew Peach?«

»Er ist eine Klasse unter mir. Ein ziemlicher *Vollpfosten.*«

»Jasper. Ich habe dir gesagt, was ich von dieser Art Sprache halte.«

»Mom, in England ist es kein schlimmes Schimpfwort, dann kann es hier auch keines sein.«

Mom hasst es, dass ich anglophil geworden bin, was bedeutet, dass ich alles Englische liebe. Ich habe mit Slang und Fußball angefangen, weil die Geschichte der britischen Königsfamilie und die Kricketregeln einfach viel zu langweilig sind. Jedenfalls denke ich langfristig, weil es alles ändern könnte, wenn ich mehr englisch als amerikanisch wäre.

»Andrew Peach hat Epilepsie. Hatte letzte Woche im

Unterricht einen Anfall. Wäre ein Assistenzhund da gewesen, hätte er vielleicht nicht in die Hose gemacht.«

Ich ignoriere, dass Mom langsam den Kopf schüttelt.

»Du sagst mir doch immer, dass ich einen offenen Geist haben soll. Ich sage ja nur, dass Menschen und Tiere manchmal miteinander sprechen, ohne wirklich zu reden, und vielleicht funktioniert das ja in beide Richtungen.«

Bettelnd mit den Wimpern zu klimpern klappt schon seit Jahren nicht mehr, also lege ich meine Armbeuge vor den Mund und huste, feucht, tief und, wie mein Doktor es nennt, »fleischig«.

»Nicht«, sagt Mom, bereit, über mich herzufallen, als hätte ich die Krank-Karte ausgespielt. »Hast du deinen Inhalator benutzt?«

»Am Ende des Unterrichts.«

Plötzlich taucht Marthas Kopf in der Tür auf. »Kannst du dir Olive mal ansehen? Den Pitbull in Nummer dreizehn. Ich mache mir Sorgen, dass sie läufig wird.«

Mom erwidert, dass sie sofort kommt, wenn sie ihrem »Neuankömmling« Blut abgenommen und ihn geröntgt hat. Warum sagt sie nicht einfach Whistler? Und warum sieht Martha genervt aus?

»Ich erkläre dir jetzt mal, wie das läuft«, sagt Mom und drückt mir die Arme seitlich an die Brust wie bei einem Spielzeugsoldaten in Habachtstellung. »Ich habe versucht, einen Streuner aufzunehmen, einen Hund, der aus jedem neuen Zuhause wegläuft. Er ist ein Wiederholungstäter. Kein Wunder, dass er Untersuchungen und Fangstangen hasst, aber aus irgendeinem Grund liebt er Kinder. Als du hereingekommen bist, wurde er zu einem völlig anderen Hund.«

»Aber ich wusste doch seinen Namen, was ist damit?«

Sie atmet durch die zusammengebissenen Zähne ein.

»Woher konntest du ihn denn wissen?« Sie schüttelt den Kopf. »Nein, antworte nicht. Hör mal, der Name kann bleiben. Er klingt wahrscheinlich wie ein Dutzend anderer Namen, auf die er in der Vergangenheit gehört hat.«

»Aber glaubst du nicht …«

»Nein, Jasper. Nicht noch mal. Ich weiß, was du tust. *Wir – können – keinen – Hund – haben.* Punkt.«

»Assistenzhunde sind erlaubt. Ich habe den Vermieter gefragt.«

»Aber er ist kein Assistenzhund, und du brauchst auch keinen. Du sitzt nicht im Rollstuhl. Du bist nicht autistisch. Du hast keine … PTBS.«

Meine Schultern werden zu Gelee. Ich gebe auf.

Mom steckt ihre Finger zwischen das Gitter. Whistler sieht so aus, als ließe er das nicht als Begrüßung gelten, und rutscht näher zu mir.

»Wenigstens mag er kleine Kinder«, sagt sie. »Das ist gut.«

Verstehe ich nicht. Bei ihr klingt es, als wäre er schwer zu vermitteln. Graue Haare machen ihn doch nicht alt, außer man will einen Welpen. Und Martha lügt, wenn sie über das Schwarze-Hunde-Syndrom spricht – dass schwarze Hunde schwerer zu vermitteln seien –, weil kluge Leute im Internet bewiesen haben, dass es ein Mythos ist.

»Was glaubst du, ist passiert?«, frage ich und stecke meine Hand durch die Gitterstäbe zu der größten, haarlosen Narbe.

Mom stürzt sich auf mich wie ein Secret-Service-Agent, der eine Waffe in der Menge entdeckt, und packt mich an der Schulter. Mein Handgelenk stößt gegen das Metall, während Whistler sich in meine Richtung dreht, um berührt zu werden. »Nicht, solange er noch nicht untersucht wurde. Das weißt du doch.«

Ich bin zu verdattert, um zu reagieren, und dann wird es wirklich peinlich, weil keiner von uns etwas sagt.

8

Kate

Ich gehe zur Quarantäne zurück, um Lucky aufzunehmen – ihn zu wiegen, Blut zu entnehmen und ihn körperlich zu untersuchen –, aber dann überfällt mich mein Sohn, weil er glaubt, einen unanfechtbaren Grund gefunden zu haben, warum wir diesen speziellen Hund adoptieren müssen.

Ich finde es schön, dass Jasper all unsere Waisen und Streuner liebt, aber seine Behauptung, plötzlich – und anscheinend von göttlicher Hand – das Talent erhalten zu haben, direkt mit Hunden zu kommunizieren, verstört mich zutiefst. Angesichts dessen, was er durchmacht, möchte ich natürlich, dass er sich als etwas Besonderes fühlt, aber nicht auf so eine Art. Das hat etwas von Verzweiflung und kommt mir so vor, als wolle er mich austricksen.

Seit Jasper sprechen kann, hat er es mir nicht gerade leicht gemacht, unsere hundelose Existenz zu verteidigen, nicht zuletzt, weil ich Tierärztin bin. Meine Haltung war stets von Zweifeln und Bedauern geprägt. Oft habe ich einfach nur nachgeben wollen, als wäre die Entscheidung so einfach, so unbedeutend. Ich habe mir immer wieder den Ausdruck erstaunter Freude auf Jaspers Gesicht vorgestellt, wenn ich jemals nachgeben würde. Das Problem ist, in meiner Welt können Momente sorgloser Spontaneität ebenso unverantwortlich wie gefährlich sein. Mütter wie ich sollten ihre Entscheidungen nicht rechtfertigen müssen, aber das schlechte Gewissen, Jasper einen Hund zu verweigern, verblasst im Vergleich zur negativen Wirkung, die so ein Tier auf Jaspers Gesundheit haben könnte.

Wenn ich gefragt werde, dann hole ich wahrscheinlich die lauwarme Begründung hervor, dass der Vermieter keine Haustiere erlaubt, aber darum geht es gar nicht. Manchmal verstärke ich die Ungerechtigkeit auch noch, indem ich jedes Mal, wenn Jasper ins Krankenhaus muss, fremden Menschen einen Hund für wer weiß wie lange aufdränge. Aber die schlichte, ehrliche Antwort – Kontrolle – bleibt unausgesprochen. Sicher, ich verstecke mich hinter Wörtern wie *Struktur* und *Grenzen*, aber eine Wohnung mit *Haustierverbot* funktioniert einfach am besten. Warum? Wenn man wie ich ein Leben vergleichbar einem Hochseilakt führt, ständig zwischen Angst und Vergeblichkeit schwankend, da braucht man nicht auch noch die Verantwortung für eine weitere Variable, eine weitere, gefährliche Ablenkung – einen Hund –, die einen garantiert aus dem Gleichgewicht und sicher zu Fall bringt.

Nicht dass diese klare Linie meinen Sohn vom Quengeln abhält. Wäre Jasper ein Hund, und das haben wir schon gespielt, wäre er ein Terrier: klug, unnachgiebig und vor allem furchtlos. Obwohl man ihm das absolut nicht ansieht.

Die Leute sagen, es sei nicht fair, dass der hübsche Junge so krank ist. Andere flüstern von einer Laune Gottes, etwas, das den Schlag mildert: Die wilden, dicken blonden Haare und diese himmelblauen Augen sind doch das Mindeste, was eine vernünftige höhere Macht tun kann. Aber wenn man Zeit mit ihm verbringt, bemerkt man schnell, dass das engelsgleiche Aussehen nur Fassade ist. Ernste Makel lauern tief in seinem kleinen, zerbrechlichen Körper. Dadurch sieht er viel jünger aus als seine Klassenkameraden in der sechsten Klasse. Je älter er wird, umso schwieriger wird es, diese schweren Makel zu verbergen, aber als Elternteil wird es einfacher, von seiner Tapferkeit und seinem Licht bezaubert zu sein. Ich entdecke ein Blinzeln in etwas so Kleinem wie einem schiefen Lächeln oder bin geradezu geblendet, wenn er tief aus dem Bauch heraus lacht. Und jedes Mal, wenn er strahlt, verjagt er jeden stummen Fluch, den ich je denken werde, weil es ist, wie es ist. Er ist nicht behindert. Jasper ist einfach nur anders.

In Bezug auf den Mann, der meinem Sohn die andere Hälfte seiner DNA gegeben hat, ist er genau das, nämlich anders. Ihn Jaspers »genetischen« Vater zu nennen ist das höchste der Gefühle; er hat den Titel »Dad« nicht mal ansatzweise verdient. Sein Name war beziehungsweise ist Simon Swift, er wurde zufällig mein Anatomiepartner in unserem ersten Kurs am Royal Veterinary College, London. Nicht dass ich ihm am ersten Tag an die Wäsche ging. Es hat eine Weile gedauert, bis unsere anatomische Bildung auch jenseits des Lehrplans weiterging, aber damals schien unser Zusammentreffen Schicksal zu sein, fast wie arrangiert, etwas, das man den Kindern erzählen kann.

Im letzten Unijahr wohnten wir gemeinsam in einer Wohnung, der Abschluss stand kurz bevor, die Prüfungen und die Unsicherheit, was danach kam, wogen schwer.

»Mach dir keine Sorgen«, beharrte er und lächelte selbstsicher. Er hob mein Kinn an, sodass ich ihm in die Augen sehen musste. »Wir finden eine Praxis, in der wir beide arbeiten können. Ich kümmere mich um die Pferde, du dich um die Hunde und Katzen. Es wird perfekt. Das verspreche ich.« Und wie ein Idiot glaubte ich an eine Zukunft mit Simon, dass wir beide Arbeit in irgendeinem idyllischen englischen Dorf finden, abends zum Pub spazieren und unsere Kinder angezogen wären wie Komparsen in einem *Harry-Potter*-Film.

Wenn ich jetzt gezwungen bin, an Simon zu denken, sehe ich nur eine ekelerregende, gespielte Ungläubigkeit, als er verkündet: »Das kann nicht von mir sein.« Und die schmerzhafte Erkenntnis, dass er immer nur in *seine* Version von mir verliebt war, in der alles genau nach seinem Plan verlief, nicht nach meinem. Gott sei Dank sehe ich nichts von ihm in Jasper, und glauben Sie mir, ich achte darauf.

In den ersten acht Jahren von Jaspers Leben habe ich die Wahrheit verschwiegen. Jasper hat nicht gefragt – nicht richtig jedenfalls –, also habe ich nichts erzählt. Jetzt weiß er, dass sein Vater aus England stammt, dem Zuhause schlechter Zähne, schlechten Essens und eines Nationalsports, der meinen Sohn ganz fanatisch werden lässt. Er kennt den Namen seines Vaters, weiß, dass wir zusammen studiert haben. Mein Gewissen ist rein. Niemand kann sagen, dass ich ihm sein Geburtsrecht verweigert hätte. Aber wissen ist das eine, das Bedürfnis nachzuschauen etwas anderes, denn was sagt das über meine Beziehung zu ihm aus. Wie lange dauert es noch, bis Jasper erklärt, wir sollten eine Pilgerreise über den großen Teich antreten, dass er so viel gemeinsam hat mit dem Vater, der einmal prahlte: »Es war nie meine Absicht, mich fortzupflanzen.« Ist es ein Wunder, dass ich mich über den englischen Slang im aufblühenden Wortschatz meines Sohnes aufrege?

Wenn ich Whistler – in dem Song heißt es übrigens »sweepin' down the plain«, nicht »whistlin'« – anschaue, sehe ich zu viel Vergangenheit und zu wenige Chancen auf eine Zukunft. Und doch, irgendwo hinter diesen Ahornsirupaugen, dort, wo es zählt, könnte Jasper recht haben. Dieser Hund *hat* eine Präsenz. Ich bin kein Fan von Adjektiven wie *seelenvoll* oder *weise*, nicht zuletzt, weil Whistlers Blick ein bisschen entnervend sein kann, aber da ist etwas, vielleicht eher anders als besonders, das mein Interesse weckt.

Ich denke gerade darüber nach, als Jasper den Arm hebt und in die Armbeuge hustet. Meistens bemerke ich das nicht einmal. Dieses kleine Husten ist normal, weißes Rauschen wie ein Ventilator an der Decke, ein entfernter Zug. Jaspers Husten ist der Soundtrack meines Lebens geworden, ohne es zu hören, es sei denn, es ist sein Überschallhusten.

»Was glaubst du, ist passiert?«, fragt Jasper und quetscht plötzlich seinen Arm zwischen den Gitterstäben durch und tastet nach der größten Narbe des Hundes.

Ein Tier, das gequält wurde, sucht vielleicht nach einer Gelegenheit für Rache. Normalerweise bin ich übervorsichtig, wenn Jasper auf Neuankömmlinge trifft, aber unsere Diskussion lenkt mich ab, und ich reagiere verspätet. Anstatt ruhig einzugreifen, zerre ich an der knochigen Schulter meines Sohnes mit zu viel Kraft, zu erschreckend. Hund und Junge schauen mich beide entsetzt an und lassen mich in schuldbewusstem Schweigen schmoren.

»Entschuldigung«, sage ich. »Ich wollte dir nicht wehtun, es ist bloß, dieser Hund kann unberechenbar sein, bei all seinen ... Verletzungen.«

»Glaubst du, er hatte einen Autounfall? Wurde mitgeschleift?«

»Vielleicht«, sage ich, ich will die wahrscheinliche Ursache gewisser Narben nicht erörtern. Es ist sicherer, das Thema zu wechseln und zu schnüffeln. »Riechst du das?«

Jasper neigt den Kopf zur Seite und straft mich mit einem Blick, der sagt: »Ernsthaft?« Dank vierzehn – ja, ich zähle mit – schwerer Schnupfen ist der Geruchssinn bei ihm sehr gering ausgeprägt.

»Ich rieche Zigarettenrauch«, sage ich. »Er muss gebadet werden, vielleicht sogar zweimal. Kannst du mir bei der Blutentnahme helfen, oder soll ich Martha rufen?«

Und damit hüpft mein Sohn wie ein Gummiball wieder zurück.

»Nein, das kann ich. Cool. Ich hole alles.« Er öffnet Schubladen. »Ich finde die Gläschen mit den lila Deckeln nicht«, sagt er leicht panisch, er will vor mir nicht versagen.

»Schau mal im Vorratsraum nach«, sage ich. »Das dritte Regal links. Ich hole den Haarschneider.« Er verschwindet, und ich murmle: »Und einen Maulkorb, nur für den Fall.«

Als ich in einem Schrank hinter der Quarantänestation wühle, höre ich hinter mir den bekannten feuchten Husten.

»Das ging schnell.«

Doch als ich mich umdrehe, ist der Raum leer, abgesehen von dem Hund, der durch das Gitter starrt, den Blick auf mich gerichtet. Die Brust bebt wegen der Anstrengung, seine Lunge zu reinigen, sein Schwanz wedelt ganz sanft. Ist dieser Hund ein verkleideter Papagei, der das Husten meines Sohnes perfekt imitieren kann? Es war, als hörte ich eine digitale Aufnahme.

»Hab es«, sagt Jasper und marschiert triumphierend ins

Zimmer. Er strahlt und hebt das Glasfläschchen mit dem lila Deckel hoch. Bis er meinen Gesichtsausdruck sieht.

»Mom, was ist los?«

9

Jasper

Für Kinder wie mich ist es immer falsch zu husten. Wenn ich nachts nicht huste, kriegt Mom die Krise und schleicht mit einer Taschenlampe herum, um nachzusehen, ob ich schon tot oder doch noch lebendig bin. Wenn ich nachts huste, kriegt Mom die Krise – das linke Auge zuckt wie wahnsinnig –, denn anders als Fieber oder Erbrechen oder Einnässen ist das Geräusch des Hustens eine ständige Erinnerung an eine Krankheit, die behandelt werden muss.

Laut Mom gibt es nur eine Situation, in der mein Husten praktisch wäre, und zwar, wenn ich mich in einer Menschenmenge verlaufen würde oder mich jemand entführen will, weil das wie meine persönliche Sirene ist, der man folgen kann, wie ein Tracker in meiner Lunge. Aber sie vergisst wie damals, als wir mit dem Zug von Boston nach Washington gefahren sind, um das Air and Space Museum zu besuchen, der Zug voller Männer in Geschäftsanzügen und hübscher Frauen in hochhackigen Schuhen war und ich diesen riesigen Hustenanfall hatte und mich alle angesehen haben, als hätte ich Ebola. Wir hatten schnell keine unmittelbaren Nachbarn mehr.

Wenn ich krank bin, sagt mein Doktor, ich hätte einen Husten »wie zwei Päckchen täglich«, was irgendwie unlogisch ist, weil Päckchen ja klein sind. Wenn überhaupt, müsste ich doch einen Paket- oder Sperrguthusten haben.

Mein Husten kann groß und verrückt werden, und manchmal bieten mir Leute ein Glas Wasser an, als würde ich ersticken, oder klopfen mir auf den Rücken. Ich weiß, dass sie es gut meinen, aber manchmal will ich einfach in Ruhe gelassen werden.

Das andere Problem beim Husten ist, dass er einen richtig müde macht. Ich schlafe auf mindestens drei dicken Kissen, und das hilft, aber ich bin schon seit Jahren nicht mehr flach auf dem Rücken eingeschlafen. Manchmal träume ich davon, im Liegen einzuschlafen wie ein Baby in einer Wiege, friedlich und sicher.

Hundehusten ist anders. Okay, Leute wie Mom schauen hin, aber andere Hunde sind höflich genug, ihn zu ignorieren. Kein Hund würde einen anderen ärgern. Sie sind nicht neugierig, wie es dir geht, und zerren auch nicht ihre Welpen in die andere Richtung. Wenn Hunde husten, dann ist es eben so, weiter geht's. Wenn es mich nicht stört, wieso sollte es dich stören? Hunde sind da echt cool. Vor allem Whistler. Und wie stehen die Chancen dafür, dass Whistlers Husten exakt wie meiner klingt? Das muss mehr als Zufall sein. Als wäre er dazu ausersehen, mich zu finden. Ich hoffe bloß, dass der Grund für seinen Husten ein anderer ist. Ich hoffe für ihn, er geht wieder weg.

10

Kate

Später, viel später blicke ich zurück zu diesem ersten Tag und lächle, als wäre alles logisch. Aber als ich ihn erlebte, als ich das Röntgenbild auf dem Monitor sah, diesen wütenden Schwarm von schwarzen und weißen Pixeln, die zu speziellen Grautönen werden, war es wie ein erschreckendes Déjà-vu-Erlebnis.

»Ist es schlimm?«, fragt Jasper.

Ich starre sprachlos auf Whistlers Brust. Nicht dass ich nicht wüsste, was ich sagen soll, ich weiß bloß nicht, wo ich anfangen soll.

Zwei Aufnahmen des Brustkorbs des Hundes – von der Seite und von vorn –, Herz, Lunge und Luftröhre. Da ein Hund auf vier Beinen läuft, unterscheidet sich sein Brustkorb deutlich von einem menschlichen, aber dort, wo es zählt, im Aufbau des Gewebes, sind die Ähnlichkeiten unheimlich.

Als Mutter und Ärztin bin ich mit der Pathologie der Lunge meines Sohnes gut vertraut. Ich kenne mich mit den Ausdrucksformen von Jaspers Krankheit aus, halte mich auf dem Laufenden, was die neuesten Forschungsergebnisse angeht, und sehne mich nach dem Durchbruch, glaube daran, weil … na ja … das tut man eben.

»Mom, was ist los?«

Unseren Nachwuchs schützen zu wollen, das ist uns angeboren, so instinktiv wie Atmen, aber in Wahrheit habe ich ihn vom Tag seiner Geburt an enttäuscht. Wer wusste, dass in meiner DNA eine tödliche Erbkrankheit schlummerte? Ich war – bin – eine absolut gesunde Frau. Dass ich ein mutiertes Gen haben könnte, ist mir nie in den Sinn gekommen. Natürlich konnte ich nicht ahnen, dass seine Krankheit mit seinem ersten Atemzug begann, aber manchmal ist das kein Trost. Vergiss Schicksal, Pech und Wahrscheinlichkeiten, ich habe mich für Jasper entschieden, er war meine Verantwortung und nur meine. Als mein Sohn von der flüssigen Welt in eine voller Luft wechselte, waren wir beide allein, ein Fremder drückte meine ringlose Hand. Nein, wenn die Schuldgefühle sich ihren Weg suchen, dann ist Jaspers Krankheit meine Schuld.

Whistler steckt seine zerfurchte Schnauze durch die Gitterstäbe, als wolle er seine Röntgenbilder besser sehen können, als wolle er wissen, worum es überhaupt geht.

»Du machst *uns* Angst«, sagt Jasper und zieht an meinem Ärmel.

Das verrückte *uns* sollte eigentlich meine Aufmerksamkeit wecken, aber die Röntgenaufnahmen verschlagen mir den Atem. Ich erlebe erneut die frühen Tage, Jasper, der kränkliche Zweijährige, der kaum zunahm, asthmatisch war und immer wieder schlimme Erkältungen und Krupp-Anfälle hatte. Als die Ärzte endlich eine Diagnose stellten, nahmen sie mich zur Seite, ihr Tonfall düster, mitfühlend, Phrasen, begleitet von gequälten Mienen und offenen Handflächen, ein Zeichen der Hilf- und Machtlosen. Nur zwei spezifische Wörter schwebten an die Oberfläche, schwammen in seltsamer Ruhe herum, bis sie endlich landeten. Sie waren nichtssagend. Sie klangen fremd, als hätten sie sich verlaufen und müssten zurück in irgendeinen Pathologiebericht. Oder in die letzte Zeile eines diktierten Autopsieberichts. *Mukoviszidose*, auch *zystische Fibrose* genannt. Was ist denn nur aus den guten alten Kinderkrankheiten wie Mumps oder Keuchhusten geworden? Und diese vielen Silben auf zwei Buchstaben – ZF – abzukürzen half nicht. Ich ignorierte den Teil, dass ZF der genetische Killer Nummer eins bei Kindern ist. Ich hatte schon lange, bevor sie zum Wort »unheilbar« kamen, abgeschaltet.

Whistler beginnt zu jaulen.

Hunde leiden nicht an zystischer Fibrose. Ja, sie können Pneumonie, Asthma, Lungenhochdruck und katastrophale Veränderungen im Herzen, der ZF ähnlich, bekommen, aber nicht alles auf einmal, nicht in einem Paket verbunden. Dieser beruhigende rationale Gedanke sagt mir, dass das einfach nur ein Hund mit einem chronischen, irreversiblen Lungenschaden ist, wahrscheinlich durch Passivrauchen.

Aber dann schnappt sich die Logik eine emotionale Ecke meines Gehirns. Hier ist ein Hund, den ich normalerweise als aussichtslosen Fall abschreiben würde, zu alt, nicht vermittelbar, deshalb wird ihm eine zweite – oder wer weiß wievielte – Chance verweigert, weil seine Lungenkrankheit zu schlimm ist. Aber jetzt, da ich die schockierenden Details auf den Röntgenbildern sehe, wie kann ich diesen Hund denn abschreiben, da die Aufnahmen seiner Brust dem Befund meines Sohns so erstaunlich gleichen? Wie würde ein Argument für ein humanes Einschläfern von Whistler wohl in Jaspers Ohren klingen?

Ich habe Jaspers Frage noch immer nicht beantwortet, und er sieht mich erwartungsvoll mit einem besorgten

Stirnrunzeln an. »Entschuldige, Jasper«, sage ich und wende mich ihm wieder zu, »Whistlers Bruströntgenbilder sehen ein bisschen … merkwürdig aus, das ist alles.«

Jasper schaut mir in die Augen, als wolle er herausfinden, was »merkwürdig« bedeutet. Über die Jahre hat er gelernt, welche Wörter ich benutze, wenn ich etwas verschweige. Wie damals, als ein HNO-Arzt ihm ein riesiges Mikroskop in die Nase schob und ich versprochen hatte, es würde gar nicht wehtun. Oder als sie seinen Magen untersuchen wollten und er dafür eine spezielle Tablette mit einer Kamera schlucken musste und ich ihm nicht gesagt habe, dass es sich so anfühlen würde, als würde er ein iPhone schlucken.

»Schlimmer als meine?«, fragt er.

Unglaublich. Bei diesem direkten Vergleich, wer die verhängnisvolleren Röntgenbilder hat, macht mein Sohn sich mehr Sorgen um diesen fremden Hund als um sich selbst.

»Anders«, sage ich, entschlossen, nichts zu verraten, und klicke auf das X in der Bildschirmecke, sodass die Bilder verschwinden. Ich wünschte, es wäre immer so einfach. »Geh, bereite ein Bad vor.«

Er strahlt mich an, was mich umhaut.

»Und, Jasper …«

Er bleibt stehen.

»Pass auf, dass der Hund deinen Inhalator nicht klaut.«

11

Jasper

Es ist so, dass man in Massachusetts einen Meter fünfundvierzig groß sein muss, um ohne blöde Sitzerhöhung fahren zu dürfen. Die meisten Kinder sind diesen Sitz in der dritten Klasse los. Ich nicht. Jedes Mal, wenn Mom mir einen dieser ekelhaften hochkalorischen Shakes aufzwingt, erinnert sie mich an die blöden »fünf Zentimeter«, die mir noch fehlen. Deswegen sitze ich auf der Rückbank und fahre »hoch oben« für den kurzen Weg nach Hause.

Mom behält mich durch den Rückspiegel im Auge. Wir sprechen nicht, ich bin zu sehr damit beschäftigt, einen Geheimplan zu erarbeiten, um Whistler zu retten. Bis jetzt bin ich so weit gekommen:

1. Versuche herauszufinden, ob Whistler und ich wirklich eine besondere Art der Kommunikation haben.
2. Falls die Antwort Ja ist, *könnte* es eine gute Idee sein, es Mom zu sagen, weil sie mir dann vielleicht erlaubt, ihn zu behalten.
3. Falls die Antwort Ja ist, könnte es eine gute Idee sein, es Mom *nicht* zu sagen, weil sie mich sonst für verrückt hält.
4. So oder so, versuche, Whistlers kaputte Lunge in weniger als vierzehn Tagen zu heilen.
5. Punkt vier klingt vielleicht komisch, aber Hunde dür-

fen nur zwei Wochen im Tierheim bleiben, und wenn ich ihn nicht behalten darf, muss ich sicherstellen, dass jemand anderes ihn adoptiert, und das ist wahrscheinlich nur dann möglich, wenn er seinen Zwei-Päckchen-Husten verliert.
6. Versuche, nicht daran zu denken, was passiert, wenn er nach zwei Wochen nicht adoptiert wurde.

»Alles klar?«, fragt Mom, ein Code für: Geht's dir gut, obwohl wir wieder mal nicht den perfekten Hund mit nach Hause bringen?

Ich hoffe, dass Mom mein mattes »Hm-hm« als Code für »Nein, eigentlich nicht« versteht, denn genau in diesem Augenblick fällt mir wieder ein, dass ein Paket vor unserem Haus auf uns warten könnte, das Ergebnis eines Klicks auf »Zur Kasse gehen«. Das geht auf meine Kappe, meine Schuld, meine Angst, erwischt zu werden. Falls dort ein Paket steht, muss es so schnell wie möglich in mein Zimmer, bevor Mom es sieht.

Natürlich steht da ein lächelnder Karton, als wir ankommen. Ich bin als Erster aus dem 4Runner, laufe langsam zur Tür, den Schlüssel in der Hand, aber das Paket ist so groß und meine Hände so klein, ich schaffe es kaum durch die Küche, bevor ich kaum mehr Luft kriege.

»Falsche Adresse?«, fragt Mom und zeigt auf das Amazon-Logo.

Wäre ich wie eines der coolen Kids in meiner Klasse, hätte ich blitzschnell einen Spruch parat, eine fixe Lüge. Aber mir fällt nichts ein. Deswegen sagt Mom immer, dass Ehrlichkeit mein einziger Ausweg ist.

»Es ist für mich«, sage ich und weiß gar nicht mehr, wieso der Kauf damals so eine gute Idee schien. »Du hast was von einem Geburtstagsgeschenk gesagt … und es war gerade im Angebot, aber nur für eine begrenzte Zeit, deswegen …«

»Wie bitte?«

Erstaunlich – alte Leute und das Internet.

»Mit einer Kreditkarte. Dein Konto und deine Kartennummer tauchten automatisch auf.«

»Und was genau hast du mit *meiner* Kreditkarte gekauft?«

Das war's dann wohl.

»Es ist ein Zelt, ein Zweimannzelt. Das leichteste, kompakteste tragbare Zweimannzelt der Welt.«

Mom betrachtet die Größe des Kartons, sieht mich an und zieht die Augenbrauen hoch. »Seit wann willst du zelten gehen?«

Am besten, ich sehe mir meine Sneakers an. Ich will Mom nicht verletzen.

»Sag's mir«, sagt sie sanft.

»Es ist bloß … wegen all meiner Medikamente und Therapien kann ich nie irgendwo übernachten, und deswegen kann ich nie mit ins Zeltlager, und deswegen können Freunde nicht hier übernachten, weil ich im Schlaf huste und sie es hassen würden. Ich dachte einfach … vielleicht könnten wir es mal mit zelten versuchen, irgendwo, irgendwann. Du und ich. Mal was anderes tun?«

Jetzt kann ich ihr dabei zusehen, wie sie eine Entscheidung trifft, und als sie zögert, versuche ich, es klarzumachen.

»Hey, es war portofrei.«

»Falsche Antwort«, schrillt der Alarm in meinem Kopf.

»Wir haben das doch schon besprochen, Jasper. Es ist …

es ist … es ist wie die Wahl zwischen gesund bleiben und eine schlaflose Nacht verbringen, in der man von Stechmücken aufgefressen wird und am Lagerfeuerrauch erstickt.«

»Wieso klingt gesund bleiben bei dir nie nach Spaß?«

Mom macht den langsam gestreckten Giraffenhals samt geblähten Nüstern und tiefem Einatmen.

»Geh dir die Hände waschen und zieh deine Weste an. In zwanzig Minuten gibt es Abendessen. Und wo du gerade dabei bist, schalte deinen Laptop ein. Informiere UPS, dass sie ein Paket an Amazon zurückschicken müssen.«

Ich hole meine Medikamente aus dem Kühlschrank und zeige Mom mein bestes Motzgesicht – Schmollmund, trauriger Blick, schwere Zombieschritte –, dann gehe ich in mein Zimmer. Ich könnte jetzt zur Verstärkung die Tür zuknallen, aber mein Hirn hat eine andere Idee. Was, wenn ich die Auftragsnummer verloren habe?

12

Kate

Abgesehen von vereinzeltem Husten – den normalen Bremsschwellen in Jaspers Leben – verbringe ich die meiste Zeit der Fahrt nach Hause damit, meine Entschlossenheit und meinen Egoismus, was seinen Wunsch nach einem Hund angeht, zu hinterfragen. Dann entdecke ich, dass mein Sohn Panik hat wegen eines unerlaubten Kaufs. Der Junge ist krankhaft unfähig zu lügen. »Genau wie ein Hund«, erinnert er mich schnell.

Die Vorstellung eines Zelts – und wie »leicht« und »tragbar« kann es bei dem Riesenkarton schon sein? – und seine intensive Werbung fürs Zelten hauen mich um.

Die meisten Mütter – oder sollte ich besser sagen, die meisten normalen Mütter – würden vielleicht nachgeben, eine einzelne Träne wegwischen und einen Blankoscheck überreichen. Aber Jaspers Frustration ist so sehr seine Wirklichkeit wie auch meine, die Basis *unseres* Lebens. Endlose Einschränkungen, Überlegungen und Grenzen sind für uns normal. Die größere Frage ist: Was lernt Jasper, wenn ich kapituliere?

Ich hasse es, immer den *bad cop* spielen zu müssen, die strenge Mutter, die die Regeln der vernünftigen Entscheidungen festlegt. Und es macht mich fertig zu sehen, wie schnell Jasper nachgibt, als wüsste er, dass Kämpfen nichts nützt. Sicher, ein dämliches Zelt ist keine große Sache, aber welche anderen, gefährlicheren Grenzen könnte er infrage stellen? Wie lange würde es dauern, bis er eine Therapiestunde schwänzt oder vergisst, ein lebenswichtiges Medikament einzunehmen? Ob es mir nun gefällt oder nicht, ich muss die Trainerin sein, die meinen Sohn unbedingt im Kampfmodus halten muss, egal wie schwer er getroffen wird oder wie oft er umgehauen wird. Das ist meine Lebensarbeit. Ich kann nicht das Handtuch werfen.

Mütter wie ich hängen an der Möglichkeit eines wissenschaftlichen Durchbruchs, der alles ändert, dass eine Heilung in Reichweite ist – so nahe, dass man sie mit ausgestreckten Fingern fast erreicht. Im Moment gibt es diese Heilung nicht, aber wenn man verzweifelt ist und das eigene Kind krank, dann erzählen Sie mir nicht, Sie würden Ihre Seele nicht auch für die Möglichkeit der Hoffnung verkaufen. »Fünf Jahre, höchstens zehn. Mehr nicht.« Das sagen sie immer wieder. Welche Mutter wäre ich, wenn mein Sohn dann nicht mehr lebte, um eine Version einer gesunden Zukunft zu erleben?

Als ich das Zelt endgültig ablehne, stöhnt er sein lautestes Tennisprofi-Stöhnen – wütender wird Jasper nicht –, öffnet den Kühlschrank, schnappt sich seine Medikamente und schleicht in sein Zimmer.

Die Wohnung ist kompakt, aber perfekt, weil sie über einige entscheidende Qualitäten für eine Mutter in meiner Situation verfügt. Keine rauchenden Vormieter, zwei Schlafzimmer, jedes mit eigenem Badezimmer, ungewöhnlich hohe Decken und ein offener Schnitt, der die geringe Quadratmeterzahl ausgleicht, und ein Haustierverbot. Ich weiß, diese letzte Bedingung klingt nicht gut, aber laut Jaspers Lungenarzt könnten Katzenhaare ein starker Trigger für seinen Husten sein. Holzfußboden überall bedeutet, dass sich kein Staub oder Dreck in Teppichen fangen kann, sodass ich diese Wohnung sauber wie einen OP-Saal halten kann. Besser der leicht scharfe Geruch von Desinfektionsmitteln als Kolonien von gefährlichen Bakterien.

»Glaubst du, Whistler geht's gut?«, ruft Jasper aus seinem Zimmer.

Ah, Vergebung – schnell und bedingungslos. Er kann mein Lächeln nicht sehen.

»Ich bin mir sicher, ihm geht's gut«, rufe ich zurück.

Als ich den Kühlschrank öffne und überlege, was ich zum Abendessen machen kann, werde ich von einer perfekt gekühlten Flasche Sauvignon blanc begrüßt. Im Moment ist ein Glas sehr verführerisch, aber nicht unwiderstehlich. Leider liegt mein wahres Laster gezwungenermaßen woanders.

»Mom, glaubst du, er heißt Whistler, weil er all seine Vorderzähne verloren hat?«

Der Junge kann zwar weitermachen, aber nicht loslassen.

»Sturer, kleiner …«, ich korrigiere mich, bin dankbar, einen Kämpfer und keinen Verlierer zu haben. Ich stelle mir vor, wie er den Nebulisator füllt, wie die transparenten Tropfen zu einem feinen Dunst werden und auch die letzten Ecken seiner beschädigten Lunge pflegen.

Ich fülle einen Topf mit kaltem Wasser, nehme eine Packung Ziti, eine Dose Anchovis und ein Glas rote Soße aus dem Schrank, sowie Kapern und Oliven. Ich finde, ich koche eine ziemlich gute Puttanesca, aber für Jasper geht es bei diesem Essen nur um eines: Salz.

Ein Ion Natrium, ein Ion Chlorid; eines der häufigsten Elemente des Lebens, doch in den Zellen unseres Körpers existiert ein präzises Gleichgewicht, was das Salz angeht. Wenn wir diese perfekte Balance verlieren, zieht das katastrophale Konsequenzen nach sich. Ein mutiertes Gen und eine Reihe von Aminosäuren geraten aus dem Rhythmus, ein Protein windet und faltet sich etwas seltsam, und ein Chloridion hängt an der falschen Seite der Zellmembran fest. Das klingt so unwichtig, so lächerlich, schmerzlich klein, aber der Zellrhythmus, das passive Fließen des Wassers, das vom natürlichen Wechsel des Körpersalzes angetrieben wird, erlahmt, sodass jedes glatte, feuchte Sekret zu einem tödlichen Schleim wird. Die Wirkung auf die Leber, die Bauchspeicheldrüse und den Darm ist schlimm genug, aber nichts ist verletzlicher als die zarten Atemwege einer Kinderlunge.

Durch den Flur höre ich Jaspers Weste. Es ist im Grunde eine Zwangsjacke, die an einem Kompressor hängt und so klingt, als würde ein Propellerflugzeug starten. Als er jünger war, habe ich seine Lunge abgeklopft, als wäre sein winziger, durchscheinender Brustkorb ein perverses Instrument in einem Orchester aus der Hölle. Es war legale Kindesmisshandlung, mit der hohlen Hand vorn und hinten auf seine Rippen zu schlagen, um so die festsitzenden Klumpen Schleim voller Bakterien zu lockern. Vor ein paar Jahren ist Jasper zur Weste gewechselt, die vibriert und den Schleim aus ihm und seinen Atemwegen schüttelt.

Als die Soße fertig ist und das Wasser kocht, schaue ich auf meinem Handy nach Nachrichten. Eine Mutter erinnert mich daran, dass ich an der Reihe bin, beim Fußballspiel dieses Wochenende Orangen mitzubringen. Laura aus meinem Buchclub will über den Roman *Der Distelfink* lästern, weil sie die Geschichte viel zu ernst findet, und fragt, wann wir mal was Heißes lesen. Mein Boss, Katrina Goddard-Brown – leitende Geschäftsführerin unserer Kette von gemeinnützigen Tierheimen in ganz Massachusetts, bei ihren Arbeitssklaven besser bekannt als »KGB« –, besteht darauf, dass ich ihr ungefähr ein Dutzend örtlicher »Kontakte« nenne, damit sie sie zu ihrem nächsten schicken Spendenabend nach Boston locken kann. Und da ist eine E-Mail von Martha mit der Telefonnummer der Panhandle Canine Railroad. Hmm. Marthas ungewöhnliche Effizienz lässt mich ihre Motivation hinterfragen.

Ich habe vier Voicemails: eine dringende Bitte, meine Krankenversicherung anzurufen – zweifellos ein weiterer Kampf um wichtige Medikamente, die sie normalerweise nicht übernehmen; Medikamente, die bei unserer örtlichen Apotheke abgeholt werden können – ein wöchentlicher Gang; meine Schwester Gwen, die über Thanksgiving sprechen will und ob ich am Samstag Zeit habe, um ihre Tochter zum Ballett zu fahren; und eine Bitte von Jaspers Schulkrankenschwester, Mrs Fisher, ob ich nicht nach dem Unterricht mit neuen Medikamenten vorbeikommen könnte.

Schmutzwäsche ragt seitlich aus dem Korb. Der Stapel mit Bewerbungen auf die Stelle am Empfang liegt auf meinem Schreibtisch. Ein luftiger, fröhlicher Artikel für den monatlichen Tierheimnewsletter wartet unvollendet in meinem Computer. Ein weiterer arbeitsamer Abend liegt vor mir, und ich bin dankbar für die gewöhnlichen Dinge, eine Chance, meiner Wirklichkeit aus dem Weg zu gehen. Sie wird sich schon nur zu bald bemerkbar machen. Das tut sie immer. Diese banalen Ablenkungen stellen eine Überlebensstrategie dar, aber keine Lösung.

Ich nehme meine Handtasche und die Flasche Ibuprofen.

Noch eine Pille übrig. Das ist mein Laster, mein geheimes Allheilmittel, die Zauberkraft, die das Unmögliche möglich macht. Diese Tablette ist kein Ibuprofen und hat nichts mit der Linderung von Kopfschmerzen zu tun. Ich bin versucht, die letzte zu nehmen, bei all der Arbeit, die heute Abend noch vor mir liegt, aber manchmal kann Verzicht genauso reizvoll sein, der Beweis, dass ich immer noch die Kontrolle habe.

Ich strecke den Kopf durch Jaspers Tür und spähe in seinen neu dekorierten Fußballschrein. Die Wände sind tapeziert mit Postern athletischer junger Männer mit hässlichen Tätowierungen und Designerbartstoppeln, die einen magischen weißen Ball ins Tor schießen oder köpfen oder damit dribbeln. Ich liebe es, wenn er sich für eine Aktivität begeistert, die den giftigen Schleim in seiner Lunge lösen kann.

Auf seinem Bett, eingekuschelt und zuckend in seiner Weste, zieht Jasper an seinem Nebulisator wie an einer Maiskolbenpfeife. Weißer Nebel wabert durchs Zimmer. Auf dem Nachttisch liegt Henry, der einzige Hund, der in der Wohnung erlaubt ist – blind, fadenscheinig und immer wieder mal mit frischer Füllung und Nähten wiederbelebt. Henry ist ein neun Jahre alter Veteran vieler Krankenhausaufenthalte. Er beschwert sich nicht, übersteht den wöchentlichen Walzer in der Waschmaschine, und trotz des Schwalls an Beleidigungen, »blöd« oder »für Babys«, schafft er es jeden Abend in Jaspers Bett und kuschelt sich an ihn.

Mein Wunderjunge schaut vom Bildschirm seines Laptops auf und macht ein Daumen-hoch-Zeichen. Vielleicht regelt er alles bei Amazon. Vielleicht spielt er dieses ärgerlich süchtig machende Spiel *Fortnite*. Oder er surft durch all diese Seiten voller Hundetierheime, die ich in seinem Suchverlauf gefunden habe. Als ich die Türschwelle überschreite und er den Laptop zuknallt, habe ich meine Antwort. Ich reagiere mit einer »Ich behalte dich im Auge«-Geste und verschwinde.

Da es noch sechs Minuten dauert, bis die Ziti al dente sind, habe ich Zeit, die *Panhandle*-Telefonnummer anzurufen, die Martha mir geschickt hat.

»Ja, ich erinnere mich an den Hund«, bestätigt eine Frau namens Cindy schrill. »Nicht gerade eine Schönheit und ziemlich schlimm zugerichtet. Manche Leute haben Mitleid, aber trotzdem super schwer zu vermitteln. Ich frage mich, warum er immer wieder wegläuft.«

»Keine Ahnung. Haben Sie Unterlagen darüber?« Es ist ein Versuch, aber ich muss fragen, falls es die Chance gibt, dass eine Gruppe von unbezahlten, überarbeiteten, hundeverrückten Freiwilligen Whistlers Herkunft klären kann.

»Wir versuchen, sie zu bekommen«, sagt Cindy, es klingt ein bisschen zu defensiv, »aber es hängt vom jeweiligen Tierheim ab. Wenn deren Unterlagen schlecht sind – und das sind sie meistens –, dann sind unsere das auch. Wir haben es mit einigen der ärmsten Gegenden von Texas, Oklahoma, Kansas und New Mexico zu tun. Papierkram hat da keine Priorität.«

Als ich Oklahoma höre, stelle ich automatisch eine lächerliche Frage: »Sagt Ihnen der Name Whistler etwas?«

»Nein«, erwidert sie bestimmt. »Ich glaube, daran würde ich mich erinnern. Aber wenn das hier der Hund ist, den ich meine, dann liegt das Jahre zurück. Ich schaue gern mal, was ich herausfinden kann, verspreche aber nichts.«

Taktvoll tanze ich um den wahren Grund meines Anrufs

herum: Würde Cindys Gruppe Whistler noch einmal vermitteln?

»Tut mir leid, nein. Wir bekommen jede Woche eine neue Lieferung. Wir haben kein Gebäude. Wir pflegen sie, vermitteln sie und fangen von vorn an. Es ist unmöglich, einen Hund zurückzunehmen.« In mein Schweigen hinein ergänzt sie: »Aber Sie sind doch offen, richtig?«

Offen. Sie stellt genau die Frage, die nicht diskutiert werden sollte. Steht unser Tierheim für *offene* Adoption anstelle einer *begrenzten* Adoption?

Ich mische einen Cocktail aus Geschwafel und Schmeicheleien und schaffe es, das Thema zu wechseln, lobe Cindy für ihre Arbeit und hoffe, bald etwas von ihr zu hören, sollte sie etwas über Whistlers Geschichte herausfinden, und lege auf.

Irgendwie habe ich die Wahrheit vermieden, eine Wahrheit, die meinen Sohn ständig motiviert und mich mehr belastet, als ich zugeben möchte. Begrenzt bedeutet begrenzter Platz, begrenzte Finanzierung, begrenzte Zeit und für Whistler, unseren letzten, entstellten, eigenartigsten und kränksten Neuankömmling, vergessen wir mal diesen politisch korrekten Ausdruck, den diejenigen bevorzugen, die Bescheid wissen, und verwenden wir stattdessen das realistischere, schmerzhaftere, aber ehrlichere Adjektiv für mein Tierheim: Ja, unser Tierheim ist begrenzt, und, ob es einem nun gefällt oder nicht, begrenzt bedeutet *töten.*

Vielleicht klingt es seltsam, dass die Mutter eines kranken Kindes sich für einen Beruf voller emotionalem Stress entschieden hat, aber ich liebe meine Arbeit, auch wenn andere mir vorschlagen, ich soll die tägliche moralische Belastung hinter mir lassen und emotionalen Raum zulassen, damit mein Sohn einen eigenen Hund haben kann. Wenn es doch nur so einfach wäre. Damals, als ich angefangen habe, betete ein naiver Teil von mir, dass diese Konfrontationen mit Verlust meinen Schmerz lindern könnten, indem sie mich härter machen und meinem Herz eine dicke, undurchdringliche Hornhaut verleihen. Lächerlich. Das ist nicht geschehen, aber Folgendes: Immer wieder findet ein Tier ein Zuhause, trotz aller Schwierigkeiten, und dieses Hochgefühl, dem Schicksal ein Schnippchen geschlagen und ein Leben erhalten zu haben, wo die Alternative sowohl unnötig als auch unfair gewesen wäre, fühlt sich unverhältnismäßig großartig an.

Natürlich habe ich daran gedacht, in einer normalen Tierarztpraxis zu arbeiten, mit flexibler Arbeitszeit, aber es gibt immer Nachteile: Spätschichten, strenge Büromanager, Wochenend- und Urlaubsdienste. Ja, ich unterstehe Katrina Goddard-Brown, aber ich mache meinen eigenen Arbeitsplan, kann mit der tyrannischen Herrschaft von KGB – einer früheren Wall Street Corporate Raider oder auch Heuschrecke, die sich noch vor fünfzig zur Ruhe gesetzt hat und jetzt unbedingt gutes Karma sammeln will und dafür zwanzig Stunden pro Woche ihren Geschäftssinn ehrenamtlich zur Verfügung stellt – umgehen, weil sie aus der Ferne, von einem schicken Stadthaus in Beacon Hill aus, arbeitet. Über SMS und E-Mail nervt, kontrolliert und kommandiert sie ständig, aber in den achtzehn Monaten, seit sie die Leitung übernommen hat, hat sie das Tierheim erst ein Mal besucht. Und so, abgesehen von dem kurzen Arbeitsweg, brauche ich nie um Erlaubnis zu fragen, wenn Jasper krank ist, und weiß immer, dass es ihm nach der Schule gut geht.

Einen Haken gibt es allerdings – und Jasper habe ich noch nichts davon erzählt –, ich mache mir ernsthaft Sorgen um meine Jobsicherheit. Mehr und mehr Leute wollen einem Tierheim, das gezwungen ist zu töten, *kein* Geld mehr geben, und die Änderung des Status von »begrenzt« zu »offen« erfordert ein Vermögen. Mit weniger privaten Spenden, einem angespannten Budget und ständig neuen Tieren in Not weiß ich nicht, wie lange wir noch überleben können. KGB hat bereits ein Tierheim in Nantucket geschlossen.

Im Moment bekommt jedes neue Tier nur zwei Wochen, um eine Verbindung aufzubauen, Blickkontakt herzustellen, ein Herz zu stehlen und ein neues Zuhause zu finden. Die Chancen des armen Whistler sind sowieso schon schlecht, aber wenn er in den kurzen zwei Wochen nicht die richtigen Leute trifft, wenn er übersehen und unbeachtet bleibt, dann muss ich für all die Neuankömmlinge, die ihre Chance verdient haben, meine Gefühle ignorieren, meine Schreie gegen die Ungerechtigkeit unterdrücken und dieses traurige misshandelte Wesen einschläfern.

13

Jasper

Einen Tag später sitze ich wieder in dem gleichen Bus, an genau dem gleichen Platz, mit der gleichen salzigen Meeresbrise im Gesicht und warte darauf, dass sich wieder eine Verbindung zu Whistler einstellt. Das letzte Mal kam sie aus dem Nichts, aber jetzt konzentriere ich mich, will sie unbedingt, strecke mich sozusagen mit meinem Geist nach ihm. Aber als das Tierheim und die Bucht vor mir auftauchen, spüre ich nichts außer Traurigkeit, die meine ist.

Deswegen muss diese … Sache – ich weiß nicht, wie ich es nennen soll – geheim bleiben, wenigstens bis ich sie verstanden habe. Vor meinem Interesse für Fußball war ich ein Fan von Marvel Comics, vor allem Spider-Man; aber wenn ich Peter Parker bin, dann muss das die schlechteste Superkraft überhaupt sein. Ich weiß nicht, wie ich sie aktiviere oder ob sie die ganze Zeit über da ist. Ich weiß nicht, ob sie eine Bandbreite hat oder ob die Verbindung nur innerhalb einer bestimmten Entfernung funktioniert. Was ich aber weiß, ist, dass sie, verglichen mit Mr Tibbles, dem Zwergspitz, noch nie so stark und deutlich war wie bei Whistler. Wieso bin ich jetzt an der Haltestelle und fühle nichts?

Hey, Moment mal …

Nein, nein, nein. Wenn ich nichts spüre, dann vielleicht, weil Whistler weg ist. Mr Boa Constrictor ist wieder da und windet sich in meinem Bauch. Bitte sei adoptiert weg und nicht weg weg.

Hustend und keuchend laufe ich zur Hintertür und strecke meine Hand nach der Klinke aus, als etwas hinter mir mich aufhält. Etwas fühlt sich falsch an, fehl am Platz, sodass ich mich umdrehe und zum Ozean sehe und zu dem sandigen Gestrüpp und den Strandpflaumen, da draußen, wo die anderen Freiwilligen mit den Hunden Gassi gehen.

In der Ferne entdecke ich eine bekannte Silhouette, gebeugt wie ein Hirtenstab aus einer Krippe. Er ist ein großes umgedrehtes J am Horizont.

»Burt!«, rufe ich.

Es dauert einen Moment – die Entfernung, die Meeresbrise, sein Hörgerät –, dann folgt ein unschlüssiges Winken, als wäre er nicht sicher, wer ihn ruft, und dann wird aus dem Schatten des alten Mannes, der lang und dünn vor der Nachmittagssonne steht, der Schatten eines tanzenden Hundes.

Er ist es.

Burt ist zu weit weg, um mein Grinsen zu sehen, aber jetzt ergibt alles einen Sinn. Anstatt zu bellen – zu einfach, zu verwirrend –, hat Whistler in mir dieses merkwürdige Gefühl ausgelöst, wie ein Klopfen auf der Schulter und ein Flüstern in meinem Ohr. Unsere besondere Art der Kommunikation, unsere geheime Verbindung, sie muss echt sein. Und nenn es nicht Telepathie, weil das wie Zauberei klingt, und dann glaubt mir niemand mehr. Es ist einfach so, einen Moment bin ich in meinem Körper und meinem Kopf völlig »normal«, und dann, peng, habe ich vielleicht Bauchweh oder, peng, Angst. Es geht darum, die Veränderung zu spüren. Sie ist körperlich, kommt unvermittelt und ist so verrückt anders, dass sie nicht zu mir gehören kann. Dieses Mal hat Whistler wahrscheinlich gedacht, ich hätte ihn verlassen, aber jetzt, da er weiß, ich bin wieder da, ist dieses flüchtige Gefühl komplett verschwunden, stattdessen bin ich aufgeregt wie an Heiligabend, wenn man einen Riesenstapel Geschenke unter dem Christbaum findet und die schwierigste Entscheidung die ist, welches man als Letztes öffnen soll.

Ich lege meinen Ranzen ab. Vom Gewicht befreit laufe ich sofort zu ihm und sage Hallo.

»Langsam«, sagt Burt, seine knotigen, arthritischen Hände kämpfen mit der Leine, als ich näher komme. »Mach ihm keine Angst. Es ist sein erster Tag.«

Ich bleibe abrupt stehen, das Gefühl in mir hat sich komplett verändert, wie wenn aus der erstickenden Panik, Mom im Einkaufszentrum verloren zu haben, ein riesiger, erleichterter Seufzer wird, sobald ich sie wiedergefunden habe. Auf jeden Fall Erleichterung. Aber ist es meine oder die des Hundes?

Whistler hört auf zu ziehen und verschiebt die Energie in den Schwanz, der auf Hochfrequenz wedelt. Nichts hält mich davon ab, ihn mit dem Handrücken zu berühren.

»Es könnte noch zu früh sein …«

Burt verstummt. Er hat seit siebenundsiebzig Jahren mit Hunden zu tun, und eine der ersten Lektionen, die ich von ihm gelernt habe, ist: »Begrüße mit dem Handrücken, die Finger sicher an der Handinnenfläche. Besser erst mal kein weiches Ziel für einen Biss bieten, falls man die Situation falsch eingeschätzt hat.«

Nun, das habe ich nicht. Burt sieht zu, mehr interessiert als besorgt, weil Whistlers Begrüßung freundlich, wenn auch etwas seltsam ist. Anstatt von einer wilden, feuchten Zunge attackiert zu werden, gibt er mir stattdessen etwas, das Burt später »langsames Lecken« nennt: Die Hundezunge gleitet in Zeitlupe über meine salzige Haut.

Ich hocke mich hin und kraule die Fellreste an seinem vernarbten Hals und seinen Schultern. Whistler behält zwar alle vier Pfoten auf dem Boden, senkt aber den Kopf und drückt ihn mir an die Brust, unter das Kinn. Er hat die Augen geschlossen, als wäre er glücklich oder fühlte sich geborgen. Vielleicht ist das seine Art, mich zu umarmen.

»Kennt ihr zwei euch?«

Dann bekomme ich seine Haare in die Nase. Sie kitzeln mich, und ich lache, aber das Lachen bleibt stecken, hängt in meiner Brust, bist es sich in einem hustenden Wirbelsturm einen Weg nach draußen bahnt.

Ich bin vornübergebeugt, und weil ich mein bordeauxrotes Portugaltrikot anhabe, sagt Burt »Ronaldo«, als ich wieder hochkomme – das steht auf dem Rücken –, als wäre das mein Namensschild.

»Wir haben uns gestern kennengelernt«, erkläre ich, als ich wieder zu Atem gekommen bin.

»Oh. Als ich heute Morgen eingetroffen bin, hörte ich es in der Quarantänestation husten. Ich hätte schwören können, dass du das warst. Stattdessen habe ich den Hund gefunden.«

Ich bekomme Panik, denn wegen der ZF ist mein Keuchen laut und ziemlich beeindruckend. »Hast du es jemandem erzählt?«

Burt schüttelt stirnrunzelnd den Kopf, ich sollte ihn doch besser kennen. Auch wenn ich mit ein paar Leuten aus der Schule befreundet bin – Jack, noch verrückter nach

Fortnite als ich; Mandy, die eine Krankenschwester werden will und mich ständig wegen ZF nervt; und Diego, Diabetiker, wir sehen einander oft im Krankenzimmer der Schule –, Burt ist mein bester Freund. Er ist cool. Burt verdient tatsächlich eines der besten Komplimente überhaupt: *brillant.* Er erwähnt meine Krankheit nie, nicht, weil er gleichgültig ist, das ist er nicht, sondern weil sie nichts mit dem zu tun hat, was uns im Tierheim miteinander verbindet. Andere Freiwillige machen Witze. Sie lachen über seine weiten Hosen – er trägt eine Windel, na und –, weisen darauf hin, dass er Dinge vergisst oder verwirrt wirkt, und einmal hat Martha zu Mom gesagt, sie könnte schwören, dass er Alzheimer hat. Aber sie täuschen sich, denn wenn es um Hunde geht, ist Burt richtig clever, er bemerkt alles und vergisst es nicht. Deswegen kennt er so viele tolle Tricks. Zum Beispiel dass man einen Hund hypnotisieren kann, indem man ihn in den Achselhöhlen krault, weil das eine der wenigen Stellen am Körper ist, die ein Hund nicht selbst erreichen kann. Und wenn man einem Hund die Pfoten massiert, dann lernt er zu spielen, was es viel leichter macht, ihm bei Bedarf die Krallen zu schneiden. Ich liebe es, wenn Burt über Hunde spricht und darüber, wie man sie verstehen kann. Burts braune Augen mögen traurig und von lauter Falten umgeben sein, aber ich finde, er hat meine Version eines perfekten Lebens gelebt – ein Leben voller Hunde. Ich bin mir ziemlich sicher, dass noch niemand mit ZF je so alt geworden ist wie Burt. Deswegen achte ich immer besonders auf Leute, die lange gelebt und viel Interessantes gemacht haben. Wenn man ZF hat, ist das sinnvoll. Wenn ich selbst nicht dahin kommen kann, warum nicht herausfinden, wie es vielleicht gewesen wäre?

»Das ist für heute unser dritter Spaziergang«, sagt Burt. »Niemand hat mir gegenüber einen Husten erwähnt.«

Das ist gut, aber wie lange wird es dauern, bis Whistlers miserable Lunge sich öffentlich bemerkbar macht? Ich meine, sein Husten klingt genau wie meiner, und ich kann dir sagen, dass Leute einen komisch anschauen und weggehen, was für einen Hund, der adoptiert werden soll, eine Katastrophe ist. Und Husten zurückzuhalten, damit Fremde glauben, man sei normal, kann viel schwerer sein, als ein Niesen zu unterdrücken.

»Und er hat sich weder für mich noch für andere Hunde oder Leute interessiert. Bis du aufgetaucht bist.«

Whistler stupst seine Schnauze gegen meine Rippen, ich muss lachen. Ich stolpere zurück und schaue in sein gesundes Auge. Er lächelt, als wüsste er, dass wir über ihn reden.

»Vorsicht«, sagt Burt und deutet mit dem Daumen auf seine Brust, was »hinter mir« bedeutet.

Ich erkenne Martha in der Ferne, die Hände auf ihren breiten, birnenförmigen Hüften, ruft sie etwas, das ich nicht verstehe.

»Weshalb ist sie wütend?«

»Ach, sie macht bloß ihre Arbeit. Am besten, du gehst vom Hund weg«, sagt Burt, bevor er sich umdreht und ergeben eine Hand hebt.

Martha dreht sich kopfschüttelnd um und stürmt davon.

»Ich vermute, dass deine Mom jetzt was zu hören bekommt«, sagt Burt. »Du bist einem Hund zu nahe gekommen, den eigentlich niemand kennt.«

Ich glaube, er hat recht. Wenn Mom von ihrem Treffen mit der Schulkrankenschwester zurückkommt, wird Martha petzen, und wie Burt sagt: »Dr. Blunt wird dich in der

Luft zerreißen. *Alle Neuankömmlinge müssen Verhaltenstests bestehen, bevor sie an die Öffentlichkeit gehen, das schließt auch Freiwillige ein.*«

»Tut mir leid, Burt. Meine Schuld, nicht deine.«

Eine Möwe gleitet über uns hinweg, und wir beide beobachten Whistler, der ihrem Schatten folgt. Ich zertrete ein paar Löwenzahnpflanzen unter meinen Turnschuhen.

»Es ist bloß … dieser Hund … er ist etwas Besonderes.«

Burt grummelt, lässt seine Finger knacken, einen nach dem anderen, was bedeutet, dass er nachdenkt oder auf mehr wartet oder beides.

»Jeder Hund ist etwas Besonderes«, sagt er, »für irgendjemanden. Es ist unsere Aufgabe, denjenigen zu finden.«

»Aber es ist mehr als das. Es ist völlig anders. Und es geht nicht nur darum, wie wir husten. Du weißt, wie ich zu Hunden bin und wie sehr ich Hunde liebe. Nun, dieses spezielle Gefühl, das ist mir vorher noch nie passiert, also vor Whistler, jedenfalls nicht richtig und nicht so, dass ich es verstanden habe. Ich sage dir, es ist viel größer. Es passt gar nicht mehr auf die Skala.«

Burt schnieft, seufzt lange und nickt – ein Mal.

»Ich verstehe es«, sagt er. »Ich habe in meinem Leben einige wenige Whistlers gekannt. Du hast Glück. Sie sind selten.«

Burt sagt, er versucht, Hunde zu verstehen, indem er ihre Körpersprache interpretiert, denn je besser er einen Hund kennt, umso besser kann er ihn an den richtigen Menschen vermitteln. Wie bei Parship, bloß für ein Haustier. Bei dieser Frage geraten Burt und Martha am häufigsten aneinander. Die Sache ist die, Burt kann viel besser beurteilen, welcher Hund am besten zu welchem Menschen passt, und das liegt vielleicht daran, dass sie mit ihm »sprechen« und er »zuhört«.

»Burt, sei ehrlich, wie gut stehen die Chancen, dass Whistler in den nächsten zwei Wochen adoptiert wird?«

Burt kneift die Augen halb zusammen und betrachtet den Hund, der mir ins Gesicht starrt, als würde er das beste YouTube-Video überhaupt ansehen und wollte keine Minute verpassen.

»Du meinst, ob jemand ihn mehr will als du?«

Siehst du, Burts Gehirn arbeitet wunderbar, aber er beantwortet meine Frage nicht.

»Ehrlich, wie könnte ich meine Mom überreden, dass ich ihn behalten darf? Wenn ich nur erwähne, einen Hund adoptieren zu wollen, flippt sie aus.«

»Was ich weiß«, sagt Burt, »ist, dass dieser Hund bei dir glücklich ist. Bei uns anderen hat er die sozialen Fähigkeiten eines tollwütigen Fuchses. Und er sieht ziemlich, na ja, geprügelt aus.«

»Was, glaubst du, ist passiert?«

Burt deutet auf den großen haarlosen Fleck an Whistlers Flanke. »Könnte ein Feuer gewesen sein. Könnte ein Autounfall gewesen sein.«

»Was ist mit den Zebrastreifen?«, frage ich.

Burt zuckt mit der Schulter und zeigt seine kleinen gelben Zähne. »Ich sollte ihn zurück in die Quarantäne bringen. Komm, Whistler, gehen wir.«

Warum glauben Erwachsene immer, dass Kinder nicht bemerken, wenn sie einer schwierigen Frage ausweichen wollen? Zum Glück ist Whistler auf meiner Seite. Er rührt sich nicht vom Fleck.

»Ich glaube, dass etwas Schlimmes passiert ist. Etwas

Großes und Dunkles und total Heftiges, aber nicht im guten Sinn«, sage ich.

Burt sieht wie ein Verdächtiger in einer Episode von *Law & Order* aus. Er hat auf jeden Fall etwas zu sagen, aber er würde lieber einen Anwalt rufen.

»Was auch immer es war«, fahre ich fort, »Whistler bellt deswegen nicht mehr.«

Burt hat mir mal erzählt, dass Hunde sich manchmal die Schnauze lecken, wenn sie gestresst sind. Burt macht etwas Ähnliches, er drückt sich mit zwei Fingern auf die Nasenwurzel, wenn er sich Sorgen macht. Da Burt bei den Zebrastreifen nervös wird, weiß ich, dass ich auf dem richtigen Weg bin.

»Was, wenn ich ihn nicht adoptieren kann? Was, wenn ihn niemand sonst will?«

Burts Schweigen ist nicht die Antwort, die ich hören will. Ich strecke die Hand aus, achte darauf, dass Whistler mein Lächeln sieht, und fahre sanft mit der Hand über die Narben an seiner Schnauze. Es muss niemandem peinlich sein, anders zu sein. Das sollte ich wissen. Aber die Leute bleiben oft am Anderssein hängen. Manchmal sehen sie nur das. Was, wenn Whistler zu krank ist? Wie lange wird es dauern, bis es seiner Lunge besser geht? Was, wenn es *länger* dauert als zwei Wochen? Hat Mom überhaupt eine Therapie? Mir ist ihr Gesichtsausdruck aufgefallen, als sie seinen Husten zum ersten Mal gehört und seine Röntgenbilder gesehen hat. Mein Dad ist nicht geblieben, als ich geboren wurde. Warum sollte ein Wildfremder einen Hund aufnehmen, der so krank ist wie ich?

Ich erinnere mich daran, dass Whistler vielleicht meine Gedanken liest, und sage: »Nicht dass er nicht bellen kann, er hat sich einfach entschlossen, es nicht zu tun. Stimmt's?«

Und ohne darüber nachzudenken, strecke ich meine Hand aus, berühre sein zerschlissenes rechtes Ohr, nicke in Richtung des Tierheims, und Whistler, als wäre er ein Wettkämpfer aus der Hundeschule, trottet fröhlich mit.

14

Kate

Ich hätte erkennen müssen, dass es sich um einen Hinterhalt handelt, als Mrs Fisher, die Schulkrankenschwester, vorschlug, dass wir es in einem Konferenzraum bequemer hätten.

»Ich hoffe, es ist Ihnen recht«, sagt Mrs Fisher, hält die Tür auf und deutet auf den Mann und die Frau, die dort warten und jetzt aufstehen. »Coach Taft und Miss Sexton haben gehört, dass Sie kommen, und wollten mit Ihnen sprechen.«

Mrs Fisher ist eine große, vollbusige Frau mit wilden Augenbrauen, die einem russischen Präsidenten aus dem Kalten Krieg würdig wären. Nach dreißig Jahren Berufserfahrung erkennt sie den Unterschied zwischen echter Krankheit und dem Versuch zu schwänzen auf fünfzig Meter. Sie hat ein paar Lieblinge unter den chronisch kranken Kindern, die sie liebevoll »Wiederholungstäter« nennt. Zum Glück gehört Jasper, zusammen mit einer Handvoll Autisten, Epileptikern und Diabetikern, dazu.

Ich muss mich an ihr vorbeiquetschen und schüttle der Lehrerin und dem Trainer meines Sohns die Hand.

Miss Sexton, frisch von der Uni, hat die perfekte Figur und die respektlose Einstellung einer Frau, die gerade ihre Karriere beginnt. Sie zieht gern Flipflops an, solange es draußen nicht schneit, und verbindet den frischen, lebendigen Enthusiasmus einer Anfängerin mit einer sanften Güte. Die Kinder sind komplett begeistert. Wahrscheinlich ist sie sogar Thema nächtlicher Fantasien der etwas frühreiferen Jungs. Jasper jedoch liebt Miss Sexton, weil sie nachsichtig mit ihm ist. Ich weiß nicht, ob seine Krankheit sie aufregt oder ängstigt, aber ich bin für eine junge Frau dankbar, die sensibel und aufnahmefähig ist, wenn es darauf ankommt.

Coach »Daft«, wie ihn manche der aggressiv-sportlichen Eltern nennen, die ständig seine Aufstellungen, seine Taktik und Spiele kritisieren, ist ein schmaler Mann Ende vierzig mit dünnem Haar. Er trägt sein Lieblingssweatshirt *Framingham State* – eine Erinnerung an seine Tage als Collegebasketballstar in der 3. Liga.

Ich werde zu einem Stuhl geführt, der den anderen dreien gegenübersteht – definitiv ein Hinterhalt. Ich setze mich hin, nehme instinktiv meine beste Katholisches-Schulmädchen-Haltung an, mit geradem Rücken und leicht vorgerecktem Kinn, weniger aus Trotz, eher um für ihre Angriffe bereit zu sein.

»Also«, sagt Miss Sexton, fröhlich und locker, richtet ihren kurzen Rock, schlägt die Beine übereinander und beugt sich vor: »Ich wollte mich schon länger wegen Jasper mit Ihnen in Verbindung setzen, und das schien mir eine zu gute Gelegenheit, um sie verstreichen zu lassen.«

Manche Eltern würden jetzt Lob erwarten, Nachrichten über Preise, akademische Leistungen oder das Überspringen einer Klasse. Ich nicht. Verstehen Sie mich nicht falsch, Jasper ist ein kluges, aufgewecktes Kind, aber es ist egal, wie intelligent er ist, wenn nur genug Arztbesuche, Krankentage und Krankenhausaufenthalte dazukommen. Nein, in meiner Welt bedeutet »in Verbindung setzen« immer »ein Problem ansprechen«.

»Jaspers Husten ist in den letzten Wochen etwas … störender geworden, aber …«

»Warum hat mir niemand Bescheid gesagt?« Es ist raus, bevor ich es aufhalten kann, ein Reflex, und in der folgenden Pause befehle ich meiner Zunge, sich rauszuhalten und ruhig zu sein.

»Jasper ist für zusätzliche Albuterol-Inhalationen vorbeigekommen«, sagt die matronenhafte Krankenschwester gelassen. »Manchmal alle zwei Stunden. Er verbraucht sie schneller als sonst, deswegen habe ich ja um neue gebeten.«

Mir ist bewusst, dass ich meinen rechten Zeigefinger knete, als wäre er ein Rosenkranz, als würde er irgendwie meine Gelassenheit stärken.

»Aber«, nimmt Miss Sexton den Faden wieder auf, »und ich bin keine Expertin, es scheint um mehr zu gehen als nur um seine …« Sie wirkt unsicher, welches Wort politisch korrekt ist – seinen Zustand, seine Krankheit, seine Behinderung. Sie nimmt schließlich: »… seine ZF. Es ist, als wäre er manchmal in der Klasse gar nicht richtig anwesend. Und ich spreche nicht über seine ADHS.«

»Er vergisst seine mittägliche Dosis Amphetamin nie«, wirft Mrs Fisher schnell ein, als wolle sie einem meiner gereizten Kommentare zuvorkommen.

»Ich meine«, sagt Miss Sexton, »ist es möglich, dass Jasper schwerhörig wird?«

Während ich diese Frage verarbeite, überlege ich, wie unfassbar und unmöglich grausam die Gehörlosigkeit wäre zusätzlich zu all dem, was Jasper sowieso schon aushalten muss. Einen Moment lang bleiben meine Gedanken bei

Lippenlesen, Gebärdensprache und Cochlear-Implantaten hängen. Aber dann richte ich mich auf, die Rückenlehne bohrt sich mir in den Rücken, ich nutze den Druck, um meine Haltung zu stärken. Miss Sexton muss sich irren.

»Soweit ich weiß, gehört Gehörlosigkeit nicht zu seiner Grunderkrankung. Sein Geruchssinn ist nicht gut, und eventuell braucht er eine Brille.«

Miss Sexton seufzt enttäuscht. Ihr ist nicht bewusst, dass das wie ein Rückschlag wirkt, als hätte sie den Fall schon gelöst und wolle keine neuen Beweise mehr zulassen. Dann überrascht sie mich, weil ich echte Sorge in ihren Augen aufkeimen sehe.

»Seine Noten werden schlechter. Erst heute habe ich ihn nach vorn gesetzt, nicht als Strafe, sondern weil ich hoffe, dass es hilft, aber er wirkt immer noch besorgt. Und das heißt nicht, dass er unglücklich scheint. Ich habe mehrmals gesehen, wie er vor sich hin lächelte. Was auch immer es ist, Jasper scheint etwas anderes für viel wichtiger zu halten als das, was wir gerade lernen.«

Ich halte Blickkontakt, ohne zu blinzeln, und zwinge meine Gesichtsmuskeln zur Ruhe, aber ich frage mich unwillkürlich, ob dieser Leistungsabfall bei Jasper etwas mit seiner ungesunden Besessenheit von Hunden zu tun hat, die seit der Ankunft unseres letzten Schützlings, Whistler, schlimmer geworden ist. »Stört den Unterricht« kommt auf die lange Liste der Gründe, die gegen einen Hund als Mitbewohner sprechen.

»Wir haben uns gefragt«, sagt Miss Sexton und deutet auf die anderen Mitglieder ihres Killerkommandos, als hoffe sie so, die Schuld zu teilen, »ob sich zu Hause vielleicht etwas verändert hat?«

Ich zucke nicht mal mit der Wimper, obwohl mir die Nonchalance und das majestätische »Wir« auffallen. Natürlich schnüffelt sie herum, aber mir ist klar, dass es aus dem Wunsch, Jasper zu helfen, entspringt und nicht der Suche nach Tratsch. Kurz schaue ich mir die schöne, gesunde und engagierte junge Frau an. Miss Sexton trägt keinen Ring an ihrer rechten Hand, sie hat noch ihr ganzes Leben vor sich, ähnlich wie es bei mir in diesem Alter war, keinerlei Sorgen – ehrgeizig, unsterblich, mit Teflon beschichtet, dass weder Kummer noch Sorgen haften bleiben. »Nein«, sage ich, »keine Veränderung. Aber ich werde mit Jasper reden und die Probleme auf jeden Fall mit seinen Ärzten besprechen. Vielleicht liegt es einfach nur an der Dosierung des Amphetamins.«

»Gut«, sagt Miss Sexton, »gut, gut, gut«, fügt sie hinzu, was beweist, dass sie nicht mehr zuhört. Sie lehnt sich in ihrem Stuhl zurück, das Stichwort für Taft.

»Nun«, sagt Taft, »ich kann nichts über Schwerhörigkeit sagen, aber« – er schlägt sich mit der Faust in die offene Hand – »dieses Wochenende ist ein wichtiges Spiel.«

Bei jedem anderen Elternteil hätte diese Vorrede vielleicht dazu geführt, dass der Trainer gelobt wird, seine Führungsstärke, wie er die Fußballmannschaft der sechsten Klasse zu einer siegreichen Saison bringt. Aber wieder einmal bedeutet diese Einleitung Ärger, wenn man Jaspers Mutter ist.

»Ja«, sagt Taft, »wenn wir gewinnen, sind wir in der Endspielrunde des ganzen Staates.«

»Jasper ist sehr begeistert, Teil der Mannschaft zu sein. Es bedeutet ihm sehr viel.«

Ich hätte genauso gut den Mund halten können, aber das

war es wert zuzusehen, wie er sich verlegen auf seinem Stuhl windet, wie sich sein Adamsapfel bewegt, als er schluckt.

»Ja, Dr. Blunt, ich weiß das zu schätzen. Aber in dieser Phase der Saison begrenzen die Regeln des Staates die Mannschaft auf fünfzehn Spieler, und es gibt Eltern, die sich besorgt darüber gezeigt haben, dass ein wertvoller Platz in der Mannschaft …« Der Trainer sprintet sozusagen mit Worten, als wäre seine Chance zu gewinnen größer, je schneller er auf den Punkt kommt.

Wie wäre es, wenn ich ihn über die Ziellinie schubse. »Was? Verschwendet wird?«

Ich erreiche durch meine Frage, dass seine Augen zucken wie eine Kompassnadel auf der Suche nach dem magnetischen Nordpol.

»Von einem Spieler eingenommen wird, der … gewisse Einschränkungen hat.«

Hätte Taft angefangen, wäre ich vielleicht aufgesprungen wie eine Bärenmutter, hätte nach Namen gefragt, bereit, verbal Amok zu laufen. Aber jetzt ist das Überraschungsmoment weg. Dieser passiv-aggressive Angriff ist nichts Neues und nichts, womit ich nicht umgehen könnte. Wenn man in meiner Situation in der Öffentlichkeit um sich schlägt, glauben die Leute, man hätte die Kontrolle verloren. Wenn man kühl bleibt, hat man die Chance auf etwas viel Wertvolleres – Respekt.

»Ich könnte Sie daran erinnern, Coach Taft, dass es hier um Fußball in der sechsten Klasse geht, dass es nicht die Weltmeisterschaft ist, aber mein Sohn würde dagegen argumentieren, weil er seine Sportaktivitäten sehr ernst nimmt. Ich könnte erwähnen, dass Jasper offiziell eine Behinderung hat, und mich fragen, wie die Regionalzeitung das, was schwer nach Diskriminierung aussieht, findet, besonders in dieser Phase der Saison. Aber stattdessen möchte ich, dass Sie seine Mannschaftskameraden fragen, was sie denken. Fragen Sie, was Jasper Ihrer Mannschaft bringt.«

Das ist vielleicht ein riskanter Spielzug, aber ich habe die anderen Spieler beobachtet, sogar die sehr ehrgeizigen, und ich habe gesehen, dass sie Respekt für Jaspers Wissen und Verständnis des Spiels haben, auch wenn sie auf Distanz bleiben. Wegen der unendlich vielen Stunden, die mein Sohn Fußball im Fernsehen gesehen hat, verfügt er über unschätzbar wertvolle Ideen und Taktiken, was Standardsituationen, Eckschüsse, Freistöße und Angriffsformationen – seine Worte, nicht meine – angeht. Er hilft beim Training, und ab und zu hat er sogar eine Statistenrolle und wird in den letzten Minuten eines Spiels eingewechselt, genießt den Applaus, ohne daran zu denken, dass seine Mannschaft schon so weit in Führung lag, dass sie gar nicht mehr verlieren konnte. Aber jetzt behauptet Taft, Jasper sei ein totes Gewicht, ein Mitleidsfall und dass sie ihr »Maskottchen« nicht mehr brauchen.

»Dr. Blunt?«

Es ist Miss Sexton.

»Entschuldigung«, sage ich.

»Coach Taft würde sich *nach* dem Spiel am Sonntag gern noch mal bei Ihnen melden.«

»Klar«, sage ich, stehe auf und wünschte, ich hätte hohe Absätze an, dann könnte ich mich noch größer machen, die Größe als eine Art Waffe nutzen, sie zwingen, zu mir hochzusehen, in mein strenges Gesicht und meine eisigen blauen Augen zu schauen. Ich frage mich, ob sie meine

Rolle der nordischen Eisprinzessin durchschauen und den Verdacht hegen, dass sie bei Weitem nicht so undurchdringlich ist.

Nach einer unangenehmen Runde mit mattem Händeschütteln und falschem Lächeln fällt mir auf, dass ich Jaspers Medikamente im Auto vergessen habe. Ich verspreche, gleich zurückzukommen. Es ist eine Erleichterung, durch die Vordertür der Schule zu stürmen, in den strahlenden Sonnenschein, auf den Schlüssel zu drücken und über den frisch gemähten Rasen zum Wagen zu laufen.

Die Medikamente sind in meiner Handtasche – Pankreas-Enzyme, die Jasper zu jeder Mahlzeit und jedem Imbiss nehmen muss, um sein Essen verdauen zu können; ein neuer Inhalator, der die verstopften Atemwege befreit, aber als Nebenwirkung des Wirkstoffes zittern ihm die Hände und rast das Herz; und dann ist da das Amphetamin. Ich schaue auf die Dosierungsempfehlung auf der Flasche.

»Dreimal täglich eine halbe Tablette.«

Damals habe ich die Diagnose ernsthaft angezweifelt, und ich wurde bestätigt, sodass er nur noch eine einzige Tablette nimmt, die Mrs Fisher ihm mittags gibt. Heute hat zum ersten Mal seit zwei Jahren jemand seine mögliche ADHS erwähnt. Ich würde meinem Sohn niemals wichtige Medikament vorenthalten – vielleicht ist es an der Zeit, die Dosis zu erhöhen? Aber möchte ich das wirklich? Und wichtiger noch, kann ich es mir leisten?

Nicht daran denken. Ich öffne die Flasche Amphetamin und kippe zwei Drittel des Inhalts in mein leeres Ibuprofen-Fläschchen. Ich will den Deckel gerade schließen, als ein »kleiner blauer Helfer« nach mir ruft und ich die winzige Pille zwischen meine Lippen stecke.

»Ich dachte, ich erspare Ihnen den Weg«, sagt Mrs Fisher, die sich nur noch wenige Meter hinter mir befindet.

Man sollte meinen, der Schock würde mir dabei helfen, ohne Wasser zu schlucken, aber die verdammte Tablette klebt an meinem Gaumen fest. Ich greife nach den Medikamenten, drehe mich um und reiche sie ihr. Es ist ein Kampf, meine Lippen und Zunge »Danke schön« sagen zu lassen, ohne zu lispeln.

Als ich wegfahre, sehe ich im Rückspiegel, wie Mrs Fisher immer kleiner wird. Falls sie mich erwischt hat, hätte sie doch sicher etwas gesagt?

Jedenfalls befürchte ich das.

15

Jasper

Krankenschwestern fragen mich immer: »Wie geht es dir? Wie stark sind deine Schmerzen?« Dann holen sie so eine Tabelle mit Smileys heraus, mit Punkten von eins bis zehn. Eins ist »Keine große Sache« und zehn »Gebt mir Morphium«. Ihre spitzen Finger gleiten an der Grinsekatze und der Flatline vorbei bis hinauf zu explodierenden Augen und einem umgedrehten U. Wenn mich eine Krankenschwester jetzt fragen würde, da Burt, Martha und Mom diskutieren, würde ich eine solide Sieben angeben.

Sie sind in Moms Büro, und ich lehne an der Wand neben der offenen Tür, wo mich niemand sehen kann. Es ist schwer, etwas zu hören, aber was ich aufschnappe, macht mir Angst.

»Röntgenbilder lügen nicht«, sagt Martha. »Der Husten dieses Hundes ist ein Riesenproblem.«

Mom murmelt etwas als Antwort, und Martha erwidert: »Ich bin nur pragmatisch. Jemand muss das sein.«

Marthas Lautstärkeregler funktioniert nicht richtig, und wenn sie wütend wird, schneidet ihre Stimme wie Glas durch die Luft. Burt kaut seine Worte zu sehr, alles ist leise und gehaucht, und Mom ist am weitesten weg und könnte genauso gut Schwedisch sprechen.

Soweit ich das verstehe, streiten sie über den Platz oder darüber, dass es eben nicht genug gibt. Denn das Tierheim hat diesen großen Raum mit einem riesigen Dachfenster, sodass es hell ist, und dort sind diese netten Gehege mit Plastiksofas und gemütlichen Betten, und hierher kommen die Leute, um zu schauen, welchen Hund sie adoptieren möchten. Burt nennt es den »Showroom« – er hat mal bei einem Honda-Händler gearbeitet – und sagt, unsere Quarantänestation ist wie der Parkplatz dahinter, wo neue Lieferungen überprüft und herausgeputzt werden, bevor sie der Öffentlichkeit präsentiert werden.

Das Problem ist, dass es im Showroom nur vierzehn Zwinger gibt. Egal ob es eine Dänische Dogge oder ein Chihuahua ist, jeder Hund bekommt seinen eigenen Bereich. Mom macht auf Dr. Blunt, wenn ich mich beschwere. Sie sagt, dass es so am gerechtesten ist, aber ich finde es gar nicht gerecht. Vierzehn Zwinger bedeutet vierzehn Tage, um ein Zuhause für immer zu finden. Wenn nach zwei Wochen niemand gefunden wurde, ist es Zeit für eine andere Art von *immer*, eine richtig schlechte Art.

»Zeitverschwendung«, gefolgt von: »Dann muss Pudge dran glauben.« Diese Worte von Martha dringen an meine Trommelfelle. Jetzt eine Acht auf der Smileyskala.

Pudge ist ein kleiner schwarzer Mops mit einem Augenproblem namens Grüner Star, deswegen ist er auf einem Auge blind. Morgen ist Samstag, aber wichtiger noch für Pudge, es ist Tag vierzehn. Noch zwei große Hunde – ein Schäferhund und eine Labradormischung – sind heute Morgen eingetroffen, und auch wenn Mathe das Fach ist, das ich am wenigsten mag, weiß sogar ich, dass jemand rausmuss. Glauben ist hier kein angenehmes Wort. Dran glauben bedeutet »einschläfern«.

Burt antwortet ihr und knurrt wie ein wütender Löwe.

Ich kann ihn immer noch nicht verstehen, und ich will nicht böse sein, aber ich glaube, Martha hat einen Fehler gemacht, als sie einen Zettel an Pudges Gehege geklebt hat. Normalerweise schreibt sie dort hilfreiche Dinge wie »kinderlieb« oder »mag keine Katzen«, aber manchmal ergänzt sie etwas aus ihrer Verhaltenseinschätzung, und bei Pudge steht: »Hasst Staubsauger.« Seit Whistler angekommen ist, habe ich versucht, mich in andere Hunde einzufühlen, und das ist nicht einfach, aber als ich bei Pudge war, krampfte sich mein Magen zusammen, als jemand draußen den Rasen mähte. Pudge *mag* vielleicht keine Staubsauger, aber ich glaube, er *hasst* Rasenmäher. Jetzt ist er kurz davor, ein Vierzehn-Tage-Hund zu werden, denn wer möchte schon ein Haustier in einem Haus, das man nicht putzen kann?

»Ich weiß nur, dass wir zwei Hunde und nur einen Zwinger haben. Du bist der Boss. Es ist *deine* Entscheidung.«

Das Wort *Entscheidung* bleibt in meinem Kopf stecken. Heißt das, dass Mom zwischen Pudge und einem anderen Hund wählen muss? Moment mal. Heißt das, Mom muss zwischen Pudge und Whistler wählen?

Burt kommt aus dem Büro gestürmt, direkt an mir vorbei, ohne mich zu bemerken.

Bei Martha habe ich nicht so viel Glück.

»Deine Mom will dich sehen«, sagt sie. »Sie hat schlechte Neuigkeiten.«

16

Kate

Mein kleiner, geisterhafter Sohn taucht aus dem Nichts auf, die Hände an den Seiten, die Schultern hochgezogen, die typische Haltung eines Kindes, das mehr Zeit mit Husten als mit Wachsen verbringt. Ein Blick in seine Augen, und ich springe auf. »Was ist los?«

»Nichts«, sagt er.

Ich habe diesen verzweifelten, ängstlichen Gesichtsausdruck schon oft bei Jasper gesehen, meistens, wenn er auf die Ergebnisse eines Lungenfunktionstests wartet, der darüber entscheidet, ob er nach Hause darf oder noch drei Wochen in einem Krankenhausbett gefangen bleibt.

»Martha hat gesagt, du wolltest mich sprechen.« Seine umwerfenden blauen Augen flehend, wie es kaum ein Hund hinkriegt. Was hat sie ihm erzählt? Martha ist streng mit all den Freiwilligen aus der Highschool, aber was meinen Sohn betrifft, habe ich das Gefühl, dass mehr dahintersteckt. Ob es um Vetternwirtschaft geht, darum, dass ich die Regeln beuge, weil er noch nicht volljährig ist, oder ob sie es hasst, sich der Chefin und ihrem Nachmittagsprogramm unterordnen zu müssen, ist schwer zu sagen.

»Ich habe mit Miss Sexton gesprochen«, sage ich und gehe um meinen Schreibtisch herum, um mich auf eine freie Tischecke zu setzen. »Möchtest du mir erzählen, was in der Klasse los ist?«

Sobald ich ihn mit einem weiteren Hundedilemma am vierzehnten Tag konfrontiere, wird er zumachen. Am besten, ich fange mit etwas weniger Schmerzhaftem an.

Jasper zuckt hustend mit den Schultern, schweigt aber.

»Sie scheint zu glauben, du würdest schlechter hören. Stimmt das?«

Als einzige Antwort bekomme ich ein gleichgültiges Kopfschütteln. Es ist offensichtlich, dass er sich für die Hauptsache wappnet. Ich versuche, daran zu denken, beim nächsten Arzttermin sein Gehör prüfen zu lassen. Gehörlosigkeit mag nicht zur ZF gehören, aber eine permanente Schädigung des Innenohrs ist eine bekannte Nebenwirkung eines seiner lebenswichtigen Medikamente. Wenn das bedeutet, dass Jasper sein Leben mit Gehörlosigkeit erkaufen muss, werde ich mich in die nächste Psychiatrie einweisen lassen und den Schlüssel wegwerfen.

Mir entschlüpft ein Seufzer. Ich will nicht völlig verzweifelt wirken, aber Jasper und ich haben das schon Dutzende Male durchexerziert. Man sollte meinen, wir haben das inzwischen gelernt. Oder ich wenigstens.

»Heute Morgen sind zwei neue Hunde aufgetaucht, was bedeutet, dass Whistler nicht in der Quarantäne bleiben kann. Wir haben keinen Platz mehr. Morgen ist Tag vierzehn für den Mops Pudge, ich habe also, wie immer, eine schwierige Entscheidung zu treffen.«

Jasper löst seinen Blick, etwas am Fenster hinter meiner Schulter lenkt ihn ab. Ich folge seinem Blick. Es ist Burt, der mit einer Leine in der Hand über den Rasen tapst.

»Die Sache ist die, mehrere Freiwillige machen sich Sorgen um Whistler. Und das hat nichts mit seinem Aussehen zu tun.« Ich schweige kurz. »Tatsache ist, dass du anscheinend das einzige Wesen auf zwei oder auch vier Beinen bist, an dem er Interesse hat. Ich weiß, dass er noch nicht ordentlich eingeschätzt wurde, und ich weiß, dass Hunde sich merkwürdig benehmen können, wenn man sie in ein Tierheim zwingt, aber du musst zugeben, dass er nicht der übliche Mischling ist. Von seinen … Gesundheitsproblemen ganz zu schweigen.«

Jasper bemüht sich angestrengt, das Zittern seiner Unterlippe zu kontrollieren.

»Deswegen habe ich beschlossen, Pudge das Wochenende zu geben. Mal sehen, ob er nicht doch noch ein Zuhause findet.«

Die erste dicke Träne hängt an seinem unteren Lid, löst sich und tropft auf seine Wange. Mein Junge trägt seine Empathie wie einen Orden, und manchmal habe ich wegen meines Berufs das Gefühl, ihm diesen von seinem knochigen Oberkörper zu reißen. Der unbezähmbare, bellende Husten, ausgelöst von den Gefühlen, trifft auf meine Ohren.

Aber Jasper atmet wie vorher. Da erklingt er wieder, zäh, räuspernd, und ich stelle fest, dass jemand hinter mir hustet.

Ich drehe mich um. Burt steht direkt vor dem offenen Fenster und schaut mich ausdruckslos an. Ich muss gar nicht sehen, wen er am anderen Ende der Leine hat.

»Alles okay?«, rufe ich.

Der Husten hört auf, aber Burt wendet den Blick nicht von mir ab. »Ja«, sagt er. »Und bei Ihnen?«

Sowohl die Frage als auch sein Timing bringen mich aus dem Konzept. Die meisten Leute fragen nie, weil ich ihnen keinen Grund zu fragen gebe. So ist es leichter. Die Antwort deprimiert die Leute nur, verschreckt sie. Aber ab und zu bin ich versucht, meine Glocke aus kugelsicherem Glas zu zerbrechen.

Warum tue ich es dann nicht? Ganz einfach: Ein kleiner Riss, und sie könnte zerspringen.

Ich antworte nicht, drehe mich wieder zu meinem Sohn um und sehe, wie die Tränen auf seinen blassen Wangen trocknen. Natürlich möchte ich nachgeben, seinen Schmerz lindern. Wenn ich jedes Mal nachgeben würde, würde mich der Tierschutz verhaften lassen, weil ich ein Hundemessie wäre. Und wann hätte »Bloß noch einer« ein Ende? Egal welche Größe, Form oder Fellfarbe, Jasper wird nie aufhören, jeden Vierzehn-Tage-Hund retten zu wollen.

»Bitte, hör auf«, sage ich und umarme ihn, was ihn zum Schluchzen bringt. Wann hat er das letzte Mal so sehr geweint? Wie so viele Jungs in seinem Alter findet Jasper, dass Tränen Schwäche bedeuten, nicht zu weinen, wenn er Schmerzen hat, ist der Beweis, dass er groß und hart und älter ist. Aber wenn es um diesen räudigen Köter geht, ist er völlig aufgelöst, jeglicher Stoizismus aufgegeben, bei diesem Kind, das so viel ertragen muss. Wie ist dieses Tier so schnell so wichtig geworden? Ich bekomme unwillkürlich Angst.

Draußen vor dem Fenster sind Burt und Whistler weitergegangen. Warum ist Burt an meinem Büro vorbeispaziert? Das tut er nie. Niemand tut das. Zufällige Erkundung, eine bizarre Geruchsspur, oder hat ihn der hässliche Hund aus Oklahoma absichtlich in unsere Richtung gezogen? Jetzt klinge ich schon wie mein Sohn.

»Hör mal. Ich habe einen Vorschlag. Und das ist nicht dasselbe wie eine Lösung.«

Ich weiß, dass ich es bereuen werde, aber sicher nicht mal halb so sehr wie die grausame Alternative.

»Wie wäre es, wenn Pudge übers Wochenende hierbleibt und ich Whistler zu Hause untersuche und kategorisiere?«

Keine direkte Antwort. Vielleicht verliert er wirklich das Gehör. Dann hebt er den Kopf, und ich spüre den festen Griff seiner Arme um meine Hüften. Überraschung und Hoffnung lassen ihn stockend atmen.

Ich löse mich aus seiner Umarmung, hole einen kleinen Messingschlüssel, der unter einer glasierten rosa Muschelschale auf meinem Schreibtisch liegt, und öffne die untere rechte Schublade.

Jasper wischt sich über die nassen Augen. »Was ist da drin?«, fragt er, als würde er das schon länger wissen wollen.

Ich ziehe drei leuchtend rote Hundewesten heraus – klein, mittel, groß. Auf jeder steht in großen weißen Buchstaben: *Assistenzhund, bitte nicht streicheln.* Wie die meisten Leute in meinem Beruf mag ich es nicht, so zu tun, als wäre er ein intensiv ausgebildeter Hund, der wertvolle Arbeit zu verrichten hat. Aber wenn es sein muss und man so oft über Vierzehn-Tage-Hunde spricht wie ich, dachte ich, es schadet nicht, vorbereitet zu sein.

Ich werfe ihm die große Weste zu.

»Hey, du bist nicht der Einzige, der online einkauft. Das ist nur für den Fall. Und leg sie ihm noch nicht an. Egal was passiert, wir können es uns nicht leisten, diese Wohnung zu verlieren. Wir machen eine ordentliche Verhaltensbewertung, und am Montagmorgen ist er dann sofort wieder hier, um adoptiert zu werden oder das andere, verstehst du?«

Jasper kann nicht mal nicken, aber er ist klug genug, um nicht zu fragen, wie lange ich diese Westen bereits habe.

»Geh und wasch dir das Gesicht, hol den Hund und warte beim Auto auf mich, während ich es Martha erkläre.«

17

Jasper

Es gab mal eine Fernsehsendung, die hieß *Die Tierpsychologin*, allerdings hat Mom sie *Die Tierpsychopathin* genannt. Diese alte blonde Frau ging zu Leuten nach Hause und hat ihnen erzählt, was genau mit ihrem Haustier los ist. Sie lauschte auf den Atem des Tieres, kniff die Augen zusammen und sagte dann zum Beispiel: »Ja, da stimme ich zu, es ist nicht schön, jeden Tag acht Stunden lang allein zu sein.« Als würde nur sie die Tiere sprechen hören. Ich glaube, sie hat sich alles nur ausgedacht, aber ab und zu sagte sie etwas Erstaunliches. Als mal eine Maine-Coon-Katze ihr erzählt hat, sie habe Bauchweh, findet ein Tierarzt einen Haarball in ihrem Magen. Ich hoffe, dass die Tierpsychologin genauso klein angefangen hat wie ich, denn obwohl Whistler direkt neben mir auf der Rückbank sitzt, kann ich nicht sagen, was er denkt.

Mom schaut mich im Rückspiegel an.

»Du hast es doch richtig verstanden?«

Ich nicke für uns beide. Mein bestes Benehmen scheint das Mindeste zu sein, auch wenn Whistler sich benimmt, als hätte er noch nie in einem Auto gesessen und noch nie eine Möwe, einen Strand oder einen Kreisverkehr gesehen. Als würde er versuchen, sich den Weg einzuprägen, wie Officer Dapolite es uns geraten hat, als er in unsere Klasse gekommen ist und uns gesagt hat, dass man ein Codewort haben sollte, um nicht mit Fremden mitzugehen, und falls wir jemals in einem Kofferraum eingeschlossen sein sollten, sollten wir alle Sinne einsetzen, um mitzubekommen, wo wir sind. Also horchen, ob ein Zug vorbeifährt oder man holpernd über eine Holzbrücke fährt.

»Ich will nämlich nicht, dass es am Montagmorgen ein Riesentheater gibt.«

Ich lege meine Hand auf seinen Rücken. Wenn ich mich jetzt in ihn hineinversetze, dann spüre ich, dass er glücklich ist, aber nicht völlig glücklich, sondern so, als hätte er noch etwas Wichtigeres im Sinn.

»Gibt's nicht«, sage ich. »Versprochen.«

Die großen blauen Augen im Rückspiegel sehen nicht überzeugt aus. Mom kann erschreckend gut darin sein, eine Lüge zu erkennen, obwohl ich jetzt nicht lüge. Whistler bei uns zu Hause zu haben, das ist schon lange vor Montagmorgen eine *Riesensache.*

Ich habe an einem neuen Plan gearbeitet, wie ich Mom davon überzeugen kann, dass wir Whistler behalten sollten. Darauf hinzuweisen, dass der einzige Mensch, der keine Angst hat, ihn zu adoptieren, einen Husten hat, der exakt genauso klingt wie seiner, wird nicht funktionieren. Es reicht nicht. Ich muss es groß machen, größer, die größte Sache anvisieren, auf die sie sich konzentriert. Mich selbst. Mich gesund zu halten. ZF zu besiegen. Mom würde alles tun, damit es mir gut geht, und das hat mich ins Grübeln gebracht. Was, wenn ich ihr zeigen könnte, dass Whistler gut für mich und für meine Krankheit ist?

Mom zu beweisen, dass ich tatsächlich fühlen kann, was in diesem Hund los ist, wäre wirklich hilfreich, aber ich weiß nicht, wie. Und es ist ja nicht so, als könnte Whistler es ihr sagen. Vielleicht hat Miss Sexton ja recht, und ich verliere das Gehör. Vielleicht erklärt das, warum ich diese Verbindung zu Whistler habe. Wenn ich einen Sinn verliere, wird vielleicht ein anderer Sinn stärker, sodass ich Whistler verstehen kann.

Die Straße entfernt sich vom Ozean, und Mom lenkt unseren 4Runner landeinwärts. Mom hatte diesen Wagen schon, als ich noch nicht auf der Welt war. Sie sagt, es ist ein »Er«, »Norman«, und obwohl er total verrostet ist und quietscht, wenn man auf dem Highway zu schnell fährt, behauptet sie, er sei immer noch einer der wenigen Männer, denen sie je im Leben vertraut hat.

Wir lassen die ordentlichen grünen Heckenwände hinter uns, die die Häuser am Meer vor neugierigen Touristen schützen, und fahren an einer Tankstelle, einer Kunstgalerie, einem Café und einem Restaurant mit einem großen aufblasbaren Hummer auf dem Dach vorbei. Whistler achtet auf jeden Orientierungspunkt, als wären es Brotkrumen auf einem Waldweg, als würde er sich darauf vorbereiten, wenn nötig, den Weg zurück zum Tierheim zu finden.

Mom blinkt an der nächsten Ampel nach links, was uns vom Weg abbringt. »Ich muss noch ein paar Medikamente in der Apotheke abholen und noch ein paar andere Sachen besorgen. Wird nicht lange dauern.«

Während wir an der Ampel stehen, beobachtet Whistler einen struppigen braun-weißen Terrier auf dem Bürgersteig. Der Hund ist vor einem Laden, der Fahrräder vermietet, an einem Metallständer angebunden, und sobald er Whistler entdeckt, springt er vor, sodass die Vorderpfoten abheben, und bellt, völlig unpassend zu seiner Größe, laut und angriffslustig.

Whistler nähert sich dem Fenster, er verhält sich eher neugierig als überrascht, und obwohl sich seine schwarzen Nackenhaare aufgestellt haben, macht er keinerlei Anstalten zurückzubellen. Vielleicht ist es ihm egal. Oder vielleicht kann er tatsächlich nicht bellen.

Mom biegt auf den Parkplatz der Apotheke ein und sucht nach einem freien Platz. Laut Mom sollte der Sommer auf Cape Cod vorbei sein.

»Wieso schließen sie nicht ihre Ferienwohnungen ab und ziehen ihre Boote aus dem Wasser?«

Ich glaube, es wird Thanksgiving, bevor Mom aufhören wird, sich über den Verkehr zu beschweren. Sie droht, einen »Ich bin hier nicht in Ferien«-Aufkleber zu kaufen.

»Endlich«, sagt sie und fährt auf einen Parkplatz vor dem Eingang zum Geschäft, wo eine Bank steht.

Auf der Bank sitzt ein Mann. Seine Haare sind ziemlich verfilzt, und man kann kaum sagen, wo sie enden und der Bart beginnt. Er trägt einen Wintermantel, der für das heiße Wetter falsch zu sein scheint, und hält einen weißen Becher in der Hand.

Mom schaltet den Motor aus und dreht sich im Sitz um. »Ich beeile mich.«

»Gibt es dort Hundenäpfe?«, frage ich.

Mom holt ihren Geldbeutel. »Im Kofferraum sind eine Leine, ein Halsband, seine Jacke und Hundefutter. Mehr braucht er nicht, und er kann sich mit einem unserer Hundenäpfe begnügen.«

Ich frage lieber nicht nach einem Hundekorb und ein paar Kauspielzeugen.

»Bleib sitzen, und falls irgendetwas passiert, hupe.«

»Was soll denn passieren?«, frage ich.

»Nichts«, sagt sie und sieht zu dem Mann auf der Bank, »aber ich schließe dich ein.«

Mom hat etwas gegen Fremde, besonders wenn sie betteln. Sie sagt, das Kap ist voll von Treuhandfonds-Babys, die ihr Erbe versoffen haben und jetzt pleite und obdachlos sind. Einmal, als ein Typ sie nach Kleingeld gefragt hat, hat sie gesagt, sie wolle hoch nach Maine ziehen, weil »das kalte Wetter dort das Gesindel abhält«.

»Aber Mom, was, wenn es eine Sonneneruption gibt, während du im Laden bist, und Whistler und ich verbrutzeln, und du wirst verhaftet, weil du fahrlässig ein Kind und einen Hund in Gefahr gebracht hast?«

Mom klappt die Kinnlade runter, sie verdreht die Augen und sagt: »Mach das Fenster auf«, dann steigt sie aus, drückt auf den Autoschlüssel in ihrer Hand und überprüft, ob die Fahrertür auch geschlossen ist, obwohl wir den Signalton gehört haben.

Wie zwei Polizisten bei der Beschattung beobachten Whistler und ich Mom, bis sie durch die automatische Tür verschwindet.

»Was jetzt?«, frage ich.

Und als ich mich zu meinem Partner neben mir auf dem Rücksitz umdrehe, starrt er direkt auf den bärtigen Mann auf der Bank und kratzt mit einer Pfote am Türgriff.

Ich denke, ich habe meine Antwort. Vielleicht bin ich doch nicht so viel anders als die Tierpsychologin.

18

Kate

Auf dem Umweg zur Apotheke schweift mein Blick immer wieder zu der Flasche mit den kleinen blauen Pillen, die so tun, als wären sie Ibuprofen. Sie liegt in meiner offenen Handtasche auf dem Beifahrersitz, direkt neben einem ungeöffneten Taschentuchpäckchen, und fühlt sich ganz falsch an, wie ein fauler Zahn, den meine Zunge einfach immer wieder berühren muss. Ich schaue von der Straße in den Rückspiegel zu meinem strahlenden Sohn neben dem hässlichsten und am wenigsten vermittelbaren Hund des Tierheims. Jasper strahlt Reinheit und Unschuld aus, und das verschlimmert nicht nur mein schlechtes Gewissen, sondern auch meine Schwäche. In diesem Augenblick ist Amphetamin mehr als bloß ein Medikament. Es ist eine Farbbombe in einer Tüte voller Bargeld, die mich als Verbrecher markieren soll.

Wenn man sich ein vernünftiges Argument zurechtgelegt hat, bereit, es wenn nötig öffentlich kundzutun, ist es dann zu spät? Ist man dann per Definition bereits abhängig?

Ich meine, es ist ja nicht so, als würde ich mein Hirn dopen. Die Dosis ist winzig, für einen Erwachsenen eigentlich gar nichts, und normalerweise nehme ich sie zwei-, höchstens dreimal pro Woche und nie am Wochenende. Ich bin keine Studentin, die für eine Klausur lernt. Ich bin keine Anwältin mit einem Gerichtstermin oder eine Journalistin mit einem Abgabetermin. Ich muss keine Supermom sein oder so tun. Aber ich muss eine Vollzeitmutter eines kranken Kindes sein, was bedeutet, dass ich seine Krankheit im Griff haben muss, während ich gleichzeitig Vollzeit berufstätig bin. Es gibt keinen zweiten Elternteil. Ich trage die Last ganz allein. Ich brauche keine Hilfe, um es *erträglich* zu machen. Ich brauche Hilfe, um es *möglich* zu machen.

Den Hund mit nach Hause zu nehmen fühlte sich mehr an wie Sophies Entscheidung als wie ein salomonisches Urteil. Natürlich bemerke ich Jaspers merkwürdige Verbindung zu dem Tier auf dem Rücksitz, das sich mehr wie ein Kind im Zuckerrausch auf dem Weg zu seinem ersten Besuch in Disneyland benimmt als wie ein Hund. Alles, an dem wir vorbeifahren, ist eine Augenweide, diese vernarbte Zebraschnauze zuckt, als wolle sie kein Detail verpassen. Aber er trippelt nicht, bellt, hechelt oder sabbert nicht, wie ein typischer Hund mit Reisekrankheit es tun würde. Ich frage mich, warum er aus jedem guten Zuhause, das ihn aufgenommen hat, weggelaufen ist. Ist Whistler derjenige, der immer noch auf jemand ganz Besonderen wartet?

Endlich taucht ein Parkplatz vor der Apotheke auf. Anscheinend haben zu viele Ferienhausbesitzer Labor Day und damit das inoffizielle Ende des Sommers ignoriert. Wie schön für sie. Aber sobald ich einparke, sehe ich den Mann auf der Bank mit einem Styroporbecher.

Wir haben ein paar Landstreicher und Obdachlose wie alle Touristenregionen, aber irgendetwas an diesem Typen wirkt eigenartig. Es ist nicht die schmierige Jeans, die sandigen Turnschuhe und auch nicht, dass er wie ein gefüllter Burrito in seinen schweren Wollmantel gewickelt ist. Der

Bart sieht dicht genug aus, als dass ein Regenpfeifer darin nisten könnte. Und dann entdecke ich es. Er trägt eine Armbanduhr. Merkwürdig für jemanden, der um Kleingeld bettelt. Oder vielleicht trinkt er ja nur einen Kaffee? Harmloser Penner oder gesuchter Sexualstraftäter? Vielleicht sollte ich woanders parken.

»Ihr beiden bleibt hier«, sage ich zu Jasper, packe meine Tasche und entscheide, sie einzuschließen. Ich wünschte, der Gammler würde in meine Richtung sehen, damit er meinen bösen Mutterblick erwischt. Er zuckt nicht mit der Wimper, den Becher in der ausgestreckten Hand. Am besten, ich beeile mich.

Auf dem Weg zur eigentlichen Apotheke kämpfe ich mich durch schlechte Fahrstuhlmusik, helles Licht, enge Gänge und eine Menschenmenge. Ein Korb würde mich nur noch langsamer machen, könnte aber auch als Rammbock nützlich sein. Ich winde mich hüpfend, drückend und entschuldigend durch bis zu den nervösen Typen in weißen Kitteln, die ihre chemische Hoffnung verteilen.

»Hi, Kate«, sagt Sanjay und schaut von seiner Pillentheke auf. Es ist nie ein gutes Zeichen, wenn der Drogenlieferant einen beim Vornamen nennt. Er zeigt zur Theke, die für »Beratung durch einen Apotheker« reserviert ist, und holt meine Bestellung.

»Bitte schön«, sagt er und reicht mir eine braune Papiertüte, die aussieht wie eine Familienportion Fast Food. »Sie müssen noch einmal mit Ihrem Arzt sprechen, damit er die Versicherung überzeugt. Sie wollen, dass Jasper von Advair zu Symbicort wechselt. Das ist wohl billiger.«

Er hebt die Hände, bevor ich mich beschweren kann.

»Ich weiß. Es ist nicht in Ordnung. Und sie weigern sich

jetzt, Rezepte auszustellen, die mehr als zwei Wochen mit Medikamenten abdecken.«

»Dann werden wir uns wohl noch häufiger sehen«, sage ich trocken.

Sanjay ist ein liebenswerter, freundlicher Vater von vier Kindern, kurz vor der Rente. Und selbst wenn er Matthew McConaughey wäre, würde ich nicht flirten.

»Ich habe Ihnen so viel Gentacin gegeben, wie noch vorrätig war, am Montag sollte noch mehr reinkommen. Das Pulmozyme ist extra verpackt und liegt auf Eis, also trödeln Sie nicht auf Ihrem Weg nach Hause.«

Er zwinkert mir zu, und ich gebe ihm meine Kreditkarte. Wer kann es sich bei dieser Zuzahlung leisten, so viel zu trinken, dass er alles vergisst?

Die vielen Menschen verwehren mir anscheinend absichtlich jedes Durchkommen, sodass ich einen Umweg bis zum Ausgang nehmen muss. Und dann öffnet sich eine Abkürzung, ein leerer Gang zwischen Kosmetik und Haarpflege. Es sind die Spiegel oder genauer gesagt mein Spiegelbild darin, das mich dazu bringt, stehen zu bleiben.

Ich trage eine graue Fleecejacke über einem grünen Chirurgenkittel, an den Füßen blaue Crocs. Der Kittel ist meine Arbeitsuniform. Praktisch, ich habe immer einen sauberen bereit. Aber es sind nicht meine Kleider, die mir auffallen. Es sind meine Haare. Ich trage sie kurz, mehr Pixie als Fußballmutter, und eine der wenigen Eitelkeiten war ein Friseurbesuch jeden ersten Dienstag im Monat. Bei den rasant steigenden Kosten und der Menge von Jaspers Medikamenten färbe ich den Ansatz lieber selbst. Ich schaue mich um, bereit, meine Haare im Spiegel zu überprüfen.

Im Gang gegenüber steht ein Mann. Er betrachtet mich. Er ist ungefähr in meinem Alter, etwas größer, mit vollem, zerzaustem, schwarzem Haar. Die meisten Frauen würden ihn wohl attraktiv finden. Ich starre eisig zurück, und er lächelt das Lächeln eines Mannes, der glaubt, dass er überall Frauen aufreißen kann.

Ich ignoriere ihn, überprüfe die grauen Härchen an meinem Ansatz und schnappe mir eine Schachtel Haarfarbe. Mütter von chronisch kranken Kindern altern schneller als ein Präsident mit zwei Amtszeiten. Wer hat schon die Zeit oder die Energie, daran zu arbeiten, attraktiv zu bleiben? Außerdem stand der Kerl vor einem Regal mit Hämorrhoidencremes.

Ich bezahle meine Packung teures Peroxid, schaffe es aber nicht bis zum Wagen. Einer von Millionen Elternalbträumen lässt mich erstarren – mein Auto ist leer.

Der Mann auf der Bank ist weg.

Wo ist Jasper?

Eine Frau, die einen Buggy über den Parkplatz schiebt, dreht sich zu mir um, geht aber weiter. Neben mir hupt ein Auto. Ein schmutziger beiger Winnebago mit getönten Scheiben wartet auf eine Lücke, um sich in den Verkehr einzufädeln. Panik steigt in mir auf. Ich bin versucht, den Notruf zu wählen, aber dann höre ich ihn, den Husten, unverkennbar. Ich drehe mich um und sehe den bärtigen Mann im Mantel, den Rücken mir zugewandt, auf einem Stück Wiese auf der anderen Seite des Parkplatzes stehen.

Als ich näher komme, dreht sich der bärtige Mann um, und ein Junge, der neben einem großen Hund kniet, wird sichtbar.

»Mom«, sagt Jasper und springt auf. »Das ist Neil.«

Ich ignoriere den bärtigen Mann. Ich ignoriere den Hund. »Was habe ich dir gesagt, von wegen im Wagen bleiben?«

Jasper weiß, dass er in Schwierigkeiten steckt, er diskutiert nicht und senkt den Kopf. Er nimmt Whistler an die Leine, dann treten sie ihren langsamen Trauermarsch zurück zum 4Runner an.

»Bitte«, sage ich, wühle in meinem Geldbeutel und drücke dem Obdachlosen einen Dollar in die Hand, bevor ich meinem Sohn nachlaufe.

»Whistler wollte Neil Hallo sagen. *Er* wollte, dass er sich besser fühlt.«

Und während ich mich umdrehe und mir auf die Zunge beiße, ruft hinter mir jemand etwas.

Es ist Neil. »Danke«, ruft er uns nach. »Danke.« Seine Stimme klingt zögerlich und rau, und ich frage mich, ob er sich bei mir, bei meinem Sohn oder bei dem Hund bedankt und wofür.

Wieder im Auto, angeschnallt, Schlüssel im Zündschloss, beobachte ich meinen Jungen, der, offensichtlich angemessen zur Einsicht gebracht, in seinem Sitz hockt. Warum habe ich dann ein schlechtes Gewissen, als wäre ich diejenige, die einen Fehler gemacht hat, als hätte ich ihr unschuldiges kleines Stelldichein genehmigen sollen?

»Hör mal, ich verstehe es, du warst einfach nur freundlich, aber glaub mir, keine Mutter möchte aus einem Laden kommen, und dann ist ihr Kind weg. Okay?«

Jasper nickt, schaut mir aber nicht in die Augen. Das ist untypisch für ihn. Der Hund neben ihm sieht vielleicht mehr wie eine abgehalfterte Milchkuh aus, aber er ist der Katalysator für diese plötzliche und furchtlose Verhaltensänderung. Da bin ich mir sicher.

Ich lasse den Motor an und schaue in den Rückspiegel. Ist es möglich, ein Kind zu sehr zu lieben? Oder hat diese Krankheit unsere Verbindung intensiviert und aus normalen Mutterinstinkten Paranoia werden lassen? Vielleicht sollte ich auf eine Erklärung von Jasper bestehen. Andererseits, ertrage ich ein Märchen über einen hellseherischen Hund? Besser nicht unter einen Stein schauen, wenn man Angst vor dem hat, was man dort findet. Am besten nach Hause fahren, es auf die Liebe schieben und nicht mehr erwähnen.

19

Jasper

Weil ich nicht berühmt bin oder was Besonderes oder viele Leute kenne, habe ich keinen Twitter-Account, aber hätte ich einen, dann würden meine Tweets garantiert als #bestsaturdayever trenden.

Es beginnt mit einer Übernachtung. Ich weiß schon. Bei mir übernachten eigentlich keine Freunde. Mom hat sich endlich beruhigt – auch wenn sie immer noch von *Entführung* redet – und lässt mich Whistlers Bett vorbereiten. Ich werfe eine meiner alten Bettdecken auf den Küchenboden. Ich muss versprechen, ihn nachts nicht zu entführen. Anfängerfehler. Sie hat kein Wort darüber gesagt, dass ich ihn nicht besuchen darf. Also stelle ich meinen Wecker auf Mitternacht und stopfe ihn unter mein Kopfkissen, aber als ich ihn höre und aufwache, liegt Whistler schon auf meinem Bett – *brillant.* Er liegt auf der Seite, die Beine ausgestreckt, die Augen geschlossen, die Pfoten zucken, er winselt, als hätte er einen Albtraum. Ich konzentriere mich und versuche, eine Verbindung herzustellen, aber ich bin müde und muss pinkeln, und als ich aus dem Bad zurückkomme, liegt er ruhig da. Wir kuscheln ein bisschen, und er leckt mal wieder langsam – es ist wie ein linkisches Händeschütteln – über meine Nasenspitze, und als ich ihn unten an seinem narbigen rechten Ohr kraule, entspannt er sich und grummelt.

Am Morgen ist er weg. Ich suche auf meiner Decke nach langen schwarzen Haaren, aber es gibt keine, bloß eine warme, saubere Mulde direkt neben mir. Vielleicht haart er nicht? Oder vielleicht liegt es daran, dass seine Haut mehr aus Narben als aus Fell besteht.

Mom hat mir ein riesiges Frühstück gemacht.

»Dein angeblicher Assistenzhund hat sich entschlossen, seine morgendliche Entleerung an einem riskanten Ort auszuführen.« Sie schiebt mir einen Teller voller Rührei und Speck herüber und einen Bagel mit genug Frischkäse, um die halbe Badezimmerdecke zuzuspachteln. Sie erwartet immer, dass ich viel zu viel esse.

»Was?«, krächze ich.

»Whistler hat einen Riesenhaufen in Mr Crabtrees Rosen gemacht.«

Ich bin sofort hellwach. Mr Crabtree wohnt im Haus auf der anderen Straßenseite, und er verwaltet die Wohnungen. Hier die wichtigsten fünf Gründe, warum ich Mr Crabtree nicht leiden kann:

1. Er hasst Hunde.
2. Eigentlich hasst er alle Tiere, aber ganz besonders Hasen und Rehe und Maulwürfe und alle Lebensformen, die irgendwie seinen Garten ruinieren.
3. Ich stehe auf seiner Liste als eine Lebensform, die bekannt dafür ist, versehentlich einen Ball in seine wertvollen Hortensien zu kicken.
4. Er hat sich geweigert, für ZF zu spenden, als ich gesammelt habe.
5. Er hat wirklich schlimmen Mundgeruch.

»Hat er dich erwischt?«, frage ich.

Mom sieht mich an, als wäre ich bescheuert. »Glaubst du, wir beide wären dann noch am Leben? Hier, nimm deine Enzyme.«

Sie reicht mir ein großes Glas Milch und lässt eine Handvoll brauner Kapseln in meine Hand fallen. Wenn ich die nicht nehme, verdaue ich mein Essen nicht richtig, dann wachse ich nicht und kann nicht gegen meine Krankheit kämpfen. Und dann bekomme ich eine Magensonde und werde dahinsiechen … habe ich alles schon gehört. Es ist einfacher, die Pillen zu schlucken und zu versuchen, genug zu essen, sodass sie aufhört, ständig »Ist das alles?« zu fragen. Komisch, aber zum ersten Mal überhaupt habe ich tatsächlich Lust auf ein großes Frühstück.

Whistler sitzt zu meinen Füßen und beobachtet alles, seinen Kopf hält er so schräg, dass das Weiß in seinen Augen kleine abnehmende Halbmonde zeigt – sehen Sie, Miss Sexton, ich passe auf. Ich weiß, und zwar nicht nur, weil er sabbert, dass er auch Hunger hat. Es sei denn … natürlich … nicht ich bin es, der Lust auf Frühstück hat, sondern er. Ich verwandle mich in ihn.

»Mom, hast du Whistler gefüttert?«

»Noch nicht«, sagt sie, verschwindet aus der Küche und kommt mit einer Plastikhand an einem langen Holzstock zurück. »Ich dachte, du würdest das vielleicht gern mal sehen.«

Ich lege meine Gabel ab. »Jetzt?«

Ich habe diesen Trick früher schon gesehen. Es ist der erste Test in der Verhaltensprüfung für Whistlers Hütehundverhalten.

Mom öffnet eine Dose Hundefutter, tut es in einen Napf

und bietet Whistler sein Frühstück an. Whistler schaut zuerst zu mir, bevor er den ersten Bissen nimmt, und ich warne ihn stumm, dass er seine besten Manieren zeigen soll. Als er ungefähr die Hälfte gefressen hat, nimmt Mom diese gruselige kleine Plastikhand und fängt an, zu schubsen und zu piken, und versucht, den Napf zu klauen.

Ich habe einen Hustenanfall vorbereitet, aber ich brauche ihn nicht. Kein Knurren oder Grummeln, kein Bellen oder Beißen.

»Ziemlich gut, was?«, sage ich zu Mom.

Aber sie ist ganz die Ärztin, lässt die Hand verschwinden und holt stattdessen einen grünen Quietschfrosch hervor. »Hier, ihr beide spielt damit.«

Das ist nicht fair, vom Essen direkt zu Spielzeug zu wechseln. Aber ich tue, was sie sagt, bringe Whistler Fangen, Apportieren, Tauziehen und Verstecken bei, und er wird ganz verrückt, die Augen wild, er tollt und flitzt herum, als hätte er noch nie in seinem Leben ein Spielzeug gehabt.

»Gut«, sagt Mom, »lass ihn eine Weile in Ruhe.«

Der schlappe grüne Frosch hängt ihm aus dem Maul, als Whistler davontrottet und sich in eine Ecke legt, das Gummitier zwischen seinen verschränkten Vorderpfoten.

Nach fünf Minuten kehrt die Plastikhand zurück, eine fiese Puppe, die über den Holzboden kriecht und Mr Froggy streichelt und ihn dann von dem Hund wegzieht.

Die Traurigkeit in Whistlers Augen, als er Mom ansieht, ist eindeutig. Aber wie ich mich durch ihn fühle, ist viel schlimmer. Ich habe noch nie etwas gestohlen, wenn man das Buch über Hunderassen nicht mitzählt, das ich irgendwann in die Schulbibliothek zurückbringen will. Und überhaupt, ausleihen ist was anderes. Aber wenn ich etwas Besonderes, etwas Wichtiges stehlen und erwischt werden würde, stelle ich mir vor, ich würde mich dann so fühlen, wie ich mich durch Whistler fühle, als Mom ihm den Frosch wegnimmt. Es ist mehr, als dass es ihm leidtut. Er fühlt sich schuldig. Was muss früher in Whistlers Leben passiert sein, dass er sich schuldig fühlt, weil er mit einem Spielzeugtier spielt?

Mom weigert sich, ihn zu loben, nickt nur.

»Nimm deine Tabletten, mach deine Therapie und zieh dich an, dann testen wir als Nächstes das Schutzverhalten.«

Das gehört zur beschützenden Aggression. Dabei versucht man herauszufinden, ob ein Hund ausflippt, wenn ein Fremder am Fenster steht oder vor einer Glastür oder wenn es an der Tür klingelt und ob er mit Frauen auskommt, aber bei Männern ausrastet oder bei Männern mit Baseballkappen oder Männern mit Baseballkappen und Sonnenbrillen. Ich mache mir deswegen Sorgen. Egal was Mom machen wird, um ihn zu überraschen oder zu ködern, ich weiß, dass es eine Sache gibt, die Whistler nicht tun wird, und zwar bellen. Mom reißt sogar sein Maul auf, um seinen Rachen zu untersuchen.

»Die Stimmbänder sehen gesund aus«, sagt sie, »er hat keine Entschuldigung.«

»Nein«, sage ich und tätschle seinen Kopf, »er hat ausgezeichnete Manieren.«

Mom lächelt gezwungen, so wie sie lächelt, wenn Leute sie fragen, wie es mir geht, deswegen weiß ich, dass sie nicht überzeugt ist. »Ich muss ein paar Erledigungen machen. Hol seine Weste, dann schauen wir mal, wie er sich in der Welt draußen verhält.«

Wow. Im Tierheim werden Neuankömmlinge ein paar Tage lang getestet, nicht bloß ein paar Stunden, aber manchmal wird Mom so, wenn sie zu viel Kaffee trinkt. Whistler steht da, ärgert sich und fühlt sich unwohl, während ich ihm die Weste anziehe. Als ich die Klettverschlüsse schließe, habe ich ein juckendes Gefühl wie damals, als Tante Gwen mir einen Mohairpulli zu meinem Geburtstag geschenkt hat und Mom gesagt hat, ich müsse ihn anprobieren und anlassen. Ich vermute, das Material kratzt an seinen Narben.

Wir fahren in die Stadt, parken, und Mom, Whistler und ich gehen in Geschäfte. Mom hält seine Leine, und Whistler stößt gegen Menschen – er wendet seinen Blick nicht von mir ab –, aber er macht keine großen Fehler, selbst als ein Kind sein Gesicht betatscht und in seine Ohren kreischt. Ernsthaft? Wieso liest niemand die Warnung auf der Weste: »Bitte nicht streicheln, während ich arbeite«?

Mom sagt, wir suchen ein Geburtstagsgeschenk für Grandpa, also gehen wir in dieses Sportgeschäft und suchen nach einem Golfergeschenk – im Moment ist Grandpa verrückt nach Golf –, und plötzlich spüre ich, wie sich eine Panikattacke ankündigt wie bei diesem Traum, in dem ich zur Schule komme und alle mich auslachen, weil ich splitternackt bin. Wir sind direkt neben der Campingabteilung, deswegen vermute ich, dass es daran liegt, dass ich immer noch nicht dieses Zelt an Amazon zurückgesandt habe, aber dann fällt mir Whistler auf. Die Augen fest geschlossen liegt er flach auf dem Boden, die Beine ausgestreckt und steif. Er weigert sich, an einer Reihe glänzender Metallgolfschläger vorbeizugehen.

»Wie wäre es mit Golfbällen?«, frage ich und ziehe Mom

am Ellbogen einen anderen Gang entlang, in der Hoffnung, dass sie nichts bemerkt und dass Whistler mitkommt. Und zum Glück tut er das auch.

Als wir bezahlen, sagt die Frau an der Kasse: »Er ist ziemlich ruhig, oder?« Mom stimmt zu, und Whistler dreht sich zu mir um. Ich sage ihm, dass es in Ordnung ist und er es super macht, aber dann lacht die Frau und sagt: »Aber für einen Assistenzhund ist er eine ziemlich hässliche Promenadenmischung.«

Sie findet das lustig. Ich finde es *däämlich* – mit britischem Akzent. Als wir gehen, sage ich Whistler stumm, dass er ruhig in den Eingang des Ladens pinkeln darf. Leider ist seine Blase wohl gerade leer.

Wir kaufen Lebensmittel und Geschenkpapier, und dann sagt Mom, dass ich dran bin.

»Womit?«

Mom reicht mir die Leine. »Lass uns die Main Street entlangspazieren. Geh vor. Ich schaue zu.«

Ich nehme die Leine und warte auf ein Signal von Whistler. Ich spüre Angst und Aufregung, aber dann dreht er seinen Kopf zur Seite, und es sieht aus, als wolle er sagen: »Worauf wartest du?« Also gehen wir los.

Die nächsten zehn Minuten sind *brillant.* Whistler ist *brillant.* Er scheint an mir festgeklebt zu sein, läuft im Gleichschritt mit mir. Nichts kann ihn aus der Fassung bringen. Drei Radfahrer schießen als Elastanwolke vorbei, er zuckt nicht mit der Wimper. Er zieht mich über die Straße, um einem Zigarette rauchenden Mann auszuweichen und so meine Lunge zu schützen – und seine. Eine dröhnende Harley hat an einer Kreuzung eine Fehlzündung, keine Reaktion. Die Leute starren, scheren aus, rufen und lachen, und wir marschieren weiter, als würde die Welt versuchen, uns ein Bein zu stellen, aber wir sind zu schnell, zu cool, zu geschmeidig, um zu stolpern. Es ist, als wüsste Whistler tatsächlich, was er tut, als wäre er wirklich ein Assistenzhund. Da habe ich eine Idee. Vielleicht gibt es eine bessere Art, Mom davon zu überzeugen, dass wir ihn behalten müssen.

Ich kann sie nirgendwo entdecken. Mom wäre eine super Spionin, plötzlich taucht sie wie aus dem Nichts auf.

»Willst du was essen?«

Ich will nicht, aber ich sage: »Klar«, weil es Mom glücklich macht, wenn ich essen möchte.

Es ist immer noch warm, T-Shirt-Wetter, und wir entdecken diesen Laden mit kleinen Picknicktischen und -bänken aus Holz und setzen uns draußen hin. Ich bleibe im Schatten, weil ich wegen einer meiner Antibiotika schnell Sonnenbrand bekomme. Mom bestellt einen Salat und ich einen Cheeseburger. Das Beste an ZF ist, sagt sie, dass man essen kann, was man will, und nie dick wird. Sie weiß, dass ich lieber keine ZF hätte und einfach dick werden würde.

Während wir essen, betrachtet Mom die Leute, die Whistler anglotzen, der zu meinen Füßen liegt. Ich bin glücklich, und er ist glücklich, besonders wenn ich ihm unter dem Tisch Stückchen von meinem Burger gebe. Dann fallen mir die beiden Mädchen auf, die gerade ihren Müll wegbringen und in unsere Richtung kommen. Es sind Lexi Perez und Olivia Cox, bloß die zwei beliebtesten Mädchen unserer Klassenstufe.

»Hi, Jasper«, sagen sie.

Ich lächle einfach, weil mir nichts einfällt, außer: *Woher wissen sie meinen Namen?*

»Gehört der dir?«, fragt Lexi, und ich weiß nicht, was ich sagen soll, also schaue ich zu Mom, die darüber grübelt und dann ihre Augenbrauen hochzieht, als wäre sie an meiner Antwort genauso interessiert.

»Er ist im Training«, sage ich und sehe erneut zu Mom, als ich ergänze, »mal sehen, wie's dann weitergeht.«

»Dürfen wir ihn streicheln?«, fragt Olivia.

»Klar«, sage ich. »Er heißt Whistler.«

Beide Mädchen tragen tonnenweise Make-up und diese richtig engen Tops und richtig kurzen Jeansshorts. Deswegen bin ich so geschockt, als sie sich ins Gras knien, um ihn zu streicheln, und gar nichts zu seinen Narben oder seinem Ohr oder sonst was sagen.

Dann macht Olivias Handy Ping, sie liest die Nachricht und verkündet: »Wir müssen gehen.«

Sie stehen auf, und im Weggehen sagt Lexi: »Du solltest ihn am Montag in die Schule mitbringen.«

Aber sie sind weg, bevor ich antworten kann.

Mir gegenüber kaut Mom immer noch, ihre Augen glitzern jedoch zufrieden.

»Sie scheinen nett zu sein«, sagt sie, was mich nervt, weil ich weiß, dass sie am liebsten noch was Nerviges sagen würde wie: »Ist eine der beiden deine Freundin?«

Am besten, ich senke den Kopf, esse und hoffe, dass das Kauen mein Lächeln verbirgt, weil der Hund, der den größten Teil meines Burgers gestohlen hat, die beiden beliebtesten Mädchen der Schule dazu gebracht hat, mir Hallo zu sagen. Irgendwie hat Whistlers Coolness ein bisschen auf mich abgefärbt.

Zum Glück klingelt Moms Handy. Es ist das Tierheim.

»Stell dir mal vor, Pudge, der Mops wurde gerade adoptiert«, sagt sie nach dem Anruf. »Ein alter Typ vom Trailerpark. Er hat keinen Staubsauger.«

Wie der Mann seine Wohnung sauber hält, ist mir egal, ich mache mir Sorgen, dass er einen Rasenmäher haben könnte.

»Jedenfalls bedeutet das, dass ein Gehege für Whistler frei ist.«

Erstaunlich. Kein Wort darüber, wie gut Whistler sich verhalten oder wie toll er all seine Tests bestanden hat. Sie erwähnt nicht, dass er von Natur aus ein echter Assistenzhund ist oder dass er perfekt wäre als *mein* Assistenzhund.

»Aber was ist mit Neuankömmlingen? Was, wenn Martha stattdessen einem von ihnen den Zwinger gibt? Du hast doch gesehen, wie gut er sich als Assistenzhund macht.« Ich beuge mich vor und spreche leiser, weil die Frau am Nebentisch lauscht. »Was, wenn wir ihn richtig ausbilden lassen würden, sodass ich ihn behalten kann?«

Mom hat gerade ein öliges Salatblatt halb zu ihrem Mund geführt. Sie hält inne und sieht mich an, und ein paar Sekunden lang glaube ich, dass sie vielleicht nachgeben wird, aber dann setzt sie den Blick auf, den Kinder fürchten und bei dem sie herauszufinden versucht, was man wirklich denkt.

»Hör mal, wir müssen ihn nicht heute zurückbringen«, sagt sie und steckt die Gabel in den Mund, dann deutet sie damit auf mich und kaut zwischen den Wörtern, »weil du den Verhaltenstest noch beenden musst. Aus irgendeinem Grund läuft er aus jedem guten Zuhause, in das er adoptiert wurde, weg. Vielleicht hat er vor etwas Angst. Oder wird wegen etwas verrückt. Wenn wir wissen, was es ist, werden wir wissen, was er beim nächsten Mal vermeiden muss.«

Ich spüre, wie Whistler langsam über der Socke an meinem Fußgelenk leckt, und plötzlich wird mir klar, dass Mom es völlig falsch herum angeht. Klar, Whistler ist von einem Ort zum anderen gewandert, aber er hatte kein Problem mit dem, was *dort* war, sondern mit dem, was *fehlte.* Ich würde eine neue Lunge verwetten, dass Whistler mich gefunden hat, weil ich der erste Mensch bin, der ihn tatsächlich »hören« kann. Das ist total logisch. Er ist nicht vor etwas Schlechtem weggelaufen. Er ist weitergelaufen, bis er jemanden gefunden hat, der ihn versteht, jemanden, durch den er »sprechen« kann. Was in Whistlers Leben gefehlt hat, bin ich.

»Übrigens hat Zack Cruz' Mom mich angerufen und gefragt, ob du nach zwei zu ihnen zum Crystal Lake kommen willst.«

Zack ist in meiner Fußballmannschaft. Er ist einer der Kapitäne. Er hat noch nie gefragt, ob er mit mir abhängen kann. Fast niemand fragt, ob ich Zeit habe.

»Wieso das denn?«

»Keine Ahnung. Vielleicht will er vor dem wichtigen Spiel am Sonntag von deinem großen Fußballwissen profitieren.«

Möglich, denke ich, aber *unwahrscheinlich.*

»Was ist mit der Sonne?«

»Lange Ärmel, Baseballkappe und LSF fünfzig.«

»Und was ist mit Whistler?«

»Mrs Cruz sagt, er kann mitkommen, solange er nicht bellt, und ich habe ihr gesagt, dass er den Test mit fliegenden Fahnen bestanden hat.«

»Und was machst du?« Wie gesagt, ich unternehme nur selten etwas mit Freunden, aber Mom ist immer dabei, falls mal was passiert.

Sie schaut mich mit so einem Blick an, als wolle sie sagen: *Ich habe auch ein Leben, weißt du.* Aber sie kann mich nicht täuschen.

»Ich muss etwas für Grandpas Geburtstagsparty, die um fünf beginnt, erledigen. Du kannst nicht zu lange bleiben. Und es ist nur eine Minute die Straße entlang. Hast du dein Handy? Der Akku ist geladen, oder?«

»Ja, aber vergiss nicht, ich habe Whistler dabei.«

Mom hat ihn nicht bei den Gründen, warum es mir gut gehen wird, mitgezählt. Ich frage mich, ob sie hofft, dass er wegläuft. Sie hat bereits eine Tasche mit meinem Inhalator und Enzymen – falls sie mir einen Snack anbieten – sowie vier Saftschachteln und mit einer Tüte Cheetos – falls sie mir nichts anbieten – vorbereitet.

Er heißt zwar Crystal Lake, ist aber eigentlich ein Toteis-See, was irgendwas mit Gletschern zu tun hat. Er besteht aus Süßwasser, nicht Meerwasser. Überall am Kap gibt es solche Seen, aber dieser hier liegt in einem tiefen Becken, umgeben von Bäumen. Man kann oben im Wald parken, und weil es Oktober ist und schon genug Blätter gefallen sind, sieht man den ganzen See. Nach Labor Day scheint es allen egal zu sein, ob man einen Hund dabeihat, außerdem stehen heute sowieso nur noch zwei andere Autos auf dem Parkplatz.

Mom erkennt den Suburban der Cruz.

»Zieh am Strand deine Turnschuhe aus«, sagt Mom. Sie meint meine brandneuen Nikes.

»Was, wenn jemand sie klaut? Und wie soll ich barfuß einen Ball kicken?«

Kein schneller Widerspruch, was bedeutet, ich kann die Nikes anbehalten.

Dann folgt ihr Angriff mit Sunblocker auf mein Gesicht, meinen Hals und meine Unterschenkel. Danach überrascht sie mich, weil sie Whistlers Weste auszieht, da das hier eigentlich keine Arbeit ist. Sie lässt sie auf dem Rücksitz liegen und cremt vorsichtig seine Narben ein.

»Was?«, fragt sie, weil ich sie anstarre. »Dachtest du, Hunde bekämen keinen Sonnenbrand?«

Zu wissen, dass es Mom wichtig ist, fühlt sich gut an, und dann geht sie mit uns über die lange Holztreppe, die sich durch den Wald windet, nach unten zu diesem großen, leeren Strand vor dem See.

Wie begrüßen Zacks Mom und Dad. Mrs Cruz hat einen Liegestuhl unter einen grünen Sonnenschirm gestellt, und Mr Cruz sieht aus, als würde er gleich etwas Spannendes mit einem Paddelboot machen. Mom winkt zum Abschied, und Whistler und ich gehen zum Strand, wo Zack einen Fußball kickt.

»Hey«, sage ich.

»Nur damit du es weißt«, sagt Zack, »das war nicht meine Idee. Ich vermute, deine Mom hat meine Mom angerufen, und meine Mom hat Mitleid mit dir.«

Ich weiß nicht, was ich sagen soll. Ich wurde nicht eingeladen. Wieso sollte Mom so etwas für mich arrangieren?

Zack hält den Ball mit präzisen kleinen Kicks in der Luft. Er ist gut. Ich zähle vierundzwanzig.

»Alter, was ist denn das für ein hässlicher Köter?«

Whistler sieht zu mir, als wollte er, dass ich antworte: »Was ist denn das für ein hässliches Gesicht?« Zack hat Pickel auf der Stirn, und ab und an bricht ihm die Stimme.

»Das ist Whistler. Er stammt aus Moms Tierheim.«

»Wieso hast du ihn?«

»Er wird zu *meinem* Assistenzhund ausgebildet.«

Ich weiß nicht, warum ich das laut ausspreche, aber der Ball trifft auf den Sand. Zack kommt näher, hält aber Abstand.

»Kann er Tricks?«, fragt er.

»Keine Ahnung.«

Zack scheint darüber nachzudenken, dann schießt er den Ball zum Strand und brüllt: »Hol ihn!«

Whistler beobachtet, wie der Ball verschwindet, bewegt sich aber nicht. Er bleibt mit seinem mit Sand bedeckten Hintern sitzen, sein Schwanz wedelt ein kleines bisschen, als würde es viel Konzentration erfordern, nicht loszurennen.

Was als Nächstes passieren wird, könnte leicht schiefgehen: Whistler ignoriert den Ball und verschwindet im Wald; Whistler attackiert den Ball und macht ihn kaputt; Whistler ignoriert mich völlig. Aber ich stelle mich vor ihn, achte darauf, dass Zack es sieht, und schnippe meinen rechten Zeigefinger in Richtung des Balls, langsam und beiläufig.

Whistler explodiert regelrecht, wirbelt Sand auf, die Hinterläufe pulsieren. Er wird schneller, bis er sich auf den Ball wirft und ihn mit phänomenalem Schnauzengefühl über den furchigen Strand dribbelt, bis zu Zacks Füßen, dann tritt er zurück.

Der Kapitän scheint ein »Wow« zu erwägen, belässt es aber bei »Cool« und fragt: »Glaubst du, er könnte Torwart sein?«

Ich wüsste nicht, wieso nicht, also bauen wir ein Tor am Rand des Strandes im Schatten und markieren die Seiten mit großen Stöcken.

Ich erkläre Whistler, was er tun soll. Ich meine nicht, dass wir ein echtes Gespräch führen, in dem ich einem Hund erläutere, wie er ein Torwart wird. Ich sage nicht, dass Whistler seinen inneren Tim Howard – dieser amerikanische Typ, der die meisten Torschüsse aller Tormänner bei einer WM gehalten hat: sechzehn – aktivieren und dann durch die Luft fliegen soll. Ich sage nur, dass ich es mir vorstelle und darauf hoffe. Und da Zack zuschaut, will ich es auch. Und schon kommt Whistler nahe zu uns, verstellt die Ecken, legt seinen Körper, ein Bein, sogar eine Pfote so, als wolle er uns davon abhalten, ein Tor zu schießen.

Ich mache eigentlich gar nicht viel, außer erstaunt zu sein über meinen »hässlichen« Hund. Zack rennt am meisten. Ab und zu fragt er mich, was ich über irgendwelche Standardsituationen denke, über die er nachgedacht hat, und ich zeige ihm den Trick, den ich einmal bei einem Freistoß von Beckham gesehen habe. Ich finde, wir haben Spaß. Ich bin allein, ohne Mom, und mein Husten ist okay. Ich bin mit meinem Hund zusammen und ziemlich sicher, dass mein Hund das alles möglich macht.

Dann tauchen die Kerry-Zwillinge auf.

Martin und Trevor sind Innenverteidiger in unserer Mannschaft und ignorieren mich komplett. Ihr Dad, Mr Kerry, brüllt lauter als jeder andere am Spielfeldrand, und er flucht jedes Mal, wenn ich eingewechselt werde. Sogar, wenn wir haushoch gewinnen. Und nur dann werde ich überhaupt eingewechselt.

Zack sieht erst geschockt aus, als er sie zum Strand rennen sieht, und dann verlegen. Er läuft in ihre Richtung, nimmt den Ball und sagt kein Wort mehr zu mir oder Whistler. Die drei kicken den Ball. Mrs Cruz sitzt unter ihrem Sonnenschirm, ganz tief im Liegestuhl, als würde sie schlafen. Mr Cruz ist weit draußen auf dem Wasser und paddelt.

»Bist du in Ordnung?«, frage ich Whistler, als wir zusammen am Ufer stehen.

In der Welt der Tierpsychologin würde ich vielleicht nicken und sagen: »Gut, ich auch.« Aber in der echten Welt passiert nichts weiter, als dass ich mich innerlich richtig gut fühle. Ich bin daran gewöhnt, allein zu spielen, darin habe ich ja viel Übung, aber mit Whistler zusammen fühlt es sich noch besser als gut an. Wir beide unterdrücken ein Lachen, als eine Ente mit dem Kopf voran aufs Wasser platscht. Es fühlt sich entspannt an. Glücklich. *Brillant.*

Das Wasser ist völlig klar, der Grund sandig, kleine Wellen schlagen an unsere Knöchel. Ich hebe einen flachen Kiesel hoch und versuche, ihn über die Oberfläche flitschen zu lassen. Erbärmlich. Gut, dass niemand zusieht. Plötzlich dreht sich Whistler um und tappt in den Schatten, dann kommt er mit einer der Torstangen zurück, der ziemlich große Stock steckt quer in seinem Maul.

Er lässt ihn mir vor die Füße fallen.

»Willst du apportieren?«

Keine Antwort. Keine Überraschung.

Ich hebe den Stock hoch und werfe ihn, so weit ich kann, übers Wasser. Ich blicke den Strand entlang, ob jemand zusieht. Zack und die Zwillinge konzentrieren sich auf Kopfballübungen. Mrs Cruz könnte genauso gut tot sein. Mr Cruz ist eine Silhouette am Horizont, die bald vom See verschluckt wird.

Ich stehe vor Whistler und schnippe genauso mit dem Finger wie vorhin, warte auf den Platscher.

Nichts.

Ich benutze die ganze Hand, zucke mit dem Kopf in Richtung Wasser und sage zu ihm: »Hol es, los, hol es.«

Immer noch nichts.

Der Stock wippt auf dem See, wo die Farbe des Wassers von gelbgrün zu schwarz wechselt.

Was mache ich falsch? Apportiert er lieber Bälle? Hat er Angst vor dem Wasser? Vielleicht hat er nie schwimmen gelernt?

Ich sehe ihn an, sein Blick wechselt zwischen mir und dem Stock, mir und dem Stock. Da begreife ich es. Und ich bemerke sogar, dass er weiß, dass ich verstehe.

Ich tue so, als würde ich in den Teich springen, und er springt vor, vier Pfoten im Wasser. Ich mache es noch mal, und er lächelt, zuckt, spannt sich an, bereit loszusprinten.

Ich weiß nicht, wieso ich es tue. Vielleicht, weil mir heiß ist. Vielleicht, weil ich nicht klar denke. Oder vielleicht, weil Whistler mich innerlich sagen lässt: »Warum nicht?« In dem Moment weiß ich, dass Whistler nicht apportieren möchte. Er will nicht, dass ich stehen bleibe und ihm beim Schwimmen zusehe. Er will ein Wettrennen. Er will ein Wettrennen gegen mich, um einen Stock, der im Wasser schwimmt.

Ich überspringe das »Auf die Plätze, fertig« und rufe direkt »Los«, Kleider, Turnschuhe und Baseballkappe nicht ausgezogen. Das Wasser ist im flachen Teil überraschend warm und wird eiskalt, sobald der Grund abfällt und ich das gruselige Schwarz erreiche.

Whistler geht wie ein Profi hinein, verdrängt das Wasser wie eine Kanonenkugel, übernimmt früh die Führung, schwimmt die ersten Meter wie ein Delfin, bis ihn die Tiefe zum Hundepaddeln zwingt.

Weil Mom darauf besteht, dass ich jede Woche zum Schwimmen gehe, um meine Lungenfunktion zu stärken – zum Glück wurden die Trompetenstunden abgesagt, nachdem die Nachbarn sich beschwert haben –, kann ich ziemlich gut schwimmen. Mit den Kleidern sind meine Schwimmzüge ziemlich langsam und ungenau, aber ich bin Erster – oder vielleicht lässt er mich auch gewinnen –, ergreife den Stock, rufe und huste und pruste, dass ich der Sieger bin. Da fällt uns beiden auf, dass uns kalt ist und wir nass sind und dass ich ein bisschen Angst habe, von einer Schnappschildkröte gebissen zu werden.

Warum ziehen Wolken immer genau dann vor die Sonne, wenn man sie am meisten braucht? Aber das ist mir egal. Whistler und ich kriechen an den Strand, schnappen nach Luft, husten uns die Lunge aus dem Leib. Stinkendes Wasser spritzt von seinem zitternden Körper und läuft aus meinen weiten Ärmeln und vom Po meiner Shorts, und ich kann nicht aufhören zu lachen. Ich kann nicht aufhören, mich super zu fühlen. Und da wird mit klar, dass es niemand sonst am Strand bemerkt hat. Niemand hat zu uns hergesehen. Ich wünschte, ich hätte einen Twitter-Account, dann hätte ich das, was ich an diesem Samstag, dem besten Samstag jemals, getan habe, mit anderen geteilt. Und in dem Moment lässt Whistler sich plötzlich in den Sand fallen, schaut an mir vorbei und beginnt zu zittern.

Ich muss mich nicht umdrehen. Es steht ihm ins Gesicht geschrieben.

»Sie steht hinter mir. Stimmt's?«

20

Kate

Ich mache mir Vorwürfe und auch Jasper, aber vor allem dem Hund.

Ja, ich weiß, ich bin ausgerastet, und ja, es ist völlig unvernünftig, aber wenn man dabei zusieht, wie das eigene Kind halb ertrinkt, halb erstickt, dann lässt man sich nicht mit einem blöden »Jungs sind halt so« abspeisen. Ja, dann motze ich eben, und? In meiner Situation wäre niemand vernünftig.

Genau deswegen lehne ich Jaspers Betteln ab und lasse seine Tränen an meinem Herzen abprallen. Mein Sohn ist die perfekte Beute, bei jedem Hund völlig willenlos. Seine Reaktion auf Whistler war von Anfang an klar. Whistlers Reaktion auf ihn ist die Überraschung. Es geht über ein schnelles Beobachten hinaus. Die hässliche Promenadenmischung mit Hintergedanken überprüft ihn offensichtlich und reagiert auf Jasper auf eine Art und Weise, die in einer anderen Liga spielt als die anderen hoffnungslosen Hunde vorher. Ich habe genug Abstand, um mich zu fragen, ob er einfach nur ein intelligenter Hund ist, der so tut als ob. Anders als bei einem dummen Golden Retriever, der froh ist, mit irgendeinem Fremden nach Hause zu gehen, ist Whistlers Spiel subtiler, nicht freundlich, weniger direkt als ein Flirt.

Glauben Sie mir, ich weiß, dass diese Denkart nicht normal ist. Aus einer anderen Perspektive betrachtet, würde ich mir einen Pinsel schnappen und wäre die Erste, die mich als egoistisch, böse oder sogar eifersüchtig zeichnen würde. Wie kann eine Tierärztin schließlich ihrem hundeverrückten Sohn die Chance auf eine solche Kameradschaft verweigern? Ein unangenehmer, unschöner Zug von Kleinlichkeit und Eitelkeit erscheint da nur logisch. Bis Sie es wagen und sich mal in meine Version von Leben fallen lassen und zugeben, wie die kleinste Veränderung einen umzuwerfen droht.

Ich gebe es zu: Ich habe Angst vor Veränderungen. Das Leben mit dieser Krankheit hat mich zu einem Angstprofi gemacht. Ein Umzug: Wie schwierig kann das schon sein? Den Hund zur Arbeit mitnehmen: Wo ist das Problem? Du bist eine Tierärztin; da ist sogar die Gesundheitsvorsorge abgedeckt. Aber sagen wir mal, ich würde eine neue Wohnung finden, die perfekt für Jasper ist, und das Tierheim würde mit Geld überschüttet, sodass ich mir keinen neuen Job suchen muss, dann muss ich mir immer noch Sorgen machen. Und zwar über wichtigere Dinge als so was wie: Wer macht nach einem Unfall sauber, weil wir länger als geplant beim Arzt bleiben, oder wo, zum Teufel, soll der Hund hin, wenn wir drei Wochen am Stück im Krankenhaus festsitzen. Es geht darum, dass ein Hund garantiert meine Konzentration auf Jasper beeinflussen, mich auf kleine, unschuldige Art ablenken würde, mich zu Entscheidungen, unnötigen Betrachtungen und, am schlimmsten, zusätzlicher Verantwortung zwingen würde. Das klingt banal, weil es banal ist, aber für eine alleinerziehende Mutter eines kranken Kindes fühlt sich die Vorstellung, sich um noch etwas kümmern zu müssen, wie eine Last an, wie der letzte Tropfen, der die sowieso schon prekäre Existenz zum Biegen, Schwanken und Brechen bringen wird.

Und dann gibt es da noch einen Grund; eine Wahrheit, die einem fundamentalen Grundzug von jedem Einzelnen von uns entspricht – dem Wunsch, als normal angesehen zu werden.

Wie ich zu Coach Taft gesagt habe, Kinder mit Mukoviszidose gelten offiziell als behindert, aber es ist eine Behinderung, die sich lieber versteckt. Anders als eine Krankheit, die einem die Haare raubt, den Körper deformiert, den Geist verdreht oder an einen Rollstuhl fesselt, spielt sich ZF – größtenteils – innerlich ab. Jeder sieht ein Kind, das normal zu sein scheint und einen Husten hat, der auch einfach nur eine quälende Erkältung sein könnte. Wenn ich also einen Behindertenausweis in mein Auto lege, dann könnten gewisse kleinliche Leute vermuten, dass ich nur gratis parken will. Würde mein Sohn einen Behindertenausweis tragen, würden dieselben Leute glauben, dass unter seinem normalen Äußeren etwas Ansteckendes oder Tragisches lauern muss. Die Neugier ist schon schlimm genug. Das Mitleid ist unerträglich. Ohne Ausweis fällt es niemandem auf. Heute war Whistler, eine räudige, wohlerzogene Promenadenmischung in einer gefälschten Weste, dieser Ausweis.

Unser Bestes zu geben, um so »normal« wie möglich zu leben, hält Jasper und mich in der realen Welt. Welche Zukunft könnte ich meinem Sohn denn schon bieten, wenn ich mich ständig verabschieden würde? Gesundheitliche Einschränkungen sind für Jaspers Zukunft eine ständige Herausforderung, aber ich habe keine Entschuldigung. Die Leute erwarten »normal«. Die Leute können »normal«

nachempfinden. Die Leute können mit »normal« umgehen. Wenn man ein Kind mit einer tödlichen Krankheit erwähnt, sagen sie zwar »Es tut mir leid«, aber alles, was ich höre, ist: *Mein Beileid.* Wenn ich über den Kampf spreche, dieses Kind am Leben zu halten, wird ihre Welt im Vergleich dazu banal, belanglos. Diese Reaktion ist völlig vernünftig. Es ist kein Fehler. Hey, bis zu Jaspers Diagnose war ich auch so. Dann wurde es kompliziert. Wenn man mit einer unstrittigen Wahrheit belastet ist, dann riskiert man es, zum Paria zu werden. Warum sollte man den Depri zur Party einladen? Du bist derjenige, der die anderen daran erinnert, dass man nicht lästern, tratschen, angeben oder sich übers Leben beschweren sollte, und wenn man mal darüber nachdenkt, was bleibt vielen von uns dann noch?

Normal ist vielleicht nur gespielt, es ist vielleicht undankbar und anstrengend, aber es ist die einzige Inszenierung, die einem eine Chance gibt. Natürlich möchte ich, dass Jasper so normal wie möglich aufwächst. Andere können »trotz allem« die kurze Liste der Erfolge ergänzen. Aber in meiner Version von »normal« steht seine Gesundheit immer an erster Stelle. Jedenfalls bis ich gegenüber einem unwahrscheinlichen Gegner nachgegeben habe.

In der Stadt und beim Mittagessen habe ich zugesehen, wie Fremden das Wort *Assistenzhund* auf Whistlers Weste aufgefallen ist. Ich habe bemerkt, dass einige einen Betrug vermuteten, nur wenige schätzten die enge Bindung von Hund und Jungen, aber die Mehrheit war in der größten Frage vereint: Welche unsichtbare Krankheit verlangt nach einem Assistenzhund?

Deswegen habe ich Jasper und Whistler zum See gehen

lassen. Es war ein Reflex, das Bedürfnis, zurückzuschlagen mit dem Beweis, dass mein Sohn ein normales Kind ist, mit dem man einfach spielen kann. Ich bin schwach geworden und habe Mrs Cruz angerufen, um zu fragen, was sie so machen, und habe vorgeschlagen, dass Jasper mitkommt. Was sollte sie schon sagen? Und es lag nicht daran, dass ich Mrs Cruz vertraue. Das tue ich nicht. Ich hatte immer vor, in der Nähe zu bleiben. Was zählte, war, dass Jasper glaubte, allein zu sein. Jasper dachte, dass seine Mutter ihm vertraute, und wenn er sich deswegen etwas normaler fühlt, dann ist das so.

Vom höher gelegenen Crystal-Lake-Parkplatz, kaum ein Viertel des Wegs die Treppen hinab, zweigt seitlich ein Wanderweg ab und führt zu einem wunderschönen Ort. Von einer Bank, gespendet von der Cape Cod Audubon Society, hat man einen Panoramablick auf den See. Wichtiger noch, man hat den ganzen Strand im Blick. Es gibt nur einen Weg nach unten und nur einen Weg am See entlang. Nach dem Schreck mit dem bärtigen Penner gehe ich kein Risiko mehr ein.

»Viel Spaß«, sage ich und gebe vor, ich hätte zu tun und wäre glücklich, mein einziges Kind bei einer Frau zu lassen, die allein darauf konzentriert ist, braun zu werden und das nächste Kapitel ihres Buchs zu lesen und für ein paar kostbare Stunden nicht vorrangig Betreuerin zu sein.

Und anstatt »Aber sicher« oder »Klar, Mom« zu antworten, sagte Jasper »Danke schön«, als wäre es für ihn das Wichtigste, meine Erlaubnis, meinen Segen zu haben. Es haut mich um, wie er seinen Wunsch, mir zu gefallen, immer noch an erste Stelle setzt.

Also habe ich mich auf meinen luftigen Aussichtspunkt

zurückgezogen, wie die überbehütende Mutter, die am ersten Schultag in den Büschen des Schulhofs hockt. Und eine Zeit lang war ich froh darüber, ich war allein, die freundliche Sonne streichelte mein Gesicht, und ich wurde mit diesem seltenen Blick auf einen spielenden Jasper belohnt, sein Lächeln und Lachen aufrichtig und spontan. Bäume und die Distanz halfen mir, weil sein Husten nicht zu hören war, sodass er, nun ja, normal wirkte. Solche Augenblicke unterstreichen den Lebenssinn, es sind Post-it-Notizen, die einen daran erinnern, wo man sein Lächeln gelassen hat. Und wenn man den richtigen Blickwinkel findet und das Licht darauf scheinen lässt, nur für einen Sekundenbruchteil, dann machen sie die Last der Pflege eines kranken Kindes sogar leichter. Trotz der vielen Hürden werde ich ihm immer darüber hinweghelfen, sie absenken, mich mit der Kettensäge durcharbeiten, weil das die Momente sind, in denen mir bewusst wird, dass ich ohne meinen Sohn gar nichts bin.

Zack Cruz hat nichts mit Jasper zu tun. Sie treffen sich beim Fußballtraining, aber Zack ist clever, sportlich und beliebt. Ich war also überrascht, Zacks Enthusiasmus zu sehen, etwas mit Jasper zu unternehmen und seine Coolness abzulegen, bis mir die neue Variable in der Gleichung auffiel – Whistler.

Man muss es dem Hund zugestehen, dass er die Dynamik definitiv verändert hat. Ob Whistler ein Eisbrecher ist oder das Selbstvertrauen meines Sohnes gestärkt hat, ist schwer zu sagen. Was aber nicht von der Hand zu weisen ist, ist Jaspers Grinsen, sein Lachen, tief aus dem Bauch, und das Balltalent des Hundes. Dass dieser vierbeinige Fußballkönner spielen kann, scheint unlogisch. Seine Narben deuten auf eine traumatische Vergangenheit, wenn nicht sogar Misshandlungen. Wo hat er die Ballkontrolle eines brasilianischen Fußballstars gelernt?

Gerade als ich meine Wahl des Antibiotikums für Whistlers Husten überdenke, tauchen die Kerry-Jungs auf. Ihr rüpelhafter Vater sieht mich von der Holztreppe aus und kommt her, um über das Spiel morgen zu reden. Ich bemühe mich, an ihm vorbeizusehen, entdecke meinen Sohn, der sofort allein gelassen wurde, und tue so, als würde ich es nicht bemerken.

Und da höre ich den Platscher und sehe zwei Punkte auf der glänzenden schwarzen Oberfläche unter mir. Ich unterbreche Mr Kerry mitten im Satz und renne los.

Als ich schließlich am Strand ankomme, sind sie schon wieder an Land, klatschnass, schiffbrüchig, vornübergebeugt, husten sie sich die Lunge aus dem Leib, alle beide.

»Was, zum Teufel, ist hier los?«

Am anderen Ende des Strands taucht Mrs Cruz unter ihrem Sonnenschirm auf, hebt eine Hand vor die Augen und blinzelt in meine Richtung, zu weit entfernt, um zu rufen. Mr Cruz braucht vielleicht Hilfe von der Küstenwache.

Jasper bemüht sich, seine Stimme zu stabilisieren.

»Ich wollte schwimmen«, sagt er. Schlimm genug, aber dann ergänzt er: »Wir wollten beide schwimmen.«

Er hält den Kopf gesenkt, kann mir nicht in die Augen sehen, als würde er eine vernünftige Entschuldigung im Sand finden. Und da fällt mir das dunkle Wasser auf, das zwischen den Schnürsenkellöchern seiner brandneuen Turnschuhe herausquillt, ein klarer weißer Nike-Haken hat einen hässlichen braunen Fleck.

»Wer geht im Oktober auf Cape Cod schwimmen, noch dazu komplett angezogen?«

Vielleicht will er, dass ich die Antwort in seinem Blick sehe, der auf diesem Markensymbol hängen bleibt, als hätte die Werbung sie beide beeinflusst, und sie hätten den Ruf gehört.

Just do it.

21

Jasper

Wir sind auf dem Weg zu Grandmas Haus, und Moms Fingerknöchel machen mir Sorgen – zu blass, zu glänzend. Sie bricht ein siebenminütiges Schweigen mit »Unfassbar« samt wütendem Blick in den Rückspiegel.

Ich lasse den Kopf beschämt hängen. Whistler macht ein Gesicht, als hätte er ein Eichhörnchen gesehen. Ich stupse ihn an.

»Whistler bleibt im Wagen, und wage es nicht, ›Aber Mom‹ zu sagen. Nicht nach dem, was du dir heute geleistet hast. Ich hätte ihn zu Hause gelassen, aber weiß der Himmel, was er mit der Wohnung anstellen würde, und dir ist bekannt, was Grandma über Hunde denkt. Wir werden ein Fenster einen Spalt offen lassen, und ich habe eine Decke mitgebracht. Du kannst ihn besuchen und mit ihm Gassi gehen, aber mach auf jeden Fall nach ihm sauber.«

Ich gebe den Wackeldackel, ein schnelles, übertriebenes Nicken, das um Verzeihung bittet. Aber Whistler hustet und ich dann auch. Mom schüttelt den Kopf, greift in ihre Tasche nach der Flasche Ibuprofen.

»Kopfweh?«, frage ich.

»Was? Oh, ja. Das liegt wohl daran, dass ich zugesehen habe, wie ihr zwei zehn Liter Teichbrühe geschluckt habt. Und bevor ich es vergesse, Grandma hat gesagt, du sollst vom Baumhaus wegbleiben.«

Ich stöhne. Moms altes Baumhaus ist das einzig Lustige bei Grandma.

»In den letzten Nächten war die Flut astronomisch hoch. Anscheinend ist der Garten dort hinten der reinste Sumpf.«

»Okay«, sage ich, als wir in die hufeisenförmige Auffahrt fahren, und höre Mom leise fluchen. Vielleicht, weil wir immer als Letzte kommen.

»Wieso hat Tante Gwen ihren Mercedes laufen lassen?«, frage ich, weil mir auffällt, dass Rauch aus dem Auspuff ihres großen weißen SUV dringt.

»Keine Ahnung«, sagt Mom und parkt dicht hinter Onkel Bobs glänzendem neuem BMW.

Mom mustert mich ein letztes Mal im Deckenlicht und fährt mir mit ihren Spuckefingern über den Scheitel. Sie seufzt und legt hinter der Rückbank eine Decke zurecht.

»Mach ein Nickerchen«, sage ich zu Whistler. Er sieht verwirrt aus, also schicke ich ihm ein stummes: »Vertrau mir, dir geht's besser, wenn du im Wagen bleibst.« Er springt über die Rückenlehne, dreht sich einmal im Kreis und lässt sich fallen.

Ich trage das Geburtstagsgeschenk – wir haben Golfhandschuhe und eine Golfmütze ausgesucht. Mom trägt eine Platte mit gefüllten Pilzen. Igitt.

Die Haustür geht auf, bevor ich anklopfen kann. Grandma steht mit verschränkten Armen da.

»Habt ihr keine funktionierenden Uhren zu Hause?«

Ich zähle sie in Gedanken rasch durch, aber bevor ich »Doch, sieben« antworten kann, fährt sie fort: »Ich habe dir doch gesagt, dass es Rinderfilet gibt. Das Lieblingsgericht deines Vaters, und du weißt, wie sehr er es hasst, wenn es zu lange im Ofen war.«

Grandma macht mir Angst. Sie trägt knallroten Lippenstift wie ein hungriger Vampir, lächelt nie und badet in so viel Parfum für alte Damen, dass sogar ich es rieche. Ihre Füße, falls sie überhaupt welche hat, sind immer unter langen Röcken und Kleidern verborgen, aber ich glaube, sie schwebt und ist in der Lage, völlig geräuschlos aus dem Nichts aufzutauchen. Zum Glück bleiben meine Wangen sauber, weil sie mir immer nur den Kopf tätschelt und mir dann sagt, ich soll reinkommen. Mom schwört, dass es nichts Persönliches ist und dass Grandma sie auch nie umarmt oder geküsst hat, als sie ein Kind war. Das tut sie immer noch nicht.

»Entschuldigung«, sagt Mom, aber sie sieht so wenig geknickt aus wie Grandma überrascht. »Jaspers Husten brauchte eine extra …«

»Ja, natürlich«, sagt Grandma und schwebt bereits murmelnd davon.

Das Haus ist riesig und düster und überladen, mit vielen Zimmern und viel Platz, um sich auszubreiten, aber irgendwie quetschen sich immer alle in die Küche, stoßen gegeneinander, drängeln wegen Drinks, als hätten sie gerade die Sahara durchquert, gieren mit ihren schmutzigen Fingern nach Essen, lachen gekünstelt und reden zu laut. Wie üblich lässt mich Mom zuerst die Erwachsenen begrüßen.

Grandpa winkt – es könnte »Hallo« bedeuten oder auch »Geht weg« –, ohne sich zu uns umzudrehen. Er liegt in seinem La-Z-Boy-Sessel, vom Fernsehen total hypnotisiert.

Onkel Bob und Tante Beth heben gleichzeitig ihr Kinn, aber halten Abstand, als wäre meine ZF ansteckend.

Obwohl Mom nichts sagt und mich schweigend weiterleitet, ist es offensichtlich, dass sie auf etwas mehr Reaktion hofft. Zum Glück gibt es Tante Gwen. Sie verdient ein Lächeln, weil sie die einzige Person ist, die mich so fest umarmt, dass ich nicht mehr atmen kann oder besser gesagt noch weniger als sonst. Ihre schnellen Küsse knallen mir im Ohr. Mom sagt, dass Tante Gwen manchmal zu viel trinkt, was sie zum Kichern bringt und gefühlsduselig macht.

»Tante Gwen, du hast vergessen, deinen Mercedes auszumachen.«

Tante Gwen nimmt einen Schluck Wein, verzieht das Gesicht, als müsse ich mich täuschen, und marschiert los, um sich ihr Glas noch einmal aufzufüllen. Merkwürdig.

Abendessen bedeutet, an einem Extratisch mit meinen Cousins zu sitzen.

Tante Gwen und Onkel »geschäftlich unterwegs« Scott – er kommt nie zu diesen Feiern – haben drei Kinder: Jessica, sechs Jahre alt; Tim (nicht Timmy), acht Jahre alt; und Todd (seine Mom spricht es »Tawd« aus), zehn Jahre alt. Ich mag Jess und Tim, aber Todd ist ein totaler *Vollpfosten.*

Onkel Bob, Moms älterer Bruder, und Tante Beth – seine zweite Frau – haben zwei Kinder im College. Seit Jahren hat sie niemand mehr gesehen.

Bevor wir uns zum Essen hinsetzen, gibt Mom mir eine Handvoll Enzymkapseln und ein Glas Milch.

»Was machst du da?«, fragt Todd laut genug, sodass sich einige umdrehen und mich anstarren, als ich sie mir in den Mund stopfe.

Mom erstarrt und sagt lautlos: »Ignorier ihn.«

Ich schlucke, beuge mich zu Todd vor und flüstere: »Zyankalikapseln. Willst du eine?«

Er denkt darüber nach, als würde ich ihm eine neue Süßigkeit anbieten, dann setzt er sich vor seinen vollen Teller.

Mom sagt: »Cousin Todd isst gern.«

Wir essen, während die Erwachsenen plappern, und dann singen wir »Happy Birthday«, und Grandpa bläst die Kerzen aus, kehrt dann zurück zum Fernsehen und sieht sich Golf an, ohne seinen Kuchen auch nur zu probieren. Ich muss die ganze Zeit an Whistler denken. Was, wenn er mal muss oder wenn er Angst im Dunkeln hat? Was, wenn er Moms Sicherheitsgurt durchkaut, weil er sich langweilt?

Mom sagt, manche ZF-Kinder sind wie Kühe und grasen lieber den ganzen Tag über, anstatt nur zu bestimmten Zeiten richtige Mahlzeiten zu essen. Praktische Entschuldigung. Obwohl meine Cousins immer noch futtern, schleiche ich mich zu Mom, sage ihr, dass ich satt bin, und frage, ob ich mal »nach unserem Wagen« sehen kann.

Sie lächelt, aber es ist eines dieser Lächeln, als hätte sie aufgegeben und keine Lust mehr zu streiten. Alle anderen reden über Ausflüge und dass sie irgendwohin fliegen, und sie schiebt bloß ihr Essen auf dem Teller hin und her – ich bekäme große Schwierigkeiten, wenn ich das täte. Ich umarme sie rasch, weil sie so aussieht, als könne sie es brauchen, und laufe hinaus.

Es ist total dunkel, aber warm genug, sodass ich keine Jacke brauche. Whistler steht auf dem Fahrersitz, als hätte er auf mich gewartet.

»Hey, ganz ruhig«, sage ich und versuche, die unruhige Zebraschnauze mit der Leine einzufangen; sein Schwanz hämmert auf das Armaturenbrett.

Ich sehe die schwankenden Lichtstrahlen, bevor ich das

Geschrei höre. Die Cousins sind frei und auf dem Weg zu mir. Jeder hat eine Taschenlampe in der Hand.

»Hilfe, was ist das denn für eine Wolfsratte?«, fragt Todd.

Jess und Tim bleiben weiter weg und halten kichernd die Taschenlampe unter ihr Kinn, um Gruselgesichter zu machen. Todd ist unverschämt, kommt näher und versucht, mit seiner Taschenlampe den armen Whistler zu blenden.

»Er gehört mir. Er heißt Whistler.«

»Woher hat er diese kranken Narben?«, fragt Todd und zeigt auf die Schnauze.

Ich bin mir ziemlich sicher, dass Mom und Burt die Wahrheit über diese Zebrastreifen kennen, aber es muss ziemlich schlimm sein, weil sie so tun, als wüssten sie es nicht.

Ich will gerade mit den Schultern zucken, da fällt mir ein, dass Mom mir immer wieder sagt, ich solle für mich selbst einstehen, Paroli bieten, also antworte ich: »Er ist ein militärischer Kampfhund, gerade zurück aus Afghanistan. Ein Wort, und er frisst dich zum Abendessen.«

»Ja, klar«, sagt Todd, »sieht aus wie ein räudiger Köter. Wie alt ist er?«

Seine Frage ärgert mich, weil ich die Antwort nicht weiß.

»Zehn«, erwidere ich und tue so, als wüsste ich es.

»Na ja«, sagt er, »vielleicht ist es am besten, wenn du einen älteren Hund bekommst und keinen Welpen. Verstehst du?«

Ja, ich versteh's, *Tawd*, es ist ja nicht so, als hätte ich das noch nie gehört. Ein paar fiese Kinder in der Schule sagen manchmal »Hör auf, deinen Virus zu verbreiten, Hustentyp« oder »Wieso gehst du überhaupt zum Unterricht, wenn du eh nie die Highschool beenden wirst?« oder

»Wieso lässt du dich nicht jetzt schon transplantieren?«. Mom sagt, sie sind dumm, sie werden später mal meine Einkäufe in Tüten packen, aber ich war im Internet und habe die Blogs von Kindern gelesen, die ein bisschen älter sind als ich und auf eine neue Lunge warten. Ehrlich gesagt ist das Schlimmste an Todd, dass er etwas sagt, ohne sich gemein zu benehmen, als würde er einfach nur die Wahrheit sagen. Wieso sollte er also Probleme bekommen?

Ich schaue zu Whistler und denke: *Warum lästern Hunde eigentlich nie?* Ich habe sie stundenlang im Tierheim beobachtet, und es ist ihnen immer egal, ob man komisch riecht, die Haare nicht sitzen oder einem ein Bein fehlt. Hunde ziehen nicht über einen her. Hunde verraten niemanden. Hunde sind nicht fies.

Todds Kommentar könnte mich ärgern, aber nicht halb so sehr wie Whistler. Whistler hält die Stellung, und ich spüre eine Welle des Abscheus durch seine vernarbten Schultern dringen.

»Wieso läuft der Motor vom Mercedes deiner Mom eigentlich noch?«, frage ich, als der Gestank nach Abgasen in unsere Richtung weht.

»Ist doch egal. Sie sagt, er hat was mit dem Motor. Halt die Klappe und nimm das.«

Todd wirft mir eine Taschenlampe zu. Sie ist viel kleiner als seine.

»Wir spielen Taschenlampenfangen, und du bist dran. Der Laternenpfahl ist das Haus, und du bist nur gefangen, wenn der Lichtstrahl dich direkt in die Augen trifft. Beine oder Körper zählen nicht, nur Augenkontakt. Zähl bis einhundert, nicht schummeln.«

»Nur wenn Whistler und ich zusammen ein Team sind.«

»Wie du willst«, sagt Todd, schaltet seine Taschenlampe aus und verschwindet in der Dunkelheit.

Bei sechsundsechzig fällt mir auf, dass Jess und Tim sich hinter dem SUV ihrer Mom verstecken. Ich kann sie flüstern hören. Grandma lässt uns dieses Spiel spielen, weil sie es nicht erwarten kann, uns aus dem Haus zu haben, und Todd liebt es, weil er immer gewinnt und es genießt, mir panische Angst einzujagen. Der Hund schnüffelt an meiner Tasche, sucht nach einem Leckerli. Ich bin mir sicher, dass es dieses Mal anders läuft.

»Eins, zwei, drei, ich komme.«

Ich ignoriere den Mercedes – zu einfach – und laufe über den Rasen, dabei klebt Whistler so eng an mir, dass wir auch ein Dreibeinrennen machen könnten. Normalerweise bin ich nervös, erwarte ein gebrülltes »Buuu«. Heute Abend habe ich noch nicht mal meine Taschenlampe eingeschaltet. Nicht nötig. Ich bin total gespannt – nicht allein und ohne Angst.

»Dann los«, sage ich zu ihm und weiß, dass Whistler alles unter Kontrolle hat. Er presst seinen Körper an meine linke oder rechte Seite und lenkt mich so in die Richtung, in die er gehen will.

Der Garten meiner Großeltern ist groß, mit allen möglichen Bäumen und schicken Blumenbeeten, einer riesigen Terrasse, einer Hängematte, ordentlich aufgereihten Holzgartenstühlen und einem Blick über die Marsch bis zum Meer. Die meisten der Bäume sind dürr – nicht gerade ideal zum Verstecken, wenn man Todd ist. Da Moms altes Baumhaus verboten ist, bleiben noch die Hütte, die Garage, der Lattenzaun und der Whirlpool.

Ich schaue zurück zur Laterne. Jess und Tim stehen in

ihrem Schein, versuchen, Motten zu fangen, und ziehen mich auf, weil sie es sicher ins Haus geschafft haben. Ich glaube nicht, dass sie mich sehen können, aber wenn, dann wette ich, dass sie eine merkwürdige Silhouette sehen – halb Junge, halb Hund.

Das Licht aus dem Erdgeschoss reicht nicht so weit, und das einzige Geräusch kommt von den brandenden Wellen und den Ästen über uns, die im Wind gegeneinanderschlagen. Whistler zögert, als würde er nachdenken, und plötzlich reißt er mir fast den Arm aus der Schulter, und ich werde an einem Berg schwarzem Mulch vorbeigezogen, in Richtung eines Holzstapels, der von einer riesigen Nylonplane bedeckt ist.

Für einen Sekundenbruchteil schalte ich die Taschenlampe an. Whistler sieht überhaupt nicht wie ein Vorstehhund aus, aber sein Körper ist steif, sein gesundes Auge starrt auf die unförmige Ausbuchtung in der Mitte. *Brillant.*

Wie ein Zauberer bei seinem Trick ziehe ich den Rand der Plane weg und leuchte mit meiner Taschenlampe direkt in die blinzelnden Augen von Cousin *Tawd.*

»Hau ab. Einen Hund einzusetzen ist gegen die Regeln.«

»Was ist, wenn es ein räudiger Köter ist?«

»Geschummelt«, schnappt Todd und marschiert zurück zur Laterne. »Ist mir doch egal. Du wirst dich nirgendwo vor mir verstecken können.«

Todd drückt seinen Kopf in die angehobene Armbeuge, tut so, als würde er die Augen schließen, und beginnt zu zählen. Die anderen Cousins laufen weg, und Whistler zerrt mich in die Dunkelheit. Er ist wie ein Rennboot und ich wie auf Wasserskiern. Wir landen hinter der Gartenhütte, da höre ich: »Eins, zwei, drei, ich komme.«

Plötzlich baut sich der Husten in meiner Lunge auf. Er beginnt als ein Kitzeln, ein Jucken, tief unten, innen an meiner Luftröhre und bettelt nach einem beruhigenden Husten. Ich spüre, wie der Hustenreiz stärker wird, breiter, bald wird er aus mir ausbrechen, als Whistler ohne Vorwarnung aus der Leine schlüpft und in die Nacht verschwindet.

Ich presse eine Hand auf den Mund, der Husten entwischt mir wie gedämpfte Pistolenschüsse. Todd muss es gehört haben.

Plötzlich bin ich allein in der Dunkelheit, und die alte Angst ist wieder da. Ich beiße die Zähne zusammen und rufe nach Whistler. Nichts. Was, wenn er wieder mal weggelaufen ist?

»Komm heraus, komm heraus, wo auch immer du bist.«

Ich höre einen Zweig knacksen, ein paar Meter entfernt, sehe den Lichtstrahl durch das Glasfenster auf der anderen Seite der Hütte fallen. Ich sollte mich fangen lassen und Mom holen, damit sie mit mir nach Whistler suchen kann.

Und dann höre ich meinen Husten, bellend und bekannt, aber er kommt nicht von mir. Der Lichtstrahl gleitet erneut über den Rasen. Der Husten ist wieder zu hören, und die Taschenlampe bewegt sich weiter.

Ich spähe um die Hütte und entdeckte Todds Lichtstrahl in der Ferne. Er wird heller, als er den Stamm des dicksten, kräftigsten Baums im Garten hochklettert, den mit dem Baumhaus.

Was dann passiert, passiert schnell. Es beginnt mit dem Schrei. Gerechterweise muss ich sagen, dass es ein echt guter Schrei ist wie aus einem Horrorfilm, ein Schock in der stillen Nacht, aber ein klägliches »Hilfe« ruiniert den

Effekt. Erst als ich das Glucksen höre, den Klang eines matschigen Sumpfs, der ihn im Ganzen verschlucken will, wird mir klar, was geschehen ist. Kurz darauf folgen Flüche, die die meisten Kinder meines Alters in echte Schwierigkeiten brächten.

»Todd, Jess, Tim, kommt jetzt, wir fahren.« Es ist Tante Gwen, sie steht allein da, geht zum Wagen.

Meine jüngsten Cousins tauchen direkt vor ihr auf, sie hatten praktischerweise wieder dasselbe Versteck benutzt.

»Todd, komm schon, beeil dich«, sagt Gwen und setzt sich auf den Fahrersitz.

Soll ich gehen und Todd helfen? Soll ich seine Mom rufen? Während ich noch nachdenke, schalte ich meine Taschenlampe ein, und plötzlich ist Whistler wieder neben mir.

»Wo warst du denn?«

Keine Zeit für eine Antwort, weil die Kreatur aus der braunen Lagune aus dem Schatten auftaucht und langsam auf mich zugeplatscht kommt.

»Das ist deine Schuld«, sagt Todd. »Das Baumhaus war verboten. Ich sage es Grandma.«

Todd ist komplett von einem schleimigen Matsch wie Barbecuesoße bedeckt. Er klebt an seinen Jeans, pappt an seinem Hintern, und er hinkt, weil er einen Turnschuh und eine Socke verloren hat. Und da wird es mir schlagartig klar. Todd wollte, dass ich *mich* verstecke, weil er wollte, dass mir das passiert. Er hat darauf vertraut, dass mir niemand von dem Drecksteich beim Baumhaus erzählt hat.

»Du bist so tot«, zischt er, dann lacht er. »Vielleicht noch toter.«

Das kann ich nicht auf mir sitzen lassen.

»Und du … du stinkst wie heißer Müll.« Ich kann allerdings nichts riechen und habe ein schlechtes Gewissen, weil ich gemein bin.

»Komm schon, komm schon«, sagt Tante Gwen und macht ihr Fenster auf, ohne hinzusehen. »Hör mit dem Gejammer auf, Todd, egal was es ist, wir können es zu Hause regeln.«

Also öffnet Cousin Todd die hintere Tür des glänzend weißen Mercedes SUV seiner Mom, verschmiert die Türklinke, sieht bewundernd auf die sauberen Ledersitze, bevor er einsteigt. Sein Blick sagt: »Hey, du hast darum gebeten.«

Ich stehe unter der Laterne, als Tante Gwen losfährt – ich hoffe, ihr fällt auf, dass meine Kleider komplett sumpffrei sind –, aber anstatt zum Abschied zu winken, wirft sie mir eine Kusshand zu und fängt an, hysterisch zu lachen. Dann tritt sie auf die Bremse und brüllt zur Rückbank: »Tawd, was zum Teufel ist passiert? Hast du dir in die Hose gemacht?«

Ich schaue zu Whistler. Whistler blickt zu mir hoch, und es ist offensichtlich, dass er lächelt. Sein hängendes Augenlid wirkt wie ein Zwinkern, als wolle er sagen: »Ich gebe dir Deckung.«

Ich sollte schlechtes Benehmen nicht belohnen. Aber ich kann einfach nicht anders, als ihm leicht den Kopf zu tätscheln. Nur ein bisschen.

22

Kate

Die Liste wichtiger Dinge windet sich wie ein endloser Papierstreifen durch meinen Kopf. Zusätzlich zum Üblichen darf ich den tragbaren Nebulisator samt Autoladegerät – falls sein Akku sich leert – nicht vergessen, einen EpiPen – falls Jasper auf etwas anderes als Bienen, Penicillin oder Sesam allergisch reagiert – und, damit die anderen Mütter mich nicht mit ihren Blicken steinigen, zwei Dutzend gewaschene und geviertelte Orangen für die Halbzeitpause.

Das Problem ist, dass ich abgelenkt bin. Nein, ich bin fasziniert. Ich stehe am Küchenfenster und schaue in unseren briefmarkengroßen Garten und beobachte das Aufwärmtraining vor dem Spiel.

Jasper und Whistler spielen mal wieder mit einem Fußball. Seltsam, aber eigentlich keine große Sache mehr, bis man auf die Besonderheiten ihres Spiels achtet. Jasper redet, nicht dass ich höre, was er sagt, aber er öffnet immer wieder den Mund, dann hält er inne wie bei einem Gespräch. Er nickt, schüttelt den Kopf, lacht und lächelt, als hätte der Hund etwas gesagt oder getan, das entweder lustig oder zutreffend ist. Und wie sie den Ball einsetzen, als wäre das ein echtes Training.

Wenn ich darüber hinwegsehe, dass der Hund vier Pfoten hat und den Ball mit dem Maul fängt, scheint er Jasper beizubringen, wie er furchtlos ist und ohne Rücksicht auf Verluste angreift, hundert Prozent entschlossen, jeden Zweikampf zu gewinnen. Zwischen den Pfosten des kleinen Hockeynetzes, das Jasper zum Trainieren benutzt, fliegt Whistler, dreht sich um, schraubt Pirouetten, entschlossen, zu springen und abzuwehren und Jasper kein Tor schießen zu lassen. Vergessen Sie ein ungeübtes Auge. Jeder erkennt, dass dieser Hund Feuer gefangen hat. Und trotz all des Sabberns liegt ein räuberisches Grinsen auf seinen Lefzen. Sogar sein schiefes, tränendes rechtes Auge erfasst exakt jeden Pass und jede Flugbahn der schwarzweißen Kugel.

Es ist kein banaler Moment für mich. Es ist nicht bloß ein Spiel. Mein Sohn hat einen Riesenspaß, und wenn ich es nicht besser wüsste, wenn ich dem nicht zusehen würde wie einem Stummfilm und wenn da nicht ein Hund ihm gegenüberstehen würde, ich schwöre, dann würde ihr Zusammenspiel mehr wie Unterricht aussehen, ein Lehrer und ein Schüler. Ich möchte nicht entscheiden müssen, wer wer ist.

Ich mache mir unwillkürlich Sorgen. Dass ein Junge glaubt, er könne mit einem Hund kommunizieren, ist vielleicht nur ein Spiel, unschuldiges So-tun-als-ob, aber was, wenn andere einen einsamen Jungen sehen, der sich so sonderbar verhält, ein krankes Kind, das behindert und merkwürdig ist. Es ist noch einen Schritt von »normal« entfernt und noch ein Punkt auf der »Keinen Hund«-Liste. So wie Jasper sich bei diesem Hund benimmt, würden andere sich auch über sein Hirn lustig machen. Kinder können grausam sein. Ich könnte ihn genauso gut mit einer Fliege um den Hals zur Schule schicken.

Fünfzehn Minuten später, als wir zum Fußballfeld hinter Jaspers Schule laufen, sehe ich, dass die üblichen Verdächtigen sich schon an der Seitenlinie versammelt haben. Wie bei den meisten Eltern hängt ein Großteil meines Soziallebens von der Gnade unserer Kinder ab. Jedes Wochenende kommen wir zusammen, als Zuschauer vereint, die Helikoptereltern panisch, einen Entwicklungsschritt zu verpassen. Mit der Zeit haben sich einzelne Parteien herausgebildet.

Da wären die Besessenen, verkörpert vom linkischen Mr Kerry, dem Vater der Zwillinge Martin und Trevor. Bei jedem Wetter nimmt Mr Kerry jede Sekunde jedes einzelnen Spiels mit seiner Videokamera auf, angeblich, damit er sich nach dem Spiel hinsetzen und es mit den Zwillingen analysieren kann, damit sie daraus lernen und besser werden.

In ihren Hightech-Liegestühlen – mit doppelten Glashaltern und integriertem Dach – ordentlich an der Seitenlinie aufgereiht sitzen die Tratschtanten. Ein Quartett Möchtegern-sexy-Mamis, die davon überzeugt sind, dass jede Frau nur genug Make-up braucht, um den hässlichen Winterblues zu verbannen. Sie kichern, beugen sich eng zueinander, um die spannenden Details auszutauschen, und sie tun immer genervt, wenn eines ihrer Kinder ein Tor schießt, als wäre es die Schuld der Kinder, dass sie nicht zugesehen haben.

Dann sind da die Gleichgültigen. Mrs Owen ist ein perfektes Beispiel. Ihr Sohn David ist Torwart. Sie hat fünf Kinder an der Backe, und sie gibt selbst zu, dass sie normalerweise keine Ahnung hat, wo sie sich die ganze Zeit herumtreiben. Meistens setzt sie David ab und kommt Stunden später vorbei, um den Jungen abzuholen, der in der Zwischenzeit auf dem Parkplatz kickt.

Was mich angeht, so gehöre ich zu den Respektierten. Die anderen Eltern sind höflich und freundlich, aber es ist offensichtlich, dass sie sehr vorsichtig sind. Kaum überraschend, wenn man darüber nachdenkt. Anders als bei der Schule, dem College oder der Arbeit kommen wir nicht zusammen, weil wir denselben Geschmack teilen oder befreundet sind. Wir werden kurzerhand zusammengewürfelt, gezwungen, um unserer Kinder willen zusammenzustehen. Wir haben keine Wahl. Manchmal verstehen wir uns gut, meistens kommen wir irgendwie klar, aber langfristig gesehen sind das wahrscheinlich keine Freundschaften, die Bestand haben werden.

Jasper läuft vor, um zu seinen Mannschaftskameraden aufzuschließen, Whistler ist bei mir. Ich bin mir ziemlich sicher, dass ich den Hund auch hätte zu Hause lassen können, aber eine laute Menschenmenge ist eigentlich eine gute Gelegenheit, um ihn zu testen. Dieses Mal bleibt die falsche Assistenzhund-Weste im Auto. Ich bekomme auch so schon genug Aufmerksamkeit von gewissen Eltern, die auf meinen Showdown mit Coach Taft warten, wenn wir es in die Endspielrunde auf Staatsebene schaffen, und darauf, ob er dann meinen Sohn aus der Mannschaft nimmt.

»Kann ich die hier abstellen?«

Taft sieht zu mir, als ich eine große Tupperwaredose voller Orangenschnitze auf seinen Klapptisch nahe der Mittellinie stelle.

»Vielen Dank«, sagt er und schaut auf Whistler. »Der Hund wird doch wohl nicht bellen?«

Ich lächle, sage »Keine Chance« und spaziere weiter, weil ich Mrs Cruz entdeckt habe. Mit gesenktem Kopf tut sie so, als hätte sie mich nicht gesehen. Es sollte ihr peinlich sein. Mein Sohn hätte ertrinken können, da sie sich nicht um ihn gekümmert hat.

Whistler und ich finden einen Platz etwas weiter unten an der Seitenlinie, und wahrscheinlich zum ersten Mal, seit ich diesen Mischling mit nach Hause gebracht habe, freue ich mich über seine Gesellschaft. Durch ihn entsteht eine gewisse Trennung von der Masse, eine Barriere, und die Leute sind sich nicht sicher, ob sie sie überwinden möchten oder sollen. Hoffentlich habe ich die Schublade »respektiert« nicht mit dem Stigma »eigenartig« verwechselt. Ich bin mir ziemlich sicher, dass ich mir über die Jahre eine gewisse Art von Respekt verdient habe. Ob es daran liegt, dass ich eine alleinerziehende, berufstätige Mutter bin, oder wegen allem, was ich mit Jasper durchstehen muss. Nach dem gestrigen Abend ist alles besser als das geschmacklose Schimpfen von denen, die man sich nicht aussuchen kann – der eigenen Familie.

Als Mom mich anmotzte, weil ich zu spät gekommen war, konnte ich nicht mehr tun, als meine Lippen zu einer dünnen weißen »Nicht überqueren«-Linie zusammenzupressen. Ich weiß, dass ich bei Jasper überempfindlich bin, und vielleicht war sie gar nicht unverschämt, aber ihre Haltung hat so etwas Abschätziges. Warum auch immer, es fällt mir jedes Mal, wenn wir zusammen sind, mehr auf. Oh, sie lächelt, wird nie laut und hüpft fröhlich von einer vorhersehbaren Nettigkeit zur nächsten, aber in den Pausen zwischen den Wörtern, bei den Blicken, die ich nicht bemerken soll, denke ich immer wieder an den Augenblick, als ich beschloss, meinen Jungen zu behalten, und an die Angst, dass meine Mutter deswegen wütend auf mich ist.

»Was soll's, wenn Dads kostbares Rinderfilet zu Beefjerky

wird?«, wollte ich schreien. »Wir beide sollten das ein für alle Mal ausdiskutieren.«

Aber so läuft das nicht in unserer Familie. Blunt heißt vielleicht unverblümt, aber das bedeutet nichts.

»Jetzt ist's eh zu spät«, hat sie gesagt. Aber tief im Inneren, wo Unsicherheit die Andeutungen verstärkt, hörte ich: »Es war ein Fehler, Jasper zu behalten.« Natürlich würde sie es leugnen, darauf bestehen, dass ich mich irre, durcheinander bin, lächerlich. Sie wird sich an ihre wohlmeinende Warnung bezüglich des Lebens als alleinerziehende Mutter erinnern. Natürlich bewahrheitete sich diese Warnung, aber manchmal – und ich wünschte, ich würde es nicht so sehen – bin ich davon überzeugt, dass meine Mutter eine gewisse Selbstgefälligkeit an den Tag legt, als würde sie gern etwas Salz in meine Wunden streuen. Jaspers ZF ist die Sahne auf dem Ich-hab's-dir-doch-gesagt-Eisbecher. In meinen dunkelsten Momenten frage ich mich, ob sie glaubt, seine Krankheit sei meine Strafe.

Deswegen sage ich nichts. Was die schwierigen Themen rund um Jasper angeht, haben wir Worte bereits hinter uns gelassen. Für mich, weil ich keinen Sinn in den ewig gleichen Diskussionen sehe, ich sitze meine Strafe ab. Für sie ist es ein Streit, von dem sie glaubt, sie habe ihn schon vor langer Zeit gewonnen; mehr zu sagen wäre Energieverschwendung. Vielleicht denkt sie, indem sie schweigt, würde sie mir helfen, die Scham zu überwinden.

Mein Vater hat sich in dem Moment, in dem ich die Highschool abgeschlossen habe, so ziemlich verabschiedet. Er sagte, seine elterliche Verantwortung sei vorbei, und hat sie durch eine vage Gleichgültigkeit ersetzt – »Wenn es dich glücklich macht« –, das klingt eher nach einer Abweisung. Er hat die Kunst vervollkommnet, seine Apathie und sein selbst auferlegtes Exil vom Familienleben als komische Trauer zu maskieren, wenn er auflistet, wie sich alles ergeben hat, in meinem Fall, dass ich »keine *richtige* Ärztin« geworden bin.

Da ist mein Bruder, immer seltsam und von sich selbst eingenommen, und seine nervige Frau, die gern fragt: »Und, hast du immer noch niemanden gefunden?« Unser – ihr – ewiger Scherz verstärkt das Problem nur noch: Ohne Partner verfüge ich nämlich nicht über Glaubwürdigkeit, den Beweis, dass wenigstens ein anderer Erwachsener an das glaubt, was ich tue. Was mich zu einer Außenseiterin macht, wenn nicht sogar zu einer Ausgestoßenen.

Dann ist da noch meine kleine Schwester, Gwen. Arme Gwen. Mitfühlend und besorgt, aber man muss sie ständig aufmuntern, als verlange ihre Trauer wegen Jasper eine größere Unterstützung als meine. Ich liebe sie sehr, sie kann jedoch eine echte Nervensäge sein. Sie schwenkte ihr Weinglas, etwas wacklig auf ihren neuesten Jimmy Choos – sie war immer mädchenhafter als ich –, zog mich zur Seite und sagte: »Wegen Thanksgiving. Ich weiß, ich bin dran, aber könntest du es dieses Jahr noch mal ausrichten? Du machst das so viel besser als ich. Oh, und Montag steht noch, oder?« In meine Verwirrung hinein ergänzt sie: »Dass du die Kinder nimmst. Ich komme sie um neun, spätestens um halb zehn abholen.« Und dann hält sie meine stumme Ungläubigkeit für eine Zusage und verschwindet, bevor ich Fragen stellen kann: »Warum?« und »Was ist mit deinem Mann?« Ich bin zwar die einzige unverheiratete Mutter in unserer Familie, aber anscheinend nicht die einzige alleinerziehende.

Whistler sitzt neben mir, nahe und aufrecht, und ich tätschele lobend seinen unförmigen Kopf. Er duckt sich, und ich bemerke, dass er abgelenkt ist. Vielleicht fragt er sich, wann Jasper sich wie üblich an den Tisch des Punktezählers setzt, bereit, die Spiele eher zu dokumentieren, als seine Mannschaft auf dem Spielfeld zu unterstützen.

Unsere Mannschaft, Tide, trägt Meeresgrün. Die heutigen Gegner, Sharks, spielen in weiß-schiefergrauen Streifen. Als der Anpfiff erklingt, höre ich zufällig, wie ein Vater seiner gleichgültigen Frau erklärt, dass Tide auch bei einem Unentschieden für die Endspielrunde qualifiziert ist. Nur eine Niederlage würde sie aufhalten.

Von der ersten Sekunde an brüllt Mr Kerry, während er die Videokamera schwenkt, und zoomt seinen Jungs Befehle zu, feuert sie nicht an. Er kritisiert den Schiedsrichter bei jeder strittigen Entscheidung gegen die Heimmannschaft. Es ist, als glaube er, dass ein Talentscout von der ersten Collegeliga hier sein könnte. Er läuft die Seitenlinie entlang, bellt wie ein Hund in einem Zwinger und versucht, sein Pendant – es gibt immer eines – bei den Sharks zu übertönen.

Whistler scheint dem Hin und Her des Spiels zu folgen, während der Ball übers Feld gejagt wird, aber er ist unruhig. Er steht, er sitzt, er versucht, zwischen den Beinen hindurch und um sie herum zu spähen, und sucht nach Jasper. Ich glaube nicht, dass die Menschenmenge sein Problem ist. Es ist die Trennung, und immer wieder beobachte ich Jasper, der sich in seinem Stuhl umdreht, nachsieht. Irgendwas ist da zwischen den beiden, und wieder einmal ahnt die Mutter in mir ein Problem.

Nicht dass Whistler ein schlechter Hund wäre. Wenn

überhaupt, dann verleiht er mir im Moment etwas Glaubwürdigkeit, der wohlerzogene Straßenhund, dieser vernarbte Hundekrieger, der Beweis der Überlegenheit der Natur über die Kultur. Dass er so geschickt mit einem Fußball umgeht und sofort eine Beziehung zu Jasper aufgebaut hat, deutet darauf hin, dass er offensichtlich an Kinder gewöhnt ist. Natürlich weiß ich zu schätzen, wie er diese Mädchen aus Jaspers Schule angelockt hat, sodass sie Hallo gesagt haben, wie er Zack Cruz beeindruckt hat ... Es ist absurd, wie diese Promenadenmischung Fremde verführen und so ein Selbstbewusstsein in meinem Sohn wecken kann. Ich meine, er könnte wahrscheinlich ein kompetenter Assistenzhund werden, wenn wir den Ausraster im Laden – konnte ich ja nicht übersehen – bei den Golfschlägern weglassen. Wie oft wurde er wohl mit einem Siebener Eisen geschlagen? Und dieser manische Umweg, als er den bulligen Rothaarigen entdeckt hat, der eine Zigarette rauchte. Er ist auf die andere Straßenseite gerannt, als würde sein Leben davon abhängen, als würde er vor dem Teufel davonlaufen. Hat ihn der Mann an seinen Peiniger erinnert, oder war es das glühende Zigarettenende, seine Lieblingswaffe? Weiß der Himmel, was dieses arme Wesen in seinem früheren Leben hat ertragen müssen.

Aber das ist es gar nicht. Trotz all der Tests und Verhaltensprüfungen, trotz des Geheimnisses um seine Herkunft ist eine Sache sicher: Whistler ist ein Ausreißer, ein Deserteur, ein Wiederholungstäter und daher, was meinen Sohn angeht, ein potenzieller Herzensbrecher. Und die Neigung des Hundes zu riskantem Verhalten darf man auch nicht vergessen. Jasper würde niemals in einem eiskalten Teich schwimmen. Und die Spuren dreckiger Pfoten überall auf dem Rücksitz lassen vermuten, dass er im Garten meiner Eltern auch etwas angestellt hat.

Nein, Whistler ist vielleicht kein schlechter Hund, aber er ist ein schlechter Hund für Jungs, ein Unruhestifter. Wenn das eigene Kind mit dem falschen Kind befreundet ist und man es erfährt, tut man etwas dagegen. Welche halbwegs normale Mom würde nicht dazwischengehen? Fazit: Whistler wird ein tolles Haustier. Aber kein tolles Haustier für meinen Sohn.

Ein allgemeines Aufkeuchen lenkt meine Aufmerksamkeit wieder aufs Spielfeld. Panik entsteht in der Zuschauermenge, als die Sharks angreifen. Von einem wieselartigen Rothaarigen namens Daz – für Darren, nicht Dazzle, laut einem stolzen, aber großmäuligen Vater der Gegenseite – angeführt, haben sie ein Tor gemacht.

Bis zur Halbzeit bleibt es bei null zu eins.

Ich gehe mit Whistler kurz Gassi, und als ich zurückkomme, fällt mir auf, dass Jasper mit jedem Spieler seiner Mannschaft spricht. Das ist sein Ding, sein Beitrag. Weil er im Fernsehen oft englischen Fußball gesehen hat, weiß er so viel über das Spiel, dass er gute Tipps geben kann, anders als Coach Taft, der eigentlich lieber Basketball spielen würde.

»Sie sind gut«, sagt Jasper, der endlich zu Whistler kommt und mit dem lächelnden Hund rauft, der sich auf den Rücken wälzt, damit man ihm den Bauch krault. »Wir müssen nur ein Tor machen und den Bus parken.«

»Was parken?«

»Den Bus parken. Alle in die Abwehr schicken und auf Zeit spielen. Ich muss los, Mom, sie kommen zurück.«

»Denkst du, du wirst noch spielen?«

Kopfschüttelnd geht Jasper weg, hustet in sein meeresgrünes Trikot. Das Geräusch klingt schlimm, definitiv schlimmer. Ich werfe dem Hund neben mir einen düsteren Blick zu, dem Urheber der riskanten Abenteuer, die diese Lungenkrankheit verstärken.

Nach zwanzig Minuten der zweiten Halbzeit achten sogar die Tratschtanten auf das Spiel, keine bietet an, noch eine Runde Sojalattes zu holen. Zum ersten Mal überhaupt hat Mr Kerry aufgehört zu filmen und sieht aus, als stünde er kurz vor einem Herzinfarkt. Und dann, wie ein Stoß aus dem Defibrillator, Zack Cruz, der Junge, der meinen Sohn am Strand hat stehen lassen, übernimmt den freien Ball, und mit einem geübten Effetschuss erzielt er das Ausgleichstor für Tide.

Neben dem Spielfeld erklingt erleichterter Jubel, Fäuste werden gereckt, passend zu den High Fives und Umarmungen auf dem Platz. Interessant, als die beiden Teams in ihre Anfangspositionen zurückkehren, nimmt Zack das Lob seiner Mannschaft entgegen, aber sein Daumen hoch gilt nicht Coach Taft, sondern meinem Sohn. Jasper bringt mich zum Zerfließen. Er grinst breit, erwidert die Geste und brüllt auffordernd: »Parkt den Bus, parkt den Bus«, dabei sieht bloß Coach Taft planlos aus.

Leider kommt es beim »Parken« zu einem Blechschaden von katastrophalem Ausmaß. Um ehrlich zu sein, war ich gerade davon abgelenkt, dass Jasper gegen einen Hustenanfall kämpfte, und habe daher nicht gesehen, was genau passiert ist. In einem Augenblick streckte sich David Owen – das ist der mit der abwesenden Mutter – nach dem Ball, im nächsten Moment saust Coach Taft mit dem Erste-Hilfe-Koffer aufs Spielfeld.

Eine der Tratschtanten erhebt sich aus ihrer Liege und überblickt die Menge, um ihren Freundinnen dann zu bestätigen: »Große Überraschung, Mrs Owen ist nicht da.«

Normalerweise holen sie ein Eispack, und Minuten später steht das Kind wieder auf dem Spielfeld. Dieses Mal hinkt ein weinender Junge mit schmerzverzerrtem Gesicht über den Rasen, und ich weiß nicht, wer verzweifelter ist, der Tormann oder der Trainer.

»Stellen Sie meinen Martin auf«, sagt Mr Kerry, drängelt sich vor, sein Tonfall ernst und panisch. »Es gibt sonst niemanden.«

»Ich kann es machen.«

Ich sehe zwar nicht in die Menge rund um den Trainer, aber ich erkenne diese dünne Stimme. Was glaubt Jasper, was er da tut?

»Wir brauchen Martin in D. Er ist der Einzige, der es mit diesem rothaarigen Jungen, Daz, aufnehmen kann. Und ich stehe beim Training immer im Tor.«

»Das ist doch nur, weil …«

Kerry hält sich noch zurück, bevor er es ausspricht, dabei schaut er in andere besorgte Gesichter, sucht nach Unterstützung.

»Martin«, ruft er, winkt seinem Sohn, der deutet mit dem Finger auf sich. »Ja, sofort.«

Und dann überrascht mich Mrs Cruz, die sich die ganze Zeit hinter ihrer Sonnenbrille versteckt hat. Sie legt sie ab, sodass ihre maskenhafte Sonnenbräune sichtbar wird, und sagt: »Coach. Lassen Sie es Jasper machen. Er ist der Richtige.«

Langsam dreht sich Tafts Kopf in meine Richtung. Vielleicht sieht er in mir eine anmaßende Mutter, aber in diesem Augenblick zucke ich tatsächlich etwas zusammen. Anstatt ihn herauszufordern, sagt der größte Teil von mir an seiner Stelle Nein.

Guter alter Coach Taft. Er enttäuscht einen immer. Ohne ein Wort zu sagen, greift er in eine übergroße Sporttasche, zieht ein grünes Trikot und ein Paar Tormannhandschuhe heraus und reicht sie Jasper.

Ich bin sprachlos, als mein Sohn das Spielfeld betritt. Mr Kerry allerdings nicht. Er beugt sich zu Taft vor und droht ihm körperliche Konsequenzen an, sollte das Spiel nicht gut laufen. Es gibt keine Entschuldigung, aber während ich völlig gebannt bin und von Angst und Befürchtungen verschluckt werde, zerrt Whistler seine Leine aus meiner Hand, und weg ist er. Er läuft die Seitenlinie entlang, an der Eckfahne macht er eine ordentliche Neunzig-Grad-Wende, dann bleibt er stehen, genau in der Mitte hinter dem leeren Tor, im selben Moment, in dem Jasper seine Position einnimmt.

Jasper hustet in seine Ellbeuge und schaut dem Hund in die Augen. Als er sich wieder dem Spielfeld zuwendet, weiß ich nicht mehr, ob ich mir das, was ich gesehen habe, eingebildet habe. Um mich herum nur Gesichter mit dem Ausdruck von Panik, aber ich kann nicht die Einzige sein, die bemerkt hat, dass mein Sohn dem Hund fest und selbstbewusst zugenickt hat.

Eckball, der Ball fliegt hoch vor Jaspers Tor, verschwindet in einer bebenden Mauer aus Körpern, und eine lange Sekunde, vereint im gemeinsamen Atemanhalten, warten wir auf die unausweichliche Beule im weißen Netz, wenn die Sharks ihr zweites Tor schießen. Doch als die Spieler, einer nach dem anderen zurücktreten, taucht ein kleiner

Junge in einem grünen Trikot auf, der sich aus dem Schmutz hochstemmt, den Ball fest an seine Vogelbrust gedrückt, und macht mit der Hand eine beschwichtigende Geste mit der klaren Botschaft: Nur die Ruhe. Ich habe ihn.

Noch acht Minuten, und während ich mir einzureden versuche, dass zehn andere Jungs in der Lage sein sollten, meinen Sohn vor einem unausweichlichen Trauma zu schützen, macht dieses tollwütige rote Wiesel Daz einen Wahnsinnsschuss mit rechts. Alle schauen auf Jasper. Alle, außer mir. Nicht dass ich nicht hinsehen kann, aber ich beobachte den Hund, denn noch bevor Daz Stollenschuh zutritt, lehnt Whistler sich nach rechts. Ich sehe es absolut klar und deutlich, ein eindeutiges Zucken, als wüsste der Hund hinter dem Netz exakt, wohin der Ball gehen wird, und zwar einen Sekundenbruchteil bevor der Ball getreten wird. Und dann schaue ich auf, sehe Jasper, der sich ausstreckt und zur Seite wirft. Es geht so schnell, und ich kann gar nicht glauben, dass ich das sage, aber ich würde sehr gern Mr Kerrys Video sehen, denn ich schwöre, dass Jasper genau in dem Moment abhebt, in dem der Ball gekickt wird. Nur so konnte er den Ball mit seinen Fingerspitzen berühren und um den Pfosten schieben. Es wird gebrüllt. Es wird gestöhnt. Aber vor allem wird applaudiert. Applaus für meinen Sohn, der den Ball erwischt hat. Sogar Mr Kerry schweigt.

Noch vier Minuten, und der Ball ist wieder in ihrer Hälfte. Jasper hustet heftig, versucht gar nicht, es zu verbergen, als müsste er seine Lunge unbedingt freibekommen. Das grüne T-Shirt sieht an ihm aus wie ein übergroßes Armeezelt, die riesigen Handschuhe wirken lächerlich, fast wie von Mickymaus. Jede Bewegung wird damit zu einer übertriebenen Pantomime. Er braucht seinen Inhalator. Was passiert, wenn ich jetzt dorthin marschiere und ihn ihm gebe?

In der letzten Minute wollen die Sekunden einfach nicht vergehen. Tide greift an, versucht, das Spiel von Jasper fernzuhalten; ein Ball fliegt über die Kerry-Brüder, unsere letzte Verteidigungslinie, und aus dem Nichts schießt Daz in den leeren Raum.

Es heißt Mann gegen Mann, und da Jasper mich gezwungen hat, mir die Weltmeisterschaft im Fernsehen anzuschauen, habe ich das schon mal gesehen. Geht der Torwart vor, verkleinert den Winkel und hofft, dass der Schütze Panik bekommt und den Schuss versemmelt? Oder bleibt er stehen, beschützt das Tor und hofft, dass seine Verteidiger es rechtzeitig schaffen?

Whistler scheint es anzusagen, die Krallen kratzen auf der Stelle, der Hals wird lang, und Jasper reagiert, rennt los, ja genau, er rennt, und es ist, als stünde ich wieder am Küchenfenster, sehe ihm beim Training im Garten zu, bloß dass Jasper zum Hund geworden ist, entschlossen und furchtlos, und der Ball gehört ihm, wird ihm gehören, war nie anders geplant. Dieses Wunderkind Daz ist ein resoluter kleiner Bursche, überzeugt, dass er es zuerst dorthin schafft, und ich schaue hilflos zu, während mein Sohn völlig sorglos abhebt und auf dem Ball landet. Er ist bereit für das ultimative Opfer, wirft sich auf eine Granate, kriegt eine Reihe brutaler Tritte in seinen winzigen zusammengekrümmten Körper.

Jasper hält durch.

Schlusspfiff.

Und plötzlich verschwindet mein Sohn in einem Meer

aus Umarmungen, High Five und Rückenschlägen von den Spielern, die unbedingt dem Mannschaftsmitglied gratulieren wollen, das ihre Saison gerettet hat.

Erleichterte Eltern laufen aufs Spielfeld, aber ich bleibe stehen. Rechts neben mir wirft Mrs Cruz mir ein Lächeln zu wie einen Olivenzweig, und ich schaffe es sogar zurückzulächeln. Mr Kerry wagt es, mir die Schulter zu drücken, als er vorbeigeht zu seinen Söhnen, und sagt erleichtert: »Das hätte ich nie gedacht.« Allein konzentriere ich mich auf den Hund mit den Narben, dem zerfetzten Ohr und dem tränenden Auge. Whistler hat sich nicht gerührt. Er sitzt ruhig hinter dem Netz, zufrieden. Dieser Hundenomade hatte die Chance wegzulaufen. Aber das ist er nicht. Er hat sich entschlossen zu bleiben. Er hat sich entschlossen, bei meinem Sohn zu bleiben.

Schließlich löst sich die Menge auf, sodass ich ihn sehen kann, meinen kleinen grünen Giganten, der immer noch den Ball umklammert, sich bemüht, nicht zu husten, nach Luft schnappt, aber vor allem lächelt. Und in diesem Augenblick löst sich die Last, dieser ewige Betonblock auf meiner Brust, ein bisschen, bloß eine Sekunde lang, und lässt mich leichter atmen, während Jasper sich in dem wiederholten Mantra sonnt: »Gutes Spiel, gutes Spiel, gutes Spiel.«

23

Jasper

Mom hat sich endlich beruhigt, denn auf der Fahrt nach Hause ist sie jedes Mal zusammengezuckt, wenn mein Husten außer Kontrolle geriet. Sie ist völlig ausgerastet, als ich mein dreckiges Trikot ausgezogen habe, da hat sie eine Hand auf den Mund gepresst, als müsse sie einen Schrei unterdrücken.

»Mein Gott, sieh dir diese blauen Flecken an.«

Ich laufe zum Badezimmer, um mich im Spiegel anzusehen. »Ja! Kriegswunden.«

Meine Haut ist blass, okay, weiß wie Kartoffelbrei, aber auf meinem Rücken, meinen Schultern und Hüften sind diese großen blauen Flecken wie Tinte, wie Tattoos, wie Kriegswunden. Für mich sind sie der Preis des Sieges, auch wenn das Spiel unentschieden endete.

»Gar nicht cool. Wenn deine Schulkrankenschwester sie sieht, wird sie mich wegen Kindesmisshandlung melden. Hier, nimm ein Ibuprofen und dann ab unter die Dusche. Und achte auf ordentlich viel Wasserdampf. Der löst den Schleim in deiner Brust.«

Die dampfige Dusche hilft kein bisschen gegen meinen Husten, und mir tut alles weh, was ich aber geheim halte, denn was soll's, ich werde heute zu Hause abhängen, mit einem echten Hund neben mir.

Ich mache meine Hausaufgaben und benutze den Nebulisator oft, damit sie aufhört zu schimpfen – ich schließe die Zimmertür, damit Whistler auch etwas von dem Nebel in seine Lunge bekommt –, und dann setzen wir uns aufs Sofa und schauen ein Fußballspiel, das ich aufgenommen habe. Whistler legt allerdings lieber seinen Kopf mit geschlossenen Augen auf meinen Schoß.

Ab und zu schaut Mom rein, bietet was zu trinken an, Snacks, »Bei euch beiden alles okay?«, aber gegen vier geht sie in der Küche ans Telefon. Meine Grandma.

»Nein, Mom«, höre ich sie sagen, »das ist es nicht. Ich kann nicht einfach … abschalten.« Ihre Stimme wird laut, wenn sie mit Grandma redet. »Ich weiß, dass du das tust, und ich weiß das Hilfsangebot auch wirklich zu schätzen, aber auf Jasper aufzupassen ist nicht das Gleiche, wie auf eines von Gwens Kindern aufzupassen.«

Mom läuft hin und her. Nie ein gutes Zeichen.

»Weil«, sagt sie, »weil … niemand in dieser Familie zu verstehen scheint, wie schwer es für mich ist, mich zu entspannen. Ich reiße mich zusammen, damit es mich nicht ärgert, wieso sollte es also meinen Bruder ärgern, wenn ich nicht vor Begeisterung platze wegen seines nächsten Skiurlaubs in Breckenridge oder seiner nächsten Kreuzfahrt zu den Bermudas.«

Und dann brüllt sie richtig. »Hör mal, Mom, wenn du was zu sagen hast, dann sag es einfach.«

Whistler und ich tun so, als wären wir ganz auf das Spiel konzentriert, und als Mom auflegt, tut sie so, als wäre sie fröhlich, und sagt: »Ist es okay, wenn ich bade?« Sie hält bereits ein großes Glas Weißwein und eine Flasche Schaumzeug in der Hand, keine Ahnung, warum sie überhaupt fragt.

Sobald wir allein sind, wende ich mich an Whistler und sage: »Sie macht mir Sorgen.«

Whistler setzt sich auf, ein Speichelfaden zieht sich von meinem Schoß zu seinem Kinn.

»So wütend und traurig, wie sie ist. Und ich weiß, dass es meine Schuld ist. Wenn sie telefoniert und sagt: ›Ich kann nicht, wegen Jasper‹ oder ›Nein, Jasper ist krank … mal wieder‹. Wir sprechen nie darüber, aber es macht mir Angst. Wegen ihr.«

Keine Antwort, abgesehen von traurigen schokoladenbraunen Augen.

»Hast du nie Angst?«, frage ich, und Whistler legt seinen Kopf schräg. Vielleicht will er mir so zeigen, dass er wenigstens zuhört, auch wenn er keinen Rat hat. Und sein Gesichtsausdruck macht mir klar, dass es manchmal egal ist, ob man eine Antwort bekommt, weil es sich schon sehr gut anfühlt, einfach etwas auszusprechen und zu wissen, dass mein Geheimnis sicher ist.

Obwohl Whistlers Husten fast so schlimm ist wie meiner, will Mom ihn morgen wieder zurück ins Tierheim bringen. Wenn ich bettle, dass wir ihn behalten sollen, dann wird sie mich zum Schweigen bringen. Wenn ich motze, wird sie schimpfen. Wenn ich es mit richtig heftigem Weinen versuche, wird sie wütend, weil Tränen mich noch zehnmal schlimmer husten lassen.

»Wie bringen wir sie dazu, dich behalten zu wollen? Hörst du mir überhaupt noch zu?«

Er schnarcht, und ich bemühe mich, nicht traurig zu sein, aber es nützt nichts. Vielleicht ist es ansteckend. Vielleicht ist er deswegen nicht so interessiert daran zu »reden«. Dann fällt mir eine andere Erklärung ein. Dieses

Wochenende war das beste überhaupt, wegen Whistler. Was, wenn er deprimiert ist, weil er denkt, er hat alles richtig gemacht, alles, was er tun konnte, um mein Hund zu werden. Was, wenn er nicht begreifen kann, wo er etwas falsch gemacht hat?

Zehn Minuten später wechselt Whistler aus dem Tiefschlaf mit zuckenden Pfoten zu absolut wach, und zwar mindestens zwei Sekunden bevor ich das Klopfen an der Tür höre. Ich mache »Schsch« mit dem Finger an den Lippen, dabei weiß ich natürlich, dass er nicht bellen wird, stattdessen bedeute ich ihm mit der flachen Hand, liegen zu bleiben, und schleiche in die Küche.

Moms Badezimmer liegt am anderen Ende der Wohnung, und ich höre Wasser laufen. Dann klopft es noch einmal. Ich sollte sie rufen. Ich sollte es ignorieren. Ich sollte die Tür nicht öffnen.

Ich öffne die Tür.

Es ist Mr Crabtree – oder wie Mom ihn gern nennt, der Apartmentschreck. Er beugt sich vor, zu nahe, schlechter Atem, in seinem Mundwinkel platzen Spuckebläschen, und er sagt: »Es gab Beschwerden wegen eines Hundes.«

Wäre Mr Crabtree ein Hund, wäre er ganz sicher eine Bulldogge, stämmig und schnüffelnd und mit viel zu viel schlabberiger Haut an Hals und Wangen. Ich glaube, deswegen kann er nicht richtig lächeln.

»Ist deine Mom da?«

»Es tut mir leid, sie ist beschäftigt, Mr Crabtree. Soll ich ihr etwas ausrichten?«

Mr Crabtree schnieft, seine Schweinsnase zittert, und all diese grauen Nasenhaare verschwinden in seinen Nasenlöchern wie bei einer Seeanemone – ich mag Naturdokumentationen. Habe ich schon erwähnt, dass er richtig alt und mürrisch ist?

»Hmpf«, grummelt er, »ich glaube, das hier gehört ihr.«

Wie ein Polizist, der seine Marke zeigt, schiebt Mr Crabtree eine Plastiktüte in meine Richtung.

»Ein Hundehaufen. Habe ich heute Morgen unter meinen Rosenbüschen gefunden. Ich hoffe, du hast keinen Hund da drinnen?«

Ich hatte doch gesagt, dass Lügen mich panisch machen, was mich dann verrät. Ich habe gelernt, dass es einfacher ist, nicht direkt zu antworten. »Hunde sind nicht erlaubt, Mr Crabtree.«

»Das ist richtig, junger Mann. Keine laute Musik nach zweiundzwanzig Uhr. Kein Feuer im Garten. Nur auf ausgewiesenen Parkplätzen parken. Und keine Hunde.«

»Assistenzhunde sind aber in Ordnung, stimmt's?«

»Willst du mir sagen, das ist ein Assistenzhund?«

Er deutet auf Whistler, der plötzlich neben mir aufgetaucht ist, sein Schwanz wie ein Wackelpudding, als wäre Mr Crabtree ein Freund und kein Feind. Ich denke, ich muss noch mal an dem Befehl »Sitz« arbeiten oder an meiner Charaktereinschätzung. Oder … Moment mal … Was, wenn ich mich in Mr Crabtree täusche und Whistler recht hat?

»Wenn ich Ja sage, kann er dann bleiben?«

Mr Crabtree schüttelt den Kopf. Gott sei Dank sabbert er nicht wirklich. »Ich müsste Unterlagen sehen, offizielle Unterlagen, nichts Gefälschtes, das man online kaufen kann.«

»Aber wenn ich einen Beweis hätte, dann wäre alles in Ordnung?«

Mr Crabtree seufzt. »Hör mal, ich mache die Regeln nicht, aber wenn ich dich noch mal mit einem Hund erwische, geschweige denn mit einem Hund, der in meinen Garten kackt, werde ich dich melden müssen. Deine Mom hat einen Vertrag unterschrieben. Es gibt eine Warteliste für diese Wohnungen. Bei uns gibt's keine zweite Chance. Weißt du, warum? Wir haben es nicht nötig. Glaub mir, ihr wollt nicht nach einer neuen Wohnung suchen müssen.«

Wieder hält er die Plastiktüte, als wolle er sie mir geben, aber dann sieht er Whistler an und zögert, scheint seine Meinung zu ändern. Nach einer Sekunde voller Grummeln und Grunzen dreht er sich um und watschelt davon, schwankt nach rechts und links wie ein Kaiserpinguin, im Takt mit Whistlers Schwanzwedeln.

24

Kate

In der ersten längeren Pause zwischen donnerndem Husten meldet sich mein Telefon, und Gwens Name erscheint auf dem Display.

»Bist du noch wach?«, fragt sie.

»Jasper kann nicht einschlafen.«

»Fieber?«

»Husten. Übernächste Woche sind Schulferien. Vielleicht ist dann noch mal eine Runde Antibiotika-Infusionen im Krankenhaus angebracht.«

»Ach, Kate, das tut mir leid. Aber danach wird's ihm besser gehen, stimmt's?«

Ich höre den Optimismus in ihrer Stimme, ein tapferer, heller Tonfall, der an glücklichere Tage in der Zukunft glaubt. Sosehr ich mich auch bemühe, nach stundenlangem unerbittlichem Husten höre ich nur die Naivität von jemandem, der es gut meint, der sich wirklich Sorgen macht, es aber eigentlich nicht begreift. Ein paar elende Wochen im Krankenhaus bedeuten für Jasper im besten Fall eine kurze Gnadenfrist. Im Moment könnte ich für eine wirksame Therapie töten.

»Sicher, aber ich hasse es, dass er es immer und immer wieder durchmachen muss.«

Es wird still in der Leitung, dann hört man ein unterdrücktes Schluchzen.

»Ich weiß nicht, wie du das schaffst«, sagt Gwen, sie kann das Zittern ihrer Stimme nicht unterdrücken. »Ich wäre niemals stark genug.«

Wie oft habe ich schon eine Variante dieses Satzes gehört, und ich will dann am liebsten sagen: »Als hätte ich die Wahl.« Vor einer Weile hat mich eine der anderen Fußballmütter zur Seite gezogen und mir zugeflüstert: »Wenn ich von meinem Leben genervt bin, dann denke ich an dich, und mir wird bewusst, wie viel Glück ich habe. Du bist so eine Inspiration.« Ich konnte mich gerade noch zurückhalten, ihr nicht ins Gesicht zu schreien: »Danke, aber ich will keine Inspiration sein. Ich will normal sein. Ich will durch den Tag kommen, ohne weinen zu müssen.«

»Natürlich wärst du das«, sage ich. »Reg dich nicht auf, Gwen, er kommt schon klar.«

Ich höre ein Papiertaschentuch rascheln, Schnäuzen, sie hat ihre Fassung wiedergewonnen.

»Egal, warum rufst du überhaupt so spät noch an?«

»Weil ich will, dass du diesen alten Collegefreund von Scott kennenlernst.«

»O nein, Gwen, bitte, ein Blind Date mit einem Freund aus der Studentenverbindung deines Mannes ist im Moment wirklich das Letzte, was ich brauche.«

»Er heißt Holden Patterson«, sagt Gwen und ignoriert meine Bitte, »er ist Arzt, also für Menschen, nett, Single, hat genug vom Onlinedating und, jetzt pass auf, hat ein Vermögen und Immobilien geerbt. An der Küste. Ein unglaublicher Privatstrand. Er hat Millionen.«

»Holden Patterson?«

»Er möchte einen neuen Hund, also habe ich ihm geraten, dein Tierheim zu besuchen. Ich dachte, du könntest ihm ja mal … ein Angebot machen.« Sie kichert über ihren Versuch, verrucht zu klingen. Hat sie getrunken? »Ach, und habe ich schon erwähnt, dass er umwerfend aussieht?«

»Nein, aber ich wette, du hast vergessen zu erwähnen, dass ich bald vierzig werde, immer noch zur Miete wohne, noch mindestens zehn Jahre lang meinen Studentenkredit abbezahle und ein todkrankes Kind habe.«

»Ich kümmere mich nur um meine große Schwester. Und es ist ja nicht mal ein Date. Du berätst einfach nur einen Typen, der sich einen Hund zulegen möchte. Ganz ohne Druck. Wenn es funkt, geht ihr zusammen Kaffee trinken. Wenn nicht, findet vielleicht ein Hund aus dem Tierheim ein neues Zuhause.«

Eine müde, irrationale Sekunde lang folge ich der Logik ihres Vorschlags, verführt vom Traum, jemanden in meinem Leben zu haben, der bereit ist, *uns* aufzunehmen, bereit, *unsere* Last zu teilen. Aber welcher vernünftige Mann würde meine Art von Gepäck haben wollen?

Gwen plappert in mein Ohr, macht mit ihrer Werbeveranstaltung weiter, und ich versuche, mich daran zu erinnern, wie es sich anfühlt, umworben zu werden – das zeigt nur, wie lange es schon her ist –, ein Date zu haben, Komplimente zu bekommen, einen Flirt zu wagen, vor meinem Schrank – von der Unterwäschekommode ganz zu schweigen – zu stehen und zu grübeln, was ich anziehen soll. Aber wie immer weckt mich die Realität hart auf, meine Rolle als lebenslange Pflegerin und der Kummer, der immer präsente, vorauseilende Kummer. Jasper weiß, wie sehr ich wünschte, ich hätte ZF, nicht er, und ich frage mich, ob dieser stetige Schmerz meine Strafe ist, der Preis, den ich zahlen muss, weil ich ihm meine schlechte DNA gegeben habe. Andererseits wünschte ich, es wäre bloß Schmerz, es täte bloß weh, denn wenn ich ehrlich bin, dann ist es manchmal Neid auf Menschen, die ein normales Leben führen. Meine Fantasie sehnt sich nach dem alltäglichen Stress eines eintönigen Lebens, ohne diese konstante, bereits verlorene Schlacht schlagen zu müssen.

Ich höre wieder zu, und zwar bei: »Du hast auch ein eigenes Leben verdient.«

Ich höre sie schmatzen, dann schlucken und dann: »Ich meine, ich will ja nur, dass meine Schwester hat, was ich habe.«

Ähem. Drei ungezogene Kinder. Einen abwesenden Ehemann.

»Und was ist das?«, frage ich.

»Sicherheit natürlich.«

Ich möchte so gern sagen: »Finanziell, nicht emotional, richtig?«, aber entscheide mich für: »Sicherheit klingt toll, aber ich erwarte doch etwas mehr von einer Beziehung.«

»Ich sage ja nur, dass es hilft. Dann muss man sich weniger Sorgen allein machen.«

»Du meinst, jemand trägt die Last mit mir?«

»Jetzt sei doch nicht so. Die Leute finden ständig jemanden. Mein Gott, erinnerst du dich an Sarah Gold aus der Highschool. Du solltest mal sehen, was für einen Hengst die geangelt hat, dabei ist sie zu einer echten Seehexe geworden. Du bist wenigsten immer noch eine attraktive Frau.«

Ich lache. »Danke«, sage ich und meine es ehrlich. »Ich habe so ein Kompliment schon ewig nicht mehr gehört.«

»Was? Du machst Witze, oder? Als ich einundzwanzig war, hast du immer mehr Aufmerksamkeit bekommen als ich.«

Gwen ist zierlich und wunderschön, aber wenn wir als Jugendliche jemals zusammen ausgegangen sind, sind die Männer zurückgeschreckt, eingeschüchtert, dachten, sie wäre launisch oder unnahbar und auf jeden Fall nicht in ihrer Liga. Ich sah vielleicht nicht so gut aus wie sie, aber damals konnte ich mich interessant geben, hatte eine Ausstrahlungskraft, durch die sich Männer angezogen fühlten. Heute kann ich mich kaum mehr an diese Frau, die ich mal war, erinnern.

»Holden Patterson. Okay. Sollte er auftauchen, verspreche ich, ihm dabei zu helfen, einen Hund zu finden.«

»Um mehr bitte ich dich ja gar nicht, aber ich schwöre, der ist ein Lottogewinn. Ich simse dir seine Adresse und Telefonnummer, falls du ihn gern googeln möchtest. Ich muss los, Todd schreit nach einem Glas Wasser.«

Sie hängt auf. Was ist mein Problem? Gwen wird nie die Art von Schwester sein, die eine Kühltasche voller Mahlzeiten vor die Tür stellt, wenn wir aus dem Krankenhaus kommen. Sie wird nie unangekündigt auftauchen und auf Jasper aufpassen, sodass ich spontan ausgehen kann. Diese Verkupplung, Blind Date, egal wie man es nennt, ist ihre Art, mir zu zeigen, wie wichtig ich ihr bin. Doch hier sitze ich, bin mehr und mehr angespannt, der Daumen schwebt über der Wahlwiederholung, bereit, alles abzusagen.

Angst vor dem Daten ist es nicht. Dieses Problem geht tiefer, ist umfassender und eher Widerwille als Angst. Ich rede von einer tief sitzenden Abneigung, Hilfe oder Unterstützung jeglicher Art anzunehmen.

»Wohltätigkeit ist ein nettes Wort für Schulden«, dozierte mein Vater während unserer Kindheit immer und ergänzte, »arbeitet härter, kommt allein klar und schlaft gut im Wissen, niemandem etwas zu schulden, niemandem etwas zurückzahlen zu müssen.« Welches Kind würde nicht glauben, dass Schulden ein Zeichen von Schwäche sind?

Eine Minute später kommt eine SMS über Dr. Holden Patterson an. Es juckt mich, sie zu löschen, aber ich tue es nicht. Ich hasse es, mich wie eine große Enttäuschung zu fühlen, weil ich alle enttäusche, weil Leute wie Gwen von mir erwarten, alles unter Kontrolle zu haben, aber manchmal möchte ich mich genauso fühlen: unsicher und geschlagen, verletzlich und ängstlich.

Da explodiert ein Husten direkt vor meiner Schlafzimmertür, und ich stehe auf, schnappe meinen Bademantel und Pantoffeln, rutsche über den Holzboden, um nach Jasper zu sehen. Hoch auf seinen Kissen scheint mein Sohn fest zu schlafen. Genauso der Hund, der wie ein riesiges Komma gebogen auf seiner Decke liegt. Wie merkwürdig. Hat einer von ihnen meinem Telefonat gelauscht?

25

Jasper

Während der Pause habe ich zwei neue Pläne geschmiedet, wie ich das Whistler-Problem lösen kann, jetzt, wo er wieder im Tierheim ist.

Plan A – dabei geht es nur darum, wie ich Whistler behalten kann:

1. Mom weiter bearbeiten, sie überzeugen, dass Whistler gut für meine »mentale Gesundheit« ist und meine Lungenfunktion (wegen Fußball).
2. Mr Crabtree überreden, uns nicht zu verraten, weil wir Whistler behalten, damit wir nicht umziehen müssen.
3. Im Internet nach richtig guten gefälschten Ausweisen für Assistenzhunde suchen.
4. Im Internet nach Wohnungen in der Nähe suchen, die wir uns leisten können und in denen Haustiere erlaubt sind, also auch Whistler.

Plan B ist nur für den Fall, dass Plan A misslingt:

1. Wenn ich Whistler nicht behalten kann, dann muss ich wenigstens dafür sorgen, dass er am Leben bleibt, und das bedeutet, dass er in weniger als vierzehn Tagen von einem netten Menschen adoptiert werden muss.

2. Idealerweise sollte diese nette Person in der Nähe wohnen und mir Besuche erlauben.
3. Noch besser, diese nette Person könnte meine Mom heiraten und mich und Mom bitten, mit ihm und Whistler in seinem riesigen Haus am Meer mit Gartendusche und Whirlpool und Privatstrand zu wohnen.

Dieser letzte Teil von Plan B klingt vielleicht komisch, und ich wollte gestern Abend Mom wirklich nicht belauschen oder ihr Handy heute Morgen kontrollieren oder googeln, aber ich vermute, dass ein Mann namens Holden Patterson noch diese Woche ins Tierheim kommen wird, auf der Suche nach einem neuen Hund. Wenn ich es schaffe, dass er Whistler nimmt, kann Mom vielleicht den Rest erledigen.

Als ich nach der Schule im Tierheim ankomme, lasse ich meinen Ranzen fallen und entdecke Whistler mit Burt im Raum, in dem die Hunde trainiert werden. Er ist groß und leer, und es hallt dort wie auf einem Basketballfeld, und Tru kommt zu ihnen, ein Tierheimhund – Tag zehn –, Mojo, ein Pointer-Mischling – Tag elf –, und Reggie, eine unserer Heimkatzen.

»Jemand wusste, dass du in der Nähe bist«, sagt Burt und lässt ein neues lila Halsband um Whistlers Hals los, als mein narbengesichtiger, hässlicher Köter mir zeigt, dass ich ihm so sehr gefehlt habe wie er mir. »Ich dachte, dieses kleine Treffen könnte nützlich sein.«

Deswegen ist Burt mein bester Freund und der beste Hundemensch, den ich kenne. Er sucht immer nach neuen Ideen, um die Hunde zu vermitteln, besonders wenn sie sich Tag vierzehn nähern.

»Alle drei haben sich bei Reggie wohlgefühlt«, sagt Burt.

Reggie ist eine fette Tigerkatze, die auf einem Pferdehof gelebt hat. Er ist hier der Köder und weiß es. Reggie hat überhaupt keine Angst vor Hunden. Burt sagt, er ist wie ein italienischer Mafioso in Rente. »Wenn du ihn in Ruhe lässt, lässt er dich in Ruhe. Aber ärgere ihn, und du wirst es bereuen.«

Das ist ein gutes Ergebnis. Jetzt kann Burt Leuten, die Katzen haben, sagen, dass Whistler und Tru und Mojo zu ihnen passen.

Ich mag Katzen. Ich mag Reggie. Aber jedes Mal, wenn ich eine Verbindung zu ihm aufbauen möchte, bekomme ich nichts – und ich meine absolut nichts, völlige Leere, kein Wink, kein Zucken oder Summen. Ich weiß nicht, ob ich mehr üben muss oder ob die Katzen das Signal extra stören, denn ich bin mir ziemlich sicher, dass Reggie weiß, was ich vorhabe. Vielleicht ziehen Katzen es vor, nicht verstanden zu werden. Vielleicht bleiben sie deswegen cool und mysteriös.

Mojo fehlt ein Hinterbein, weil Mom es amputiert hat. Er hatte einen Tumor im Knie, aber jetzt geht es ihm super, und es war kein schlimmer Krebs, sodass er noch Jahre leben kann, aber Mom sagt, dass manche Leute Probleme haben, einen dreibeinigen Hund zu adoptieren, obwohl sie meint: »Hunde werden mit drei Beinen und einem Ersatzbein geboren.«

Burt glaubt, dass Mojo vor allem deswegen noch nicht adoptiert wurde, weil er total überdreht ist. Als Mojo im Tierheim ankam – vor Whistler, also bevor ich mein neues Talent zur Hundekommunikation entdeckt hatte –, stand ich neben ihm, und plötzlich fing mein Herz an zu rasen.

Ich habe es Burt nicht gesagt, weil ich gerade vom Fußballtraining gekommen war und die Kerry-Zwillinge mich gezwungen hatten, eine Dose Red Bull zu trinken. Aber rückblickend glaube ich, dass Mojo mir klarmachen wollte, dass er von jemandem adoptiert werden sollte, der nicht gern still sitzt und nicht schon am frühen Abend vor Erschöpfung ins Bett fällt.

Im Moment wirft Mojo einen Tennisball in die Luft, manchmal fängt er ihn, manchmal lässt er ihn fallen, und ich sage Whistler, er solle spielen gehen, aber er ignoriert mich und geht zu Tru. Die Hündin steht in einer Ecke, zittert, den Kopf gesenkt. Und anstatt sie zu überrumpeln, geht Whistler vorsichtig, ein Schritt nach dem anderen, freundlich und langsam auf sie zu, will sie nicht erschrecken, bis sich ihre Flanken schließlich sanft berühren.

»Tru ist ein Nervenbündel«, sagt Burt.

Ich nicke. Tru ist wie Reggie; sie lässt mich nicht zu sich hinein. Vor ein paar Tagen war dieser English Bullterrier im Gehege neben Tru, er sah aus wie das Maskottchen des Supermarkts Target. Jedenfalls hat mich der Anblick dieses Terriers an »den Zwischenfall« erinnert, wie Mom den Tag nennt, als Tante Gwen mich in der Spielzeugabteilung von Target verloren hat. Vielleicht war es ein Zufall. Oder vielleicht hat Tru die Erinnerung hervorgeholt, damit ich verstehe, wie sie sich fühlt.

»Was, wenn sie kein Selbstvertrauen hat? Was, wenn sie denkt, ihr Frauchen und Herrchen werden sie jeden Moment wieder abholen?«

Burt verzieht sein Gesicht wie in einem Cartoon. »Frauchen ist tot. Herrchen ist in einem Pflegeheim, und die Tochter mochte den Hund noch nie. Ich befürchte, Tru muss aus ihrem Schneckenhaus herauskommen, und zwar schnell.«

Keiner von uns sagt etwas, während wir Whistler beobachten. Wir sind sicher, dass er einen traurigen Hund aufmuntern will.

»Scheint, als wäre sie in einem Haushalt mit mehreren Hunden gut aufgehoben«, sagt Burt, »wo sie einen neuen Freund finden kann.«

Ich bin ruhig, vor allem weil ich traurig bin, traurig, weil Whistler der beste, liebste Hund überhaupt ist und zu mir gehört.

»Wie ist sein Husten?«, frage ich.

»Etwas besser«, sagt Burt und mustert mich, als überlege er, ob er noch etwas sagen soll, dann fragt er: »Hat deine Mom ihre Meinung geändert?«

Wow. Woher wusste Burt, woran ich wirklich dachte? Ich schüttle den Kopf. »Und selbst wenn«, sage ich, »Mr Crabtree, unser Hausverwalter, hasst Hunde.«

»Hass ist ein heftiges Wort.«

»Vielleicht, aber er scheint sie nicht sehr zu mögen. Allerdings scheint er nichts und niemanden zu mögen.«

»Hat Whistler etwas getan, das ihn aufgeregt hat?«

»Nur, wenn man dazu auch den Riesenhaufen in seinem Rosenbeet zählt.«

Burt richtet seine Baseballkappe, nimmt sie ab, streicht seine neun Haarsträhnen zurück und setzt sie wieder auf.

»Wie ist er, dieser Mr Crabtree?«

Ich zucke mit den Schultern. »Verrückt nach seinem Garten, mehr weiß ich nicht. Er ist ständig am Rasenmähen, Schneiden, Sprühen und Pflanzen.«

»Ach ja? Also, wenn du seine Meinung über Whistler

ändern willst, solltest du vielleicht herausfinden, warum er keine Hunde mag.«

»Das wird er mir nicht sagen.«

»Woher weißt du das, wenn du ihn noch nicht gefragt hast?« Burt lächelt sein breites Lächeln, das er meistens aufsetzt, wenn er sich daran erinnert, wo er etwas hingelegt hat.

Marthas blaue Trollhaare tauchen in der Tür auf. »Hey. Hier sind Hunde, die nicht von allein Gassi gehen, weißt du.«

»Ich komme«, sage ich. »Haben Sie Mom … Dr. Blunt gesehen?«

Sie verzieht das Gesicht, als hätte sie eine Grippeimpfung in den Arm bekommen. »Sie führt gerade einen möglichen Spender herum. Geh einfach mit den Hunden Gassi, die dir zugeteilt wurden. Bitte.«

Und ohne ein weiteres Wort ist sie weg.

»Dann geh lieber mal los«, sagt Burt.

»Ach, das ist schon okay«, sage ich. »Martha hat keinen Arsch in der Hose, pfeift aber La Paloma.«

Neue seismische Falten entstehen auf Burts Gesicht.

»Das ist nicht böse. Es ist britisch. Es heißt, große Klappe, nichts dahinter. Sorry. Bei Mom kann ich meinen britischen Slang nicht üben.«

Burt lässt sich Zeit, dann erwidert er: »Wieso?« Und ich bin mir nicht sicher, ob er Martha meint oder das Leben zu Hause oder dass ich ein Anglophiler werden will. Ich entscheide mich für die Anglophilie.

»Weil ich halb Engländer bin. Die männliche Hälfte.«

»Dein Vater?«

»Ja, aber Mom und meine Tante Gwen nennen ihn nicht

so. Erzeuger ist vielleicht die netteste ihrer Bezeichnungen. Ich habe ihn nie getroffen.«

Burt grummelt, knackt mit den Fingerknöcheln, sehr langsam. Er ist auf jeden Fall am Nachdenken.

»Aber das würdest du gern?«

Ich schüttle den Kopf.

»Es ist schwieriger. Ich will mir nur alle Möglichkeiten offenhalten … für den Fall, dass ich mal der Queen Treue schwören muss. Mom sagt, es ist gut, einen Notfallplan zu haben, und das ist meiner, falls englische Ärzte sich um mich kümmern müssen, wenn ich älter bin.«

Burt nickt, aber sein Blick täuscht mich nicht. Er kann mir nicht mehr folgen.

»Hey, such auf dem Weg nach draußen ein Plüschtier für Whistler aus«, sagt er und will offensichtlich zu einem Thema zurückkehren, bei dem er sich auskennt. »Es wird ihm gefallen, etwas von dir zu haben, solange er hierbleibt.«

Neben der Tür steht ein Karton voller gespendeter Spielzeuge, ungefährliche Spielzeuge wie Gummizeug von Kong und dicke geflochtene Seile fürs Tauziehen. Sie sollen die Hunde ablenken, während sie warten und hoffen. Ich wühle und grabe, aber ich wünschte, ich hätte Henry mitgebracht, meinen Plüschhund von zu Hause, weil Henry nach mir riecht. Ich entscheide mich für einen grünen Frosch wie den, den Mom für den Verhaltenstest benutzt hat, weil er Whistler anscheinend so gut gefallen hat.

»Das hier«, sage ich. »Wo wird Whistler untergebracht?«

»Ich gebe ihm das Gehege neben Tru.«

Ich schaue zu meinem seltsamen vierbeinigen Freund, als er der Hündin – so typisch für ihn – ganz langsam übers linke Ohr leckt.

»Burt, warum nimmst du Whistler nicht? Dann könnte ich oft mit ihm zusammen sein.«

Burt schnaubt ein Schweinelachen.

»Wenn ich mit einem sechsten Hund ankomme, würde meine Frau mich nicht mehr nur hassen, sondern umbringen.«

Das klingt nach einem guten Grund, niemals zu heiraten, aber ich lächle nur und sage: »Bis später, Burt.«

Ich gehe durch das Foyer, will mein Freiwilligen-T-Shirt anziehen, da klingelt das Telefon am Empfang. Normalerweise darf ich keine Anrufe entgegennehmen – laut Martha klinge ich wie ein nikotinsüchtiges Baby –, aber nach ungefähr zehn Mal Läuten höre sogar ich sie schreien: »Kann bitte jemand abnehmen?«

Anscheinend sind alle zum Nachmittagsspaziergang draußen, denn ich gehe langsam genug, sodass jeder Erwachsene, der Zeit hat, mich überholen würde, aber das tut niemand.

»Hallo.«

Eine Pause.

»Entschuldigung, vielleicht habe ich mich verwählt«, sagt ein Mann mit einem melodischen Tonfall wie ein Cowboy. »Ich wollte das Tierheim anrufen.«

»Hier ist das Tierheim.«

Noch eine Pause. Vielleicht ruft er lieber quer durch die Prärie, anstatt ein Telefon zu benutzen.

»Mein Name ist Clayton Silver, und ich rufe aus Texas an. Ich glaube, ihr habt einen unserer Hunde gefunden, der vor ein paar Jahren weggelaufen ist.«

Mein Mund funktioniert nicht, als wüsste ich nicht mehr, wie man redet. Erdkunde ist eines meiner Lieblingsfächer, und Texas liegt beängstigend nahe an Oklahoma.

»Bist du noch da?«

Ich krächze etwas, das wie »Ja« klingt.

»Weißt du, wir haben einen Anruf von einer Tierrettung bekommen, *Panhandle* oder so. Die Frau hat gesagt, dass ihr einen Hund gefunden habt, auf den die Beschreibung passt.«

Das ist nicht wahr. Welcher Hundebesitzer beschließt denn plötzlich, nach einem Hund zu suchen, der vor Jahren verschwunden ist? Kein guter.

»Wie sieht der Hund denn aus?«, frage ich, und es ist mir egal, ob ich misstrauisch klinge.

»Na ja, es ist ein Rüde, groß, schwarz und eine wilde Mischung.«

Echte Herrchen sagen nie »es«.

»Von denen haben wir viele«, erkläre ich.

»Er ist in einem Wirbelsturm verschwunden. Einem schlimmen. Es klang, als wäre dieser spezielle Hund ziemlich stark verletzt gewesen und dass er Glück hat, überhaupt noch zu leben.«

Ich denke an Whistlers Narben, sein hängendes Auge, sein eingerissenes Ohr und seine fehlenden Zehen. Könnte ein Tornado die Ursache dafür gewesen sein? Warum bin ich ans Telefon gegangen?

»Vielleicht kann ich mit Doktor …«

Ich höre Papier rascheln.

»Dr. Blunt sprechen. Ist er da?«

»Es tut mir leid, *sie* hat gerade zu tun«, platze ich heraus und denke, dass ich auflegen muss, bevor er etwas sagt, das ich nicht hören will oder, noch schlimmer, das mich zu einer Lüge zwingt.

»Kannst du meine Nummer aufschreiben?«

»Einen Moment.«

Ich hole Papier und Bleistift und sage ihm, er solle weiterreden.

»Sie soll mich anrufen, okay?«

Anstatt »Ja« zu sagen, murmle ich »Hm-hm« und lege auf, bevor er noch »Bald« sagen kann.

Ich nehme den Zettel, falte ihn und verstecke ihn in der Vordertasche meines Ranzens. Hoffentlich denke ich daran, ihn Mom zu geben, wenn wir zu Hause sind.

Hoffentlich.

26

Kate

Ich höre mit dem königlichen Winken auf und lasse das falsche Lächeln vom Gesicht gleiten, sobald der schicke Audi über die Auffahrt davonfährt.

»Und, spucken die was aus?«

Ah, Martha, meine kratzbürstige Beschützerin der Elenden und Vergessenen. Und da wundert sie sich, warum ich nicht sie die potenziellen Spender durch das Tierheim führen lasse.

»Ich bezweifle es«, sage ich. »Sie haben versprochen, beim Spendensammeln nächste Woche mit einem Scheck vorbeizuschauen, aber ich würde nicht darauf wetten.«

Martha klackert mit ihrem Zungenpiercing an ihren Schneidezähnen wie über ein Xylophon, ein hohler, klirrender Ton des Missfallens.

»Hmm, KGB wird nicht erfreut sein. Es klang, als würde sie auf sie zählen.«

Martha hat recht, aber was kann ich tun.

»Ich überlege, ob wir eventuell mit weniger Angestellten auskommen müssen«, sage ich, aber noch bevor ich ihr versichern kann, dass sie nicht gefeuert wird, taucht ein glänzend rotes Cabrio in der Auffahrt auf, gleitet vorbei, und eine Sekunde lang denke ich: »Oh, nein. Holden Patterson. Der Typ, den Gwen zu mir schickt.« Aber dann steigt ein Mann Anfang zwanzig in einem schicken Maßanzug aus, und ich weiß sofort, dass er es nicht ist – damit ich es auch ja nicht vergesse, hat Gwen mir heute Morgen ein Foto gesimst. Allerdings empfinde ich keine Erleichterung, sondern eine schockierende und unerwartete Enttäuschung. Irgendwo, ganz tief in mir drin, bin ich wohl doch interessierter, als ich dachte.

»Überlass mir das«, sagt Martha und fängt ihn ab, noch bevor er die Eingangstür erreicht hat.

Ich schaue von Weitem zu, wie sie seine ausgestreckte Hand ignoriert. Ich hoffe sehr, dass er ein Vertreter oder ein Händler ist und kein potenzieller Spender, denn sie steht da, Arme verschränkt, und bringt ihn mit einem Blick zum Schweigen, der irgendwas zwischen Verachtung und Abscheu ausdrückt. Er greift in seine Aktentasche, um einen Prospekt oder eine Broschüre herauszuholen, aber sie will nichts davon hören. Ich denke an Jasper, wie er immer unsere Haustür zwielichtigen Ex-Sträflingen, die Asphaltauffahrten oder Solaranlagen verkaufen wollen, öffnet und sie praktisch zum Abendessen einlädt. Wo hat Martha die Kunst der abschreckenden Feindseligkeit gelernt? Sie ist meine rechte Hand, aber ich weiß sehr wenig über sie. Liegt es daran, dass sie nichts erzählt, oder daran, dass ich nicht frage? Mir ist klar, dass ihr das Tierheim immens wichtig ist und dass sie den Freiwilligen von der Highschool eine Heidenangst einjagt. Aber mit den üblichen Ausreden habe ich nie nachgefragt.

Martha nimmt seine Visitenkarte und wartet, bis er wieder im Auto sitzt, bevor sie zu mir kommt.

»Immobilienmensch. Kein Interesse am Tierheim. Nur am Grundstück. Glaubst du, KGB denkt über einen Verkauf nach und hat vergessen, es uns mitzuteilen?«

»Das hoffe ich nicht. Ich dachte, du kennst ihn vielleicht.«

»Ja, ich kenne den Typ.«

Das wäre wahrscheinlich mein Stichwort, um mehr aus ihr herauszubekommen, aber ich erwidere lediglich: »Danke, dass du ihn losgeworden bist. Wir machen also weiter. Was ich sagen wollte: Wir sollten versuchen, mehr Freiwillige zu rekrutieren. Ich weigere mich, weniger Hunde zur Vermittlung anzunehmen.«

»Womit wir«, sagt Martha, »bei deinem neuen Hund wären.«

Sie stand die ganze Zeit neben mir, aber erst jetzt schaue ich in diese gruseligen lila Kontaktlinsen. »Wir nennen ihn Whistler«, erkläre ich, »und ich weiß, dass du Bedenken hast, wegen seines Alters, seines Aussehens und seiner Gesundheit, aber ich schwöre, für den Richtigen wäre er ein großartiges Haustier.«

Anstatt einer frechen Antwort bekomme ich eine gewichtige Pause und »Bist-du-fertig?«-Augenbrauen.

»Erstens, sein Ex-Besitzer war hier, während du mit Mr und Mrs Geldsack beim Mittagessen warst. Und bevor du mich anmotzt, natürlich habe ich versucht, ihn zu überzeugen, den Hund zurückzunehmen.«

»Was? Wer?«

Ich verfluche das Timing, bin sofort – wenn auch irrational – davon überzeugt, dass meine diplomatischen Fähigkeiten sichergestellt hätten, dass Whistler ein Zuhause bekommen hätte.

»Ein Junge. Sah super jung aus, war aber alt genug, um Auto zu fahren. Adresse in Eastham. Er hat gesagt, er wollte ihn sowieso loswerden. Behauptet, der Hund hätte nie gehorcht, wäre ständig weggelaufen. Hat lange über einen neuen Job mit vielen Reisen geredet. Konnte die Papiere gar nicht schnell genug unterschreiben.«

Ganz kurz denke ich über diese verlorene Chance nach, wie Martha unsere beste Möglichkeit, mehr über Whistlers Vergangenheit zu erfahren, ruiniert hat, wertvolle Informationen, die sich auf seine Zukunft auswirken könnten. Aber dann ergänzt sie: »Glaub mir, der Hund ist ohne ihn besser dran«, und ihr verächtlicher Gesichtsausdruck erinnert mich daran, dass wir immer noch auf derselben Seite stehen. Marthas Tierliebe mag zwar ihre zu Menschen – besonders zu Kindern – übersteigen und extrem sein, aber in diesem Fall hat sie absolut recht. Die Kälte, mit der Whistler aufgegeben wurde, trifft mich, diese Fähigkeit, eine Unterschrift zu leisten, um dann einfach weggehen zu können. Mir wird bewusst, dass dieser Fremde nie etwas zu geben hatte. Der Hund hat das letzte Wort verdient. Nicht er.

»Zweitens«, sagt Martha, »jetzt, da er unser Problem ist, wie gehen wir mit den Narben auf seiner Schnauze um? Die Leute haben ein Recht zu erfahren, dass er misshandelt wurde. Um das Lungenproblem gar nicht erst zu erwähnen. Dieser Husten.«

Ich sehe wieder Whistlers Röntgenaufnahmen vor mir und ihre auffallende Ähnlichkeit zu Jaspers Lunge, und verziehe das Gesicht, um deutlich zu machen, wie riskant dieses Gespräch geworden ist.

»Jeder Hund verdient eine Chance«, sagt Martha, »das verstehe ich absolut, und ich hoffe, du weißt, dass ich es verstehe, doch es gibt lohnenswerte Fälle und aussichtslose Fälle. Aber jetzt, wo KGB uns die Hölle heißmacht und uns die Hände durch fehlende Zeit und Geld gebunden sind, sollten wir unsere Ressourcen bündeln und nicht mehr auf Verlierer setzen.«

Martha hat nicht ganz unrecht. Sie versucht, praktisch und fair zu sein, aber sie vereinfacht unsere Situation zu sehr, sieht die Welt nur schwarz-weiß, ohne Zwischentöne. Sie hat die ärgerlichste Variable in dieser speziellen Gleichung übersehen – meinen Sohn.

»Wie gesagt, dieser Hund wäre ein großartiges Haustier. Es ist mir egal, wie viele Nachteile auf deiner Liste stehen, Whistler bekommt dieselbe Chance wie alle anderen.«

Erst jetzt bemerke ich, wie fest ich meine Fäuste geballt habe.

Martha weicht meinem Blick aus, nickt langsam und will weggehen. Aber gerade als ich denke, sie hat den Fingerzeig begriffen, dreht sie sich um und fragt: »Warum nimmst nicht einfach du ihn?«

Vielleicht liegt es an mir, aber die Frage fühlt sich eher wie eine Herausforderung an als ein hilfreicher Vorschlag. Und dass ich nichts sage, scheint genau die Antwort zu sein, die sie erwartet hatte, der Beweis, dass sie recht hat, dass der arme Whistler ein aussichtsloser Fall ist, auf den eine tödliche Injektion wartet.

27

Jasper

Der Plan klang einfach, als Burt ihn durchgegangen ist, aber da war Whistler bei mir, und wenn er in der Nähe ist, fühlt sich alles anders an. Jetzt bin ich allein, drücke auf Mr Crabtrees Türklingel, ein Dutzend Broschüren über unsere nächste Spendenaktion fürs Tierheim in der Hand – mein Grund, um zu ihm zu gehen.

Natürlich bin ich nicht völlig allein. Mom ist die Silhouette am Fenster auf der gegenüberliegenden Straßenseite, die jede meiner Bewegung beobachtet. Sie glaubt, ich verschwende meine Zeit mit den Broschüren. Sie weiß nicht, warum ich wirklich hier bin.

»Was ist?«, grummelt Mr Crabtree und taucht wie ein Schachtelteufel hinter einer Hecke auf. Ich sehe, dass er eine Gartenschere in seinen Wurstfingern hält.

»Hi, Mr Crabtree, entschuldigen Sie die Störung, aber ich wollte wissen, ob Sie vielleicht …«

»Du bist diesen Hund losgeworden, oder?«

Das sollte eigentlich nicht der nächste Satz sein.

»Nein? Dann bist du wohl hier, um mir die Unterlagen zu zeigen, dass er offiziell ein Assistenzhund ist?«

Ich hatte ja gesagt, dass Mr Crabtree mich an eine Bulldogge erinnert. Also, ich mag Bulldoggen. Ich mag es, wie sie voller Selbstvertrauen sind, dass »hässlich« das Problem der Menschen, nicht ihres ist.

»Ich wollte … ich hoffe, es ist in Ordnung, wenn … wenn ich ein paar Broschüren im Viertel verteile.«

Ich reiche ihm eine. Darauf ist das Bild eines lächelnden, albernen Hundes voller Badeschaum zu sehen – es ist eine Spendensammlung für Hundewäschen. Eine Sekunde lang denke ich, er wird sie zusammenknüllen, aber dann sagt er: »Klar.«

Und ohne auf eine Antwort zu warten, watschelt er davon, in Richtung einer Reihe von Goldregen, wo sein ordentlicher Rasen auf unordentlichen Wald trifft.

»Dann hassen Sie Hunde gar nicht?«, rufe ich.

Daraufhin bleibt er stehen. Sich umzudrehen dauert etwas länger.

»Warum sagst du das?« Seine Wangen scheinen noch tiefer zu hängen, sodass er noch trauriger aussieht, falls das überhaupt möglich ist.

Ich hätte beinahe geantwortet: »Weil Sie Whistler verraten wollen«, aber ich sage nichts, auch als er näher kommt und sein Mundgeruch einen Würgereiz bei mir auslöst.

»Ich hatte mein Leben lang Hunde«, erklärt Mr Crabtree, als würde das beweisen, dass er ein Hundemensch ist, aber dann erinnere ich mich daran, wie Whistler an die Tür gekommen ist, um ihn zu begrüßen, als Mom in der Badewanne lag. Hat der Hundeinstinkt jemanden gespürt, dem wir vertrauen können?

»Und warum jetzt nicht?«, frage ich.

Er schlägt mit dem Griff der Schere in seine dreckige Handinnenfläche. Sie ist voller Erde. »Was denkst du, wie alt ich bin?«

Das Schulterzucken ist meine Antwort.

»Sechsundsiebzig. Ich habe mich vor drei Jahren von

meinem letzten Hund verabschiedet, als ich diese Arbeit annehmen musste.«

»Mögen Sie keine Hunde mehr?«

»Mögen? Ich liebe sie zu sehr.«

Jetzt bin ich völlig verwirrt.

»Junge, in meinem Alter würde ein neuer Hund mich überleben. Das wäre nicht fair für das Tier.«

Das ergibt keinen Sinn. Einen Hund zu lieben, das ist nicht, wie eine Fernbedienung zu nehmen und einen Fernseher an- oder auszuschalten. Entweder man ist ein Hundemensch oder nicht. Das Nützlichste, was Martha mir je gesagt hat, war: »Hunde sind wie Herpes. Wenn man sich einmal angesteckt hat, ist man fürs ganze Leben infiziert.«

»Aber mit einem Hund fühlt man sich nicht mehr allein«, sage ich.

Er macht ein Geräusch, das irgendwas zwischen Rülpsen und Grunzen ist. »Ich habe eine Frau für die Gesellschaft.«

Hhm. »Er bringt einen auch zum Lachen.«

Ein tiefes Stirnrunzeln breitet sich auf seiner Stirn aus, als würde er an seine Frau denken, aber dieses Mal ist sie nicht die Antwort.

»Mit einem Hund fühlt man sich sicher. Er vertreibt Einbrecher.«

»Junge, ich würde jederzeit eine Neun-Millimeter-Kugel scharfen Zähnen vorziehen.«

Ich seufze, aber ein Schleimpfropfen irgendwo tief in meiner Lunge bewegt sich, und ich fange an zu husten.

»Bist du okay? Brauchst du ein Glas Wasser?«

Ich hebe den »Einen Moment«-Finger. Mit Whistler zusammen zu sein hat mir klargemacht, dass es viele gute Gründe gibt, warum Menschen Hunde brauchen.

»Ja … also … was ist mit Bewegung? Mit einem Hund geht man spazieren, man kommt raus, trifft Leute und lernt neue Freunde kennen.«

Seine Wangen vibrieren, als er den Kopf schüttelt. »Hast du meinen Garten gesehen? Ich bekomme mehr als genug Bewegung. Hör mal, hier zu wohnen, wo ich keinen Hund halten darf, garantiert …«

Mr Crabtree schiebt schmollend die Unterlippe vor, als wüsste er nicht, ob er weitersprechen soll oder nicht.

»Was garantiert es, Mr Crabtree?«

Seine schwermütigen Augen brauchen ewig, um sich zu entscheiden, aber dann sagt er schließlich: »Garantiert, dass mir das Herz nicht gebrochen wird. Nicht noch einmal.«

Wow, das ist eine große Offenbarung, aber vollkommen logisch. Mom versucht immer, mich von Hunden am Tag vierzehn fernzuhalten. Wenn ich Whistler verliere, dann weiß ich, dass etwas in mir zerbrechen wird.

»Aber, Mr Crabtree, ist ein Hund das Risiko denn nicht wert?«

Ich überlege, ob ich etwas über »sich verlieben« sagen soll, aber Burt hat gemeint, dass dieses Gespräch eines von »Mann zu Mann« sein sollte, also warte ich, und eine Sekunde lang glaube ich, er würde lächeln, aber vielleicht sind diese Bulldoggenwangen zu schwer für seine Muskeln.

»Hey, mach dich mal nützlich«, fordert er mich auf, holt eine Spule Angelschnur aus seiner Tasche und gibt mir ein Ende des durchsichtigen Nylonfadens. »Renn damit zu dem Baum dort hinten.«

Ich tue, was er mir sagt, und hoffe, dass mein langsames Laufen für Mr Crabtree schnell genug ist.

»So ist's richtig«, ruft er, »immer in Schulterhöhe halten, wickle es um den Stamm und dann weiter zum nächsten.«

»Wozu ist das?«, frage ich.

»Ich versuche, die Hirsche und Rehe davon abzuhalten, meine Clematis zu ruinieren.«

»Angelschnur?«

»Sie können sie nicht sehen. Macht ihnen Angst. Sie rennen weg. Zumindest ist das der Plan. Ein Freund im Gartenclub hatte die Idee. Ich habe es mit Bewegungsmeldern und Sprinklern und Flutlicht versucht. Kojoten-Urin hat eine Weile funktioniert.«

Ich weiß, dass ich nicht so gut höre, vielleicht habe ich mich also verhört. »Haben Sie gerade Kojoten-Urin gesagt?«

»Ja. Aber der ist schwer zu bekommen.«

Natürlich denke ich an Whistler, an all die verschiedenen Rassen in seiner Mischung, und plötzlich habe ich diese brillante Idee. Irgendwo in ihm *muss* auch ein Kojote stecken.

»Hey, Mr Crabtree, was, wenn ich Ihnen sage, dass ich die perfekte Lösung habe, absolut kostenlos und eine Garantie, dass sich nie wieder Wild in Ihren Garten verirrt?«

28

Kate

Jasper sitzt an der Küchentheke, die Hausaufgaben lähmen ihn, leere Seiten linierten Papiers warten auf den ersten Strich und das wackelige Gekritzel seiner Handschrift.

Ich gebe seiner Lehrerin die Schuld, Miss Sexton. Was hat sie sich dabei gedacht?

»Es muss doch noch einen Ort geben, an den du gern reisen würdest, außer Orlando, Florida?«

Jasper seufzt, lässt einen Ellbogen über den Granit rutschen, bevor er sein Kinn auf den Unterarm legt.

»Welche berühmten Leute würdest du gern treffen?«, frage ich.

»Was für Leute?« Seine Worte klingen undeutlich, weil er seinen Unterkiefer nicht bewegt.

»Sitz gerade, Jasper. Warum kein berühmter Fußballspieler oder ein Popstar?«

Bei »Popstar« runzelt er die Stirn, als hätte ich Grammofon anstatt iPod gesagt.

»Oder den Präsidenten oder einen Astronauten oder einen Schauspieler? Oder vielleicht etwas Verrücktes tun, wie, keine Ahnung, den Mount Everest besteigen?«

»Glaubst du wirklich, ein Kind mit ZF kann den Everest besteigen?«

»Klar«, sage ich, ohne ihm die Befriedigung auch nur eines Hauchs von Zögern zu geben. »Wieso nicht? Dasselbe gilt für Tauchen am Great Barrier Reef oder den Boston Marathon. Sie fragt nach einer Löffelliste, einer Lebenswunschliste, nur ran an die großen Träume.«

Von außen betrachtet bin ich die Mom, die ihm aufmunternd den Rücken tätschelt, die lächelt, während sie ein Glas kalte Milch und einen Teller mit Oreos vor ihn stellt. Innerlich rege ich mich über das fehlende Fingerspitzengefühl der Lehrerin auf.

In der ersten Klasse hatten wir die Blamage mit dem Stammbaum. Sicher, ich verstehe das: Entdeckt und besprecht, woher wir alle kommen, unsere Verschiedenheit, unsere Wurzeln. Aber was ist mit den Kindern von Alleinerziehenden, mit den adoptierten oder den Scheidungskindern. Der Baum des armen Jasper war so schief, dass er umgefallen wäre. Er sah aus wie das Ergebnis einer jungfräulichen Empfängnis. Jetzt geht es um die Dinge, die man machen möchte, bevor man stirbt. Ich würde dieser Lehrerin gern mal meine Version von Jaspers Löffelliste erzählen – lange genug zu leben, um die Highschool abzuschließen, ein Auto zu fahren, legal Alkohol trinken zu dürfen, ein Mädchen zu küssen, womöglich gar zu heiraten. Aber welches Mädchen wäre schon mutig genug, ihn zu heiraten? Welche vernünftige Frau würde die Verantwortung für seine Pflege mittragen wollen?

»Mom. Du hörst nicht zu.«

»Tut mir leid, was hast du gesagt?«

»Ich habe gesagt, bei mir ist das wohl eher ein kleiner Teelöffel.«

»Wovon redest du?«

Er knabbert an einem Keks, die strahlend blauen Augen sehen leer über die Küchentheke. »Es ist für Kinder mit ZF schwieriger, eine Liste zu machen, die richtig lang ist, weil ZF-Kinder nicht lange genug leben. Vielleicht wäre eine Teelöffelliste passender.«

Ich schaue ihn an, ignoriere den eiskalten Stahl, der mir das Herz zerteilt, entschlossen, nicht zusammenzubrechen, sondern seine Motivation zu erkennen. Seit er von seinem Besuch beim mürrischen Mr Crabtree zurückgekommen ist, ist er irgendwie verstimmt.

»Geht es wieder um Whistler?«

Er trinkt einen Schluck Milch, wischt den weißen Schnurrbart mit dem Handrücken ab und beugt sich, plötzlich ganz aufgedreht, vor: »Wie wäre es, wenn wir im Internet eine gefälschte Assistenzhund-Urkunde kaufen?«

Wieder dieser verdammte Hund. Ich wusste es.

»Das ist ein schrecklicher Vorschlag. Assistenzhunde sind für Leute gedacht, die unbedingt ihre Hilfe brauchen, um überhaupt leben zu können. Gefälschte Urkunden sind für egoistische Leute, die glauben, dass die Regeln nicht für sie gelten und ihr Hund so toll ist, dass es ihm erlaubt sein sollte, im Flugzeug neben ihnen zu sitzen oder in ihrem Lieblingsrestaurant unterm Tisch zu liegen. Assistenzhunde sind keine besonderen Haustiere, und glaube mir, jeder erkennt den Unterschied.«

Ich habe ihn verlegen gemacht. Gut.

»Ist es teuer, einen Assistenzhund auszubilden?«

Unglaublich. Er stellt die Frage einfach so, als hätte er ein allgemeines Interesse, dabei wissen wir beide, wen er gern ausbilden lassen will.

»Okay, lass uns das ein für alle Mal besprechen. Es gibt nur sehr wenige Ausbildungsstätten für Assistenzhunde. Ich habe gehört, dass es ungefähr fünfundzwanzigtausend

Dollar kostet, einen Hund komplett auszubilden, und nur ein paar wenige schaffen diese Ausbildung. Und noch wichtiger, um deine wahre Frage zu beantworten: Es werden nicht irgendwelche alten Haustiere ausgebildet. Sie nehmen Welpen oder sorgfältig ausgewählte und aufnahmefähige Tiere aus dem Tierheim.«

»Aber Whistler ist sehr aufnahme…«

Er zuckt zusammen, als meine Hand auf die Theke trifft.

»Nein. Stopp. Ich … wir … können uns nicht um einen Hund kümmern. Du bist nach dem Fußball völlig fertig, dein Husten ist außer Kontrolle, Hunde sind hier nicht erlaubt … soll ich weiterreden?«

Mit gesenktem Blick murmelt er: »Wir könnten ja umziehen.«

Ich unterdrücke einen Schrei, schnappe mir Papier und Bleistift und setzte mich neben ihn.

»Hier, so viel verdiene ich in einem Monat.«

Zahlen tauchen auf dem Papier auf.

»Ungefähr so viel bezahle ich für Essen, Benzin, Nebenkosten und deine Medikamente.«

Diese letzte Zahl überrascht ihn.

»Wenn ich dann noch meine monatliche Rate für meinen Studienkredit bezahlt habe, bleibt uns noch so viel zum Leben und für die Miete. Rechne selbst und sag mir, ob wir uns einen Umzug leisten können.«

Mir fällt auf, wie seine Nase sich bei jedem Atemzug weitet, obwohl er gerade erst seine Therapie beendet hat. Atmen fällt ihm schwerer, als er es sich anmerken lässt.

Ohne ein Wort greift Jasper nach seinem offenen Laptop, scrollt durch die Onlinechronik, und schon taucht eine Wohnungsanzeige auf.

»Diese Wohnung kostet genauso viel, und dort sind Haustiere erlaubt.« Er zeigt mir schlechte Fotos einer dunklen, heruntergekommenen Dreizimmerwohnung. Und alles, was ich sehe, sind dicke, milbenverseuchte Teppiche, Ventilatoren, die Schimmelsporen verteilen … und seinen Gesichtsausdruck: große hoffnungsvolle Augen, die um eine Schicksalswende bitten. Wie kann ich Nein sagen, seinen Traum zerstören? Und dann entdecke ich es, in den Details, der Teufel rettet mich.

»Sagen wir mal, wir würden es tun. Und sagen wir, mir würden zehn zusätzliche Meilen jeden Tag zur Arbeit nichts ausmachen. Wie wäre es für dich, wenn du mitten im Schuljahr die Schule wechseln müsstest? Und noch wichtiger, dass du deine Fußballmannschaft verlassen müsstest?«

Und damit puste ich die aufflammende Hoffnung in seinen Augen aus, und er klappt langsam den Laptop zu.

Ich darf nicht nachgeben. Ich meine, sehen Sie mich an. Bloß darüber zu reden, einen Hund zu haben, macht mich nervös, weil ich keinerlei Reserven mehr habe, keinen Spielraum. Finanziell und emotional kommen wir gerade so durch, aber ich bin diejenige, die vier Bälle in der Luft halten muss. Ich kann unmöglich noch einen fünften jonglieren. Außerdem ist Whistler weniger ein Ball als eine Kettensäge. Aber dann sehe ich meinen kranken Sohn an, und es wird noch schlimmer werden. Warum fühlt es sich so falsch an, das Richtige für seine Gesundheit und meine nervliche Gesundheit zu tun?

»Wir werden nie einen Hund haben, oder?«

Ich drücke ihn an mich, aber er ist ganz schlaff und reagiert nicht, was mir noch deutlicher bewusst macht, dass das hier mein Problem ist.

»Findest du mich so gemein? Hör mal, in den nächsten Wochen kann ich mal nach anderen Wohnungen sehen, in denen Tiere erlaubt sind, aber vielleicht sollten wir an etwas Kleineres als Whistler denken.«

Jasper reckt sein Kinn vor. Ich denke, er glaubt mir nicht. Ich bin mir nicht sicher, ob ich mir selbst glaube.

Er löst sich aus meiner Umarmung, setzt sich an ein neues Blatt Papier und krakelt seinen ersten Satz: »1. Einen eigenen Hund.«

Der Stift schwebt über Wunsch Nummer zwei, und er fragt: »Kann ich die restliche Woche im Showroom arbeiten?«

Er sieht aus, als hätte jemand dunkle Tintenkreise um seine Augen gestempelt. Das liegt daran, dass der Husten ihn nachts wach hält.

»Ich weiß nicht, ob Martha darüber sehr froh sein wird …«

»Bitte. Es ist wichtig. Wenn ich ihn nicht haben kann, muss ich sicherstellen, dass Whistler ins richtige Zuhause kommt.«

Ich höre eine Bitte, die aus der Panik geboren ist, und einen kurzen Moment lang überfällt mich alles, was in diesem sogenannten Leben falsch läuft, nämlich dass ein Kind, das so viel erleiden muss, nicht einfach den Hund seiner Träume haben kann. Das ist nicht zu viel verlangt.

»Natürlich«, sage ich. »Ich spreche morgen sofort mit ihr. Wir werden darauf achten, dass es Whistler gut geht.«

29

Jasper

Martha hasst mich.

»Hör auf, Leute zu nerven«, zischt sie mir ins Ohr. Mit ihren schwarzen Zombielippen lächelt sie ein junges Pärchen an, das vor Mojo steht, dem dreibeinigen Pointer-Mischling.

Meine Antwort interessiert sie nicht, sie marschiert durch den Showroom wie unser Direktor, wenn wir in der Schule Arbeiten schreiben und er ständig irgendwo auftaucht und hofft, jemanden beim Schummeln zu erwischen.

Martha würde meinen Plan nicht verstehen, also erzähle ich ihn ihr nicht. Ich war die ganze Woche nach der Schule hier, seit Mom – und Mr Crabtree – mir klargemacht haben, dass ich Whistler nicht bekommen werde. Die Uhr tickt. Er hat bereits weniger als sechzehntausend Minuten übrig – ja, ich zähle. Ist mir doch egal, wenn die Leute denken, dass ich mich wie ein gruseliger Vertreter benehme! Das ist immer noch besser als die Alternative. Außerdem ist es ein großer Unterschied, ob man nervt oder sichergehen will, dass Whistler bei Mr Right landet und nicht bei Mr Wrong.

Zwischen zwei und sechs Uhr drängeln sich alle möglichen Leute vor den Gehegen auf der Suche nach einem Hund, und ich soll nur dann antworten, wenn ich gefragt werde. Das Problem ist, dass niemand dem dürren Jungen mit dem schlimmen Husten traut, der aussieht, als hätte er ein übergroßes Freiwilligen-T-Shirt geklaut. Zum Glück ist Burts Rat aus seiner Zeit bei einem Honda-Vertragshändler sehr hilfreich.

»Mögen Sie Fußball?«, frage ich diesen großen Typen, der ein Patriots-Trikot trägt und an Whistlers Zwinger vorbeigeht. Der Mann wirft mir einen düsteren Blick zu, als hätte ich ihn gefragt, ob er gern backt oder sich die Nägel lackiert.

Ich gehe zu der großen, dünnen Frau und dem großen, dünnen Mann zurück, die vor Mojo stehen. Sie sehen aus, als ob sie viel trainieren. Ich versuche, Mojo davon zu überzeugen, cool zu sein und nicht mehr im Kreis herumzulaufen. Es funktioniert nicht. Mir wird schon beim Zuschauen schwindlig.

»Entschuldigung«, sage ich zu dem dürren Mann und achte darauf, dass Martha nicht hersieht, »wenn Sie zwischen einem Müsliriegel und einem Snickers wählen könnten, welchen würden Sie nehmen?«

Er lächelt mich so an, als hätte er Mitleid mit mir. Glaub mir, ich habe das schon oft gesehen.

»Nein, wie wäre es dann mit ›Welcher Autoaufkleber passt besser zu Ihnen?‹ – ›Marathonfan‹ oder ›Keep calm and watch TV‹?«

Die dürre Frau zieht den Mann weiter. Sie sieht aus, als würde sie mich gleich melden.

»Mom, Mom, können wir den haben?«

Es ist ein kleines Mädchen, das ein grünes Eis am Stiel leckt. Es ist verboten, im Showroom zu essen, aber wenn sie deswegen die Klappe hält, lasse ich es ihr durchgehen. Sie hüpft vor Tru auf und ab, als müsse sie pinkeln. Der Hund versteckt sich ganz hinten im Schatten.

»Ach, das ist so rührend«, sagt die große Frau, die auf

»Mom« reagiert, »die Arme sieht zu Tode erschrocken aus. Schau mal, Kaitlin, sie will dir ihren Frosch geben.«

Martha kommt gerade um die Ecke, als ich sagen will, dass es Whistlers Frosch und nicht für ihre Tochter bestimmt ist, sondern für Tru, weil der beste Hund der Welt einen traurigen Hund aufmuntern wollte.

»Haben Sie Fragen zu den Hunden?«

Vielleicht kann Martha nichts dafür, aber ihr bestes Lächeln sieht ungefähr so warmherzig aus wie das von Batmans Joker.

»Ja«, sagt Kaitlin, »wieso ist dieser Hund so hässlich?«

Eine Sekunde lang denke ich, dass Martha etwas Gemeines über Whistler sagen wird, aber stattdessen erklärt sie schnippisch: »Das sind Narben. Es ist nicht seine Schuld. Der arme Kerl hat offensichtlich viel mitgemacht.« Dann fährt sie fort: »Du weißt, dass man hier drin nicht essen darf, oder?«

Klasse. Kaitlins Mom schaut Martha wütend an, als würde sie ihr gleich eine verpassen, aber dann packt sie ihre Tochter an der Hand und zerrt sie hinter sich her. Kaitlin starrt genervt über ihre Schulter, weil sie ihr halb gegessenes Eis fallen lässt, und nicht, weil sie ohne Tier nach Hause gehen muss.

»Kümmerst du dich darum?«, fragt Martha und macht mit ihrer Patrouille weiter.

»Klar«, sage ich. Ich finde es großartig, wie sie Whistler verteidigt hat.

Ich hole Papierhandtücher und wische den Dreck weg, da höre ich über dem Hintergrundgerede und dem Gebell laut und deutlich den Namen *Patterson.* Am Eingang steht ein Mann in einer schwarzen Lederjacke und stellt sich

Martha vor, und mit einem Mal schaltet sie von verwirrt auf superfreundlich und tut so, als wäre sie nett. Dann denke ich, o mein Gott, er ist es, das muss Holden Patterson sein, Dr. Holden Patterson, der hier ist, um einen Hund zu suchen und meine Mom zu daten.

Es ist nicht einfach, nicht zu starren, aber schließlich macht Martha diese große, dramatische Geste in Richtung der Hundezwinger, als wäre sie die Assistentin eines Zauberers. Dr. Patterson ist allein, spaziert auf mich zu, bleibt bei jedem Hund stehen, lässt sich Zeit, als würde er Gemälde in einem Museum betrachten. In dem Moment, als er bei Whistler ankommt, schlage ich zu.

»Hi«, sage ich und stelle mich neben ihn.

»Hi«, sagt Dr. Patterson. Wir sehen einander an, und dann sehen wir Whistler an. Whistlers Zunge hängt wie üblich heraus, weil er keine Schneidezähne mehr hat.

»Weißt du etwas über diesen Hund?« Dr. Pattersons Stimme klingt tief und weich. Jedes Haar auf seinem Kopf hat eine andere Grauschattierung. Sogar seine Augen sind hellgrau. »Klar«, sage ich. »Wie Sie sehen können, ist er ungewöhnlich. Er hat ein bisschen was von vielen unterschiedlichen Rassen, und auch wenn er schon einiges durchgemacht hat, ist er weder böse noch aggressiv.«

Der Mann betrachtet mich, dann hockt er sich hin und lockt Whistler zu sich. »Wie kommt er mit anderen Hunden zurecht?«

Ich mache heimlich ein winziges Zeichen mit meinen Fingern, und Whistler kommt angetrottet, aber er stellt sich vor mich, nicht vor den Doc.

»Er ist toll. Sehr umgänglich. Liebt Spiele, besonders wenn Sie Fußball mögen.«

»Ich liebe Fußball. Ich spiele jeden Sonntag mit ein paar Kollegen in einer Liga.«

Ich verschlucke mein *brillant.*

»Das sind ziemlich große Narben. Und sein Ohr ist zerfetzt. Bist du sicher, dass er kein Kampfhund war?«

»Definitiv«, sage ich. Ich schaue mich um und tue so, als würde ich ein großes Geheimnis verraten. »Ganz unter uns, ich finde, er ist der beste Hund hier. Er kennt alle Befehle. Und ist total loyal.«

Das nennt Burt »den Deal abschließen«.

Plötzlich hustet Whistler, und es ist kein Räuspern und kein höfliches Ähem, es donnert und bringt den gesamten Raum zum Schweigen.

»Wow«, sagt Dr. Patterson, »das klingt schlimm.«

Ich würde gern sagen: »Dann hören Sie sich das mal an«, aber ich sollte meine ZF erst mal nicht an die große Glocke hängen, zumindest bis er und Mom ihr erstes Date hatten.

»Er bekommt Antibiotika wegen einer kleinen Infektion. Aber es geht ihm schon viel besser.«

Wie aufs Stichwort hustet Whistler noch heftiger los als beim ersten Mal. Er scheint einen Presslufthammer nachzumachen, und das mit dem ganzen Körper, sodass ich den Zwinger öffne, reingehe und ihm über die Brust streichle. Ich frage Whistler, ob alles in Ordnung ist, und da bemerke ich es, ein Rauschen in meinem Bauch, das mich nervös macht, als würde er mich schütteln oder warnen.

»Er sieht lustig aus«, sagt der Doc, kommt näher und stellt sich neben mich. Er streckt die Hand aus, um die große Narbe zu berühren. Whistler weicht erschrocken zur Seite aus, sodass ich zwischen seiner gestreiften Schnauze und diesem Fremden stehe. »Und er ist alt, stimmt's?«

»Er ist reif«, sage ich, »aber Dr. Blunt sagt, ›Elf ist das neue sieben‹ bei Hunden.«

Siehst du, wie geschickt ich Mom ins Gespräch gebracht und den Köder gelegt habe. Aber keine Reaktion, bloß Finger, die über graue Stoppeln fahren, und die gerümpfte Nase eines Mannes, der eine schwere Entscheidung treffen muss.

»Weißt du, ich hatte an diesen dreibeinigen Hund gedacht, diesen Pointer-Mischling. Aber es strengt ja schon an, ihm zuzusehen. Dieser Hund dagegen … Wie heißt er noch mal?«

»Whistler.«

»Richtig, Whistler. Er ist cool. Er ist einzigartig.«

Wieder rauscht es kurz in mir, und es fühlt sich nicht gut an.

»Nein, dieser Whistler hat etwas, sodass man stehen bleibt und hinsieht. Er tut einem leid. Es ist, als würde er um Mitleid betteln. Dieser Husten ist heftig. Der arme Kerl kann nicht mehr viel im Tank haben.«

Doc Patterson scheint mit sich selbst zu reden, und ich will ihn unterbrechen, weil das mit dem Mitleid nicht wahr ist, aber er macht weiter.

»Hol dir einen Hund aus dem Tierheim, und die Frauen wissen, dass du ein Kümmerer bist. Hol dir einen misshandelten Hund aus dem Tierheim, und … na ja … sie wissen, dass du jemand Besonderes bist.«

Er dreht sich zu mir um und sagt: »Ich glaube, du hast recht. Whistler ist perfekt.«

Mein Mund steht offen wie beim Zahnarzt. Was ist da gerade passiert?

»Da bist du ja«, sagt Martha, »ich habe gerade mit Onkel

Pete gesprochen, habe ihm gesagt, ich würde dir helfen, einen tollen Hund zu finden.«

»Ich bin verwirrt.«

Das wollte ich eigentlich gar nicht laut sagen, aber es ist mir rausgerutscht.

»Wir sind Cousins«, sagt Doc Patterson leise auf eine »Aber sag es bloß nicht weiter«-Art. »Zweiten Grades. Haben uns seit Jahren nicht mehr gesehen, aber mein Dad ist Marthas Onkel Pete.«

Ich bin vielleicht nicht gut in Mathe, aber ich kenne mich mit Stammbäumen aus. Das bedeutet, dass Dr. Patterson Onkel Peters Sohn ist.

»Denkst du an diesen Hund?«, fragt Martha.

Moment mal. Peters Sohn. *Peters Sohn.* Nicht Patterson. Peters Sohn. *Däämlicher* Jasper, *däämlich.*

»Ja, ich glaube, der ist perfekt. Und mal ehrlich, ich werde mit ihm Gassi gehen, nicht Dad.«

Habe ich plötzlich eine Tarnkappe auf? Es ist, als würde ich nicht existieren. Und dann sehe ich das Aufblitzen in Marthas Augen wie bei einem Jackpot bei Spielautomaten. Sie hat immer so getan, als wäre Whistler ein aussichtsloser Fall, eine Verschwendung von Geld und Platz. Dann taucht plötzlich ihr Cousin zweiten Grades auf, und sie sieht die Chance, unseren nicht vermittelbaren Hund loszuwerden.

»Dann sollten wir beide am besten mal ein bisschen Papierkram erledigen und meinen Onkel Pete glücklich machen.«

Dieser Mann ist *nicht* der Dr. Patterson von Tante Gwens SMS. Dieser Mann ist *nicht* Dr. Patterson, zukünftiger Ehemann meiner Mom und mein zukünftiger Stiefvater. Dieser Mann ist Peters Sohn. Ein kompletter *Vollpfosten.*

Er will den Hund bloß ausleihen, damit sich Frauen für ihn interessieren. Und was passiert dann? Ignoriert, gelangweilt, allein gelassen und mit voller Blase? Patterson und Peters Sohn klingt nicht mal gleich. Mein Gehör macht mir echt Probleme. Aber was wichtiger ist, dank mir steckt Whistler jetzt in Schwierigkeiten.

30

Kate

Als ich gerade den letzten Stich nähe, klopft es nachdrücklich ans große Fenster, sodass ich aufschaue, über den Rand meines chirurgischen Mundschutzes, vorbei an der ordentlichen Kastrationsnarbe, über die Tücher und Monitore, alles Routine und ordentlich, bis ich sein Gesicht sehe. Den Hals gereckt, den Mund offen, die Augen aufgerissen – Jasper kämpft um Luft und taumelt gegen die Tür des OPs.

Ich zerre an meinem Papierkittel, der hohen Mütze und der Maske, lasse sie auf dem Boden liegen, laufe um den OP-Tisch und falle neben ihm auf die Knie.

»Was ist passiert, um Himmels willen?«

Er legt eine Hand flach auf seine Brust und hält mich mit der anderen zurück.

»Ich konnte … dich nicht … finden … brauche deine Hilfe … bei Whistler.«

Seine Worte ziehen seine Atemzüge zusammen. Nicht gut. Noch schlimmer, seine Lippen sind eher beerenrot als wie üblich fliederfarben.

»Setz dich hin. Wann hast du das letzte Mal den Inhalator benutzt?«

Ich greife nach einem Stuhl, ziehe ihn zu uns, aber Jasper schüttelt den Kopf und zerrt mich auf die Füße.

»Keine Zeit … komm mit.«

Jasper zieht mich durch den Flur, der zum Empfang führt. Es ist sehr voll, Gedrängel wie in einem Einkaufszentrum beim Schlussverkauf, Leute laufen herum, gehen mit fröhlichen Hunden spazieren. Die Aussicht, endlich freizukommen, zeigt sich in hängenden rosa Zungen und aufgestellten Ohren.

»Warte mal. Du musst mir erzählen, was passiert ist.«

Er lässt meine Hand los, quetscht sich in eine Lücke in der Menge, stellt sich auf die Zehenspitzen und sucht nach etwas oder jemandem. Als er sich wieder zurückdrängelt, zeigt sich auf seinem Gesicht nicht nur Sorge, sondern echte Panik.

»Es ist meine Schuld. Ich dachte, er wäre nett. Aber Whistler wusste Bescheid. Er hat versucht, mich zu warnen. Und jetzt ist es zu spät.«

»Was ist zu spät?«

»Mann mit Lederjacke. Adoptiert Whistler. Er ist böse.«

»Böse? Wie böse?«

Ich packe meinen Sohn und frage mich, wie viel der Angst in seinen Augen den Atemproblemen geschuldet ist und wie viel der Sorge, den Hund zu enttäuschen. Gerade als ich gedacht hatte, wir wären durch, ist diese exzentrische Telepathiegeschichte mit einem Knall wieder da. Was soll die kaltherzige Zynikerin in mir jetzt machen? Mich auf noch eine Runde lächerlicher Hundesprache einlassen, so tun, als sei es bloß eine Phase, harmlos wie ein Kind, das mit einem unsichtbaren Freund spielt, lächerlich wie eine Großtante, die Vorahnungen hat? Oder akzeptiere ich, was nicht zu leugnen ist?

»Ist er einfach«, zischt Jasper, als hätten wir keine Zeit für so was.

Langsam lasse ich meinen Kopf sinken und verdrehe die Augen, um ihn wissen zu lassen, dass er sich Zeit nehmen muss, wenn ich ihm helfen soll.

»Er will Whistler nicht, wie ich Whistler will. Er will ihn dazu benutzen, Aufmerksamkeit zu bekommen. Besonders von Frauen. Mom, ich schwöre, ich denke mir das nicht aus.«

Egal, wie er zu dieser Einschätzung kam, auf Jaspers Gesicht steht deutlich die absolute Überzeugung, dass etwas geschehen muss, dass ein Fehler korrigiert werden muss und dass ich, seine Mutter, die Einzige bin, die das tun kann.

»Geh in mein Büro, und wenn der letzte Inhalator über zwei Stunden her ist, benutze ihn noch mal.«

»Aber Mo…«

»Geh. Ich kümmere mich darum.«

Und ich sehe zu und warte, bis er aufhört zu kämpfen, bevor ich mich auf die Suche nach dem »bösen Mann mit Lederjacke« mache.

Zum Glück leuchtet mir Marthas lötlampenblaues Haar den Weg, und da ist er.

»Hey«, ruft sie und winkt mich heran. Sie sitzen an einem Tisch und füllen Formulare aus, und sie strahlt. Jasper hatte recht. Da ist wirklich etwas völlig verkehrt.

»Kate, das ist Ron, ein Verwandter von mir …«

»Entfernter«, wirft Ron ein, als wäre diese Klarstellung sehr wichtig. Er steht auf und streckt mir eine haarige, knochige Hand entgegen. Ich sehe das vorzeitige Grau seiner Haare und seines Barts, aber vor allem bemerke ich, wie seine Raubtieraugen mich von oben bis unten mustern, als wäre mein Körper ein Barcode. Es dauert ewig, bis er ein

Piepsen hört und damit aufhört. Er gehört definitiv in die Kategorie »schleimig«.

»Er sucht einen neuen Hund für seinen Dad und will Whistler adoptieren«, sagt Martha. »Ist das nicht toll?«

Ich glaube, dass Martha es gut meint, aber sie kann ihre Begeisterung darüber, unseren aussichtslosen Fall loszuwerden, kaum verbergen. Inzwischen hat Ron anscheinend den Abdruck der OP-Mütze auf meiner Stirn entdeckt. Ich glaube, ich erzähle ihm, es sei eine Lobotomienarbe.

»Gut«, sage ich, bemüht locker und fröhlich, »sieht so aus, als wärt ihr mit dem Papierkram fast fertig. Wie war Whistler beim Spaziergang?«

Martha macht eine Halsabschneide-Geste, Ron bemerkt ihren »Was ist mit dir los«-Blick nicht.

»Das ist schon in Ordnung«, sagt Ron, »ich brauche keinen Spaziergang. So ein Junge hat von ihm geschwärmt. Hat gemeint, es sei der beste Hund hier. Hat gesagt, er sei gut erzogen, gesellig. Er ist also ziemlich genau das, wonach ich suche.«

Mein Blick schießt vom selbstgefälligen Ron zu der sich bestätigt fühlenden Martha. Ich kann nicht sicher sagen, ob Jaspers Ahnung korrekt ist oder ob mein Sohn einfach nur nervig ist und den Hund nicht an jemanden verlieren will, den er für unwürdig hält. Einen Fremden innerhalb von sechzig Sekunden einzuschätzen ist falsch, schrecklich voreingenommen, aber sich nicht mal die Mühe zu machen, mit seinem neuen Hund spazieren zu gehen, das scheint leichtsinnig, fast unehrlich. Vielleicht *sollte* Whistler in diese Entscheidung einbezogen werden.

»Und Sie haben kein Problem mit seinem Husten und damit, ihm Antibiotika zu geben.«

Rons Nicken ist bestenfalls halbherzig, so nach dem Motto »Wie schlimm kann's schon sein?« Krankheit ist etwas, gegen das man eine Pille einwirft. Das hier zu verhindern ist möglicherweise schwieriger als gedacht. Vielleicht sollte ich auf Zeit spielen.

»Das ist toll«, sage ich und beuge mich so weit vor, dass ich Leder rieche, »aber wenn Sie einen Truck kaufen, dann machen Sie doch sicherlich auch eine Probefahrt.«

Ich lächle wie eine Frau, die flirten möchte, und hoffe, dass ich mich in seiner Schwäche für weibliche Aufmerksamkeit nicht getäuscht habe. Leider bin ich aus der Übung, und meine Lippen zucken eher nervös, und Ron scheint verwirrt zu sein. Vielleicht hätte ich lieber vorschlagen sollen, dass er ein Cabrio Probe fährt anstelle eines Trucks, aber dann sagt er: »Na, okay. Wollen Sie mitkommen?«

Martha hat anscheinend genug gehört und schaltet sich ein, als würde diese Vermittlung schiefgehen und sie ihre Provision verlieren.

»Ich weiß nicht, ob das so eine gute Idee ist«, sagt sie, rümpft die Nase und tut schüchtern. »Zwei Cocker sind abgegeben worden, als du die Kastrationen gemacht hast. Sie müssen getestet werden.«

Ist das Marthas Art zu sagen: »Ich weiß, dass Cousin Ron ein Idiot ist, aber jetzt, da noch zwei neue Hunde eingetroffen sind, ist er doch immer noch besser als die Alternative nach vierzehn Tagen.«

»Keine Sorge«, erwidere ich und hebe das Kinn, um zu sagen, ich habe dich verstanden, danke für die Warnung, aber ich habe alles im Griff. »Ron, sind Sie aus der Gegend? Ja? Dann kennen Sie ja Jackknife etwas weiter unten?«

Jackknife Beach ist eine schmale Bucht mit matschigem braunem Sand neben dem Golfplatz, die bei Touristen unbeliebt genug ist, um das ganze Jahr über für Hund erlaubt zu sein. Zugegeben, im Sommer bietet sie einen Panoramablick auf die vertäuten Boote und die kleinen Inseln, die das Meer bewachen, und bei Ebbe kann man ungefähr anderthalb Kilometer bis zum Jachtclub spazieren.

Ich warte kurz, bis er nicht mehr völlig durcheinander ist.

»Klasse. Ich hole Whistler. Um diese Uhrzeit werden da unten viele Hunde sein.«

Ich lasse »und viele Frauen« weg und verschwinde, bevor Martha widersprechen kann. Nicht dass mein Wahnsinn Methode hätte, ich weiß immer noch nicht, wie ich diese Vermittlung stoppen soll. Rein technisch habe ich Vetorecht, aber mit welcher Begründung? Dass er ein Idiot ist? Und was, wenn das Whistlers letzte Chance ist? Ron mag ein ekliger Anbaggertyp sein, aber trotzdem wird es jeden Tag schwerer für den Hund.

Whistler steht ganz vorn am Gehege und tut so, als frage er sich, was so lange gedauert hat. Meine Belohnung dafür, dass ich ihm die Leine anlege, ist ein einzelnes, erbärmliches Wedeln mit seinem Schwanz.

»Hast du mich schon vergessen, oder bist du zu cool, um Hallo zu sagen?«

Scarface schaut auf, kippt den Kopf nach links. Es ist keiner hier, der auch nur kurz daran interessiert wäre, unseren Desperado zu adoptieren.

»Nur damit das klar ist«, sage ich, »das war Jaspers Idee.«

Falls er auf den Namen meines Sohns reagiert, bemerke ich es nicht.

Was dann folgt, hat nichts damit zu tun, dass ich an die verrückte Idee einer direkten Kommunikation mit einem Hund glaube. Ich weiß aber, dass ich hinterher bei der Einsatzbesprechung – und es wird mit Sicherheit eine geben – meinem Sohn sagen können muss, dass ich meinen Stolz hinuntergeschluckt und langsam und deutlich gesprochen habe. Deswegen hocke ich mich auf Augenhöhe hin, sehe all die Makel und die entstellende Asymmetrie und suche den Hund dahinter, dann sage ich: »Wenn du mit diesem Typ ein Problem hast, dann musst du es uns wissen lassen.«

»Was, wenn er nicht da ist?«, fragt Jasper, der auf seiner Sitzerhöhung wie ein Trapezartist hin und her schwingt, als Norman-der-4Runner in den Schlaglöchern des Jackknife-Parkplatzes die letzten Reste seiner Federung ruiniert.

»Er wird da sein«, sage ich und fahre in eine leere Parklücke. Nach der Anzahl der anderen Wagen hier zu urteilen, ist unser Timing perfekt. Es ist Ebbe, und der Strand ist voll von Hundeleuten und frei laufenden Hunden.

»Hol das Fernglas von hinten.«

Als ich das erste Mal gehört habe, dass Jasper nicht jeden Sport machen kann, habe ich ihm ein Fernglas gekauft und darauf bestanden, dass er sich ruhigeren Beschäftigungen zuwendet, zum Beispiel der Vogelbeobachtung.

Danke, Mom.

Ich betrachte Jasper, als er mir das Fernglas reicht – immer noch panisch, und dort, wo der Ausschnitt seines Fußballtrikots tief genug reicht, entstehen bei jedem Atemzug tiefe, dunkle Höhlen. Er hat auf der Fahrt hierher überhaupt nicht gehustet. Ist seine kleine Lunge so infiziert und so vom Schleim verstopft, dass er ihn nicht herausbekommt?

»Hast du ihn?«

Ich suche das Ufer ab, die Dünen direkt vor uns und die im Oktober kleinere Flotte von Segel- und Motorbooten im Hintergrund und spähe nach dem Mann in Lederjacke und einem Hund, der Leder anstatt Fell hat. »Noch nicht«, sage ich, entschlossen, keine Panik zu bekommen. Da müssen mindestens fünfzehn Menschen und doppelt so viele Hunde sein. Whistler ist einzigartig, aber er ist nicht Waldo. Mein Blick schweift über Kinder in klobigen Rettungswesten, die mit Takelage und Segeln beschäftigt sind, um vielleicht zum letzten Mal in diesem Jahr zwei Sunfish-Boote klarzumachen, dann gleitet er über Hunde, die um leere Kajaks herumtoben, und schließlich über Hobie Cats, Segelkatamarane, die oberhalb der Flutlinie am Strand liegen.

»Hab ihn«, sage ich schließlich und will mein Zielobjekt nicht aus den Augen lassen.

»Kann ich mal sehen?«

Ich merke mir Whistlers Koordinaten – er läuft frei neben Ron in Richtung einer Gruppe von drei Frauen mit insgesamt zwei Golden Retriever, einem Labrador und drei Jack Russell.

Jasper ist zu klein, um über das vor uns liegende Marschland zu sehen, blinzelt heftig – definitiv Zeit für einen Besuch beim Augenarzt –, und seine Hände zittern – ein Inhalatorstoß zu viel –, daher gibt er mir das Fernglas zurück. In seinen Augen stehen Tränen.

»Sag mir einfach, was los ist.«

»Klar«, sage ich, »aber wie lautet der Plan?«

Er sieht fertig aus, fast hoffnungslos.

»Wir können nicht einfach davon ausgehen, dass Whistler weglaufen wird. Ich meine, vielleicht ist dieser Typ okay. Besser als … du weißt schon.«

»Hör auf, Mom. Bitte, finde ihn einfach. Whistler wird schon eine Idee haben. Ganz sicher.«

Ich schwenke das Fernglas demonstrativ hin und her, justiere den Fokus.

»Er ist ein böser Mann. Er will Whistler bloß als Frauenmagnet.«

Meine Augen lösen sich aus den Gummimuscheln und sehen meinen Sohn den Kopf schütteln. Frauenmagnet?

»Was für ein *Vollpfosten*«, sage ich und hoffe auf ein Lächeln. Vergeblich.

»Mom, ich weiß, du glaubst mir nicht, aber wir können wirklich ohne Worte miteinander reden.«

Ich bin versucht, diese Behauptung auseinanderzunehmen, aber ich muss mir selbst ins Gedächtnis rufen, dass ich nur hier stehe, weil mein Sohn der Ahnung eines Hundes nachgehen will.

»Aber vielleicht bin ich zu weit weg, um ihn zu erreichen.«

Schließlich sehe ich Whistler wieder. Verdammt, er legt sein bestes Verhalten an den Tag wie am Wochenende. Er wird schnüffelnd von den Jack Russell Terriern akzeptiert, spielt höflich mit den Golden Retrievern und dem Labrador, während Ron Hof zu halten scheint. Die drei Frauen hören ganz konzentriert zu, wie er zweifellos ein Märchen über die schlimme Vergangenheit seines »neuen Hundes« erfindet. Hat eine von ihnen etwa gerade eine lose Haarsträhne hinters Ohr gestrichen?

Plötzlich hustet Jasper, und alles verändert sich. Es ist ein heftiges Husten, geht durch Mark und Bein, und aus der Nähe klingt es explosiv und prallt von den Booten in der Bucht ab. Dank meines Fernglases sehe ich, wie die Ohren von jedem Hund sich bewegen und sich in unsere Richtung drehen, zur Quelle des Geräuschs. Nach ein oder zwei Sekunden entspannen sich die empfindlichen Ohren, die Hunde machen mit dem weiter, was sie vorher getan haben. Alle, außer einem unperfekten Ohrenpaar.

»Bist du in Ordnung?«

»Glaube schon«, sagt Jasper. »Was ist los?«

Ich weiß nicht, wo ich anfangen soll. Ron ist mit einem Tier aufgetaucht, das vielleicht die Damen anlockt, aber alles änderte sich in dem Augenblick, in dem Whistler Jasper husten gehört hat. Mehr als nur gehört, der Hund zuckte zusammen, dann erstarrte er, sein vernarbtes Gesicht verzog sich zu einem Ausdruck, den ich schon tausende Male gesehen habe – Wiedererkennen.

Und damit ist der sorglose Hund verschwunden, der gesellige Kerl verwandelt sich auf der Stelle in einen gesellschaftlichen Außenseiter, der etwas Verrücktes anstellen will: Er zettelt einen Wirrwarr aus goldenem, schwarzem und grauem Fell an, als die sechs Hunde herumwirbeln und sich verheddern, die Farben verschwimmen wie in einer Waschmaschine im Schleudergang. Dann, als wäre er aus einem Kinderkarussell geflogen, rennt Whistler davon. Er schnüffelt an einem winzigen Pudelhintern, dann stiehlt er etwas zu fressen, vielleicht ein Sandwich, von einem Paar, das ein Picknick genießen wollte, um schließlich zwischen den Rümpfen zweier Segelboote zu verschwinden.

Bevor ich Jasper erzählen kann, was los ist, hört der gesamte Strand den schrillen Schrei, dessen Lautstärke mir hilft, auf eine grauhaarige Frau aufmerksam zu werden, die mit den Armen fuchtelt und rennt, als wolle sie gleich abheben. Sie lässt eine Schimpftirade los, bevor sie den Strand entlangbrüllt: »Wessen Hund hat gerade in mein Boot gekackt?«

Ich spüre, wie Jasper an meinem Kittel zieht. Er will unbedingt wissen, was los ist. Auch die Skeptikerin in mir kann nicht leugnen, dass Whistler sich in dem Augenblick verändert hat, als er den Husten erkannte, der eine schlichte Botschaft transportierte: »Ich bin hier.« Aber warum benimmt er sich schlecht? Wieso sollte ein Hund glauben, dass ihm dieses Verhalten ein Ticket zurück ins Tierheim garantiert?

Ich richte mein Fernglas zurück auf Ron, sehe, wie er mit seinem aufmerksamen Harem über alles lachen und Whistler den Rücken zukehren will, und stelle mir vor, wie gern er der grauhaarigen Dame sagen würde: »Dieser Hund gehört mir nicht.« Aber Whistler ist wie ein Marschflugkörper mit Wärmeerkennung ganz auf sein Ziel konzentriert, seinen neuen Besitzer. Und um allen Umstehenden deutlich zu machen, wie viel ihm sein neues Herrchen bedeutet, springt dieser hässliche, wunderschöne Köter an Rons Bein hoch, klammert sich fest und besteigt ihn, als hätte er die lange verschollene Liebe seines Lebens gefunden.

»Mom? Du machst mich fertig.«

Der Satz trifft mich wie eine Ohrfeige, und ich zucke zurück, um den Jungen anzusehen, der bereit ist, jedes Wort von mir aufzusaugen. Jasper steckt in Schwierigkeiten, und zwar nicht bloß, weil er sich nach Whistler sehnt. Es ist alles in unserem Leben, das ich nicht ändern kann.

Alles, das ihren lächerlichen Bund, ihre exzentrische Verbindung, brüchig, schmerzhaft und am Ende unmöglich macht.

»Whistler geht nirgendwohin«, sage ich und weiß genau, was ich als Nächstes tun muss. Ich glaube, dass ein Trostpreis den Schlag vielleicht mildern kann. »Komm, wir holen ihn. Und vielleicht sollte er heute Abend bei uns bleiben.«

31

Jasper

Normalerweise wecken mich Hustenanfälle nachts nicht auf, aber dieser hier ist wie ein Riesenwecker in meiner Brust, dessen Schlummertaste nicht funktioniert. Ich setze mich im Bett auf, wünschte, ich könnte meine Lunge wie einen nassen Waschlappen auswringen, und fange von vorn an. Mom stürmt in mein Zimmer, als ich gerade die Kontrolle wiedergewinne.

»Okay?«

Ich nicke und stöhne vor Schmerz.

»Interkostal?«

Mom will wissen, ob ich einen Muskel zwischen die Rippen gezogen habe, weil ich zu fest gehustet habe.

»Bin mir nicht sicher«, murmle ich und reibe über meine linke Seite. »Zu müde.«

Als Mom gesagt hat, dass wir Whistler mit nach Hause nehmen sollten, bin ich vor Aufregung total ausgeflippt, bis sie erklärt hat, wieso. Grund Nr. 1: Sie wollte Martha im Tierheim nichts erklären müssen. Grund Nr. 2: Sie wollte, dass ich mich wegen ihrer schlechten Neuigkeiten besser fühle.

»Tut mir leid, Süßer, du musst aufstehen.« Ich fühle ihre Lippen auf meiner Wange, ihren Handrücken an meiner Stirn. »Keine Schule heute. Dr. Dan konnte uns um zehn noch einschieben, aber wir müssen Whistler auf dem Weg dahin im Tierheim vorbeibringen. Komm, ich helfe dir in die Weste.«

Whistler taucht im Türrahmen auf. Noch einmal hier übernachten war toll und besser als nichts, aber es erinnert mich auch an das, was mir entgeht.

Sobald ich mit meiner Therapie fertig bin, esse ich eine Schüssel mit Cap'n Crunch, dann wird Mom angerufen, und eine Sekunde lang mache ich mir Sorgen, dass es der Typ mit dem Akzent ist, der mit ihr sprechen wollte, Cowboy Clay aus Texas. Was, wenn ich jetzt Probleme bekomme, weil ich seine Nummer nicht weitergegeben habe?

»Was ist?«, fragt Mom. »Beruhige dich. Woher weißt du, dass es gestohlen wurde?«

Sie formuliert mit den Lippen: »Tante Gwen.«

Uff.

»Seit wann gehst du denn montagmorgens in die Kirche?«

Mom hört zu, hält das Telefon von ihrem Ohr weg, dann hört sie weiter zu.

»Hast du die Polizei gerufen? Jetzt? Aber ich bin gerade auf dem Weg ins Krankenhaus. Jasper hatte eine schreckliche Hustennacht.«

Es dauert, bis Tante Gwen sie noch einmal etwas sagen lässt.

Mom seufzt. Ich weiß, dass sie nachgegeben hat.

Sie endet mit einem schnellen: »Ja, ja, ja«, gefolgt von einem weiteren, lang gezogenen »Jaaaa«, dann legt sie auf und umklammert die Küchentheke so fest, dass sie den Granit zerbrechen könnte.

»Diese Familie«, sagt sie und wählt eine Nummer auf ihrem Handy.

»Hi, Burt, hier ist Dr. Blunt. Sind Sie bei der Arbeit?«

Sie wartet ab.

»Nein, das ist toll. Aber kann ich Sie um einen Gefallen bitten? Das Auto meiner Schwester ist gestohlen worden, und ich muss sie nach Hause bringen. Ich weiß. Die Sache ist die, sie sitzt in der entgegengesetzten Richtung fest, und ich habe Whistler, und ich muss sie abholen, bevor ich mit Jasper zu seinem Arzttermin um zehn gehe. Könnten Sie uns vielleicht treffen und den Hund übernehmen? Sonst schaffe ich es nicht.«

Es gibt eine Pause, dann lächelt sie und endet mit: »Burt, Sie retten mir das Leben. St. Marks am Ocean Drive. Bis in fünfzehn Minuten.«

Mom hat gelogen. Wir brauchen zweiundzwanzig Minuten. Anders als bei jeder anderen Autofahrt bisher wendet Whistler den Blick nicht von mir ab. Es ist, als wüsste er, dass etwas los ist. Oder vielleicht denkt er, genau wie ich, an die Nur-für-den-Fall-Tasche im Kofferraum. Es ist eine große Stofftasche mit Pantoffeln, Schlafanzügen, meinem Laptop und Henry, dem Plüschhund, den ich Whistler hätte geben sollen und den ich schon hatte, als ich ganz klein war. Nicht dass ich ihn bräuchte oder so. Mom sollte ihn armen Kindern spenden, die keine Spielsachen haben. Jedenfalls packt sie alles »nur für den Fall« ein, dass ich ins Krankenhaus muss. Es ist nie gut, wenn sie die Tasche packt.

St. Marks ist eine kleine weiße Kirche an der Bucht. Sie steht so nahe am Wasser, dass es ein Schild zu einer Bootsrampe an der Straße gibt. Und da ist Burt, er wartet auf uns. Wieso spricht er mit einem Polizisten?

Mom fährt rechts ran und hält hinter einem Polizeiwagen. Ein anderer Polizist steht bei Tante Gwen. Sie weint. Sehr.

»Bring Whistler zu Burt, und ich sehe mal nach, was mit meiner Schwester los ist.«

Mom steigt aus, und es wird noch mehr geheult und umarmt und geflucht, und ich denke, wow, Tante Gwen muss ihr Auto wirklich geliebt haben. Aber dann, auf dem Weg nach unten zur Bootsrampe, sehe ich etwas Großes und Weißes im Wasser schwimmen.

»Hey, Burt.«

»Hi, Jasper, das ist Officer Sweeney. Er hat das gestohlene Auto gefunden.« Burt deutet mit dem Daumen auf das weiße Ding, und jetzt, da ich näher dran bin, erkenne ich das Heck von Tante Gwens Mercedes. Ich will gerade fragen, warum irgendjemand ein Auto stiehlt, um es dann ins Meer zu fahren. Aber vielleicht weiß ich die Antwort bereits.

»Wer auch immer es geklaut hat, hat wahrscheinlich bemerkt, dass es kaputt ist.«

»Was?«, fragt Burt.

»Tante Gwen hat den Motor die ganze Zeit laufen lassen müssen. Irgendwas war mit ihm.«

Officer Sweeney lacht, aber es ist kein echtes Lachen, sondern so ein sarkastisches, das Erwachsene benutzen, wenn sie einen fühlen lassen wollen, wie klein und dumm man ist. »Das Auto wurde nicht gestohlen«, sagt er. »Es ist den Hügel hinunter und direkt ins Wasser gerollt. Wahrscheinlich dachte sie, sie hätte die Automatik auf Parken gestellt, aber sie war im Leerlauf.«

Burt kneift die Augen zusammen und beugt sich leicht zurück, als würde er dem Polizisten nicht glauben.

»Die Fahrerin hat schon einmal positiv ins Röhrchen geblasen, und die Autozündung wurde vor zwei Wochen mit einem Alkoholtester ausgestattet. Es startet nur, wenn man nüchtern ist. Passiert oft.«

Was für ein Röhrchen denn?

Zeit für eine Google-Suche, wenn wir nach Hause kommen.

Sweeney geht näher zu Burt, aber ich höre trotzdem noch: »Sie wachen morgens auf, machen den Motor an, und solange sie ihn im Leerlauf lassen, können sie den ganzen Tag über trinken und fahren. Sogar nach einem AA-Treffen. Ah, endlich.« Officer Sweeney tritt auf die Straße, winkt und ruft Befehle über den durchdringenden Signalton eines Abschleppwagens, der gerade ankommt.

»Wie geht's ihm?«, fragt Burt und nickt in Richtung von Whistler. »Hat deine Mom endlich ihre Meinung geändert?«

»Nein«, sage ich, »aber ich merke, dass sie ihn wirklich mag, auch wenn sie es nicht zugeben will.«

Ich lege meinen Kopf an Whistlers Kopf, aber er duckt sich und setzt sich neben mich.

»Burt, kannst du mir etwas versprechen?«

»Hängt davon ab.«

»Falls ich eine Weile weg bin, falls dieser Arzttermin bedeutet, dass ich im Krankenhaus bleiben muss, passt du dann auf, dass Whistler nicht … also … du weißt schon.«

Whistler verharrt reglos, aber sein Blick sucht meine Augen.

»Ich meine, du passt doch auf, dass er in ein richtig gutes Zuhause kommt, vielleicht nahe genug, damit ich ihn besuchen kann?«

Burt hebt seinen Kopf, als müsse er darüber nachdenken, und mir fallen silbrige Stoppeln an seinem faltigen Hals auf, als hätte er heute Morgen vergessen, sich zu rasieren. »Abgemacht«, sagt er. »Was soll ich den Leuten über ihn erzählen?«

»Dass er neugierig ist. Schnell lernt. Lustig ist.«

Vielleicht sollte ich es aufschreiben. Dann bemerke ich, dass Whistler mich immer noch anstarrt. Er legt seinen Kopf schief, als wollte er sagen: »Mehr hast du nicht zu bieten?« Dadurch muss ich an eine Website denken, die ich manchmal besuche, ein Forum, wo Kinder mit ZF über ihre Krankheit reden, und manche von ihnen fragen sich, was die Leute nach ihrem Tod über sie sagen werden.

»Und richtig klug. Ein guter Schwimmer. Super mit einem Fußball.«

Burt grinst sein kleines Grinsen voller gelber Zähne. »Was ist mit seinem Aussehen? Das wird einige Leute abschrecken.«

Ich denke darüber nach, denn Whistler beobachtet mich immer noch, neugierig auf meine Antwort.

»Sein Aussehen wird nur die falschen Leute abschrecken. Auch wenn er nicht optimal aussieht, heißt das nicht, dass er nicht innerlich ein Jackpot ist.«

Das gefällt mir. Whistler auch. Und Burt auch.

»In all den Jahren, seit ich dich kenne«, sagt Burt, »habe ich noch nie gesehen, dass du zu einem Hund eine so tiefe Verbindung hattest wie zu diesem hier.«

Das stimmt, bloß ist es viel mehr. Okay, eine besondere Verbindung muss gegenseitig sein, und ja, ich hatte ein paar Schwierigkeiten, Whistler zu Antworten auf meine Fragen zu bringen, aber ich weiß, dass er will, dass ich ihn verstehe.

Und vielleicht liegt das daran, dass das, was Whistler zu sagen hat, unfassbar wichtig ist und ich der Einzige bin, der ihm helfen kann, es zu sagen. Er möchte also ganz verzweifelt, dass ich dolmetsche. Ich frage mich, ob Burt unsere Verbindung gegenüber Mom erwähnen soll, aber dann sehe ich, wie Tante Gwen in einen Polizeiwagen geholfen wird.

»Das ist nett von ihnen«, sage ich, »sie nach Hause zu bringen. Ich frage mich, ob sie das Blaulicht anschalten.«

Ich finde es cool, aber Burt scheint nicht beeindruckt.

»Komm schon«, ruft Mom und läuft auf Norman-den-4Runner zu. »Danke, Burt, ich weiß nicht, was wir ohne Sie tun würden.«

Ich hocke mich hin, um Whistler locker und sanft zu umarmen – Burt sagt, Hunde mögen keine festen Umarmungen. Obwohl wir unsere Herzen aneinanderdrücken, ist Whistler nicht richtig anwesend. Er umarmt nicht zurück.

»Er will sich nicht verabschieden«, sage ich zu Burt.

»Vielleicht denkt er, wenn *er* es nicht tut, kannst *du* es auch nicht.«

Ich stehe auf.

»Ich würde mir keine Sorgen machen«, sagt Burt, »er wird nach deinem Arzttermin bestimmt noch hier sein.«

»Ich mache mir keine Sorgen, dass ihn jemand adoptieren möchte. Es geht darum, ob er sie adoptieren will. Er wählt aus. Stimmt doch?«

Ich streichle ihn ein letztes Mal. »Bis später.«

Aber Whistler sieht nicht so sicher aus. Vielleicht denkt er an meine Nur-für-den-Fall-Tasche.

32

Kate

Gut, dass ich die Tasche gepackt habe.

Jeder Arztbesuch beginnt mit Gewicht (unterste 10. Perzentile), Größe (unterste 10. Perzentile) und Vitalfunktionen. Jasper liebt den Pulsoximeter, den kleinen Clip mit dem leuchtend roten E.T.-Licht, das an seinem Zeigefinger befestigt wird und die Sauerstoffsättigung seines Blutes misst. Er hat gelernt, dass ein ordentlicher Hustenanfall die Maschine überlisten und ihm in die hohen Neunziger helfen kann. Er schaut mich mit hochgezogenen blonden Augenbrauen an, als er die siebenundneunzig Prozent erreicht, als wäre er geheilt. Seine Temperatur sieht das anders, 38,4 Grad Celsius, leichtes Fieber.

Dr. Dan Whitehead gehört zu einer neuen Generation von pädiatrischen Lungenfachärzten. Anfang dreißig, schütter werdendes Haar, mit genug Bauch, dass man seine Essgewohnheiten infrage stellen kann. Dr. Dan ist intelligent, aber als Elternteil fühlt man sich bei ihm wie ein Eindringling, als wäre man uneingeladen zu einer Party gekommen.

Er spricht immer nur direkt mit Jasper. Wenn ich eine Bemerkung einwerfe, etwas frage oder eine Sorge äußere, bin ich kaum mehr als eine lästige Stimme. Nur sehr selten spricht er mich direkt an. Es heißt, dass diese Methode dazu führen soll, dass die jungen Patienten Verantwortung übernehmen und lernen, für sich selbst einzustehen.

Manchmal möchte ich erklären, dass sich Jasper oft nicht mehr daran erinnern kann, was er zum Abendessen gegessen hat, geschweige denn, ob er allergisch gegen Fluorchinolon-Antibiotika oder Cephalosporine ist.

Bevor Dr. Dan kommt, muss ich den schlimmsten Teil jeder Lungenuntersuchung ertragen – den Lungenfunktionstest oder PFT. Für Jasper schmerzlos, für mich eine Tortur.

Mit einer Nasenklammer und einem nebulisatorartigen Gerät im Mund ist er an einen teuren Laptop angeschlossen und stellt sich vor, er müsse hundert Kerzen auf einem Geburtstagskuchen ausblasen, und wenn er nicht jede Kerze erwischt, wird das Zimmer Feuer fangen. Er atmet so tief ein, wie es seine kleine Lunge erlaubt, und bläst dann so fest, so schnell und so lange er kann. Er hustet, röchelt, kämpft und wird vor Anstrengung ganz rot. Und jedes Mal, egal wie sehr ich mich auch bemühe, es nicht zu tun, atme ich synchron mit ihm ein und blase gleichzeitig. Dass er so früh keine Luft mehr hat und aufhört, erschreckt mich zu Tode.

Der Arzthelfer fragt mich, ob ich einen Ausdruck möchte. Natürlich nicht. Es ist schon schlimm genug. Wer muss da wissen, wie schlimm genau?

»Ja, bitte«, sage ich, lächle höflich, und eine Minute später ist er wieder da und reicht mir ein Blatt Papier, als wäre ich die Richterin und der Bericht das Urteil der Geschworenen. Die kalte Objektivität der Zahlen und Grafiken lügt nicht. Alle Werte sind unten. Weit unten. Jasper hat Probleme.

»Schlimm?«, fragt Jasper mit roten Wangen wie immer, wenn er seine Lunge so sehr anstrengt.

Nur ich weiß die Wahrheit, und obwohl ich weinen oder schreien möchte, muss die Scharade für ihn weitergehen.

»Okay. Nicht doll. Mal sehen, was Dr. Dan sagt.«

Jasper legt sich auf die dünne Lage Papier, die die Untersuchungsliege bedeckt. So viele Keime. Er setzt sich auf, lässt die Beine baumeln. Bitte fass nichts an. Ich greife nach meiner Flasche mit Desinfektionsmittel – ich trage es bei mir wie die meisten Frauen Parfum.

»Glaubst du wirklich, dass Whistler adoptiert wird?«

Gut. Denk nicht an das, was jetzt kommt. »Hoffentlich. Besonders, wenn sein Husten sich weiter bessert.«

Jasper wartet einen Augenblick.

»Findest du ihn hässlich?« Mein Sohn sieht besorgt aus.

»Oh, ja«, sage ich, »aber das gehört zu seinem Charme. Denk mal darüber nach, die Leute schauen nur auf die Enden des Spektrums, wunderschön oder hässlich. Und ein Hund bekommt für hässlich viel mehr Aufmerksamkeit.«

Das überzeugt ihn, und dann ertönt das bekannte Klopfen an der Tür. Dr. Dans Erkennungsmelodie dat-da-da-dat-dat.

»Jasper, Alter«, sagt Dr. Dan, der Fist Bump passt so gar nicht zu einem Mann mit Schlumpfkrawatte.

Dr. Dan setzt sich in seinen Drehstuhl, schaltet den Computer ein und schaut sich die PFT-Ergebnisse an. Es ist, als wäre ich gar nicht da.

»Wie läuft's in der Schule?«

»Okay. Unsere Fußballmannschaft hat es in die Endspielrunde geschafft.«

»Er stand die letzten zehn Minuten im Tor«, ergänze ich, »und hat sich wie ein Verrückter hin und her geworfen. Seine blauen Flecken sehen aus, als hätte er eine niedrige

Thrombozytenzahl. Glauben Sie, er könnte ein Gerinnungsproblem bekommen?«

Dr. Dan zuckt ein bisschen zur Seite, hebt seinen Kopf und runzelt die Stirn, als hätte er gerade einen Megaerfolg als Komiker, und ich bin der Störenfried, der seine Nummer ruiniert.

»Hast du das Gefühl, Fieber zu haben?«

»Nein.«

»Was macht der Husten?«

»Ungefähr wie immer, ein bisschen schlimmer, die Seite tut mir weh.«

Dr. Dan nimmt sein Stethoskop vom Hals, sagt, Jasper soll tief und langsam einatmen, und lauscht.

Jasper ist absolut konzentriert, als würde er in der Schule auf dem Klavier vorspielen.

»Ein leichtes Rasseln, besonders unten links.« Der Arzt klopft mit den Fingern auf die Rippen. »Tut es weh, wenn du atmest?«

»Wenn ich huste.«

»Kannst du dein Hemd hochheben. Was für ein Trikot ist das eigentlich?«

»Barcelona.«

Die blauen Flecken vom Fußballspiel auf seiner Schulter und an der Seite sind inzwischen gelb.

»Ich hätte gern, dass Sie sein Gehör überprüfen, wenn möglich. Seine Lehrerin meint, er würde schwerhörig.«

Dr. Dan sieht Jasper an, aber nickt mir zu.

»Auch wenn ich etwas schwerhörig werde«, sagt Jasper, »das macht mir nichts aus.«

Ich verliere die Beherrschung, und die Worte entschlüpfen mir schnell und heftig. »Jasper, warum sagst du so was?«

Ich kann ihr kleines Spiel nur eine Zeit lang und nur bis zu einem bestimmten Punkt mitmachen.

»Weil es stimmt. Du hast gesagt, dass ich durch eines meiner Medikamente schwerhörig werden kann, und eine andere Pille lässt meine Finger taub und kribbelig werden. Es ist, als hätte ich den Gehör- und den Tastsinn verloren, und ...«

»Jasper, das reicht, wir sprechen später darüber.«

Aber der coole Dr. Dan kann nicht widerstehen. Er hört Jaspers Aufrichtigkeit, den fehlgeleiteten Enthusiasmus, ist sich sicher, dass er Punkte bei Jasper machen kann. »Erzähl mal«, sagt er und lehnt sich in seinem Stuhl zurück.

Jasper hustet, und ich schnappe mir eine sterile Schale, einen kleinen Plastikspucknapf, damit man die unsichtbaren Killer, die seine Lunge zerstören, kultivieren und identifizieren kann. Ich hatte gehofft, das würde sie ablenken. Aber nein.

»Ich glaube, es ist ein bisschen wie bei Blinden«, sagt Jasper. Die Nasenflügel beben, die Atemzüge punktieren die Worte und Sätze. »Wissen Sie, man verliert einen Sinn, und ein anderer wird stärker, um die Lücke zu füllen. Das passiert gerade mit Whistler und mir.«

Es ist unmöglich, Dr. Dan von seinen Nachfragen abzubringen. Also beschränke ich mich auf einen wütenden Blick, fast hätte ich einen Finger über den Hals gezogen.

»Und wer ist Whistler?«

»Ein Hund im Tierheim, richtig klug, klug genug, um mich spüren zu lassen, was er fühlt. Es stimmt, Mom. Miss Sexton hat uns in der Schule davon erzählt, dass es eine Theorie in der Wissenschaft gibt, die besagt, jedes Mal, wenn man etwas verliert, gewinnt man etwas dazu. Das ist ein Gesetz.«

»Newton«, sagt Dr. Dan.

»Genau der«, fährt Jasper fort. »Mom glaubt mir nicht, aber manchmal, nicht immer, aber manchmal fühle ich etwas, das nicht meine Gefühle sind, sondern seine. Woher wusste ich denn sonst seinen Namen? Und … und … was glauben Sie, warum ich so gut im Tor war?«

»Deswegen die blauen Flecken?«

Jasper nickt und versucht, mich mit einem »'tschuldigung, ich konnte nicht anders«-Schulterzucken zu beruhigen.

Dr. Dan verzieht die Lippen zu einer Seite, als hätte er in etwas Saures gebissen.

»Interessant.« Mehr fällt ihm dazu nicht ein. Und dann: »Angesichts des PFT, des leichten Fiebers, der Brustschmerzen und der Rasselgeräusche glaube ich, dass wir keine Wahl haben. Du musst ins Krankenhaus. Je früher, umso besser.«

Jasper zuckt zusammen, aber protestiert nur schwach. Vielleicht will er sich einfach besser fühlen. Ich wusste, dass uns das bevorsteht, aber trotzdem, wenn die Realität von einem Arzt verpackt und geliefert wird, ist es immer ein Schlag in die Magengrube.

»Nächste Woche ist keine Schule. Das passt also gut.«

Dr. Dan sagt leise »Entschuldigung« zu Jasper, dreht sich mit seinem Stuhl zu mir um und erklärt: »Ihr Sohn kann nicht mehr warten, Mrs Blunt. Es ist ernst. Wir müssen sofort beginnen.«

Je länger Jasper lebt, umso komplizierter wird seine Behandlung werden. Da er jetzt ständig starke Antibiotika bekommt, braucht Jasper einen sogenannten Port – ein peripher eingeführter, zentralvenöser Katheter –, praktisch eine lange weiße Linguine in einer Vene, um eine Ladung bakterientötende Medizin direkt am Herzen einzubringen. Klingt vernünftig, bis man daran denkt, dass Jasper im Grunde ein Junkie ist, seine Venen eng und gewunden, zu oft verletzt, was Anspannung und Furcht verstärkt, wenn ein Fremder nach einem Blutgefäß sucht und gezwungen ist, sich durch Narbengewebe zu bohren wie ein Klempner durch ein verstopftes Rohr.

»So ein hübsches Kind«, sagt die Krankenschwester, die einen Kittel voller kitschiger, rehäugiger Welpen trägt. Ich weiß, dass sie es gut meint, aber ich ignoriere das Kompliment, küsse meinen Sohn auf die feuchte Stirn und schaue zu, wie er im Rollstuhl weggebracht wird, an einen Ort, an dem er sediert wird, um Schmerzen ertragen zu können. Und alles, was ich tun kann, ist, mich zu quälen, während wieder ein kleiner Teil von mir stirbt.

Ich sitze im Wartezimmer, im flackernden Licht eines hoch hängenden Fernsehers, auf dem untertitelte Zeichentrickfilme laufen. Kreischende Kinder krabbeln auf dem Boden herum, malträtieren pädagogisch wertvolles Spielzeug oder lutschen an ihren Fingern, völlig ohne an allgegenwärtige Superkeime zu denken. Überall ist etwas, das mich ablenkt, aber ich bin bei Jasper, stelle mir jeden Schritt des Prozesses vor, seine kleine Brust, die an Monitore angeschossen ist, von chirurgischen Tüchern bedeckt. Er sieht ein Skalpell aufblitzen oder eine Nadel oder einen Katheterführungsdraht. Ich weiß, dass er sich einsam fühlt. Und was, wenn er nicht richtig sediert ist, beim Knallen eines Latexhandschuhs über einer geschrubbten Hand zusammenzuckt? Was, wenn er Blut sieht, sein Blut?

»Hübscher Junge.« Das hat die Krankenschwester gesagt.

Hübsch.

Ich denke an den Tag zurück, der mein Leben verändert hat: Jasper, ein kränklicher Zweijähriger; die Ärzte bitten mich, mich zu setzen, die Diagnose ist unstrittig. Als sie bei dem Begriff »unheilbar« ankamen, war ich taub.

Aber was bei mir hängen geblieben ist, waren die Worte der Krankenschwesternhelferin, die uns zum Auto begleitet hat. Sie war so nett, setzte Jasper in seinen Kindersitz und hatte schnell ein Taschentuch für meine Tränen zur Hand. Und dann erzählte sie mir, dass Kinder mit ZF Schwierigkeiten haben, den Namen ihrer Krankheit auszusprechen, daher nehmen sie das Nächstbeste, was möglich ist, etwas Niedliches, etwas, das Sinn ergibt. »Muckelige Dose anstelle von Mukoviszidose. Ist das nicht reizend?«, fragte die Krankenschwester. Ich sehe immer noch ihr Gesicht vor mir. Das war der Moment, in dem sich mein Leben für immer verändert hat, der Moment, in dem eine neue Version von mir geboren wurde, die blind war für die Aufrichtigkeit in ihren Augen und überzeugt, dass sie es einfach nicht begriff. *Reizend* wie ein Grübchen oder ein Lispeln. Wie *reizend* kann es schon sein, wenn dein Kind nie alt genug wird, um auch nur den Namen der Krankheit aussprechen zu können, von der es langsam umgebracht wird?

Ich schaue auf die Uhr – sieben Minuten vorbei. In solchen Momenten bezahle ich den Preis dafür, jede Sekunde mit meinem Sohn zu genießen.

Ich rufe bei der Arbeit an, sage Martha, was los ist, und bitte sie, mir eventuell auftretende Probleme per E-Mail oder SMS mitzuteilen.

»Hier läuft's«, sagt sie, und ich weiß nicht, ob sie damit eigentlich meint »Wir halten dir den Rücken frei« oder so tut, als wäre meine Abwesenheit keine große Sache. »KGB hat angerufen. Ich habe erklärt, ich würde dich gerade nicht erwischen, aber sie hat gesagt, du sollst sie heute noch zurückrufen. Ich kann immer noch nicht glauben, was du gestern mit Whistler abgezogen hast.«

Ein Teil von mir möchte »Ich auch nicht« sagen. Derselbe Teil ist bereit, die Schuld auf sich zu nehmen, falls Whistler eingeschläfert werden muss. Aber dann seufzt Martha in meine Stille: »Gott, ich hoffe, er merkt ...«

Dann höre ich sie nicht mehr, mehrere Sekunden lang dröhnt eine Durchsage, sodass ich nur noch einen winzigen Teil ihres Satzes erwische, ein spezielles Wort hängt unangenehm zwischen uns – lucky.

Lucky – glücklich. Was für ein unpassendes Wort, während ich hier sitze, hilflos und allein, und mein Sohn medizinische Folter erleidet. Wo ist das Glück in alldem? In meinem Zustand denke ich an den eigentlichen Wortsinn, dabei könnte es auch gut ein Name gewesen sein, Whistlers früherer Name, irgendein neues Problem mit unserem unvermittelbaren Streuner. Aber wenn das stimmt, warum ist das Wort praktisch hochgesprungen und hat mich gebissen.

»Ach, und ich habe mit einem Mann aus Texas gesprochen. Ich dachte schon, er ist noch einer dieser Immobilientypen, die das Tierheim kaufen wollen. Hat gesagt, es sei wichtig. Hat gesagt, du hättest ihn nicht zurückgerufen. Ich habe ihm erklärt, du seist im Krankenhaus, dann hat er mir noch mal seine Nummer gegeben.«

»Schick sie mir per E-Mail«, sage ich und will sie gerade bitten, mir diesen merkwürdigen »Lucky«-Kommentar zu erklären, aber sie sagt, sie muss Schluss machen, und hat aufgelegt, bevor ich fragen kann.

Wie lange kann ich diese Stelle trotz Jaspers Krankheit behalten? Katrina Goddard-Brown stürzt sich auf jede Zahl und jede Bilanz, da könnte dieser perfekte Job für mich bald zu Ende sein. Es gibt genügend andere Tierärzte da draußen, die genauso gern Tiere vermitteln möchten und die noch nie im Leben einen Krankenschein gebraucht haben. Und was, wenn das Tierheim geschlossen wird? Wer wird mich schon anstellen, eine alleinerziehende Mutter, die ab und zu alles stehen und liegen lassen muss, um sich um ihren Sohn zu kümmern? Klar, dazu dann noch ein Hund, was kann da schon schiefgehen?

Nichts hat sich geändert – elf Minuten vorbei. Ich sollte Gwen anrufen, weil es sich anfühlt, als wäre ich diejenige, die am Lenkrad eingeschlafen ist, nicht sie. Ich dachte, wir stünden uns nahe, vielleicht nicht nahe genug, um zu wissen, wo unsere Leichen begraben sind, aber nahe genug, um sich einander anzuvertrauen, sich auszukotzen. Anscheinend nicht. Das zweite Mal betrunken Auto fahren in nicht mal einem Jahr? Ich habe nichts bemerkt.

Klar, bei Familientreffen spricht Gwen dem Chardonnay immer ziemlich zu, aber wer könnte es ihr vorwerfen? Und ja, mir sind die undeutlichen Worte aufgefallen, die bemerkenswerte Menge an Wein und das Klirren von Glas, wenn sie spätabends noch anruft, aber in meinem Kopf war das immer ein harmloses Antistressmittel, etwas, das einen runterbringt. Wann ist es zu einer Sucht geworden? Gwen wirkt vielleicht wie eine verwöhnte Hausfrau und Mutter, aber ihr chaotischer und unorganisierter Erziehungsstil scheint zu funktionieren. Sie war immer das Gegenteil von mir. Wenigstens dachte ich das bisher. Andererseits ist der Alkohol offensichtlich ihre Krücke, so wie die kleinen blauen Pillen meine sind.

Jeder weiß, dass ihr Ehemann, Scott, seine Stellung als erfolgreicher Anwalt ausnutzt, wenn er etwas unbedingt möchte, und auch, wenn er sich aus etwas Unangenehmem herausziehen will, dann setzt er sie wie eine Krankschreibung ein. Sein Einfluss hat ihren ersten Fehltritt aus der Regionalzeitung herausgehalten. Angesichts des peinlichen Zustands ihres Mercedes kann ich nur sagen, viel Glück beim zweiten Mal.

Mich verletzt es, dass sie sich mir nicht anvertraut hat. Aber wie schon gesagt, wenn das eigene Kind eine chronische Krankheit hat, zögern die Leute, grübeln und verschließen sich, weil sie nicht wie üblich reagieren können. Vielleicht sieht meine Schwester hinter meine Fassade. Ich verbreite unerschütterlichen Optimismus, versuche, alles leichter zu machen, um die Welt hereinzulassen, und es stellt sich heraus, dass Gwen es mir nicht abnimmt, gefangen in ihrer eigenen Version eines Lebens, das sie eher erträgt als genießt.

Ich scrolle durch meine Kontakte, suche mir eine ruhige Ecke im Zimmer und wähle Gwens Nummer.

Es klingelt, aber sie geht nicht ran, und ich überlege: *Was, wenn sie immer noch im Arrest ist?* Aber dann höre ich eine Stimme.

»Hey«, sage ich.

»Hey«, antwortet sie genauso zaghaft.

Wir beide zögern, wer anfangen soll.

»Bist du zu Hause?«, frage ich.

»Ja. Scott hat seine Beziehungen spielen lassen.«

Ich schlucke ein »Darauf wette ich« hinunter und sage stattdessen: »Das ist gut.«

Sie schnaubt gereizt, dann schweigt sie.

»Gwen, du weißt, dass du mit mir reden kannst?«

»Worüber reden?«

»Also bitte.«

»Hör mal … ich habe gestern ein bisschen was getrunken. Das hatte ich wohl noch im Blut.«

»Aber du warst bei einem AA-Treffen.«

»Nur, damit ich den Führerschein behalte. Es ist nicht so, als hätte ich die Kontrolle verloren. Als könnte ich nicht aufhören.«

»Gwen, bitte. Was ist los? Vielleicht kann ich dir ja helfen.«

»Klar, weil du ja so ein offenes Buch bist.«

Blunt heißt zwar *direkt*, wir sind es aber nicht. Muss wohl an unserer Erziehung liegen. Ich wende mich einem unverfänglicheren Thema zu.

»Was hast du Mom erzählt?«

»Nichts«, zischt sie.

»Ehrlich.«

»Ich habe ihr die Wahrheit gesagt. Ich habe ihr gesagt, dass der Wagen ein Totalschaden ist. Daraufhin hat sie angeboten, die Kinder abzuholen.«

»Das ist nett von ihr«, sage ich, aber in Gedanken bin ich schon weiter, sehe das große Ganze. »Aber was ist mit morgen und den Tagen danach?«

»Keine Ahnung. Die Kinder werden wohl mit dem Bus fahren müssen.«

Ich biete ihr noch eine Pause an, hoffe, dass sie sie wahrnimmt und sich öffnet. Immer noch nichts.

»Jedem wird auffallen, dass du kein Auto fährst, vor allem Mom.«

»Scott meint, es wird maximal ein Jahr dauern. Vielleicht sage ich ihr, dass ich was an den Augen habe, dass mein Arzt empfohlen hat, ich solle eine Weile nicht fahren. Sie wird es nie erfahren.«

Ich erreiche nichts, wage aber trotzdem einen letzten Versuch.

»Wie geht's Scott damit?«

»Ihm geht's gut. Uns geht's gut. Wieso denn auch nicht?«

Die Verbindung knistert wie die Spannung zwischen uns.

»Und überhaupt, solltest du jetzt nicht mit Jasper im Krankenhaus sein?«

»Da bin ich ja auch.«

»Ach, Kate, mach dir keine Sorgen wegen mir. Ich komme schon klar. Du musst dich auf den kleinen Mann konzentrieren. Sag ihm, ich habe ihn lieb.«

»Das werde ich, und er weiß es.«

»Es wird schon wieder werden. Mein Trainer sagt, ich sollte mich mehr bewegen und Fahrrad fahren. Und es gibt ja auch noch Uber. Im schlimmsten Fall engagiert Scott einen Chauffeur für mich. Jemand Süßes und Muskulöses, der nach meiner Pfeife tanzt.«

Ich lache schnaubend.

»Okay, aber ich bin für dich da. Wenn du bereit dazu bist.«

»Ich genauso«, sagt sie, und wir legen auf.

Die Realität ihrer Situation wird mir bewusst. Nicht auf eine boshafte, schadenfrohe Art. Ihre Situation erinnert mich daran, dass wir uns alle durchs Leben kämpfen. Wenigstens versucht Gwen, mich zu unterstützen, anders als so viele andere Frauen, die sich auf ein hochherziges »Du bist so stark« beschränken und mich loben. In meinen dunkelsten Stunden frage ich mich, ob sie meine übermenschlichen Kräfte übertreiben, damit sie mich nicht trösten müssen. Es ist der perfekte Ausweg. Eine Entschuldigung, um sich rauszuhalten.

Ich könnte E-Mails abarbeiten. Ich könnte eine Zeitschrift lesen. Aber ich bin lieber aufgeregt, verletzt und ein bisschen wütend. Der Schmerz ist wieder da. Nicht dass er je ganz weg wäre. Er verändert nur Form und Struktur – scharf, dumpf, tief, oberflächlich, stechend, beißend –, keine Narkose kommt an ihn ran. Ich habe keine Wahl. Am besten, man lernt, damit zu leben, weiterzumachen und trotzdem zu funktionieren. Das ist der Unterschied. Deswegen bin ich nicht normal. Für die meisten Leute befindet sich der Schmerz am Rand ihres Gesichtsfelds, etwas, auf das man ab und zu einen Blick erhascht. Für mich ist er innen auf meine Augenlider tätowiert.

Die Zeit vergeht. Siebenundvierzig Minuten.

Das Feilschen beginnt. Nach fünfzig Minuten werde ich die aufdringliche, machtgierige Zicke am Empfang fragen – die mit den auffälligen Fingernägeln, die wahrscheinlich gerade im Internet nach Schuhen oder Kleidern oder Männern sucht –, ob sie herausfinden kann, ob es bei meinem Sohn ein Problem gibt.

Bei neunundvierzig taucht die Krankenschwester mit dem Welpenkittel auf.

»Der Zugang ist drin. Er hat es toll gemacht. Es hat halt nur ein paar Anläufe gebraucht.«

Nach »toll« höre ich nicht mehr zu. Er lebt noch. Ich habe immer noch einen Sohn.

Dann taucht der Rollstuhl auf, Jasper hängt darin wie Stephen Hawking junior, die Augenlider schwer und zuckend. Er kämpft gegen die Sedative. »'tschuldigung, Mom«, krächzt er.

Ich gehe in die Knie, küsse ihn auf das aschfahle Gesicht. »Wieso Entschuldigung?«, frage ich.

»Weil …« Seine Worte sind undeutlich, er ist noch ziemlich benebelt. »Weil meine Venen schlecht waren.«

Wir gehen direkt zur Intensivstation, denn zusätzlich zu allem anderen reagiert Jasper allergisch auf viele Antibiotika, die nötig sind, um ihn am Leben zu erhalten. Gott sei Dank gibt es dafür eine Lösung. Wenn man eine Erdnussallergie hat, vermeidet man Erdnüsse, wenn man allergisch gegen lebensnotwendige Antibiotika ist, geht's direkt auf die Intensivstation, um desensibilisiert zu werden. Deswegen sind wir von Maschinen umgeben, die blinken und klingeln und piepsen und versuchen, Jaspers Körper zu überlisten, damit er alles toleriert, anstatt einen anaphylaktischen Schock zu bekommen.

In dieser Situation bewährt sich meine Amphetamin-Pille. Klar, ich vertraue der Krankenschwester, aber vier Augen sehen mehr als zwei, und Fehler passieren. Außerdem sage ich mir, wenn ich die Dosis niedrig halte und es nur unregelmäßig nehme, dann kann ich jederzeit aufhören. Aber ist das nicht das Mantra der Süchtigen? Hat Gwen nicht dasselbe über Alkohol gesagt? Es hilft zu wissen, dass ein harter Entzug von Amphetamin zu Unzufriedenheit, Angstzuständen und Schlaflosigkeit führt. Wie sollte ich das bemerken? All das ist mir bereits wohlbekannt. Also werfe ich eine Pille ein, sitze da, beobachte und warte auf den Erfolg oder eine Notfalldosis des EpiPen.

Es wird dunkel im Zimmer, Jasper schläft nach der Tortur wieder ein, unpassend fröhliche Krankenschwestern strecken ihren Kopf ins Zimmer und fragen, ob ich etwas brauche. Ich lehne höflich ab. Hier bei meinem Sohn zu sitzen ist alles, was ich brauche, beruhigt von seinem Herzrhythmus, dem Klang des Pulsoximeters, der leichten Bewegung seiner Brust. Ich sehe die Flecken an seiner rechten Armbeuge, die Nadelstiche von mehreren Versuchen, eine Vene zu treffen. Jasper hustet und wird dadurch halb wach.

»Hey du.«

»Hi, Mom.«

Ich springe aus meinem Stuhl auf, streiche ihm eine verschwitzte Haarsträhne aus der Stirn und halte ihm einen winzigen roten Strohhalm einer Saftschachtel an die Lippen. Er trinkt mit geschlossenen Augen wie ein Baby an der Brust, lässt sich auf sein Kissen zurückfallen und sagt: »Du wirst mich doch nicht vergessen, oder?«

»Wieso sollte ich dich vergessen?«

»Wenn ich tot bin«, sagt er undeutlich, »weil … weil … es leichter sein könnte weiterzumachen … als ob es mich überhaupt nie gegeben hätte.«

Ich schnappe nach Luft, nehme ihn in die Arme und drücke ihn fest, gefährlich fest an mich. Ich bete, dass die Medikamente seinen Kopf durcheinandergebracht haben, sodass er wie im Delirium spricht. Erst als er schlafschwer ist, lasse ich ihn los, decke ihn zu, gehe zu meinem Stuhl zurück und erlaube mir Tränen.

Ich war siebenundzwanzig Jahre alt, als ein uringetränktes Pluszeichen meine Schwangerschaft verkündete. Dieses Kind zu behalten war unvernünftig. Ich war pleite und arbeitslos, mein Ex wollte nichts mit »dem« oder mir zu tun haben, und meine Familie – okay, ich meine damit nur meine Mutter – konnte mir nur ärgerliche Plattitüden anbieten wie: »Ich bin mir sicher, du wirst das Richtige tun.« Am Ende gab es nichts zu entscheiden. Vergessen wir mein stures Beharren, dass dieser Unfall kein Fehler gewesen sein muss. Vergessen wir Moral oder Religion oder die naive Überzeugung, dass ich als Mutter mindestens so gut sein könnte wie meine eigenen Eltern. Als ich dieses kleine blaue Plus sah, hat sich etwas in mir verändert, etwas Instinktives, und ich könnte schwören, dass ich in dem Augenblick das aufregende Gefühl hatte, irgendwo in mir sein winziges Herz schlagen zu spüren.

Jasper, es hat nie eine Zeit gegeben, in der ich dich nicht in meinem Leben gewollt habe. Aber da ich wieder einmal Zeugin dessen bin, was du ertragen und erleiden musst, frage ich mich: Wenn ich nicht schwanger geworden wäre, wäre ich dann noch mit Simon zusammen? Wie lange hätte es gedauert, bis ich begriffen hätte, dass er ein kompletter Idiot ist? Und wenn ich ein Kind ohne ZF bekommen hätte, wäre meine Beziehung zu meinen Eltern dann anders?

Ich gebe einer neuen Runde Tränen nach, beiße mir auf die Finger, versuche, mich zu beruhigen, bin mir nur einer Sache sicher: Die Fehler der Vergangenheit und all die Mängeln der Gegenwart haben nichts mit meinem perfekten Kind zu tun.

Stattdessen stehen sie für alles, was über mich gesagt werden muss.

33

Jasper

Nach drei Tagen und drei Nächten darf ich auf die normale Station wechseln, wo ich das beste Zimmer überhaupt bekomme, mit einem Sofa und einem Sechzig-Zoll-Flachbildschirm, einem riesigen Badezimmer und einem wahnsinnigen Blick auf den Hubschrauberlandeplatz.

Bisher juckt nichts, das wäre das erste Zeichen einer allergischen Reaktion, was Mom sehr glücklich macht. Sie war die ganze Zeit bei mir – sie schläft auf der Bank neben dem Fenster –, außer wenn sie mir Saft oder Snacks holt. Ich darf mein Zimmer nicht verlassen wegen des Risikos, andere kranke Patienten anzustecken. Es ist also ein bisschen wie im Gefängnis, außer dass ich Krankenschwestern anstelle von Gefängniswärtern habe, die wirklich nett sind. Miss Sexton sagt, pünktlich zu sein ist eine Tugend, sie fände es also gut, dass die Krankenschwestern immer auftauchen, kurz bevor ich mein nächstes Antibiotikum brauche, auch wenn das bedeutet, mich mitten in der Nacht zu wecken.

Die meiste Zeit schaue ich fern oder sehe auf Fortnite nach, ob Freunde von mir online sind. Es ist verrückt, besser als alle anderen zu bauen oder Gruppenanführer zu sein. Ich fühle mich dann wie jeder andere Spieler. Alle meine Fortnite-Freunde halten mich für einen Ninja mit perfekter Lunge und endlos vielen Skins.

Mom erlaubt mir, Sachen im Internet zu kaufen wie ein Torwarttrikot von Tim Howard oder V-Bucks. Mom sagt, Tante Gwen würde mich gern besuchen, aber der Mercedes ist schrottreif, also kann sie nicht kommen, und Onkel Bob und Tante Beth wohnen so weit weg, dass sie mir stattdessen Blumen geschickt haben.

Mom dreht bei meinen Krankenhausaufenthalten oft ein bisschen durch, und damit meine ich, dass sie magische Dinge sagen oder tun kann. Einmal dachte ich, ich hätte eine echte Chance, nach Disneyland zu kommen, bis sie wieder vernünftig wurde. Das bedeutet, ich sollte das Whistler-Problem lösen, aber ich will nicht das Gefühl haben zu schummeln, weil Whistler sicherlich spüren würden, dass Mom es bereut, sollte sie das Versprechen wieder rückgängig machen wollen.

Eines der schlimmsten Dinge im Krankenhaus ist, dass die Ärzte immer im schlechtesten Moment auftauchen, zum Beispiel wenn ich gerade essen will. Ein Assistenzarzt von der Kinderpsychiatrie erscheint in der Tür und verspricht, dass es nur »fünf Minuten, höchstens« dauert. Mom will unbedingt, dass ich zunehme, und sie weiß, wie sehr ich kalte Pizza hasse. Wieso springt sie dann auf und sagt: »Klar, ich lasse euch beide mal allein«, und geht aus dem Zimmer?

Ich kenne ihn noch nicht, er hat einen Diamantohrring, und eine Tätowierung blitzt am Handgelenk unter seinem Hemd auf. Anstatt sich einfach hinzusetzen, schnappt er sich einen Stuhl, dreht ihn um, setzt sich rittlings darauf und beugt sich vor.

»Es ist okay, wütend zu sein«, sagt er, »wäre ich an deiner Stelle, wäre ich das ganz sicher.«

Ich bin genervt, weil ich essen will, aber ich antworte: »Ein Hund wäre nicht wütend.«

»Wieso das?«, sagt er interessiert, dabei bemühe ich mich, nicht auf eine saftige Scheibe Peperoniwurst zu starren.

»Hunde knurren und fletschen die Zähne, und natürlich beißen sie, aber das sind Reaktionen. Instinkt. Kämpfen oder fliehen. Wütend zu sein ist anders. Man muss über schlechte Dinge *nachdenken*, um wütend zu werden.«

Er lehnt sich zurück. »Denkst du nie an die schlechten Dinge in deinem Leben?«

»Ich versuche, nicht daran zu denken. Außer, ich kann es besser machen.«

Sein Stirnrunzeln wirkt eher besorgt als ungläubig.

»Deine Mom ist Tierärztin, stimmt's?«

Hat er meine Akte auswendig gelernt?

»Deswegen magst du Hunde?«

»Wenn ich groß bin, möchte ich Tierarzt werden.«

»Sehr cool. Was denken deine Freunde?«

»Ich habe es niemandem erzählt. Außer Mom.«

»Wirklich? Jemand, der ein Geheimnis behalten kann? Warte, du wirst mir sagen, dass niemand ein Geheimnis besser behalten kann als ein Hund. Habe ich recht?«

Ich lächle.

»Aber wenn du mit jemand anderem als deiner Mutter sprechen müsstest, mit … sagen wir einem Mann, über Männersachen … wer wäre das dann? Dein Großvater? Ein Lehrer an deiner Schule?«

Männersachen? Wovon redet er? Mädchen? Pubertät? Sex? Meint dieser Arzt etwa, dass ich mit Grandpa oder Coach Taft über Sex rede?

»Und was ist mit deinem leiblichen Vater? Denkst du je an ihn?«

Holla. Wo kam das denn her?

»Hast du ihn je gegoogelt? Ihn auf Facebook gesucht? In deinem Alter wäre das total normal. Man fragt sich, wo er ist und warum er nicht da ist. Du hattest Zeit nachzudenken.« Und dann: »Zeit, wütend zu werden.«

Er zieht die Augenbrauen hoch, wie um zu sagen »Getroffen«, und dann komme ich drauf. Hat Mom ihm diese Fragen eingeredet? Glaubt sie, dass ich meinen Vater finden will? Hat sie uns deswegen allein gelassen?

»Ich würde mit meinem besten Freund reden, Burt. Er ist wie mein Bruder. Wenn man ihn braucht, ist Burt da.«

Bevor es sich merkwürdig, also noch merkwürdiger anfühlen kann, einen 77-jährigen Mann meinen Bruder zu nennen, rettet Schwester Debbie mich.

»Jasper, warum isst du nicht? Hast du deine Enzyme genommen?«

»Ja.«

»Na, die können dir nur beim Verdauen helfen, wenn es diese Pizza in deinen Magen schafft. Stimmt's Doktor?«

Der Typ von der Kinderpsychiatrie versteht den Wink mit dem Zaunpfahl, steigt von seinem Stuhl herab und gibt mir eine Visitenkarte.

»Lass deine Mom anrufen und einen Termin ausmachen.« Und dann tippt er auf die Aufzählung der Kontaktmöglichkeiten auf der Karte und sagt: »Mach mich zu deinem Freund auf Facebook.«

Ich nicke, sage aber nichts. Vielleicht sollte ich ihm erklären, dass sich schlechte Dinge viel besser anfühlen, wenn man *nicht* auf Facebook ist.

Kurz vor dem Mittagessen am vierten Tag erkenne ich das *dat-da-da-dat-dat* an der Tür.

»Hey, Kumpel«, sagt Dr. Dan. »Wenn deine Mom deine Therapie zu Hause hinkriegt, dann sollten wir dich vielleicht hier rausschmeißen. Klingt das gut?«

Warum fragt er mich und nicht Mom?

»Und du hattest recht. Dein Hörtest zeigt, dass du in den hohen Frequenzen schlechter hörst. Keine große Sache, zumindest jetzt nicht, aber wir haben eines deiner Medikamente gewechselt.« Er ist schon am Gehen, da bleibt er noch einmal stehen. »Wenn du wirklich einen Sinn gegen einen anderen austauschst, dann könntest du deiner Mom auch gleich mal Hündisch beibringen, oder?« Er zwinkert mir zu und ist weg.

»Ich wünschte, du würdest damit aufhören«, sagt Mom und nimmt die aktuelle Speisekarte, um nachzusehen, was ich angekreuzt habe, damit sie es bestellen kann.

»Womit aufhören?«

»Das weißt du genau. Diese ... Geschichte, dass du mit Hunden sprechen kannst. Das ist nicht normal. Die Leute werden dich für verrückt halten.«

»Es ist nicht sprechen. Es geht nicht um Wörter.«

»Was dann?«

»Es ist, als würden ... Gedanken und Gefühle in mir für die Hunde sprechen.«

»Jasper, bitte, das ist lächerlich. Das muss aufhören, sofort. Weißt du, was du essen willst?«

Ich beiße mir auf die Unterlippe, versuche, das Zittern zu stoppen. Ich habe nicht geweint, als sie mich mit ihren glänzenden Nadeln gestochen haben, aber ich weine jetzt. Die Worte bleiben mir im Hals stecken.

»Hey, hey, hey, es ist okay«, sagt Mom, quetscht sich auf den Rand meines Betts und streckt die Hand aus, um mir auf die Schulter zu klopfen.

Ich schlage sie weg, bevor sie mich berührt.

»Ich meine es ernst, Mom. Was, wenn das Verstehen von Hunden das Einzige ist, das ich gut kann?«

»Was meinst du denn? Du bist in vielen Dingen gut.«

»Nein, du kapierst es einfach nicht.« Die Luft stockt beim Einatmen, als hätte ich einen starken Schluckauf. »Da muss noch mehr sein. Da muss eine Belohnung sein. Da muss es einen Grund geben, warum ich ZF habe … warum ich mit alldem leben muss.«

34

Kate

Danke für dieses schöne Zimmer«, flüstere ich der Krankenschwester zu.

»Gern geschehen«, sagt sie und konzentriert sich auf einen Infusionsbeutel, der an einer Pumpe hängt. »Es ist eigentlich für« – sie sieht sich um, um sicher zu sein, dass Jasper nicht zuhört – »für die letzten Wochen gedacht. Tut mir leid, es war sonst nichts frei.«

Nicht beleidigt sein wegen des mangelnden Fingerspitzengefühls, wir nehmen es, und fairerweise muss man sagen, dass die Krankenschwestern toll waren. Jasper zieht diejenigen vor, die Hunde haben, und erzählt, welchen Beruf seine Mom hat – die Frau mit dem furchterregenden Lächeln, die an ihrem Laptop arbeitet und so tut, als höre sie nicht zu –, und beschreibt jedes Mal seine neue Gabe als Hundeflüsterer. Als seine Lieblingsschwester Debbie – mit Rufus, Irish Setter – am Wochenende anbeißt und hofft, dass Jasper mir das eine oder andere zur Hundekonversation erklären wird, raste ich fast aus.

»Sind die nicht wunderschön«, sagt Debbie und bringt einen Riesenstrauß herein von meinem Bruder, anstelle eines Besuchs, das übliche kalte »Gute Besserung« auf die Karte getippt.

Ich antworte flüchtig »Toll« und frage mich, *welcher bettlägerige elfjährige Junge Blumen möchte*, bis Jasper von seinem

Laptop aufschaut und mich mit einem begeisterten Lächeln eines Besseren belehrt. Wer hätte das gedacht? Und ich bin wirklich dankbar dafür, dass jemand aus der Familie tatsächlich etwas gemacht hat.

»Du weißt, wie sehr dein Vater Krankenhäuser hasst«, hat Mom bei unserem letzten Telefonat gesagt. »Er hat dann das Gefühl, als ginge er auf dünnem Eis über sein eigenes Grab.« Dieses fast glaubwürdige Argument hat mich sprachlos gemacht, weniger, weil ich es akzeptiere, sondern eher, weil es mich traurig macht wegen Jasper, da er glauben könnte, dass sein Leid sie nicht trifft und es ihnen wirklich egal ist. Wahrscheinlich hat sie meinen stummen Wunsch zu weinen als Wut interpretiert, jedenfalls fügt sie hinzu: »Hör mal, Kate, wenn sich alles etwas beruhigt hat, gehen wir Kaffee trinken, nur wir beide. Es ist Zeit, dass wir mal reinen Tisch machen.«

Reinen Tisch machen.

Sie hat aufgelegt, als ich noch unter Schock stand.

Was Gwen angeht: Sie hat versprochen zu kommen, aber allein die Taxifahrt kostet ein Vermögen, und wer würde sich um die Kinder kümmern?

Unsere eigenen Familien stehen stets an erster Stelle. So war es immer. Und mir wird klar, dass es bei mir genauso ist.

Da höre ich Schritte und nicke dem Assistenzarzt zu, der in der Tür steht. Normalerweise stöhne ich innerlich, wenn mich die Kinderpsychiatrie kontaktiert, weil ich weiß, dass es eine peinliche Zeitverschwendung wird. Jasper verbreitet einen vagen, roboterhaften Optimismus, seine Antworten bleiben oberflächlich und allgemein. Dieses Mal jedoch hat mich der Assistenzarzt vorher auf dem Handy angerufen und um ein privates Einzelvorgespräch gebeten.

»ZF kann für präpubertäre Jungen besonders heftig sein. Gruppendruck. Negatives Körperbild. Verzögerte Pubertät. Und mir ist in seiner Akte aufgefallen, dass Sie alleinerziehend sind. Da habe ich mich gefragt, ob er oft nach seinem Vater fragt?«

Ich war vielleicht beleidigt, weil ein Arzt, der mich noch nie getroffen hat, »alleinerziehend« so negativ betont, aber er hat mich zum Nachdenken gebracht und meine Sorgen über den britischen Slang, die Fußballbegeisterung, das heimliche Surfen im Internet verstärkt. Will Jasper auf diese Weise die Wahrheit über Simon Swift herausfinden? Ich weiß, dass es falsch ist, dem Thema auszuweichen, aber es ist eine schmerzhafte Erinnerung an eine meiner schlechten Entscheidungen. Wie bringe ich meine größte Freude, also Jasper, mit dem Ende einer Beziehung zusammen, die ich ewig bereuen werde?

Als der Assistenzarzt auftaucht, lasse ich die beiden allein, fünfzehn Minuten lang anstelle der geplanten fünf, und als ich zurückkehre, ist der Arzt bereits gegangen, und Jasper knabbert an einem Pizzarand.

»Wie ist es gelaufen?«

Kauen, langes Kauen, dann langsam, ganz langsam schlucken. Ist das das Vorspiel, um Dampf abzulassen und schwierige Fragen zu stellen?

»Gut«, sagt er gleichgültig und gibt mir die Visitenkarte des Arztes.

Vielleicht sollte ich jetzt nachhaken, darauf aufbauen, was sie besprochen haben, und Jasper ausfragen, aber ich kann nur an die vernünftigen, vorhersehbaren Fragen denken, die er mir stellen wird und die an der Wunde rühren, die niemals wirklich heilt.

Ich stecke die Visitenkarte ein. Sobald wir aus dem Krankenhaus raus sind, werde ich einen Termin machen.

Oder auch nicht.

Am vierten Tag besucht Dr. Dan uns, froh, uns aus dem Krankenhaus werfen zu können, und um spielerisch vorzuschlagen, dass Jasper mir Hundekonversation beibringen soll. Ich weiß nicht, was mich mehr ärgert, dass Dr. Dan glaubt, er sei lustig, oder der Ausdruck der Bestätigung auf dem Gesicht meines Sohns.

»Komm schon, hör doch nur mal, was du sagst. Das ist nicht gut. Weißt du, was du essen willst?«

Und während ich noch die Speisekarte betrachte und zwischen einem Erdbeer- oder Vanillekalorienshake, zwischen Käsenudeln und einem Hotdog auswähle, bricht mein Sohn zusammen, das Gesicht verzogen vor Traurigkeit, Angst oder Schmerz.

Er muss gar nicht auf die Wände seiner Zelle zeigen oder auf die Tentakel der Schläuche und Kabel, die seinen gequälten Körper anketten. Ich verstehe es. Es sind bloß er und ich, die mit aller Macht kämpfen, um Darwins Gesetz des Überlebens zu widerlegen, doch wie leicht sind wir zu entlarven und zu besiegen. Vor Jahren habe ich aufgehört, mit Gott zu feilschen. Heute betet mein Sohn, dass sein Leiden, sein Elend, seine unendliche Angst ihm genug Punkte bei einer höheren Macht einbringen, um eine unmögliche Gabe zu erlangen.

»Was, wenn ich dank Whistler dazu bestimmt bin herauszufinden, was nicht mit Worten gesagt werden kann?«

Sein verrücktes Gerede ist wie ein Eimer Eiswasser über meinen Rücken. Ich lege die Hände an seine tränennassen

Wangen und hoffe, dass mein gezwungenes Lächeln mich davon abhält, etwas zu sagen, das ich später bereuen würde.

Ist es nicht immer so, dass die Wendepunkte des Lebens einen überraschend und unvorbereitet erwischen? Vielleicht ist das Gute daran, überrumpelt zu werden, dass man die Botschaft auf diese Art noch nachdrücklicher aufnimmt.

Weil ich vergessen habe, zu Jaspers Mittagessen etwas zu trinken zu bestellen – hey, sein Zusammenbruch hat mich abgelenkt –, gehe ich zu der kleinen Kaffeeküche auf unserer Etage, um ein gratis Sechserpack Minischachteln mit Cranberrysaft aus dem öffentlichen Kühlschrank zu mopsen. Dort vor der Mikrowelle, wie gebannt von dem Drehteller voller Essen, steht eine andere Mutter, ungeschminkt, in einer bekannten Uniform – Sweatshirt, Jogginghose, fusselige Pantoffeln –, mit fettigen braunen Haaren, die von einer riesigen türkisfarbenen Spange in einem unordentlichen Knoten zusammengehalten werden. Wir mustern einander in Millisekunden. Es ist offensichtlich, dass wir dasselbe denken, Worte sind unnötig, wir lächeln uns an, weil wir eine weitere Überlebende erkennen. Beängstigend, wie sie eine Version von mir in zehn Jahren sein könnte. Wenigstens hoffe ich, dass es noch zehn Jahre dauert.

»Derjenige, der einen Laden eröffnet, der einem im Krankenhaus eine Massage und einen Haarschnitt ermöglicht, wird ein Vermögen machen«, sage ich.

Die Frau lacht. »Ich dachte da mehr an eine Bar.«

»Absolut«, sage ich, wühle hinten im Kühlschrank, finde nichts außer Orangensaft und Gingerale.

»Was ist es bei Ihnen?«

Ihre Frage überrascht mich, doch als ich den Kühlschrank schließe, bereit für ein knappes »Geht Sie nichts an«, als sie direkt durch mich hindurchsieht, ist da etwas eingeschrieben in die kleinen Falten der Duldung rund um ihre Augen. Ich habe es oft gesehen, besonders im Spiegel. Es ist das Geheimnis, das keinen Händedruck braucht, und es ist kein Orden. Es ist das Aussehen von PTBS, bloß dass das P bei uns eine andere Bedeutung hat, nicht *post*, also vergangen, sondern *permanent*. ZF ist eine Naturkatastrophe, von der man sich nie erholt. Wie ich strahlt diese Frau die Müdigkeit eines Soldaten nach der Schlacht aus, eines Soldaten, der weiß, dass der Krieg noch lange nicht vorbei ist.

Ich überlege, zu lächeln und »kleine Lungenentzündung« zu sagen und zu gehen. Aber ein Kinderkrankenhaus kann Eltern aus der Fassung bringen. Vielleicht liegt es an den professionellen Pflegern, die einem ein falsches Sicherheitsgefühl vermitteln. Wenn man nicht selbst die ganze Zeit auf Abruf bereitstehen muss, kann der Geist wandern, sodass sich die Laune für einen kurzen Moment bessert in dem Wissen, dass man nicht vollkommen allein ist.

»ZF«, sage ich.

Sie zeigt ein ganz zartes Lächeln.

»Dachte ich mir.«

Es ist keine große Leistung, ZF zu erraten, da uns eine Krankenschwester mal erzählt hat, dass ungefähr fünfundsiebzig Prozent der Patienten auf dieser Station an dieser Krankheit leiden. Ironischerweise werden Kinder, die eigentlich keinen Kontakt zueinander haben sollten, zusammengeworfen.

»Ich auch«, fügt sie hinzu, aber ohne Enthusiasmus. »Amy. Zweiundzwanzig.«

»Jasper. Elf.«

Das bin ich nicht – offen, sogar gesprächig –, aber diese letzte Geschichte mit Jasper hat mich umgehauen. Ich mag keine Selbsthilfegruppen oder Therapeuten. Ja, ich habe es versucht, aber meine Strategie, damit umzugehen, ist etwas Persönliches. Es ist meine Trauer, und niemand kann mir sagen, wie ich damit leben soll. Alles, was ich weiß, ist, dass da etwas zwischen dieser fremden Frau und mir ist, und zwar etwas mehr als die Krankheit und die Tatsache, dass keine von uns einen Ehering trägt. Ich spüre, dass diese Frau *mich* versteht, weil sie *es* versteht.

»Kommt er klar?«

Ich nicke, dankbar für den Unterschied im Alter und Geschlecht zwischen unseren Kindern, und hoffe, dass sie nicht den Stand der Dinge vergleichen will.

»Ich hätte nie gedacht, dass all das« – sie deutet auf unsere Umgebung – »den größten Raum beim Aufziehen eines Kindes einnehmen würde.«

Ich habe Angst, wohin das führen wird, deswegen suche ich etwas hektischer nach Saftalternativen. Doch mir fällt auf, dass sie das Piepsen der Mikrowelle ignoriert und sich mir zuwendet. Jetzt habe ich es getan – habe einer völlig Fremden die Tür geöffnet.

»Wundern Sie sich manchmal darüber, wie alles geworden ist, *vorher* und *nachher*?«

Sie sieht, dass ich verwirrt bin.

»Vor und nach der Diagnose. Vor und nach ZF.«

Ich sage nichts, obwohl ich sagen möchte: »Die ganze Zeit.« Ich suche in ihrem Gesicht nach etwas Sturem, Verrücktem oder Zornigem, aber den einzigen Gesichtsausdruck, den ich erkenne, ist unsere Last.

»Ich schon. Ich denke vermutlich zu oft über diesen Moment nach, diesen Wendepunkt, wissen Sie.« Sie lacht auf, bitter und knapp. »Die Leute fragen mich, und ich sage ihnen, es ist, als würde man ausgehen, zum Abendessen im Lieblingsrestaurant mit den Leuten, die man am meisten liebt, Freunden und Familie. Man amüsiert sich, alles ist locker und entspannt, in dieser speziellen Stimmung, die entsteht, wenn alle einander verstehen. Und dann, völlig unerwartet, kommt der Kellner und flüstert einem etwas zu, führt einen zur Tür und wirft einen auf die Straße, und anscheinend bemerkt es niemand, und man hämmert ans Fenster, schaut hinein, und alle lächeln, werfen den Kopf zurück, lachen und genießen ein Leben, von dem man dachte, man hätte es auch, ein Leben, das in einem Augenblick endete, ohne Erklärung. Und keiner von ihnen kann einen je wieder verstehen.«

Erstaunt und atemlos sagt mein Hirn: *Woher kennen Sie mich so gut*, während mein Mund nur ein tiefes, unsicheres »Wow« schafft.

Sie fasst mich am Oberarm. »Genießen Sie diese Zeit mit Ihrem Sohn, dieses Jetzt … o Gott, bitte, nein, ich habe nicht gemeint …«

Natürlich verstehe ich das falsch. Wie denn auch sonst? Wer braucht schon eine Lektion über Jaspers unausweichlichen Abstieg von einer Frau mit einem Ketchupfleck auf der Brust und Zahnpastaresten im Mundwinkel? Aber sie lässt mich nicht los.

»Ich meinte dieses Alter, wenn sie noch jung sind. Ich dachte immer, ich hätte Amys Krankheit unter Kontrolle.

Jedes Medikament, jeden Nebulisator, ganz strikt, keine Ausnahme; übernachten bei Freunden, Sommerlager, Ferien, vergiss es, wenn es Auswirkungen auf ihre Gesundheit haben könnte. Ich habe sie nicht mal aufs College gehen lassen. Sie musste von zu Hause aus pendeln. Ich gebe zu, ich habe sie behütet, habe jede Entscheidung für sie getroffen und zu *meinem* eigenen Vorteil. Ich dachte, solange sie meinen Regeln folgt, unter meiner Zugriff bleibt, könnte diese Krankheit nicht gewinnen.«

Ihre Intensität ist greifbar, und ich wage es nicht, etwas zu sagen.

»Aber hier sind wir wieder«, sagt sie, ihr fröhlicher Tonfall wird von ihrem ängstlichen Lächeln Lügen gestraft. »Ich dachte, ich wüsste, was ich tun muss, um das Kind am Leben zu halten.«

»Leichter gesagt als getan«, sage ich schließlich und schaue auf ihre Hand, die immer noch meinen Arm umfasst.

Sie lässt los und dreht sich zur Mikrowelle um. »Diese Krankheit ist scheiße, egal wie man sie betrachtet«, sagt sie, nimmt eine dampfende Tupperdose heraus, sieht mich aber sofort wieder fest an. »Wenn ich zurückblicke, bereue ich am meisten, wie ich meine Version von Amys Leben ihr aufgezwungen habe, und wünschte, ich hätte sie mehr ihre eigene leben lassen.«

Ich lächle nicht, ich nicke nicht, ich muss einfach warten, um wieder runterzukommen, und darauf, dass das Zimmer aufhört, sich zu drehen.

»Immer weiterschwimmen«, ruft sie noch, als ich gehe.

Was für ein merkwürdiger Spruch, aber er bringt mich zum Lächeln. Ich schaue über meine Schulter zu ihr, damit sie weiß, dass ich es verstanden habe. Wenn dein Schiff sinkt und da draußen nichts ist außer offenem Wasser, kann man nicht aufgeben. Dann schwimmt man einfach.

Auf nicht mal halbem Weg zurück in Jaspers Zimmer trifft mich die volle Bedeutung dessen, was sie gesagt hat, und ich stolpere, meine Knie geben nach, und ich lasse mich mit dem Rücken an der Wand nach unten rutschen. Ich bin mir des Krankenhausgeruchs bewusst, der nach Hoffnung riechen sollte und nicht nach Verzweiflung. Ich habe nicht nach ihrem Namen gefragt oder danach, was sie in mir gesehen hat, dass sie sich mir geöffnet hat. Aber das, was sie gesagt hat, ihre Warnung, ihre Reue, weil sie jede Facette im Leben ihrer Tochter kontrolliert hat – ich hatte das Gefühl, als hätte man mir eine Brille gegeben und mich aufgefordert, einen frischen Blick zu wagen. Und auch wenn sie die Welt nicht verändern kann oder die Unschärfe oder meinen Fokus, vielleicht kann sie auf kleine und bedeutsame Weise ein wenig von der Düsternis nehmen.

Ich weiß, dass ich super besessen und hyper vorsichtig bin, was Jasper angeht, aber wenn ich einen Gang zurückschalte, lockerer werde oder sogar wage, mich selbst an erste Stelle zu setzen, wie kann ich da nicht das Gefühl haben, ihn zu vernachlässigen oder, noch schlimmer, zu versuchen, ohne ihn zu leben? Ihre warnende Geschichte zeigt, dass ich unserer Realität nicht davonlaufen kann, und obwohl ich die Weisheit ihres Rückblicks schätze, was ist denn unsere Alternative? Was ist der Plan? Wie kann ich Jasper sein Leben auskosten lassen? Wir brauchen eine Zukunft, die mir weniger Angst macht, sonst nichts.

Vor Jaspers Zimmer treffe ich auf zwei Krankenschwestern, die Wegwerfhandschuhe, -kittel und -gesichtsmasken anziehen. Eine dreht sich zu mir um und sagt: »Hey, Mom. Wir wechseln jetzt den Verband an seinem Tropf.«

Die Chance ist zu gut, um sie zu verpassen, und das Timing ist perfekt – zehn bis fünfzehn Minuten, um einen klaren Kopf zu bekommen. Es gibt nur einen Ort, an den ich gehen kann. Ich laufe zum Aufzug, fahre nach unten in die erste Etage und eile in den Krankenhausgarten.

Manche Leute nennen ihn »Novokain für die Seele«, diesen grünen Zufluchtsort, diesen offenen Raum mit natürlichem Licht. Wenn Jasper in den OP-Saal kommt, dann ziehe ich mich oft an diesen unmöglichen Platz im Herzen des medizinischen Chaos zurück, um keine Panik zu bekommen, hin und her zu laufen und mich weniger gefangen, weniger ängstlich und näher an etwas wie Trost zu fühlen.

Draußen ist es wolkig und regnerisch, und der Garten ist leer, abgesehen von einer Krankenschwester, die einen Jungen in einem Kinderwagen schiebt; chirurgische Klammern winden sich über den geschorenen Kopf des Jungen. Er hängt an einem Sauerstofftank und einer Flüssigkeitspumpe. Ich lächle, als ich an ihnen vorbeigehe, und zwinge mich dazu, mich nicht in eine weitere tragische Geschichte hineinziehen zu lassen, während ich auf eine bestimmte, hinter einer Reihe dichter Azaleen verborgenen Bank zusteure, auf die ich mich setzen kann und durchatmen und versuchen, mich zusammenzureißen.

Ich biege um die Ecke und stoße mit einer schattenhaften Figur zusammen, einem Mann, kleiner als ich. Ich werfe ihn fast um, und in der Lücke zwischen Überraschung und einer Entschuldigung fallen mir zwei Dinge an ihm auf: sein Alter, mindestens sechzig, und seine Wangen, brennend und voller Tränen.

»Entschuldigung«, platze ich heraus, aber der Mann geht bereits weiter, den Kopf gesenkt, winkt er meine Entschuldigung weg. Als er an der Krankenschwester und dem Kind vorbeikommt, sagt er etwas und läuft dann zurück in diese kalte, leuchtende Welt mit ihrem chemischen Parfum.

»Ist er in Ordnung?«, rufe ich und gehe zu der Krankenschwester, mir fällt das Stethoskop um ihren Hals auf, auf dem »Cassie« steht.

»Klar«, sagt Cassie, augenscheinlich verwirrt über meine Besorgnis.

»Er wirkte aufgebracht.«

Sie zuckt mit den Schultern, fordert den Jungen auf, einen zerbrochenen Keks einem dicken Eichhörnchen hinzuwerfen.

Ich könnte weitergehen, ich sollte weitergehen, aber ich frage: »War er nicht ziemlich … alt … verglichen mit den meisten Eltern hier?«

»Vielleicht ist er ein Großvater. Oder vielleicht *war* er ein Vater.«

Jetzt hat sie es getan. *War* ein Vater. Alles, was ich höre, ist, dass die Vergangenheitsform wie ein Versagen klingt, als hätte er eine Chance gehabt und es vermasselt.

»Was meinen Sie?«, frage ich.

»Sie kommen hierher«, sagt sie. »Immer wieder.« Sie sieht nach unten, als wolle sie sichergehen, dass der Junge abgelenkt ist. »Sie kommen zurück … um sich zu erinnern.«

Ich will nicht, dass sie weiterspricht, aber ich kann mich nicht rühren.

»Für manche kranken Kinder ist das« – sie macht eine weit ausholende Geste – »ist das vielleicht alles, was sie bekommen. Es ist ein Teil dessen, was als normal gilt, sogar als Spaß. Deswegen kommen sie zurück, die Eltern der Toten. Es ist eine Chance, ein paar kostbare Erinnerungen wiederzubeleben.«

Plötzlich sehe ich das Gesicht des alten Mannes klar vor mir, wie er seine Hand bewegt hat, um seine Trauer zu verbergen, als wäre ihm peinlich, dass dieser durchschnittliche und banale Ort alles ist, was er hat, um sich an einen Rest Freude zu klammern, die ein zu früh gestorbenes Kind hinterlassen hat.

Cassie beißt sich auf die Unterlippe, ihre Augen lächeln, als täte es ihr leid, dass sie erzählt hat, wie es ist, und ich stehe da – taufeuchtes Gras unter mir, grauer Himmel über mir – und habe jedes ihrer Worte aufgenommen. Sie haben mich getroffen wie Kugeln, und all der emotionale Kevlar, den ich zwischen mir und dem Schmerz über Jaspers Krankheit aufgebaut hatte, verschwindet, das Ziel in meiner Brust ist weit aufgerissen.

Und damit bin ich weg, renne zurück ins Haus, den Flur entlang, hämmere auf den Aufzugknopf, bete, dass niemand anderes einsteigt, erreiche meine Etage und bleibe erst stehen, als mir eine andere Krankenschwester nachläuft – sie befürchtet einen Notfall –, dann stürme ich, ohne anzuklopfen, in Jaspers Zimmer.

Seine Augen sind groß und grau. »Glaubst du, Burt könnte Whistler für einen Besuch einschmuggeln, wenn wir diese Assistenzhund-Weste benutzen? Hey, du hast mein Getränk vergessen.«

Ich stelle mir den Hund vor, den Haupttröster meines Sohns, sein nicht nachlassendes Verlangen, bei ihm zu sein, und ich lache fast, weil ich unbedingt alles kontrollieren will, das Sagen haben will, eine sichere Umgebung garantieren will, obwohl die Realität dieses Krankenhauszimmers beweist, dass wir trotz all meiner Bemühungen Sklaven einer Krankheit bleiben. Wenn wir ZF nicht aufhalten können, wenn diese Krankheit trotz all unserer Anstrengung gewinnen wird, dann können wir wenigstens bestimmen, wie das Spiel gespielt wird.

»Ich weiß was Besseres«, sage ich, immer noch keuchend. »Wie wäre es, wenn wir Whistler adoptieren?«

35

Jasper

Debbie, meine Krankenschwester, kommt ins Zimmer gerannt.

»Alles okay? Dein Herzmonitor spielt verrückt.«

Ich kann immer noch nicht sprechen.

»Alles gut«, sagt Mom und wendet sich ab, weil sie weiß, dass ich weiß, dass sie eine Träne wegwischt. »Er ist lediglich ein bisschen aufgeregt.«

Ich kann nur nicken und grinsen.

Brillant.

36

Kate

Ich befehle mir, mich daran zu erfreuen und es zu genießen, das Bild meines Sohnes mit dem breitesten Lächeln seines Lebens fest ins Gedächtnis einzugravieren. Ich denke nicht klar, und es fühlt sich großartig an. Eine große, fette Träne rollt mir über die Wangen, und ich muss einfach lachen, weil ich innerlich aus vollen Hals brülle: *Nimm das, ZF.*

Ich hasse das Wort *Erleuchtung.* Wenn man ein Damaskuserlebnis hat, klingt es so, als wäre alles, was vorher passiert ist, falsch. Sicher, ich bin verletzlich, die Klinik stresst mich, aber wahr ist, dass etwas schon seit Längerem in mir gärt. Trifft es zufällig mit der Ankunft dieses Hundes zusammen? Ich zögere, ihm so viel Bedeutung zuzumessen, aber vielleicht doch. Er tauchte auf, und jetzt hat ein Teil von mir das Gefühl, dass ich durch das Leben wandere, dass ich die wahre Streunerin bin. Keine Frage, Whistler hat die Grundlagen unseres Lebens erschüttert. Die größere Frage ist, warum das Risiko eingehen, dass er das Leben meines Sohnes beeinflusst?

Ich erzähle anderen Leuten nur selten, was ich beruflich mache. Denn oft bedeutet das, dass ich vollgelabert werde über die Vorteile von Impfungen und wie man quälende Hautirritationen am besten behandelt. Aber manchmal stellen Freunde mit Haustieren Fragen zum Ende des Lebens, wie weit sollte man gehen, was würdest du tun, wenn es dein Hund wäre? Ich antworte immer mit Variationen derselben Antwort: Deine Entscheidung sollte es dir erlauben, zurückzublicken und die vielen glücklicheren Tagen zu sehen. Vielleicht bedeutet meine Meinungsänderung in Bezug auf Whistler, dass ich endlich auf mich selbst höre. Vielleicht hat diese Fremde in der Küche – ich kann nicht glauben, dass ich sie nicht nach ihrem Namen gefragt habe – mich aus der Fassung gebracht. Oder vielleicht hat Cassie, die Krankenschwester im Garten, mir Angst eingejagt. Warum auch immer, das Universum scheint beschlossen zu haben, diesen Hund und diesen Jungen zusammenzubringen. Wer bin ich, dass ich mich da einmische?

»Ich rufe jetzt sofort bei der Arbeit an.« Ich nehme mein Handy, und die unfassbar große Begeisterung auf Jaspers Gesicht besiegelt mein Schicksal nur noch weiter. »Hi, hier ist Dr. Blunt, wer ist da?«

»Stacy«, sagt eine leise Stimme.

»Oh, hi, Stacy«, sage ich. Ich habe keine Ahnung, wer das sein soll, wahrscheinlich eine Freiwillige aus der Highschool. »Ist Burt da?« Es ist einfacher, mit Burt zu reden als mit Martha. »Ich muss mit ihm über Whistler sprechen.«

»Wen?«

»Großer schwarzer Hund mit vielen Narben.«

Jasper hängt an meinen Lippen, Nickelodeon lenkt ihn nicht mehr ab.

»Ich weiß, welchen Sie meinen. Einen Moment.«

Minuten vergehen und dann zu viele Minuten, und was zuerst nervig war, wird zu unangenehmer Vorahnung.

»Da stimmt etwas nicht«, sagt Stacy und klingt, als würde sie gleich in Tränen ausbrechen. »Burt hat die Hunde Gassi geführt und … also … ich glaube, er hat etwas verwechselt.«

»Ich kann Ihnen nicht folgen.«

»Ähm … ich habe Tyson in Whistlers Gehege entdeckt, und Tysons Gehege ist leer. Kein Namensschild am Gitter. Kein Lager. Kein Wassernapf. Nichts.«

»Aber Tyson ist seit vierzehn Tagen …«

Meine Stimmbänder verkrampfen sich, während ich die Katastrophe vor mir sehe. Ein seniler alter Mann steckt den Hund aus Versehen in das falsche Gehege, jemand vergisst, die Namensschilder zu überprüfen, niemand fragt nach, und so erhält ein Tier eine Gnadenfrist, während ein anderes ohne fairen Prozess getötet wird.

»O Gott, bitte sagen Sie mir, dass es keinen schrecklichen Fehler gegeben hat.«

Es wird still in der Leitung, und ich frage mich, ob Stacy es nicht weiß oder Angst hat nachzufragen, bis sie schließlich murmelt: »Wollen Sie immer noch, dass ich Burt suche?«

37

Jasper

Ich bin völlig fertig. Mom sagt mir nicht, was los ist. Sie sinkt auf ihren Stuhl und lässt den Kopf in ihre Hände sinken und stößt dieses Brummen aus, das sie nur macht, wenn sie super wütend ist.

»Was?«, brülle ich.

Sie sieht auf. Dieses leichte Zucken am linken Augenwinkel hat sich zu einem psychotischen Zwinkern ausgewachsen. Weint sie richtig?

»Jasper«, sagt sie, und ich höre, wie zittrig mein Name klingt. »Ich habe schlechte Nachrichten. Richtig schlechte Nachrichten.«

Sie richtet sich langsam auf. In meinem Kopf klingen nur die Worte *schrecklich* und *Fehler*, und ich glaube, wenn es um Whistler ginge, dann würde ich es spüren, das weiß ich, ich wäre auf den Knien, würde um Sauerstoff betteln. Aber ich fühle mich wie vorher, es muss ihm also gut gehen.

Schließlich atmet sie tief ein, will gerade beichten, da klingelt ihr Telefon, und Mom geht ran, lässt mich immer noch im Ungewissen. »Martha, was zum Teufel ist mit Whistler passiert?«

Mom hört zu, das Gesicht zusammengekniffen. Sie sieht aus, als würde sie das Handy in ihrer zitternden Hand zerbrechen. Ihre Augen schießen nach links und rechts, sie sagt kein Wort, bis sie endlich erwidert: »Oh, Gott sei Dank.

Nein, ich bin froh«, und dann, nach einer Weile: »Ja, das sind sie sicher.«

Mom legt auf und läuft vor dem Fenster auf und ab.

»Jemand anderes hat ihn adoptiert?«

Sie bleibt stehen und lässt ihren Kopf langsam nach hinten rollen, als wären ihr die Sticker in Form des Großen Wagens an der Decke gerade erst aufgefallen, obwohl es Tag ist.

»Woher wusstest du das?«

Unglaublich. Sie sieht tatsächlich überrascht aus. Was versteht sie nicht an besonderer Kommunikation?

»Es tut mir so leid, Jasper. Ich war eine Idiotin. Aber ich schwöre, es hat sich nichts geändert. Ich will immer noch, dass du einen Hund bekommst. Jetzt eben nicht so bald, wenn wir hier raus sind. Wir ziehen um. Tun, was auch immer nötig ist. Allerdings kann es wegen meiner Dummheit nicht Whistler sein.«

Es ist zwar keine gute Nachricht, aber verglichen mit einem tragischen Tag-vierzehn-Fehler, nicht so schlimm, wie es hätte sein können. Sie kommt zu mir und lässt sich aufs Bett fallen, schießt mich dabei praktisch in die Höhe, packt meine Hände, als wolle sie mit mir tanzen, während ich weinen möchte. Anstatt zu denken: Hund, irgendein Hund, denke ich *Whistler*. Natürlich bin ich traurig. Es ist, als hätte jemand gesagt, du hast gerade im Lotto gewonnen, und dann stellt sich heraus, dass der Jackpot fünf Dollar beträgt und nicht Millionen.

»Wer hat ihn adoptiert?«

»Ich weiß nicht, aber du kannst Burt selbst fragen. Er will nach dem Abendessen vorbeikommen, sehen, wie's dir geht, wenn das okay ist?«

Ich nicke, und Mom drückt mir die Hand.

Nach einer Minute sagt sie: »Wenn ich an diese Hundesprache glauben würde, und ich sage nicht, dass ich daran glaube, und wenn ich sie erlernen wollte und wenn du mir versprichst, dass dieses Gespräch nie dieses Zimmer verlässt, was würdest du mir dann beibringen?«

An Weihnachten hat mir Tante Gwen mal einen Zauberkasten geschenkt, mit Zauberstab, Spezialkarten, ein paar Seilen, keinem Hasen. In der Anleitung stand, dass das Wichtigste beim Zaubern die Ablenkung ist. Mom macht es die ganze Zeit. Besonders wenn etwas Schlimmes passiert. Sie tut es jetzt schon wieder, weil sie sich wegen Whistler schuldig fühlt.

»Es ist schwer in Worte zu fassen.«

»Versuch es.« Mom drückt mich fester, und in ihren Augen steht eine Traurigkeit, die verspricht: Das ist kein Bestechungsversuch. Auch wenn sie nicht wirklich so interessiert ist, spüre ich, dass es ihr wirklich leidtut, dass sie nicht aufgepasst hat.

Also denke ich an Whistler und sage das Erstbeste, was mir einfällt.

»Hunde haben keine Angst zu sterben. Deswegen leben sie so gern.«

Sie lässt meine Hand los, als hätte ich ihr einen elektrischen Schlag verpasst.

38

Kate

Ich hätte den Mund halten sollen. Ich improvisiere nicht. Ich halte mich ans Drehbuch. Ich behalte die Richtung bei, habe einen Plan, weiß, wo es hingeht. Wissen ist alles. Hätte ich zuerst im Tierheim angerufen und erfahren, dass er adoptiert worden ist, hätte Jasper nichts erfahren, sein Herz täte weh, wäre aber nicht gebrochen. Von mir gebrochen. Aber jetzt, wegen meines Augenblicks der Spontanität, habe ich ihn hoffen lassen, träumen, nur um ihm alles wieder wegzunehmen.

Als mein Wunderjunge antwortet, bin ich sekundenlang erschüttert. Wenn einem die Zeit davonläuft, sollte man sagen können, was immer man sagen will, und damit durchkommen. Aber welcher normale Elfjährige predigt Hundephilosophie übers Leben?

Obwohl das Leben Schönheit, Schrecken und für einige von uns alles dazwischen verspricht, so hat es ein ungesundes Zeitkonzept. Wir haben alle schon mal den Satz gehört: »Das Leben ist zu kurz.« Normalerweise ist es eine Art Wortköder, der eine neue Perspektive ermöglichen soll, damit man den Hintern hochbekommt und bewusst lebt. In meinen Ohren ist es die stetige Erinnerung daran, dass Jasper niemals lang genug bei mir sein wird. Und in meinem Beruf ist es die unausweichliche Wahrheit über unser Leben mit Tieren.

Als Erwachsene sollten wir unsere Kinder nicht überleben. Das widerspricht der natürlichen Ordnung der Dinge. Und doch sind meine Tage voller Menschen, die ihre Haustiere genauso lieben, als würden sie ihre DNA teilen. Unsere gefährliche Liebschaft mit Tieren garantiert praktisch immer, dass wir dieses »Kind« verlieren und einer öden, einsamen Zukunft entgegensehen.

Warum sollte ein Kind einem »Hunde leben so gern«-Irrglauben anhängen? Und ich kann kaum glauben, dass die Erlebnisse dieses wilden Wochenendes mit Whistler Jasper als Beweis genügten. Ich denke an das sinnlose Schwimmen in einem eiskalten Teich, die Rache an einem blöden Cousin – ja, Gwen hat mir erzählt, was passiert ist – und daran, wie Jasper gelernt hat, wie ein Weltmeistertorwart zu spielen. Whistler war ungeheuerlich und eigenwillig, und mein Sohn hat jede Minute geliebt. Durch die Erfahrung ist er vielleicht besessener geworden, vielleicht redet er sogar noch mehr über Hunde, aber hat Jasper sich wirklich verändert? Nein. Er ist immer noch derselbe Hundeverrückte. Die Kehrtwende, einen Hund zu halten, kam von mir. Whistler ist *mein* Katalysator, und ob es mir nun gefällt oder nicht, das macht mich zu *seinem* Geschöpf.

Ich fummele an den Laken und Decken an Jaspers Füßen herum. Es ist der Satz »Hunde haben keine Angst zu sterben«, der mich am meisten verstört, die nagende Angst, dass er noch etwas ergänzen wollte: »Und ich auch nicht.« Ich habe Jasper nie auch nur in die Nähe eines Tiers kommen lassen, das eingeschläfert werden musste. Woher sollte er es also wissen? Wenn ich gezwungen bin, den schlimmsten Teil meiner Arbeit auszuführen, kann ich diesen Vertrauensvorschuss leisten, etwas Nettes flüstern und in traurige, feuchte Augen sehen, beten, dass meine Interpretation von Akzeptanz und Entspannung mehr ist als Vertrauen, mehr als Vergebung? Vielleicht, aber im Moment kann ich nichts anderes tun, als zuzustimmen und Jasper zu sagen: »Alle Hunde kommen in den Himmel, und wenn du auch dorthin kommst, was noch ganz, ganz lange nicht passieren wird, dann mach dich auf viel Ablecken gefasst, mein Lieber.«

39

Jasper

Ich muss mal.«

Mom hilft mir aus dem Bett, ich hänge ja noch an der Infusionspumpe.

»Du hast zwei Anrufe bekommen, als du geschlafen hast«, murmelt eine Stimme vor der verschlossenen Badezimmertür.

Gerade mal zwanzig Sekunden außerhalb ihres Sichtfelds, und schon ist das ihre Art sicherzugehen, dass es mir gut geht.

»Einer von Miss Sexton. Sie hat dir Hausaufgaben gemailt. Sachen, die du verpasst hast. Sie meinte, du brauchst dir keine Sorgen zu machen, wenn du dich noch nicht fit genug dafür fühlst, nächste Woche sind ja Ferien.«

Es gibt eine Pause.

»Jasper?«

»Bin noch hier, Mom.«

Sie wartet einen Augenblick, dann: »Der andere war von Coach Taft. Stell dir vor, er hat gefragt, ob du bis zur Endspielrunde wieder fit genug bist, um ihr Tormann zu sein.«

»Was hast du ihm gesagt?«

»Ich habe ihm gesagt, Manchester United hat dir einen Dreijahresvertrag angeboten, sodass du es leider nicht schaffst.«

»Mom«, rufe ich und wasche mir die Hände.

»Ich habe ihm gesagt, dass es noch mindestens eine Woche dauert, vielleicht länger. Aber ist das nicht toll?«

Ich sehe mein Spiegelbild, und meine Augen erinnern mich daran, dass ich nur deswegen im Tor spielen konnte, weil Whistler als mein Trainer dabei war.

Es ist keine Überraschung, dass Burt mein erster und einziger Besucher ist, obwohl ich morgen schon nach Hause darf. Er schlurft rein und sieht ein bisschen besorgt aus, als könne er das falsche Kind im falschen Zimmer besuchen.

»Burt«, ruft Mom und springt aus ihrem Stuhl auf, um ihn zu umarmen – heftiger als Grandma oder Grandpa normalerweise. »Das bedeutet ihm so viel. Und mir auch.«

Er umarmt sie und sagt »Mir auch«, und eine Sekunde lang sehen sie einander nur an, und ich habe schon Angst, weil Mom den Eindruck macht, als würde sie gleich weinen.

»Burt, was hast du da?«, frage ich, bevor die Situation hier noch peinlicher wird.

Das bricht das Eis, und er gibt mir mein Geschenk, kein Geschenkpapier, einfach nur der Amazon-Karton, in dem es verschickt wurde, was mich daran erinnert, dass ich immer noch das Zweimannzelt zurücksenden muss, das ich hinten in meinem Kleiderschrank versteckt habe.

»Was ist es?«, fragt Mom.

»Cool«, sage ich, als ich den Buchtitel lese. »Der siebte Sinn der Tiere: Warum Ihre Katze weiß, wann Sie nach Hause kommen, und andere bisher unerklärte Fähigkeiten der Tiere.«

Mom verdreht die Augen, sie versucht nicht mal, es zu verbergen.

»Ich dachte, das könnte dir gefallen.«

»Wie sagt man?«, fordert Mom mich auf.

»Danke, Burt.« Ich öffne das Buch.

»Rupert Sheldrake. Sieh mal, Mom, er ist aus England.«

Mom lächelt und sagt fröhlich: »Natürlich ist er das«, dabei bewegt sie ihre Lippen kaum.

Burt steht unsicher neben dem Turm aus Monitoren, verlegen, er weiß nicht, was er tun soll, bis Mom ihm hilft.

»Hier, Burt, setzen Sie sich. Ich hole etwas zum Abendessen aus der Cafeteria. Kann ich Ihnen was mitbringen?«

Burt schüttelt den Kopf. Ich muss Mom versprechen, ihr eine SMS zu schicken, falls ich in den nächsten zwölf Minuten Probleme bekommen. *Du machst mich wahnsinnig, Mom.*

»Wer hat Whistler adoptiert?«, frage ich, sobald wir allein sind.

Burts kaffeebraune Augen leuchten auf, als hätte er gewusst, dass ich das als Erstes fragen würde.

»Älteres Paars. Anfang sechzig.«

Wow, richtig alt.

»Beide in Rente. Wohnen drei Kilometer vom Tierheim entfernt. Großer Garten. Ich habe ihn gesehen. Am Wochenende kommen meistens die Enkel. Jungs. Lieben Fußball.«

Ich sollte glücklich sein, aber ich kann den Glücklichschalter in meinem Kopf nicht finden, geschweige denn, ihn anschalten.

»Was ist mit Whistlers Husten?«, frage ich. »Seinen Medikamenten?«

»Es schien ihnen nichts auszumachen. Und seit Tagen hat ihn niemand mehr husten gehört.«

»Hast du ihnen gesagt, dass er nicht bellt?«

»Das habe ich, aber sie meinten, sie bräuchten keinen Wachhund. Einer ihrer Nachbarn hatte sich über ihren letzten Hund beschwert, deswegen war es sogar von großem Vorteil, dass er ruhig ist.«

»Aber mochtest du die Leute? Sind sie nett?«

Burt dachte darüber nach.

»Jasper, ich weiß, wie viel dir dieser Hund bedeutet. Es sind gute Menschen.«

»Aber was ist mit Whistler? Hat er sie gemocht?«

Jetzt lehnt Burt sich auf dem Stuhl zurück, verschränkt die Finger und legt sie auf seinen Bauch.

»Whistler hat sich gut benommen, aber … sagen wir so, nicht so wie bei dir.«

Ich bemühe mich, nicht zu lächeln. Ich könnte Burt erzählen, dass meine alte Mom von Aliens entführt wurde und dass die neue Version, die zurückkam, ihre Meinung zu Hunden geändert hat. Aber wozu? Dadurch kommen Whistler und ich nicht zusammen, und wenn andere Leute davon erfahren, wird Mom sich nur schlecht fühlen.

»Was ist mit Mojo und Tru?«

Manchmal ist es besser, nicht zu fragen, aber jetzt, da ich nach einem Hund suche, kann ich nicht anders.

»Beide haben ein neues Zuhause gefunden, aber keine Sorge, es gibt noch vierzehn andere, um die du dir Gedanken machen kannst, sobald du zu Hause bist.«

»Sind Sie sicher?«, fragt die Frau von der Sozialstation. Mom sagt, Leute, die in Krankenhäusern arbeiten, sollten eigentlich nicht rauchen. »Drei unterschiedliche intravenöse Antibiotika, die jeden Tag sechs Stunden lang laufen, sind ziemlich heftig.«

Mom pustet kurz, wie um zu sagen »Keine große Sache«, und antwortet: »Ich mache mir da keine Sorgen. Ich kann gut wach bleiben.«

Und so darf ich nach fast einer Woche aus dem Gefängnis ausbrechen, Norman-der-4Runner ist unser Fluchtwagen.

»Ich fühle mich immer noch schlecht wegen Whistler«, sagt Mom und bricht das Schweigen während unserer Fahrt. »Aber ich bin froh, dass er ein gutes Zuhause gefunden hat. Und es kommen ja noch andere Hunde, stimmt's?«

Mom sieht mich im Rückspiegel an und scheint mehr auf meine Reaktion konzentriert zu sein als auf den Highway. Dann wird's mir klar. Jetzt, da Whistler weg ist, denkt sie daran, mich wieder zu vertrösten. Ich meine, jetzt habe ich ja keinen konkreten Hund mehr im Kopf. Stehe ich wieder am Anfang? Dass ich einen Hund bekomme, kann Wochen oder Monate dauern oder nie geschehen.

»Das hoffe ich«, sage ich und bemühe mich, ruhig zu bleiben und deutlich zu machen, dass ich wirklich traurig bin.

Besorgte Augen im Rückspiegel versuchen, in meinen zu lesen, während sie überlegt, was sie als Nächstes sagen soll.

»Ich habe schon eine Immobilienmaklerin angerufen. Sie schwört, dass sie eine neue Wohnung für uns findet.«

Ich schaffe ein gespieltes Schulterzucken und sehe aus dem Fenster. Der Trick ist, nicht nachzugeben und nicht zu überprüfen, ob sie noch zu mir herschaut.

Eine lange Pause, was gut ist, und dann: »Ich meine es ernst, Jasper. Es ist Zeit, unser Leben zu ändern, und wir fangen mit einem Hund an.«

»Klar«, sage ich und hoffe, Mom glaubt, ich tue cool,

dabei schlafe ich tatsächlich ein. Die restliche Fahrt bekomme ich nicht mehr mit, erst als sie in den Carport fährt und den Motor ausschaltet.

»Wir sind zu Hause. Lass die Sachen im Wagen. Machen wir erst alles für dich bereit.«

Ich bin müde und unleidlich, und meine Beine zittern, weil ich eine Woche im Bett gelegen habe. Also geht Mom ums Auto herum und hilft mir. Wenn man sich so als kleiner alter Mann fühlt, dann entgeht einem nicht viel.

Es ist dunkel, vor allem weil die Straßenlaterne vor unserer Wohnung immer noch kaputt ist. Mom hat sich bei Mr Crabtree schon darüber beschwert, aber er hat wahrscheinlich zu viel mit seinem Wildproblem zu tun.

Ich schlurfe neben ihr her und will gerade fragen: Wann steht meine nächste Ladung an?, da erschreckt Mom mich zu Tode. Sie bohrt ihre kurzen Finger in meine Schulter, zwingt mich, abrupt stehen zu bleiben, und flüstert: »Hast du das gehört?«

»Was?«

Sie ist schreckhaft. Vielleicht schläft sie deshalb so schlecht, weil sie zu viele Horrorfilme sieht.

»Das«, sagt sie, als wäre ich taub, was ja fast stimmt, da ich keine Ahnung habe, was ihr solche Angst einjagt, bis bei einem Bewegungsmelder vor einer Nachbarwohnung plötzlich das Licht aufflammt.

Ich bin müde, aber wach genug, um zu verstehen, dass keiner von uns die Außenbeleuchtung ausgelöst haben kann, und dann ist da diese unheimliche Pause, in der wir einander ansehen, bevor unser Rhododendronbusch explodiert und ich rückwärts in Moms Arme geworfen werde. Okay, leichte Übertreibung. Ich kann immer noch sehen, aber meine Welt ist schwarz geworden, ausgeblendet von einem warmen schwarzen Fell.

Mom hat gerade noch Zeit für »Was zum …?«, aber ich unterbreche sie.

»*Whistler.*«

Der hässliche Köter ist auf meinem Gesicht, leckt mir das Gesicht, tanzt und dreht enge Achter, der Schwanz wedelt wie ein Hubschrauber, und Mann, ich kann es nicht glauben!

Sogar Mom kniet im feuchten Gras und knuddelt ihn.

»Ich habe es Burt gesagt«, sage ich, »es geht nicht darum, wer sich Whistler aussucht, es geht darum, wen Whistler sich aussucht.«

Mom schüttelt den Kopf und sagt: »Wow, das ist unglaublich.« Die Hände auf Whistlers Schultern hält sie ihn auf Armlänge von sich und fragt: »Warum bist du weggelaufen? Und wie bist du hierhergekommen? Was ist mit dir los?«

Sie streichelt ruppig seinen Kopf, so wie er es mag, und er drückt sich gegen ihre Hand, als wüsste er, dass er die Aufmerksamkeit bekommt, weil er etwas Gutes gemacht hat.

»Du bist ein verrückter Hund«, sagt Mom, »stur, gefährlich eigensinnig und nicht direkt hübsch. Frag mich nicht, wie ich das hier hinkriegen werde – die peinlichen Anrufe, das Betteln, hoffen, dass sie verstehen, all die Formulare ändern –, aber ich müsste schon ein Idiot sein, nicht zu begreifen, dass ihr beide füreinander bestimmt seid.«

»Können wir ihn behalten?«

Mom sieht mich an, als müsste ich eine Klasse wiederholen. »Als hätten wir eine Wahl«, sagt sie, bevor sie zu lachen anfängt.

Das Konzept von Freudentränen der Erwachsenen erschien mir nie logisch – Schmerz, ja, Trauer, klar, aber doch nicht Freude. Ich lag falsch. Zum ersten Mal im Leben bin ich so glücklich, dass ich bemerke, wie meine Augen feucht werden. Also drücke ich mein Gesicht an Whistlers Hals, nur für den Fall, dass es peinlich wird.

Wir gehen rein, und Mom sagt: »Du solltest ihm zu fressen und zu trinken geben, während ich das Auto auslade.«

Ich wette, er ist hungrig und durstig und müde, aber wenn ich versuche, mich einzufühlen, kann ich nicht sagen, welcher Teil mir gehört und welcher ihm. Warum habe ich nicht gewusst, dass Whistler auf mich gewartet hat? Das war ein großer Moment für uns beide, wieso hatte ich keine Ahnung?

Dann wird's mir klar. Was, wenn er mich nicht zu sich hineingelassen hat, weil er wollte, dass es eine Überraschung ist? Was, wenn nicht ich die Kontrolle habe? Was, wenn er entscheidet, ob er mit mir kommuniziert? Das ergibt absolut Sinn. Deswegen sagen Katzen Nein. Deswegen funktioniert es nicht immer und nicht bei allen Hunden.

»Ist Pizza okay?«, fragt Mom und trägt einen riesigen Stapel Werbepost und ein paar Rechnungen in die Wohnung. Sie hat offensichtlich vergessen, die Post abzubestellen, bevor wir ins Krankenhaus sind.

»Klingt toll«, sage ich. Whistlers Zebraschnauze stürzt sich wie ein Megastaubsauger auf die Schüssel voller Trockenfutter, noch bevor ich sie auf den Boden stelle.

Mom bleibt auf dem Weg zum Kühlschrank stehen, die Zahl Vier auf dem Anrufbeantworter irritiert sie. Fast niemand ruft uns zu Hause an. Sie drückt auf »Abspielen« und öffnet den Kühlschrank.

Nachricht eins ist Grandma. »Würde es helfen, wenn ich morgen Abend mit Abendessen vorbeikäme, und falls ja, was hättet ihr gern und wann wäre es am besten, ich muss nämlich zu …« Mom schockiert mich, sie drückt auf Löschen.

»Es tut mir leid, Jasper, ich weiß, dass Grandma es gut meint, aber manchmal sind Angebote sinnlos, wenn ich mich um alles kümmern muss.«

Nachricht zwei ist Tante Gwen. »Hab's auf deinem Handy versucht, aber du gehst nie ran. Ich hoffe, Jasper geht's besser. Sag ihm, er muss für Thanksgiving fit sein. Hab euch beide lieb. Tschüss.«

Anscheinend findet Thanksgiving wieder bei uns statt.

Nachricht drei ist ein automatischer Anruf, der uns daran erinnert, dass wir noch Medikamente in der Apotheke abholen müssen. Langweilig.

Nachricht vier ist nicht langweilig. Nachricht vier ist beängstigend.

»Hi, Dr. Blunt. Tut mir leid zu hören, dass Sie im Krankenhaus waren. Ich hoffe, es geht Ihnen wieder besser. Eine Ihrer Kolleginnen hat mir diese Nummer gegeben, da es eine relativ dringende Angelegenheit ist und ich Sie nicht erreichen konnte. Mein Name ist Clayton Silver, und ich möchte gern über einen Hund in Ihrem Tierheim sprechen, einen wirklich besonderen Hund, einen Hund, der uns gehört und der Whistler heißt.«

40

Kate

Als ich den Anrufbeantworter das erste Mal abhöre, passe ich kaum auf, denke bloß, *toll, Mom, was ist aus »reinen Tisch machen« geworden*, und *unglaublich,* wie Gwen diese passiv-aggressive Erinnerung an Thanksgiving einbaut, und verdammt, diesen Typ, den Martha erwähnt hat, als Jasper seinen Venenkatheter bekam, habe ich total vergessen. Beim zweiten Mal ignoriere ich das Familiendrama und registriere die Einzelheiten des Fremden, dass er den Namen kennt, den Jasper dem Hund gegeben hat, die Worte »gehört uns«.

Als ich mir Clayton Silvers Nummer notiere, sage ich: »Wie nett von Martha, unsere Privatnummer weiterzugeben …«

Ich drehe mich um, und die beiden starren mich an, das zarte Rosa, das sich endlich auf Jaspers Wangen gezeigt hatte, ist weg, er ist kreideweiß geworden, der schräge schwarze Hund verstärkt den Kontrast noch.

Ich würde lügen, wenn ich sagen würde, dass es mir nie in den Sinn kam, dass das Schicksal mir hier eine gute Ausrede angeboten hat, um diesen Hund loszuwerden. Da ist sie, taucht von ganz allein auf, unabhängig, außerhalb meiner Kontrolle. Vor seinem letzten Krankenhausbesuch hätte ich mich zweifellos darauf gestürzt. Ich hätte Jaspers Frustration geteilt, aber betont, dass dieser Mr Silver sehr hartnäckig ist und dass sein Anspruch auf Whistler absolut berechtigt zu sein scheint. Und innerlich hätte ich die Erleichterung genossen, nicht nach einer neuen Wohnung suchen zu müssen und mal wieder der Verantwortung einer vierbeinigen Variablen in unserem Leben aus dem Weg gegangen zu sein. Aber jetzt erkenne ich diese Idee als das, was sie ist, ein einfacher Ausweg, und deswegen lehne ich sie ab.

Trotz meines Widerstandes und meiner Skepsis kann ich eine unbestreitbare Tatsache nicht leugnen: Whistler, ein Hund, der von einem guten Zuhause zum nächsten gewandert ist, hat sich angestrengt, um bei meinem Sohn zu sein. Erstaunlich, dass er es unbeschadet bis hierher geschafft hat. Ganz offensichtlich ist da etwas – für »magisch« bin ich immer noch bereit – zwischen ihnen, und ich weigere mich zu glauben, dass Jasper die Wahrheit sagt, wenn er über seine sogenannte Gabe spricht. Aber jetzt kommt's: Dieser merkwürdige, unmögliche Hund hat mir eine zweite Chance gegeben. Ich weiß, dass ich Jaspers Freude niemals vergessen werde. Bloß bin ich jetzt Zeugin von etwas viel Schlimmerem: Zusehen zu müssen, wie diese Freude aus seinem Gesicht gewischt wird.

»Hey«, sage ich und gehe schnell zu ihm, zu ihnen, »alles okay. Martha hat wahrscheinlich Whistlers Namen genannt. Meine Schuld. Der Kerl hat vor ein paar Tagen angerufen. Und vergiss nicht, dass Whistlers Mikrochip auf jemanden in Wellfleet registriert ist. Eigentlich hieß er Lucky, das ist also fast sicher eine Verwechslung.«

»Aber die Nummer, die Mr Silver genannt hat, ist in Texas, und Texas ist nahe Oklahoma, und wir wissen, dass Whistler aus Oklahoma kam.«

Dieser Schnitzer von Jasper, dass er angeblich die Vorwahl als eine aus Texas identifiziert hat, ist schwer zu überhören, aber jetzt ist nicht die Zeit dafür.

»Keine Sorge«, sage ich, führe ihn zum Sofa und rufe den Bigfoot dazu. Sie sehen mich verwirrt an.

»Was? Ich hänge dir noch ein Antibiotikum an. Dann bringe ich dir was zu essen. Bleib ruhig sitzen, okay?«

Jasper nickt zaghaft, und langsam entspannen sich die beiden und sehen einander an. Ich durchsuche unseren Kühlschrank, in dem mehr Medikamente als Lebensmittel stehen.

Die Erfindung von Elastomer-Pumpen ist einer der Hauptgründe, warum ich bereit war, das Krankenhaus zu verlassen. Es ist im Grunde ein unter Druck stehender Ball – kleiner als ein Tennisball, größer als ein Golfball –, gefüllt mit einem Antibiotikum, der im korrekten Abstand die korrekte Dosis ausschüttet, ohne eine umständliche elektrische Pumpe. Man hängt es einfach an Jaspers Venenkatheter in seinem Arm, und dann läuft der Wirkstoff über die nächste Stunde in Jaspers Körper. Er kann sich bewegen oder tief schlafen. Alles, was ich tun muss, ist sicherstellen, dass er es zum exakten Zeitpunkt bekommt.

Am Tropf, eine Pizza Hawaii im Mund, aber er macht mir nichts vor, er hat den Fernseher leise genug gestellt, um zuhören zu können, als ich telefoniere. Ich wünsche niemandem Schwerhörigkeit, aber im Moment wäre es vielleicht am besten.

Ich stelle mich bei dem Mann am Telefon vor, und die Antwort ist ein übertriebenes »Endlich«, gefolgt von: »Entschuldigung, Ma'am. Wir warten schon lange auf diesen Anruf.«

»Mein Sohn war krank und ist es immer noch.« Normalerweise würde ich die ZF-Karte nicht direkt am Anfang ausspielen, aber er hat darum gebeten.

»Das tut mir leid. Ich will Sie auch gar nicht stören, aber es ist wirklich sehr wichtig.«

Er nimmt mein Schweigen als Aufforderung weiterzusprechen.

»Vielleicht sollte ich unsere Situation erläutern«, sagt Clayton Silver. »Wir arbeiten mit Assistenzhunden. Wir sind eine Wohltätigkeitsorganisation namens *Paws Unlimited.* Wir erziehen, trainieren und verteilen besondere Hunde für besondere Menschen im Südosten New Mexicos, im Nordwesten von Texas, Teilen von Oklahoma, Süd-Kansas und Süd-Colorado.«

Ist Clayton Silver ein Hundetrainer?

»Vor sechs Jahren haben wir einen Hund in einem örtlichen Tierheim entdeckt, eine Promenadenmischung, wirklich einzigartig, aber er hatte was. Zuerst wussten wir nicht, was, aber so läuft das meistens. Wir nehmen die Chance wahr, warten ab, was geschieht. Es stellte sich heraus, dass dieser Hund eine seltene Gabe besitzt, die man nicht oft findet.«

Ein Teil von mir befürchtet, er wird mir gleich sagen, dass er »spricht«.

»Anfallwarnung. Warnung, nicht Reaktion. Etwas ganz anderes. Die Fähigkeit zu spüren, dass ein Epileptiker einen Anfall erleiden wird, lange bevor dieser eintritt. So kann sich der Partner des Hundes Hilfe holen, einen sicheren Ort aufsuchen, präventiv Medikamente nehmen. Es ändert alles.«

Ich schaue zu dem Hund, der mich beobachtet. Er versucht nicht mal, es zu verbergen, und ich frage mich, ob er Clayton Silvers Stimme auf dem Anrufbeantworter erkannt hat.

»Kurz gesagt, wir haben ihn an einen Mann in Beaver Creek vermittelt … Beaver Creek, Oklahoma.«

Beaver Creek. Der Name klingt bekannt, und Silver glaubt offensichtlich, ich sollte ihn kennen. Schießerei an einer Schule? Aufgedeckte Verschwörung von Terroristen? Letztes Gefecht einer Sekte?

»Er hatte bis zu drei Anfälle pro Tag, bevor er Whistler bekam.«

Bis jetzt bin ich höflich, folge ihm, aber zu hören, wie er den Hund ganz selbstverständlich beim Namen nennt, zieht mir den Magen zusammen.

»Dann kam EF4.«

Ich hab's. Beaver Creek. Von einem extremen Wirbelsturm zerstört, berüchtigt wegen vieler Todesopfer.

»Whistlers Partner hat nicht überlebt.«

Silver macht eine dramatische Pause.

»Der Hund war nirgendwo zu finden.«

»Moment mal, Assistenzhunde werden gechippt.«

»Ja, Ma'am.«

»Aber der einzige Mikrochip, den wir bei dem Hund, den *wir* Whistler nennen, gefunden haben, war auf einen früheren Besitzer auf Cape Cod registriert.«

»Oh, das überrascht mich nicht«, sagt Silver, »da ich die Fotos gesehen habe, die Sie mir gemailt haben.«

Schock lähmt meine Zunge, Fragen kommen auf, bis mir klar wird – Martha.

»Wir haben alles versucht, um diesen Hund zu finden. Aushänge in jedem Polizeirevier, Nachrichten in jedem

Tierheim in sechs Countys. Whistler hatte eine Facebook-Seite, ein YouTube-Video; in allen regionalen Zeitungen, Radio- und Fernsehstationen hieß es: ›Hat jemand diesen Hund gesehen?‹ Aber niemand hat sich gemeldet. Nicht mal, nachdem wir eine Belohnung ausgesetzt hatten.«

Er hält inne, aber falls er erwartet, dass ich nach der Höhe der Belohnung frage, irrt er sich, meine Gedanken sind woanders. Ja, ich schaue mir Jaspers Browserchronik an, und ja, Seiten mit entlaufenen, verschwundenen und verlassenen Hunden tauchen oft auf. Aber wie groß ist die Chance, dass mein Sohn Whistler tatsächlich erkannt hat, einen prominenten, geheimnisvollen Hund? Hat er deshalb den Namen des Hundes gewusst?

»Die große Narbe an seiner Seite, bis über sein Schulterblatt«, sagt Silver, »da war der Chip.«

Wie sollte der Hund, der gerade auf meiner Couch liegt, einen Wirbelsturm überlebt haben? Passen seine Wunden zu Traumata durch fliegende Trümmerteile? Vielleicht, aber nicht alle.

»Die Narben an seiner Schnauze. Ihnen ist bewusst, dass er wahrscheinlich ...«

»Ja«, sagt Silver, »jemand hat ihn gegen seinen Willen festgehalten, jemand, der sichergestellt hat, dass er nicht bellen und so keine Nachbarn alarmieren konnte. Wahrscheinlich hat ihn deswegen niemand gefunden. Das Tierheim, aus dem er zu Ihnen kam, liegt über hundertdreißig Kilometer von Beaver Creek entfernt. Und vier Jahre sind vergangen, ohne Chip. Ich kann niemandem vorwerfen, die Verbindung nicht gesehen zu haben.«

Ich laufe in der Küche hin und her, eine nervöse Angewohnheit.

»Sie aber schon.«

Selbst in meinen Ohren klingt das feindselig. Er wartet einen Augenblick, dann sagt er: »Cindy, von der Rettungsorganisation *Panhandle*, eine sehr nette Frau, hat mich angerufen, völlig unerwartet.« Leichtes Lachen. »Wie in einer dieser Fernsehkrimiserien, der Durchbruch in einem sehr alten Fall. Sie erwähnte einen Hund, den ihre Gruppe vor Jahren aus Oklahoma verschickt hat, einen Hund, der durch die Hölle gegangen und aus jedem guten Zuhause, das ihn aufgenommen hat, weggelaufen ist. Sie hat gesagt, dass Sie befürchteten, dass dieser Hund unmöglich zu vermitteln sein würde. Das hat mich zum Grübeln gebracht, was für eine Art Hund kann sich nicht in einem guten Zuhause einleben? Das Einzige, was mir einfiel, war ein Hund, der nach etwas sucht. Und was, wenn dieses etwas ein Weg zurück nach Oklahoma ist? Als ich die Fotos gesehen habe, wusste ich sofort, dass er es ist.«

Zeit, in mein Schlafzimmer zu gehen und die Tür hinter mir zu schließen.

»Mr Silver, selbst wenn dieser Hund derjenige ist, von dem Sie annehmen, dass er es ist, kommen Sie zu spät. Er wurde adoptiert. Er ist glücklich, wird gut versorgt, und ich kann garantieren, dass er nie wieder weglaufen wird.«

Schweigen und dann ein Flüstern. Ist noch jemand bei Silver, der mithört?

»Aber, Dr. Blunt, ich dachte, Sie ...«

»Die Umstände haben sich geändert. Mein Sohn und ich werden ihn behalten.«

Noch eine Pause, lang genug, um auf Rücksprache und nicht nur Nachdenken schließen zu lassen.

»Ma'am, ich bin mir nicht sicher, dass Sie verstehen, was

ich sage. Das ist ein ausgebildeter Assistenzhund. Er gehört uns. Streng genommen steht er nicht zur Adoption.«

»Moment, Sie wollen ihn wieder in den Dienst schicken? Dieser … dieser Hund ist alt und … und er hat eine Lungenkrankheit … eine schwere Lungenkrankheit. Ich zeige Ihnen gern die Röntgenbilder zum Beweis. Ehrlich, nach allem, was er durchgemacht hat, verdient er da nicht einen anständigen Ruhestand?«

»Dr. Blunt, das …«

»Mein Sohn ist offiziell behindert und hat um einen Assistenzhund gebeten. Und … und … jetzt wird er schwerhörig, das passt also perfekt. Ich meine … es ist, als könnten sie gar nicht genug voneinander bekommen. Sie kennen mich nicht, Mr Silver, aber es ist mein Beruf, und ich schwöre, ich habe noch nie eine engere Beziehung erlebt als bei diesen beiden.« Die Worte entwischen mir, schnell, ohne nachzudenken, und mir wird klar, ich habe mich auf eine Seite geschlagen, auf Jaspers Seite, Whistlers Seite, und es fühlt sich gut an.

Er zögert, bevor er fragt: »Leidet Ihr Sohn an einer Form der Epilepsie?«

Ich bin versucht zu lügen, aber mein Zaudern reicht ihm.

»Dr. Blunt, dieser Hund hat eine einzigartige Gabe. Was, wenn Ihr Kind Epilepsie hätte? Würden Sie sich dann nicht einen Hund wünschen, der Sie warnen oder einen geliebten Menschen davor bewahren kann, auch nur einen weiteren Anfall zu erleiden?« Clayton Silver klingt etwas hölzern, als hätte er den Text auswendig gelernt oder läse ihn von einer Vorlage ab. »Dieser Hund ist zu wertvoll, um ein Haustier zu sein.«

Wertvoll? Geht es hier um Geld?

»Mr Silver, ich brauche einen Beweis, dass Sie der Besitzer sind.«

Ich höre ein Kichern. »Dr. Blunt, ich werde Folgendes tun. Es ist eine verrückte Woche für uns, die stressigste des ganzen Jahres, weil unsere Assistenzhunde ihren Abschluss machen. Zum Glück trifft sich unser Beirat morgen wieder. Ich setze mich gern für Sie ein, aber ich würde mir an Ihrer Stelle keine großen Hoffnungen machen.«

»Was, wenn ich mich weigere, ihn aufzugeben?«

Ich meine, was soll er schon tun, einen Trupp Navy SEALs mitten in der Nacht schicken, um Whistler zu entführen?

»Bitte, Dr. Blunt, niemand möchte aus dieser Sache einen hässlichen Rechtsstreit machen. Stellen Sie sich nur vor, wenn die Medien diese Geschichte ausschlachten mit einer Schlagzeile wie ›Egoistische Tierärztin verweigert krankem Kind einen Assistenzhund‹.« Er atmet scharf ein, als würden die Medien schon bereitstehen.

»Unangenehm. Unnötig. Viel besser wären Schlagzeilen wie ›Heldenhafte Tierärztin bringt Assistenzhund zurück, der Jahre verschwollen war‹. Klingt doch viel besser, was meinen Sie?«

Ich antworte nicht, muss es auch nicht.

»Wie gesagt, ich werde mit dem Beirat sprechen und mich dann noch mal bei Ihnen melden, aber bitte, stellen Sie mich nicht als den Bösen dar. Whistler hat die Fähigkeit, das Leben eines kranken Kindes zu verändern. Wie können Sie dem mit gutem Gewissen im Weg stehen?«

Er legt auf, und ich frage mich, was ich meinem Sohn sagen soll, und wichtiger noch, warum Whistler nicht entscheiden darf.

41

Jasper

Als Tante Gwen einmal als Babysitterin hier war, hat sie vergessen, mir vor dem Essen meine Enzyme zu geben, und meine Eingeweide haben sich dann verknäuelt wie eine Christbaumbeleuchtung Anfang Dezember. Genau dasselbe passierte, als Mom unseren Anrufbeantworter abhörte, denn sobald wir Mr Silvers durchdringende Cowboystimme hörten, spürte ich, wie Whistler aufmerksam wurde. Mir klappte die Kinnlade runter, und während ich mich wand und Panik bekam, konnte ich nicht sagen, ob Whistlers Überraschung positiv oder negativ war.

»Erst mal nimmt niemand ihn dir weg«, sagt Mom. Sie wurde beängstigend ernst, ich sollte ihr in die Augen schauen, dabei wollte ich eigentlich nur weinen.

Ein Teil von mir glaubt, ich würde bald sterben, als würde sie etwas Schlimmes über meine Krankheit verbergen. Warum sollte sie sich sonst so sehr für Whistler einsetzen?

»Und es hat sich herausgestellt, dass er ein ausgebildeter Assistenzhund ist.«

Trotz allem waren das brillante Neuigkeiten.

»Dann müsste Mr Crabtree ihn hierlassen?«

»Absolut«, sagt sie, aber sie wirkt nicht begeistert wie ich. »Hör mal, Jasper, ich werde über diesen Mr Silver und *Paws Unlimited* alles herausfinden, was möglich ist. Ich werde Whistler nicht kampflos aufgeben.«

Wir beginnen mit der Website.

»Geld zu spenden wird einem jedenfalls leicht gemacht«, sagt Mom und klickt auf das Bild eines Jungen in meinem Alter, der einen riesigen gelben Labrador umarmt. Ich lese nicht so schnell, und sie klickt schon auf etwas anderes, bevor ich fertig bin, aber ich kann mir gerade noch ihre glücklichen Gesichter ansehen und die Worte »Hat mein Leben für immer verändert« lesen.

»Anscheinend ist dieser Assistenzhund-Abschluss eine große Sache.«

Irgendein berühmter Kongresstyp – nie von ihm gehört – hält eine Rede – gähn –, es gibt eine Demonstration der Fähigkeiten der Assistenzhunde – cool –, und Tonnen von Preisen und Urkunden werden verteilt.

Clayton Silver zu finden ist schwieriger. Es gibt kein Foto, und er hat keinen Titel wie Schatzmeister oder Sekretär, aber in seinem Lebenslauf steht, dass er »entscheidend war für den Erfolg der Capital Campaign« und »ein wahrer Botschafter für *Paws Unlimited* ist«.

Dann ruft Martha an. Mom lächelt und sagt: »Das wird lustig«, und stellt Martha auf Lautsprecher.

»Ich wusste es. Und die Leute, die ihn adoptiert haben, waren perfekt. An ihren antiken Stühlen hat er den tollwütigen Biber gespielt und in ihrem Garten Psychomaulwurf. Ich habe auf dich gehört, er hatte seine Chance, aber wenn der Hundefänger ihn erwischt …«

»Das wird er nicht«, sagt Mom und schaut mich an, »weil er hier in meiner Küche ist. Frag mich nicht, wie. Er hat uns gefunden.« Und dann, der absolute Schocker, sagt sie: »Du hattest recht, Martha. Ich hätte auf dich hören und ihn schon früher adoptieren sollen.«

Wow. Das hat sie zum Schweigen gebracht. Dann entgegnet Martha: »Anscheinend hat der Mikrochip nicht gelogen.«

Mom und ich sagen nichts, sehen einander aber an, und in unseren Gesichtern steht: »Wovon redet sie?«

»Sein Name«, sagt Martha, »Lucky, Glückpilz.«

»Sein Name ist Whistler«, sagt Mom, laut und schnippisch und etwas überdreht.

Dann schaltet sie den Lautsprecher aus, hält das Telefon ans Ohr und fährt fort: »Martha, als ich im Krankenhaus war, hast du mich doch angerufen und etwas gesagt über den Hund Lucky oder sonst irgendwas mit Lucky oder Glück …« Pause. »Okay, vielleicht ist er das, aber … so wie du es gesagt hast. Dein Tonfall.« Längere Pause. »Denn es klang, na ja, irgendwie fies, anklagend.« Pause. »Vor fast einer Woche, als wir gerade ins Krankenhaus kamen.« Pause. »Wirklich? Nichts?« Die allerlängste Pause. »Nein, das ist in Ordnung, ich wollte nur … ja … klar … ja … ich melde mich.«

Wer hat Glück? Ich sicherlich nicht.

Mom pustet mit flattrigen Lippen Luft aus und sagt: »Ich verstehe das Mädchen nicht. Endlich öffnet sie die Tür ein winziges bisschen, einen Minispalt, sodass ich hindurchtreten kann, aber in dem Moment, in dem ich einen Schritt nach vorn mache – *peng* –, knallt sie sie mir vor der Nase zu.«

Anders als Mom und ohne sinnlose Wörter zu benutzen, wechseln Whistler und ich einen Blick, der besagt: Was meint sie?

Aber Mom sagt es nicht, und auch wenn er seit … vierundzwanzig Stunden und … siebenunddreißig Minuten mein Hund ist, so fühlt sich etwas tief im Inneren immer noch nicht so an, als gehörte ich zu ihm oder er zu mir. Dass wir ihn wie einen Ausreißer in der Wohnung festhalten, ist nicht gerade hilfreich. Und im Moment stehe ich an unserem Küchenfenster auf einem Stuhl Schmiere, um Mom durch ein Klopfen ans Glas zu warnen, sollte Mr Crabtree auftauchen, während sie mit Whistler durch seinen Garten schleicht, damit er pinkeln kann. Ich habe Mom gesagt, dass sie ihm ja auch bei seinem Wildproblem helfen kann, außerdem ist das eine gute Ausrede, wenn die beiden erwischt werden.

Jetzt hat sich der Taschenlampenstrahl seit dreißig Sekunden nicht mehr bewegt, da klingelt das Telefon. Durch meine neue Größe – auf dem Stuhl – sehe ich die Nummer des Anrufers, und da ist sie, dieselbe Nummer mit der texanischen Vorwahl: Cowboy Clay ist wieder da.

Mom ist ein winziges Leuchten in der Ferne, zu weit weg, um nach ihr zu rufen. Soll ich ihn auf den Anrufbeantworter sprechen lassen? Auf keinen Fall. Ich hatte zu viele Krankenhaustermine, bei denen Erwachsene die Wahrheit frisiert haben. *Däääämlicher* Ausdruck. Als hätte sie Haare!

»Hallo.«

»Ah, Jasper, schön, mit dir zu sprechen … noch einmal.« Er spricht meinen Namen in einem Ton aus, als wären wir beste Freunde. »Ist deine Mom da?«

»Im Moment nicht.«

»Das ist okay. Ist sowieso besser, mit dir zu sprechen. Ich meine, du bist doch derjenige, der den Hund behalten will, stimmt's?«

»Stimmt.«

»Darum geht's. Ich bin mir sicher, dass deine Mom dir gesagt hat, dass Whistler ein besonderes Talent hat.«

»Das wusste ich schon.«

»Ach ja?«

»Ja.« Ich weiß, dass Mom möchte, dass ich es geheim halte, aber ich füge hinzu: »Er kann mich wissen lassen, was er fühlt. Wenn er will.«

»Hhm. Das ist … toll, aber ich dachte an seine Fähigkeit, einen Anfall zu erspüren, bevor er eintritt.«

»Das verstehe ich. Er horcht die ganze Zeit in mich rein, bloß habe ich keine Anfälle.«

»Genau. Und das ist der springende Punkt. Du hast Mukoviszidose.«

Ich weiß nicht, ob das eine Frage ist oder ob er eine Feststellung trifft. Hat Mom etwas gesagt, oder hat er im Internet recherchiert?

»Ja.«

»Tut mir ehrlich leid«, sagt er, und etwas an der Art, wie er es sagt, fällt mir auf. Vielleicht liegt's am »ehrlich«, denn wenn manche Leute von meiner Krankheit erfahren und »Tut mir leid« sagen, dann klingt es bei ihnen, als hätte ich mich an Papier geschnitten oder bräuchte eine Plombe. Cowboy Clays »Tut mir leid« klingt, als meine er es wirklich ernst.

»Schlimme Krankheit, nach dem, was ich gelesen habe, aber dein Gehirn ist völlig in Ordnung. Siehst du, wir brauchen Whistler wieder in unserem Programm, weil es so viele Kinder gibt, Kinder in deinem Alter, deren Gehirne nicht völlig in Ordnung sind.«

Ich denke an Andy Peach, eine Klasse unter mir, der sich mal in die Hose gepinkelt hat, als er im Unterricht einen Anfall hatte. Ein paar der blöden Kinder ziehen ihn ständig deswegen auf.

»Was dieser Hund kann, ist wirklich umwerfend. Es ist eine Gabe und unglaublich selten. Manche Unternehmen bilden Assistenzhunde aus, vermitteln sie an einen Epileptiker und hoffen, dass der Hund eine Beziehung aufbaut und lernt, einen Anfall vorherzusagen. Das kann Monate dauern. Es kann auch nie geschehen. Aber Whistler hat bereits bewiesen, dass er es kann.«

Ich frage mich, wie selten so eine Gabe tatsächlich ist. Ich wette, die meisten Hunde schreien: »Du solltest jetzt kein Auto fahren«, aber wir sind nicht klug genug, um es zu spüren.

»Sieh es mal so«, sagt Cowboy Clay, »wenn ich dir jetzt sagen würde, es gibt einen Hund, der deinen Husten stoppen kann, dann hättest du ihn gern, richtig?«

Das ist wahrscheinlich eine Falle, aber natürlich sage ich: »Ja.«

»Nun, Whistler ist dieser Hund für Kinder mit Epilepsie.« Sekunden vergehen, bis er fortfährt: »Spendest du jemals Spielzeug oder Plüschtiere für arme Kinder in deiner Gemeinde? Wirfst du ein paar Münzen in die Sammelbüchse der Heilsarmee? Natürlich tust du das. Dann weißt du ja, dass sich Geben besser anfühlt als Nehmen.«

Jetzt komme ich nicht mehr mit. Es ist eine Sache, ein Spielzeug wegzugeben, mit dem man eigentlich auch gern spielt. Aber es ist etwas völlig anderes, etwas wegzugeben, das man von ganzem Herzen liebt.

»Weißt du, es gibt da ein Mädchen, ungefähr in deinem Alter, sie heißt Emily, Emily Smart. Sie leidet an Epilepsie und steht schon viel zu lange ganz oben auf unserer Warteliste für Anfallwarnhunde. Wir würden ihr schrecklich gern Whistler geben.«

Ich denke an den Satz auf Ihrer Website – hat mein Leben für immer verändert –, und ein Teil von mir möchte sagen: »Und was ist mit meinem Leben?«

»Aber Sie wohnen in Texas.«

»Das stimmt, aber unsere Einrichtung liegt direkt hinter der Grenze in New Mexico.«

»Werden Sie jemanden schicken, um Whistler abzuholen?«

»Selbstverständlich, wenn das das Einfachste ist. Ich kann es organisieren, dass man ihn abholt, mit ihm nach Boston fährt, nach Oklahoma City fliegt, und dann übernehmen wir ihn. Aber …«

Er spricht nicht weiter, hält die Spannung, und ich frage mich, was für ein Hundefreund Whistler als Gepäckstück fliegen lassen würde. Er muss die Bedingungen für den Transport von Haustieren in Flugzeugen doch kennen. Was, wenn es Whistler zu heiß wird oder zu kalt oder er verloren geht?

»… wenn ich das täte, würde euch die Belohnung nicht mehr zustehen.«

Moment mal. Mom hat keine …

»Hat deine Mom sie nicht erwähnt? Sie wurde von einem unserer Spender kurz nach dem Tornado ausgesetzt. War eine große Sache in den Medien, hat die Bedeutung von Assistenzhunden deutlich gemacht. Sie ist immer noch aktuell, aber die Bedingungen der Belohnung sind klar – *Persönliche Rückgabe.*«

»Wie viel?«

»Fünfundzwanzigtausend Dollar. Denk mal darüber nach. Du würdest also nicht nur etwas Selbstloses und ganz Tolles für ein kleines Mädchen in Not tun, sondern hättest auch genug Geld, um dir einen eigenen Assistenzhund zuzulegen, einen Hund, der perfekt für deine persönlichen Bedürfnisse ist.«

Aber Whistler ist dieser Hund, möchte ich antworten, bis mir etwas einfällt, das Mom jedes Mal sagt, wenn wir im Krankenhaus sind. »Sieh dich um, Jasper. Du bist nicht allein. Es gibt viele Kinder, denen es schlechter geht als dir.«

Ich sehe das Kind auf der Website von Unlimited vor mir, das seinen gelben Labrador umarmt. Wenn dieses Mädchen Whistler wirklich dringender braucht als ich, dann finde ich, dass es ihn haben sollte.

»Ich weiß, es ist knapp, aber wir hätten ihn gern für unsere Abschlussfeier am Wochenende hier.«

»Aber das ist schon in fünf Tagen.« Ich schlucke »Und was ist mit meinen Antibiotika-Infusionen?« hinunter.

»Ja, aber ich hätte gern, dass du Whistler an Emily übergibst. Ich möchte, dass du ihr Gesicht siehst, ihr Lächeln, ihre Tränen, wenn du ihr einen Hund zum Geschenk machst, durch den sie sich normal fühlen kann.«

Wow, er ist besser als eine dieser Anzeigen mit hungernden Kindern in Afrika. Ich denke, ich könnte zwar meinen eigenen Assistenzhund bekommen, aber ich wäre genauso glücklich mit einem Hund aus dem Tierheim. Dann könnten wir das Geld dazu benutzen, eine neue Wohnung zu finden und Moms Studienkredit abzubezahlen.

»Jasper, kannst du mir helfen, deine Mom zu überzeugen?«

Ich weiß nicht, was ich sagen soll. Meine normale Reaktion auf schwierige Fragen ist, schweigend auf den Boden zu sehen.

»Wieso bringst du ihn nicht mit deiner Mom hierher? Sieh es als ein Abenteuer, als eine schöne Art, eure letzten Tage zusammen zu verbringen, eine Chance, euch lange zu verabschieden.«

Ich bin eigentlich schon ziemlich gut im Verabschieden – obwohl ich das Mom nie sagen würde. Es gibt da dieses Onlineforum für Kinder mit ZF, wo wir über unsere Behandlungen jammern, über unseren Husten und unsere miesen Lungenfunktionstests, aber manchmal wird es zu einem Wettbewerb, wie bei meinem Freund Josh aus Cleveland, der so alt ist wie ich und sagt: »Meine fünf Wochen auf der Intensivstation schlagen deine Nasen-OP mit Komplikation ja wohl.« Und ab und zu zieht jemand, der richtig krank ist, wie Morgan – dreizehn Jahre alt, aus Hawaii, Season-Eins-Veteranin bei Fortnite –, die ultimative Trumpfkarte: Lungentransplantation. Niemand kann das überbieten. Auf die Liste für Lungentransplantationen zu kommen ist schlimm, der-Sand-ist-fast-durchgelaufen-der-Sauerstoff-ist-leer-schlimm. Irgendwo im Cyberspace, an einer Tastatur sitzend, müssen wir uns fragen: Erhält dieses Kind eine Zukunft? Und wenn keine Posts mehr kommen: Hat die neue Lunge funktioniert, konnte sie endlich atmen, hat sie ihre Leidensgenossen vergessen, oder ist ihr trotz ihrer letzten Chance die Zeit ausgegangen?

Whistler verdient den besten Abschied überhaupt. Gar keine Frage. Aber wie kann er mir alles, was ich über Hunde wissen muss, in fünf Tagen beibringen? Ich möchte weinen. Ich will nicht tapfer sein.

»Jasper, kann ich auf dich zählen? Jasper?«

Teil 2

Wie viele Dinge würdest du angehen,
wenn du wüsstest, dass du nicht versagen kannst?

Robert Frost

42

Jasper

Ich heiße Jasper Blunt.«

Der glatzköpfige Mann in der blauen TSA-Uniform grinst und wedelt mit meiner Geburtsurkunde. »Nicht du. Der Hund.«

Whistler sitzt neben mir, das Nasenband seiner Gentle-Leader-Leine schneidet in seine Zebrastreifen, die falsche Weste sitzt eng und verdeckt die größte Narbe.

»Whistler.«

»Assistenz oder Therapie?«

»Assistenz«, sage ich.

Der Glatzkopf ist zu müde, um von seinem Hocker aufzustehen. Er beugt sich über die Seite seines Podests, mustert Whistler und sieht dann Mom stirnrunzelnd an.

Meine Hände zittern. Der Teil macht mir Angst. Cowboy Clay hat uns einen Brief gemailt, den wir den Sicherheitsleuten zeigen sollen und der unsere Reise erklärt, aber Mom sagt »Gerichtsfest ist das nicht« – was auch immer das heißen soll. Ich habe im Internet gelesen, dass die TSA-Beamten manchmal eine Zulassung zum Assistenzhund sehen wollen. Wenn sie das wollen, war's das.

Der Glatzkopf kritzelt etwas auf unsere Bordkarten und macht eine Geste, damit wir drei weitergehen.

Nicht lächeln, nicht feiern, bleib cool. Es steht noch mehr an. Als Nächstes der Metalldetektor.

Whistler horcht auf meinen Sitz-Befehl, wartete darauf, dass ich unter dem großen Rechteck durchgehe, und dann, auf ein Fingerschnipsen hin, trottet er hindurch. Wir haben geübt, durch offene Türen zu gehen, aber was, wenn ein Metallstück in seiner Weste den Alarm auslöst, er ausgezogen wird und ich die riesengroße Narbe erklären muss.

Kein Alarm. Aber das Sicherheitspersonal in Blau starrt uns an. Sie wollen vermutlich wissen, was meine Behinderung ist. Aber, und das ist das Beste: Sie dürfen nicht fragen, und Fragen wie »Was tut mein Hund?« – Licht anschalten, Türen öffnen und Toilettenpapier holen – überzeugen sie vielleicht nicht. Mich warnen, dass mein Blutzucker zu niedrig ist, klingt zu speziell. Wenn ich also gefragt werde, werde ich sagen: »Er beruhigt mich«, dazu werde ich eine Augenbraue hochziehen, nur um ihnen ein bisschen Angst einzujagen, als sollten sie lieber einen Luftsheriff rufen.

43

Kate

Richtung Gate A19«, sagt Jasper laut und blickt mich böse an. Er will, dass ich endlich nicht mehr wie eine schuldbewusst lächelnde Ladendiebin aussehe, die nicht erwischt wurde. Er und sein schräger Köter gehen zu einem Laufband, und ich denke: »Ich bin mir sicher, irgendwann habe ich das hier für eine gute Idee gehalten.« Aber als wir drei uns auf dem Weg zu unserem Gate durch eine chaotische Menge drängeln, komme ich mir zu nachsichtig und, am schlimmsten, zu ungeschützt vor.

Mein ursprünglicher Gedankengang war: Jasper geht es gut, und er hat nächste Woche Schulferien. Zuhause oder anderswo, ich komme mit seinem zermürbenden Rhythmus intravenöser Antibiotika klar, dank meines illegalen Vorrats an kleinen blauen Helfern. Noch mal ungeplant bei der Arbeit zu fehlen ist unangenehm, aber in meiner E-Mail an KGB habe ich betont, dass ich den Urlaub nutze, um das Tierheim von einem »unvermittelbaren Hund zu befreien«. Sie hat noch nicht geantwortet.

Jaspers Überzeugung, dass ein kleines Mädchen namens Emily Whistler mehr braucht als er, ist unfassbar lieb und unmöglich zu ignorieren. Auch wenn ich fand, dass *Paws Unlimited* sich wie eine geheime Regierungsorganisation benommen hat, um einen wertvollen Mitarbeiter zu finden, der abtrünnig geworden war. Jetzt ist es klar, dass sie

Whistler aus den richtigen Gründen zurückhaben wollen. Wenn Mr Crabtree uns wegen eines Hunds aus der Wohnung schmeißt, dann schlafen wir in unserem Wagen. Warum also nicht weitermachen? Natürlich wäre mir ein schneller Abschied lieber gewesen, aber ein Teil von mir findet, dass diese Reise ein kleines Zugeständnis an einen Jungen ist, der bereit ist, die Hundeliebe seines Lebens aufzugeben.

Wenn ich es so betrachte und die Augen fest zusammenkneife, kann ich etwas Ähnliches wie Logik erkennen. Das Tierheim kommt klar – auch wenn ich mir nicht sicher bin, wo ich nächsten Monat das Geld für die vierteljährliche Steuer und für die Löhne herbekommen soll – dank Doc Wickham, zweiundsiebzig Jahre alt, aber er kastriert Hunde immer noch doppelt so schnell wie ich und springt gern ein. Ich kann mich dem nicht greifbaren Einfluss eines kranken Kindes, das von einem magischen Hund erleuchtet wurde, nicht entziehen und auch nicht dem Gerede einer älteren ZF-Mom, denn ich will vor allem, dass ihre Nachrichten nicht auf taube Ohren stoßen. Mein Sohn lebt mit seiner Krankheit. Aber wegen mir hat er vielleicht nicht genug gelebt. Dass ich dieser Odyssee zugestimmt habe, zeigt, dass ich zugehört habe.

Um ehrlich zu sein, ich fliege nicht gern.

»Wir könnten mit dem Auto fahren«, habe ich angeboten, »mit Norman.«

»Mom, Norman schafft es kaum über die Sagamore Bridge, geschweige denn die dreitausendeinhundertvierundsiebzig Kilometer bis nach New Mexico.«

Das hat zu einer nicht verhandelbaren Bedingung geführt. Ein direkter Flug – deswegen nicht Oklahoma City –, keine Flugzeuge, die so klein sind, dass man sie auch als Sprühflugzeug einsetzen könnte, und Flugzeiten, die zum Zeitplan der Antibiotika passen. Um nach Lincoln Peak, New Mexico, zu gelangen, fliegen wir nach Dallas und mieten ein Auto. Dann noch eine siebenstündige Fahrt, mehr oder weniger. Es wäre schneller über Denver, aber das Flugzeug landet spät, und ich habe von den Seitenwinden gehört, die aus den Rockies wehen.

Von einer Mutter abgesehen, die versucht, ihr weinendes Baby zu beruhigen, und einem Teenagerpärchen, deren Lippen aneinanderkleben, geht es mit dem Starren los, kaum dass wir einen Platz gefunden haben. Ich hätte nie gedacht, dass ich mir mal einen dieser grünen, mobilen Sauerstofftanks wünschen würde, damit mein Sohn eine überzeugende Behinderung zeigt. Ich weiß, was die Leute denken: Es ist nichts Körperliches, also muss es psychisch sein. Autistisch, bipolar, schizophren? Wird er mitten beim Flug ausrasten und ins Cockpit stürmen? Was, wenn er seinen Hund als Waffe benutzt?

Whistler weckt mehr Skepsis als Neugier. Das liegt allerdings nicht an seinem Verhalten. Sein Benehmen ist absolut makellos, aber sein Aussehen weckt die falsche Art von Aufmerksamkeit. Die Öffentlichkeit ist an Assistenzhunde im Labrador-Regenbogen von gelb, braun und schwarz gewöhnt. Whistlers Gengulasch irritiert jeden. Und die Weste verbirgt auch nicht alles. Sollte ein Assistenzhund nicht normal sein? Was, wenn der stumme Hund beim Abflug seine Stimme wiederfindet? Wenn er sich danebenbenimmt, wird der Pilot dann eine Notlandung machen müssen, damit wir von Bord gehen können?

Ich horche auf die Durchsagen, bereit loszuspringen –

»Familien mit kleinen Kindern und Reisende mit Mobilitätseinschränkungen« –, vielleicht hätten wir doch lieber mit dem Auto fahren sollen.

44

Jasper

War er nicht *brillant*?«, frage ich, sobald Mom, Whistler und ich am Dallas/Fort Worth International Airport zur Gepäckausgabe gehen.

»Natürlich wusste ich, dass er nicht bellen würde, aber nicht mal ein Winseln bei Start und Landung oder als wir in diese Turbulenzen geflogen sind. Er muss doch sicher pinkeln. Weißt du, dass manche Flughäfen Tierklos haben, mit Kunstrasen, sogar mit Laternenpfählen und Feuerhydranten, damit Hunde gern …«

»Jasper, schalt mal einen Gang zurück, bitte. Hast du Red Bull in deine Antibiotika gemischt?«

Whistler schaut zu mir, läuft aber weiter. Ich bemerke, dass er gern vorausgeht. Vielleicht hat Mom recht, vielleicht bin ich ein bisschen zu begeistert.

Whistler findet schnell unser Gepäck auf dem Laufband – ich habe vorn in meinen und Moms Koffer ein paar Milchknochen gesteckt –, und wir folgen den Pfeilen zu den Mietwagen.

»Haben Sie reserviert?«, fragt ein Typ, ohne von seinem Monitor aufzuschauen.

Sein weißes Hemd ist zerknittert, sein schwarzer Schlips schmal, der Knoten hängt zu locker unter dem offenen obersten Knopf – Grandma würde ihm den Kopf abreißen. Auf seinem Namensschild steht »Dwayne«.

Mom schiebt ihm die Formulare zu, die ich ausgedruckt habe, da bemerkt Dwayne Whistler.

»Sorry, aber in Mietwagen sind Tiere verboten.«

»Er ist mein Assistenzhund.«

Dwayne schnaubt albern und schiebt die Formulare wieder zu Mom.

Mom beugt sich über die Theke und knurrt: »Hören Sie, Mr Dwayne, vielleicht wäre Ihnen lieber, wenn ich mit Ihrem Vorgesetzten darüber spreche, dass Sie bei meinem Sohn gegen das Gesetz – nämlich den Americans with Disabilities Act – verstoßen.«

Mom kann wirklich furchteinflößend sein, wenn sie will. Dwayne hat uns jedenfalls schnell zu unserem Mietwagen gebracht. Und am besten war, dass er gar nicht erst versucht hat, uns ein Upgrade zu verkaufen.

45

Kate

Was habe ich nur getan? Jasper hat unsere Flüge ausgesucht und gebucht, aber der krasse Fehler bei der Wahl unseres Mietwagens geht auf meine Kappe.

»Dwayne hat versprochen, dass er eine Klimaanlage hat«, sagt Jasper und späht in den winzigen, strahlend weißen zweitürigen Fiat 500.

»Ja«, sage ich, »ich bin mir sicher, dass er auch Sitze und ein Lenkrad hat, aber das war's dann auch schon.«

Ich würde lügen, würde ich behaupten, dass diese Reise nichts mit der Belohnung zu tun hat. Anders als der Profiradler, der nie gedopt hat, oder der Chirurg, der nie Komplikationen zu verantworten hatte, leugne ich das Offensichtliche, die 25 000 Dollar, nicht. Ja, es ist unfein und es sollte irrelevant sein, aber mal ehrlich, ich bin nicht dumm. Wenn Jasper einen Hund bekommt, und ich schwöre, den bekommt er, dann ziehen wir nicht in seine Version einer hundefreundlichen Wohnung. Im selben Schuleinzugsbereich zu bleiben, das bedeutet eine höhere Kaution und eine höhere Miete. Selbst wenn mein Steuerberater das hier als Geschäftsreise akzeptiert, habe ich immer noch viel Geld ausgegeben. Alles, was ich tun kann, um unsere Kosten zu minimieren und dieses unerwartete Geldgeschenk zu maximieren, tue ich für meinen Sohn, und dazu gehört auch die Auswahl des Mietwagens.

Schweigend, aber mega begeistert steigt Jasper neben mir ein, auf einen Beifahrersitz ohne Sitzerhöhung – ich wollte unser Glück bei Dwayne nicht ausreizen –, Whistler streckt sich auf der Rückbank aus und wirkt trotzdem eingequetscht.

»Okay, alles im Kofferraum verstaut. Du bist angeschnallt. Was macht deine Pumpe?«

»Meine Pumpe läuft bombig«, sagt Jasper. »Noch ungefähr zehn Minuten, und ich bin fertig. Soll ich den Navigator geben?«

Ich ignoriere »bombig«, mich irritiert, dass dieses Auto keinen GPS-Navigator hat. Wie gesagt, wir müssen sparen, außerdem, sind dafür nicht Smartphones da?

»Klar«, sage ich und lasse diese Blechdose auf Rollschuhen an, fahre auf dem Highway 287 nach Nordwesten.

Da ich den Großteil meines Lebens in New England verbracht habe, wo die meisten Highways von dichtem Wald gesäumt sind, erstaunt es mich, wie weit ich sehen kann, weil alles so flach ist, endloser-Horizont-flach. Es ist, als hätte dieser Ort mehr Himmel.

»Wieso wohnt hier niemand?«, fragt Jasper. »Zu viele Baumlücken.«

»Irgendwie gefällt mir so viel freier Platz.«

Jasper denkt darüber nach, sieht aber nicht überzeugt aus und sagt abschließend: »Zu leer.«

Whistler ist unruhig, kann sich nicht richtig hinlegen.

»Kannst du den Hund beruhigen?«

Jasper dreht sich um, versucht, das sich bewegende Fell zu streicheln, aber der Hund ist außergewöhnlich rastlos.

»Er sagt mir, dass er ganz sicher weiß, wohin wir fahren.«

Ich sehe meinen Sohn schief an. »Jasper, wir haben

darüber geredet. Wir machen das Beste aus dieser Reise, und ich werde mein Bestes tun, damit sie Spaß macht, aber du hast versprochen, dass du bei der Hundesprache und dem englischen Slang etwas zurückfährst, erinnerst du dich?«

Ich bekomme ein »'tschuldigung, Mom« als Antwort und ignoriere die Schwärze, die meinen Rückspiegel ausfüllt.

Kurz nach vier Uhr fahren wir los. Ich hatte gehofft, den größten Teil der Reise am ersten Tag zu schaffen, in einem Motel zu übernachten und am nächsten Tag am späten Vormittag bei *Paws Unlimited* anzukommen. Nach dreißig Minuten haben mein Copilot und sein Copilot andere Ideen.

»Mom, ich habe Hunger.«

Ich bin erschöpft vom Wechsel der Zeitzone, außerdem ist es schon fast krankhaft, dass ich Jaspers Bedürfnis nach Kalorien nicht ignorieren kann. Hunger bedeutet, dass er sich gut fühlt, daher wird ein längerer und umständlicher Umweg mit den kulinarischen Köstlichkeiten der goldenen Bogen belohnt. Kaum sind wir wieder unterwegs, da beschließt Mr Whistler – der mit dem trotzigen »Ich muss weder groß noch klein«-Blick, als er die Chance dazu hatte –, den Zwischenraum zwischen den Vordersitzen zu füllen. Er versucht ungelenke Dreihundertsechzig-Grad-Drehungen, dabei versperrt er mir mit seinem Schwanz kurz die Sicht, als wolle er sagen, halte sofort an, sonst …

Als endlich alle Geschäfte erledigt sind und jeder, inklusive Tier, ausgiebig gefüttert und getränkt wurde – in dieser Gegend fühle ich mich wie ein Cowgirl –, quetschen wir uns wieder in unseren italienischen Wagen, tun so, als wäre es bequem, und folgen einem schnurgeraden Highway, der schnell an meinen Nerven zehrt.

Wie viel Spaß kann diese Fahrt schon machen? Silver hat mir verraten, dass sie Jasper überraschen und bei ihrer Abschlussfeier eine große Sache daraus machen wollen, dass er Whistler zurückbringt, und ich hoffe, es gefällt ihm. Aber was, wenn es sich wie ein direkter Handel anfühlt – Hund gegen Geld?

In der Ferne entdecke ich einen winzigen senkrechten Fleck, und als wir näher kommen, wird daraus ein Strichmännchen am Straßenrand.

»Fahr langsamer«, ruft Jasper, der Hund streckt sich nach vorn, sitzt fast auf seinem Schoß, dreht sich zum Fenster, versucht, einen besseren Blick auf diese seltene Lebensform zu erhaschen.

Nach ein paar Metern kann man den Kerl besser sehen – groß und schlaksig, den Daumen ausgestreckt, auf dem Rücken eines schwarzen Kapuzenpullovers leuchten die Worte *Go Buffs* im Licht unserer Scheinwerfer.

»Wir sollten anhalten«, sagt Jasper, »ich habe noch nie einen Anhalter gesehen.«

Ich nehme den Fuß vom Gas. Wir fahren so langsam, dass der Mann sich zu uns umdreht – dunkle Augen, blasses Gesicht, die Kapuze fest um seinen Kopf gezurrt –, in der Hoffnung, Glück zu haben.

Dann gebe ich Gas, fahre so schnell an ihm vorbei, dass er ein verschwimmender Fleck ist, der seinen Arm gerade noch rechtzeitig zurückzieht. Whistler drückt sich ans Rückfenster, wie gebannt von dem Mann, der in der Ferne kleiner wird.

»Mom. Das war nicht cool. Was, wenn ihn niemand mitnimmt?«

Ich weiß gar nicht, wo ich anfangen soll. Die beiden

haben offensichtlich eine Schwäche für Penner und Landstreicher, aber was ist mit Vergewaltigern und Massenmördern?

»Ich weiß nicht, ob es dir schon aufgefallen ist, aber es ist hier drin ein bisschen eng. Und woher weißt du, dass er nicht gerade aus einem Hochsicherheitsgefängnis ausgebrochen ist?«

Jasper schaut den Yeti an, der wieder zwischen uns hockt.

»Antworte nicht. Hör mal, es ist eine nette Geste, und es stimmt, hier fahren nicht viele Autos, aber ich muss an unsere Sicherheit denken. Könntest du mal in meiner Tasche nachsehen und mir das Ibuprofen geben?«

Jasper gibt mir die Flasche mit der Kindersicherung und dem falschen Etikett. Ich habe schon Artikel über Mütter gelesen, die abhängig wurden und Probleme mit dem Selbstwertgefühl bekamen, weil sie dachten, all ihre Leistungen beruhten auf dem Amphetamin. Nicht bei mir. Wenn man als Mutter mit ZF lebt, lebt man mit drei Konstanten: Angst, Schuldgefühl und Zweifel. Wenn man einer nachgibt, ist man verloren. Außerdem stand im selben Artikel, dass die meisten Mütter Benzos brauchen, um schlafen zu können. Ich bin mir ziemlich sicher, dass ab und zu ein Löffel MediNait-Saft nicht zählt.

Ich nehme eine Pille und einen Schluck aus der Wasserflasche, als Jasper sich gegen die Tür fallen lässt. Wie sollte ich mich ohne diese Unterstützung auf das Fahren konzentrieren und wach bleiben können, um ihm seine Antibiotika zu geben?

»Danke, Mom.« Er lächelt, aber seine zuckenden Augenlider zeigen mir, dass er müde ist. Es war ein langer Tag.

»Wofür?«

»Für das hier.«

»Wer würde nicht gern auf einem einsamen Highway mitten in der Nacht durch Texas fahren, mit einem Hund, der die schlimmsten Fürze aller Zeiten produziert?«

»Habe ich dir gesagt, wie sehr ich dich lieb habe, Mom?«

»Nein, ich glaube nicht.«

Ich will ihm über die Hand streicheln, mache es dann aber doch nicht, weil ich denke, er schläft bereits, aber dann murmelt er: »Warum habe ich eigentlich keine Geschwister?«

Was? Vergiss Amphetamin, ich bin hellwach und frage mich, woher, um Himmels willen, das gekommen ist. Seit wann will Jasper Geschwister? Aber bevor ich dazu etwas sagen kann, schnarcht er, und der Köter scheint mich zu bitten, auf die Straße zu sehen. Ich tue wie geheißen, die Hände auf zehn vor zwei, dann höre ich, wie Whistler sich hinwirft, seufzt und Jasper im Traumland Gesellschaft leistet.

Ich sollte dankbar sein, dass ich nicht antworten musste, aber jetzt bin ich allein mit meinen Gedanken, frage mich, ob es wirklich um ihn geht oder um mich. Ist Einsamkeit der Grund für seine Hundeleidenschaft – sein Mangel an Freunden, außer Burt –, oder sieht er unsere Zukunft jetzt in einem neuen Licht? Bis zum Dr.-Holden-Patterson-Zwischenfall – Jasper hat zugegeben, dass er Marthas schmierigen Kleincousin für einen »passenden Bewerber«, wie er es nannte, hielt – hat mein Sohn, wenn Gwen meine Partnerlosigkeit erwähnt hat, entweder mit Abscheu oder Apathie reagiert. Was hat sich verändert? Braucht er eine Vaterfigur? Glaubt er, dass ich mit einem Freund, Partner oder Ehemann glücklicher wäre? Insgeheim würde ich es großartig finden, von jemand ganz Speziellem umgehauen zu werden, aber seien wir realistisch, meine Aussichten sind sehr begrenzt. Seit Jasper bin ich weniger Frau und mehr Mom, und das ist meine Entscheidung, denn trotz all der Momente, in denen ich mein Schicksal verfluche, mache ich nie jemanden dafür verantwortlich. Niemand hat Schuld an unserer Situation. Wenn meinem Sohn auffällt, was ich eventuell geopfert habe, dann von ganz allein.

Am Abend bevor wir nach Texas geflogen sind, bin ich schwach geworden und habe den mysteriösen Holden Patterson im Internet gesucht. Auf dem Foto auf der Krankenhauswebsite – Gwen hatte recht, er sieht gar nicht schlecht aus – liegt eine aufrichtige Freundlichkeit in seinen Augen, eine Sanftheit, etwas Mitfühlendes, etwas, das man nicht für die Kamera spielen kann. Ohne zu überlegen, habe ich mir seinen Lebenslauf angesehen, ich wollte, dass er ein pädiatrischer Lungenarzt ist. Aber würde es denn helfen, wenn ich unsere Situation nicht erklären müsste, oder eher stören, weil er mehr als genug wüsste, um schreiend davonzulaufen? »Bitte kein Schönheitschirurg«, sagte ich laut, und meine Gebete wurden erhört. Irgendwie. »Facharzt für Geriatrie.« Er sieht garantiert nie einen Patienten mit ZF.

Eine E-Mail an einen völlig Fremden zu formulieren kam mir sinnlos, aber harmlos vor, eine Möglichkeit, Gwens Einmischung zu durchkreuzen. Ich habe sie kurz und unschuldig gehalten, meine Schwester und meinen Schwager erwähnt und angeboten, ihm dabei zu helfen, in unserem Tierheim den richtigen Hund zu finden. Ich habe den Absatz mehrfach gelesen, nach Zweideutigkeiten, Anzüglichkeiten, irgendwas Unprofessionellem gesucht. Und das Ganze hatte etwas Kathartisches. Es war spannend, einem Mann zu schreiben, den ich nicht kenne und der vielleicht der Richtige für mich, für uns ist, aber dann habe ich es doch nicht über mich gebracht, auf »Senden« zu klicken. Die Mail ist immer noch im Ordner mit den Entwürfen, wartet auf den richtigen Zeitpunkt, bestimmt fürs Löschen, genau wie meine romantische Zukunft.

Um ehrlich zu sein, führt der Gedanke daran, weitere Kinder zu bekommen, schon immer zu einer Überlegung: Risiko. Wenn es mit dem berüchtigten Simon Swift funktioniert hätte, wäre die Chance, dass Jaspers Geschwister auch ZF hätten, eins zu vier. In der weiten Welt der Dates beträgt die Chance, als Weiße einen Partner, der Träger des ZF-Gens ist, zu treffen, eins zu dreiundzwanzig. Vielleicht empfindet Jasper das anders, aber das Risiko, das mich eiskalt ausbremst, hat nichts mit diesen Möglichkeiten zu tun. Es ist das Risiko, dass sich mein Sohn ersetzt fühlen könnte, und schlimmer noch, wie ein fehlerhafter Mühlstein um meinen Hals. Es ist ein Risiko, das ich nicht eingehen möchte.

Zeit und Kilometer vergehen, aber Jaspers Frage bleibt, nagt an mir, während die hohen Scheinwerfer eines entgegenkommenden Sattelzuges uns blenden. Der Dopplereffekt erschüttert unseren winzigen Fiat, und Jasper wacht auf.

»Wo sind wir?«

»Frag den Navigator.«

Er greift in den Fußbereich, sein Handy ist vom Sitz gerutscht. »Es ist tot«, sagt er.

»Was meinst du?«

»Der Akku ist voll, aber ich habe kein Netz.«

Draußen ist nichts zu sehen außer Schwarz, unmöglich

zu sagen, ob das Blinken, das hin und wieder auftaucht, ein Stern oder ein Gebäude ist, himmlisch oder irdisch.

»Vielleicht ein Funkloch. Probiere es nachher noch mal.«

Und dann taucht das erste farbige Licht auf – knallrot und in Form eines Schraubenschlüssels, und gleichzeitig zuckt es irgendwo unter meinen Füßen.

»Entschuldigung«, sage ich gedämpft, es ist viel zu spät zum Fluchen. Der Motor fängt sich wieder, aber die Warnleuchte blinkt weiterhin.

Im Licht des Armaturenbretts schaut Jasper herüber, sagt aber nichts. Das Leben mit Norman-dem-4Runner hat uns an Straßendesaster gewöhnt.

»Wenn ich ein Netz hätte, könnte ich dir sagen, wie weit es zum nächsten Ort oder der nächsten Tankstelle ist.«

Eine Minute vergeht. Das Lenkrad zittert unter meinen Händen.

»Wenn ich ein Netz hätte, könnte ich dir sagen, wie weit ein Fiat 500 noch fahren kann, wenn der rote Schraubenschlüssel leuchtet.«

Ich vermute, er will mir klarmachen, dass er immer noch keinen Empfang hat.

»Sind wir an einer Tankstelle vorbeigekommen, während ich geschlafen habe?«

Ich überlege, schaue zu Whistler. Er sieht mich an und scheint so planlos wie ich zu sein.

»Himmel, Jasper, ich weiß es nicht.« Ich versuche Verschiedenes, bis mein Fernlicht aufleuchtet. »Achte auf alles, das eine Tankstelle oder ein Ort sein könnte. Oder was Lebendiges.«

Ich zerbeiße die aufkommende Wut zwischen meinen zusammengepressten Backenzähnen, es hilft aber nichts.

Genau das habe ich befürchtet. Genau das passiert, wenn man eine schwache, nachlässige Mutter ist. Unsere Situation wäre für die Mutter eines durchschnittlichen Kindes ärgerlich, aber für die Mutter eines Kindes mit Jaspers medizinischen Bedürfnissen ist sie eine Katastrophe. Es ist an der Zeit, die Reue zu überspringen und sofort mit Selbsthass weiterzumachen.

»Da«, ruft Jasper und zeigt mit dem Finger, und ich sehe es, ein weißes Tanksäulen-Logo, ein Pfeil nach rechts und darunter: »Eine Meile.«

Whistler seufzt – Erleichterung, Langeweile, Enttäuschung, keine Ahnung.

Ich bete zu den Fiat-Göttern, dass der kleine Motor es schafft, hoffe, dass er weitermacht, dankbar für jeden Meter Asphalt, den wir hinter uns lassen, und plötzlich sehen wir es, noch ein Schild mit einer Zapfsäule und einem Pfeil zu einer Ausfahrt. Ich bemühe mich, mich nicht darauf zu konzentrieren, dass das Schild nicht dem üblichen Standard des State Highway Departments entspricht und eher handgemalt zu sein scheint.

Die Scheinwerfer schwenken nach rechts auf eine schmale zweispurige Landstraße, ein leeres Werbeschild, Stacheldraht und steiniges Gestrüpp mit einem zotteligen Busch hier und da. Im Leerlauf wird das metallische Knirschen des Motors leiser, und das Chassis rappelt weniger, und wir rollen mindestens noch eine Meile weiter.

Dann passiert das Unvorstellbare.

Die Straße endet abrupt.

Es gibt nur ein Schild, um uns weiterzuhelfen – ein normales rotes Stoppschild. Keine Pfeile nach links. Keine Pfeile nach rechts. Ich frage mich, ob das eine Art von

Scherz ist oder etwas Schlimmeres? Wird uns gleich das Auto geklaut oder Übleres?

Der Motor stottert, geht aber nicht aus. Ich unterdrücke einen Aufschrei.

»Links oder rechts«, frage ich, viel zu laut, zu nervös und zu ungeduldig. Wie viel Akkuleistung der tragbare Nebulisator wohl noch hat. Wann kühlt der Kühler nicht mehr, und Jaspers Medikamente, seine lebenswichtigen Antibiotika, kristallisieren aus und werden nutzlos?

Ich erwarte fast, dass mein Sohn die Antwort ruft, irgendeine Antwort, wie bei einem Münzenwurf. Stattdessen öffnet er sein Fenster, sieht mich an, und dann, kein Witz, berät er sich mit dem Hund. Damit meine ich, dass sie einander volle fünf Sekunden lang anstarren, dann sagt er überzeugt: »Rechts, ganz sicher rechts.«

Also nach rechts.

Und fünf Kilometer später, mitten im Nichts, stirbt der Motor plötzlich ab.

46

Jasper

Am Stoppschild, kurz bevor der Fiat den Geist aufgegeben hat, habe ich das Fenster geöffnet und mich mit Whistler beraten, er stimmte absolut zu.

Auf jeden Fall nach rechts.

Das steht auf meiner Liste der Dinge, die ich auf dieser Fahrt erledigen muss, auch wenn ich weiß, dass manche schwieriger sein werden als andere:

1. So viel wie möglich über Hunde lernen und darüber, was sie denken, bevor ich mich von Whistler verabschieden muss.
2. Sicherstellen, dass Whistler nicht glaubt, er würde verlassen werden. Das ist knifflig. Er wird wissen, wohin es geht, und wäre ich an seiner Stelle, würde ich mir ein bisschen abgeschoben vorkommen, als würde Wayne Rooney zu einem amerikanischen Verein wechseln.
3. Versuchen, glücklich zu sein. Auch knifflig, weil ich in mir diese tonnenschwere Traurigkeit fühle, die nicht weggeht, und ab und zu erinnere ich mich daran, dass sie da ist. Ich mache mir Sorgen, dass Whistler weiß, wo ich sie vergraben habe, und versuchen wird, sie auszubuddeln.
4. Mom überzeugen, sodass sie mir glaubt, und ihr bei-

bringen, das zu tun, was wir tun. Sie muss wissen, dass ich mir das nicht einbilde und dass »Hundesprache« sich in ihrem Lebenslauf gut machen würde, wenn sie sich einen neuen Job suchen muss.

5. Es gibt noch einen wichtigeren Grund, warum ich möchte, dass Mom mir glaubt, aber wenn ich ihn ihr sage, wird sie sehr traurig, also behalte ich ihn für mich.
6. Spaß haben. Die Reise zu einem Abenteuer machen. Was immer nötig ist, damit ich mich an die letzten paar Tage mit dem besten Hund der Welt gern erinnere.

Der sechste Punkt ist der einfachste. Ich meine, ich bin froh, dass wir das tun, und ich bin gern mit Mom zusammen, aber die Fahrt dauert sieben Stunden. Nach einer Weile werden wir uns nichts mehr zu sagen haben. Warum nicht was Neues reinbringen und einen Anhalter mitnehmen? Besser, als aus dem Fenster zu starren, oder? Und ich fand nicht, dass er wie ein Killer aussah. Wenn ich manchmal bei Tante Gwen esse, schmeckt es etwas fad, und ich will nicht unhöflich sein, also bitte ich um Ketchup oder A.1.-Sauce, um es zu würzen. Ich dachte, so was müsste ich auch auf dieser Fahrt tun.

Anscheinend will der Fiat mir dabei helfen.

47

Kate

Das Zirpen der Grillen erfüllt die Stille, es ist absolut schwarz.

»Ist das Handy immer noch tot?«

Jasper sieht nach. »Wir können es als Taschenlampe benutzen.«

Ich denke an das Morsealphabet, aber da rundherum kein Licht zu sehen ist, ist auch niemand in der Nähe, der unser SOS-Signal empfangen könnte.

Ich schlage auf das Lenkrad. Ich bearbeite es mit beiden Fäusten, dann steige ich aus unserem Spielzeugauto, knalle die Tür zu, schreie, bis kein Sauerstoffmolekül mehr in meiner Lunge ist.

»Verdammt noch mal«, brülle ich in die Dunkelheit. »Warum passiert das? Was habe ich falsch gemacht? Was hat *er* falsch gemacht? Warum kann nichts einfach mal gut laufen?«

Ich lasse den Kopf hängen und stütze mich auf die runde Motorhaube. Das Fernlicht ist noch eingeschaltet, erhellt die Schwärze aber kaum.

Ich habe mich hierfür entschieden, ich habe beschlossen, etwas Spontanes für meinen Sohn zu tun, und das habe ich davon: Gefangen mitten im Nichts, im kleinsten, dümmsten Auto der Welt, atme ich die Verdauungsgase eines hässlichen Hundes ein und … und … nein, Kate, nicht jetzt, nicht, du muss doch … Tränen fließen, ich schluchze heftig, schieres Versagen und Frustration platzt aus mir heraus, läuft aus meinen Augen, schüttelt mich.

»Es ist okay, Mom.«

Jasper tritt neben mich, sein fellloses Mammut stellt sich auf die andere Seite.

»Jemand wird vorbeifahren. Es wird nicht lange dauern. Diese Straße muss ja irgendwohin führen.«

Es dauert noch mal dreißig Minuten, dann kann ich meinen Sohn umarmen. Zeit, sich zusammenzureißen.

»Auf jeden Fall.«

Eine Weile sitzen wir einfach nur da. Unsere Augen gewöhnen sich langsam an die Dunkelheit, und das Gefühl von Raum, von Weite öffnet sich um uns herum.

»Es fühlt sich gut an, nachts draußen zu sein«, sage ich.

Die Nachtluft ist angenehm, eine perfekte, sanfte Luftfeuchtigkeit. Keine Insekten. Keine Jacke nötig. Man sieht weder Mond noch Sterne, aber man hat das Gefühl, sich am Rand von etwas zu befinden. Ich hebe einen Stein hoch und werfe ihn. Er prallt an Felsen ab, rutscht und bleibt liegen. Ich glaube nicht, dass wir gleich einen Abhang hinabstürzen werden.

»Okay, schauen wir uns unsere Situation mal an. Wir haben ein absolut funktionales, wenn auch enges Obdach. Ich kann dir immer noch deine Medikamente geben, auch wenn deine Brustphysio suboptimal sein wird. Wir haben viel Wasser und Gatorade. Die Autobatterie funktioniert, wenn nötig, kann ich also deinen Nebulisator aufladen.«

Das Kühlproblem behalte ich für mich.

»Wie viel Uhr ist es?«

Jasper schaut aufs Handy.

»Einundzwanzig Uhr siebzehn.«

Sein Antibiotikum muss pünktlich um zweiundzwanzig Uhr gegeben werden. Es sind ungefähr sechs Kilometer bis zurück zum Highway. Dort würde auf jeden Fall ein Auto vorbeikommen, aber es ist ein weiter Weg für Jasper, und ich lasse ihn auf keinen Fall hier. Vier Kilometer bis zurück zum Stoppschild, aber wie lange noch bis zu dieser mysteriösen Tankstelle? Ich trete gegen einen Stein, stoße mir den Zeh an dem Ding an.

»Komm schon.« Ich rufe schon wieder den Himmel an. »Jemand. Irgendwer. Lasst uns nicht in einer Sardinenbüchse schlafen.«

Wir sitzen zehn Minuten lang da. Nichts.

»Versprich mir, dass du nicht wütend wirst«, sagt Jasper.

Jede Mutter weiß, dass nach diesem Satz nichts Gutes kommen kann.

Er geht zum Kofferraum, holt seinen Koffer heraus und kommt mit einer klobigen schwarzen Nylontasche wieder zurück.

Jasper spricht, bevor ich Fragen stellen kann.

»Du erinnerst dich doch, dass ich gesagt habe, mein Koffer ist schon voll.«

»Ja«, erwidere ich in einem überraschend sarkastischen Tonfall, »dank deiner Medikamente hatte ich kaum Platz für Unterwäsche, von normaler Kleidung ganz zu schweigen.«

Er schüttelt die Tasche, und es klappert.

»Was ist das?«

»Nur das leichteste, kompakteste tragbare Zweimannzelt der Welt.«

»Jasper«, kreische ich so laut, dass der Ton wie ein

Pseudoecho nachhallt und ihn verstärkt. »Ich dachte, du hättest es zurückgeschickt?«

»Das wollte ich, aber … na ja … das hier soll doch ein Abenteuer sein, oder? Und ich dachte, Camping würde mehr Spaß machen als ein Hotel. Bist du nicht froh, dass ich es nicht zurückgeschickt habe?«

»Nein.«

»Aber dann kann ich meine Brustphysio im Liegen machen, und wir müssen nicht im Auto warten.«

Listiger, kleiner … er hat auf alles eine Antwort.

»Wie und wo willst du es aufbauen?«

»Genau hier auf dem Kies, neben dem Auto, wo es flach ist. Es geht schnell und einfach. Ich habe mir das Anleitungsvideo auf YouTube siebenmal angesehen.«

Mein Sohn surft viel zu viel im Internet.

Und so leuchte ich mit der Handytaschenlampe an die richtigen Stellen, während er das Zelt wie ein erfahrener Camper aufbaut. Fünf Minuten, und es steht.

Whistler besteht darauf, als Erster über die Schwelle zu tapsen, während Jasper ein Sweatshirt und meinen einzigen Pullover als Kissen benutzt. Ich trage den Nebulisator und seine restlichen Medikamente für die Nacht hinein und beginne, seine Lunge abzuklopfen.

»Endlich zelten wir, Mom.« Durch die Brustphysio werden die Worte zerhackt. »Ist das nicht toll?«

Er streckt sich, um Whistlers Pfoten zu berühren, schließt die Augen und grinst.

»Sobald ein Auto vorbeifährt, hören wir auf. Ich hoffe, du kannst dieses Zelt genauso schnell abbauen, wie du es aufgebaut hast.«

Jasper nickt, aber er wird wieder müde.

»Und wenn wir von einem Bären oder einem Puma angegriffen werden?«

»Mom. Wir haben Whistler. Er wird sie verjagen.«

»Genau. Mit seinem donnernden Bellen.«

Whistler quetscht sich in die hintere Ecke des Zeltes. Die Definition eines *Zweimannzeltes* umfasst offensichtlich weniger als eine erwachse Frau, einen Jungen und einen Freakhund, groß wie ein Elch.

Um Punkt zehn Uhr hänge ich den Antibiotika-Tropf an den Port und warte, während die Flüssigkeit neunzig Minuten lang in Jaspers Blut fließt. Jasper schläft. Whistler schläft. Alle Medikamente und Therapien wurden richtig und pünktlich verabreicht – auch die für den Hund. Trotz der Umstände, trotz meiner Angst und Frustration funktioniert alles normal.

Es wird ein Uhr nachts und später, und ich bin immer noch wach. Ich lausche weiterhin nach dem leisesten Motorengeräusch, bereit, mich vor ein vorbeifahrendes Auto zu werfen, als plane ich einen Versicherungsbetrug. In unserer Situation haben wir keine Wahl und müssen beim ersten Sonnenlicht den Weg zurücklaufen, den wir auf der Suche nach Hilfe gekommen sind.

Moment mal. Laut meinem Sohn könnten wir einfach Whistler bitten, seine beste Lassie-Show abzuliefern, um eine Rettungsmannschaft zu organisieren.

Ich grüble noch über diese Möglichkeit nach, als ein orangener Lichtschimmer meine Augenlider trifft, und ich muss mir eingestehen, dass ich geschlafen habe. Die Sonne wird bald aufgehen. Ich schleiche zu den verschlossenen Türsegeln und öffne vorsichtig, um meine Mitcamper nicht zu wecken, den Reißverschluss.

Vor mir liegt im blassen Schimmer eines goldenen Lichts ein Tal, ein in den Felsen geschnittener Canyon. Die Luft ist frisch und duftet; ein enormer Himmel über einer Scheibe steiniger Erde flößt Demut ein und ist atemberaubend. Obwohl mir meine Schulter wehtut, weil ich auf Felsen geschlafen habe, obwohl Kopfschmerzen sich ankündigen, weil mir Koffein fehlt, ist es schwer, an diesem Ort nicht Ehrfurcht zu empfinden.

Ich drehe mich zu Jasper um. Sein Kopf liegt auf Whistlers großer Narbe, aber viel wichtiger, zum ersten Mal seit sehr langer Zeit schläft er auf dem Rücken. Normalerweise verhindert seine kranke Lunge diese Lage. Heute Nacht nicht. Es erinnert mich an die Zeit, als er ein Baby war, an Unschuld, Sicherheit und die Gewissheit, dass ich mich immer um ihn kümmern werde.

Eine Sekunde lang hebt Whistler ein Augenlid, sein gutes linkes Auge. Es ist, als würde der Hund meine Einschätzung der Situation überprüfen, und als er feststellt, dass ich zufrieden bin, schläft er wieder weiter. Das bringt mich zum Grübeln. Haben diese beiden das geplant? Habe ich einem weiteren ihrer verrückten Pläne in die Hände gespielt?

Ich schaue mich noch einmal um, und mir wird bewusst, dass ich etwas Ungewöhnliches fühle: Zufriedenheit. Vielleicht war die falsche Abbiegung doch die richtige.

Dann höre ich das Geräusch.

48

Jasper

Megacool.

Es ist groß, richtig groß, und es schnurrt nicht, es röhrt, ohrenbetäubend und angsteinflößend. Mom hüpft mitten auf der Straße auf und ab, ruft und fuchtelt mit den Händen, aber als das Motorrad über eine Kuppe fährt und zu sehen ist, hört sie sofort auf.

Der Motorradfahrer wird langsamer und bleibt knirschend stehen, stellt seine Füße in schwarzen Lederstiefeln ab und schaltet den Motor aus. Whistler sitzt neben mir, sein Schwanz wedelt hin und her über den Kies, sodass ordentliche Streifen entstehen. Er ist so aufgeregt wie ich. Ich schaue zu Mom. Ihr linkes Auge zuckt.

»Morgen«, sagt der Mann. »Autopanne?« Seine Stimme ist tief und rau. Das Motorrad ist wie ein schwarzer Hengst – beängstigend, wild und riesig. Das muss es wohl sein, um seinen Besitzer tragen zu können. Er hat eine ärmellose Lederweste an, eine schmutzige Jeans und eine Sonnenbrille, und er hat diesen wahnsinnigen grauen Bart. Seine Arme sind mit Tätowierungen bedeckt. Dann fällt mir das Beste auf. Er hat ein Holster an der Hüfte. Er trägt eine Waffe.

»Ja«, sagt Mom unsicher. »Aber der Abschleppwagen ist schon unterwegs.«

Der Mann mustert Mom und lächelt. Er hat Zähne.

»Gut«, sagt er, dann wendete er sich an mich. »Cooler Platz zum Campen. Ist das dein Hund?«

»Eigentlich nicht«, sage ich, »wir bringen ihn nach New Mexico. Wir kommen von Cape Cod.«

Mom wirft mir einen bösen Blick zu. Manchmal glaube ich, dass sie sich etwas entspannen und freundlicher zu den Leuten sein sollte.

»Wie heißt er?«, fragt der Motorradfahrer.

»Whistler.«

Mir fällt auf, wie die beiden Hälften seines Bartes sich wie ein Vorhang teilen, wenn er lächelt.

»Whistler? Wie James McNeill Whistler, der Maler? Was hat er noch mal gesagt … ja … ›Kunst um der Kunst willen‹, das ist sein berühmtes Zitat.«

Whistler der Hund tappt vor, schnüffelt unten an der Jeans des Mannes.

»Interessant«, sagt Mom viel zu munter, dann kommt sie zu mir. »Aber jetzt halten wir den … den netten Herrn nicht länger auf. Ich bin mir sicher, der Abschleppwagen wird jeden Augenblick hier sein.«

»Ich dachte, das Handy hätte immer noch kein …«

»Das reicht, Jasper. Vielen Dank, dass Sie angehalten haben, aber wir haben alles unter Kontrolle.«

Mom legt mir den Arm um die Schulter und lächelt bemüht, aber ich schaue unwillkürlich auf ihre Hand, weil sie zittert.

Der Motorradfahrer setzt sich auf seinen Ledersitz und nickt so langsam, dass ich begreife, er weiß, dass Mom lügt. Er beugt sich vor, in Richtung Whistler, winkt ihm mit seinen großen Ofenhandschuhhänden, er solle näher kommen. Mom zuckt zusammen, ihre Nägel bohren sich in meine

Haut. Was denkt sie denn, was er tun will? Ihn treten? Ihn am Nacken packen und erschießen? Whistler zögert nicht. Warum sollte er? Er begrüßt ihn direkt mit einem langsamen Lecken – eindeutige Zustimmung.

»Ray's Garage liegt am Weg, dort, von wo Sie gekommen sind, ungefähr zweihundert Meter hinter dem Stoppschild. Sie können sie gar nicht übersehen.«

Er zwinkert und tritt das Motorrad an.

»Übrigens«, ruft er, die Hand schon am Gas, »Ihr Hund. Megakrass.«

Und damit ist er weg, verschwindet in der Ferne, zu schnell, um mein Grinsen sehen oder mein »Danke schön« hören zu können.

Wir schauen ihm nach, und Mom spricht erst, als das Röhren des Motors nicht mehr zu hören ist.

»Herr im Himmel, Jasper, ein Hells Angel taucht auf, und er … er … war bewaffnet, und du willst ihm erzählen, wo wir wohnen, damit er seine Brüder an der Ostküste vorbeischicken kann, wenn wir wieder zu Hause sind.«

»Whistler mochte ihn, und er mag nicht jeden. Und der Motorradfahrer wusste über Kunst Bescheid, er kann also kein totaler Idiot sein, oder?«

Mom sieht aus, als würde sie das auch verwirren, als hätte sie es bemerkt und ebenfalls gedacht, dass es unpassend war.

»Hör mal, ich habe bei deinem Campingtrip mitgespielt, aber jetzt will ich, dass du alles ins Auto packst. Wir schließen ab und gehen zu Fuß zurück zur Interstate. Ja, es ist ein weiter Weg, aber weiß der Himmel, wann noch mal jemand vorbeikommt, der nicht wie Grizzly Adams aussieht.«

Mom ist weg, bevor ich nachfragen kann, und zieht die Sachen aus dem Zelt.

»Ich wette, du schaffst es nicht, dass es wieder in diese kleine Tasche passt«, sagt sie, ihre Augen schmale Schlitze. Sie versucht, nicht zu lächeln, ihre Version, sich für das Anmotzen zu entschuldigen.

Ich schaue zu Whistler, aber er starrt die Straße entlang. »Wow, Mom, du hast die Wahrheit gesagt.«

Ihre Augenbrauen schießen nach oben, wie magnetisch hochgezogen, und sie macht ihr »Was?«-Gesicht.

»Es ist wirklich ein Wagen unterwegs.«

49

Kate

Vielleicht hatte ich ein paar Vorurteile. Aber mal ehrlich, der Mann trug eine Waffe, ganz offen, so nach dem Motto »Schieß los, Cowboy«. Es hätte alles Mögliche passieren können, vor allem nichts Gutes. Aber die Ankunft eines Wagens – wenn auch mehr ein Pick-up als ein Abschleppwagen – und die Ansage der Fahrerin »Habe gehört, ihr braucht einen Wagen« genügt dem Wunderjungen. Der Motorradfahrer hat Hilfe geholt und bewiesen, dass meine »Urteile nach dem Augenschein«-Philosophie dringend korrigiert werden sollte.

Eine Frau steigt aus der Fahrerkabine aus. Sie ist größer als ich, deutlich älter, und der Ausdruck »drall« passt zu ihr. Ihre langen komplett grauen Haare sind völlig zerzaust, als wären sie in einer Sturmbö getrocknet, und sie trägt etwas, das aussieht wie ein Sackleinenkleid, vom Hals bis zum Knöchel.

»Laureen. Guten Morgen.«

Knochenbrechender Händedruck und ein schädelerschütterndes Tätscheln von Whistlers Kopf.

»Tut mir leid, der Abschleppwagen ist in der Werkstatt, aber Sie können von meinem Haus aus telefonieren. Das ist ein Mietwagen, richtig?«

Ich schaffe es, unserer guten Samariterin zuzunicken.

»Werfen Sie Ihren Kram auf die Ladefläche, und dann

meckern wir ordentlich, weil sie Ihnen eine Schrottkarre vermietet haben.«

Normalerweise muss man meinen Sohn bestechen oder bedrohen, damit er aufräumt. Unter Laureens Anweisung arbeitet er plötzlich unermüdlich und begeistert, als wir das Lager abbrechen und unser Gepäck umladen. Ich klemme einen Zettel an die Windschutzscheibe, mit der Erklärung, wo wir sind. Nicht dass ich erwarte, dass ihn jemand liest.

»Okay, wenn der Hund hinten sitzt?«, fragt Laureen.

Whistler wartet nicht auf meine Antwort, er springt auf die Ladefläche wie ein Agility-Hund über eine Hürde. Diese Frau sammelt uns ein, als wären wir verlorene Schafe.

»Na, sieh mal an, ein Ja«, sagt sie und setzt sich hinters Lenkrad.

Der Wagen hat eine breite Sitzbank, und Jasper sitzt in der Mitte, froh, den kleinen Small Talk zu übernehmen – Ehemann Ray vor Jahren an Krebs gestorben wie auch Ray junior im zweiten Irakfeldzug; sie führt den Laden allein, und natürlich hat sie einen schwarzen Labrador und zwei siamesische Katzen – und obwohl ich nicht stolzer auf meinen Sohn sein könnte, denn er ist höflich, aufmerksam und bemüht sich um Blickkontakt, denke ich immer noch an seine Reaktion auf unser Treffen mit dem Motorradfahrer. Er hat dasselbe gesehen wie ich, und doch hat er alles das gesehen, was ich *bewusst* ignoriert habe. Jasper hat das Gute erkannt, und das nicht auf eine naive, leicht zu beeindruckende und kindliche Art. Irgendwie war es für Jasper – und, nicht zu vergessen, auch für Whistler – eine Frage des Instinkts.

Rays Tankstelle ist eine abbruchreife, einsame Garage

an der Nebenstraße der Interstate, und als wir näher kommen, weht der intensive Geruch von Benzin durch das offene Fenster an Laureens Seite herein. Ein Hund mit seinem ausgezeichneten Geruchssinn müsste den Benzingeruch doch bereits an diesem Stoppschild bemerkt haben.

Ich sage mir: *Denk nicht mal darüber nach.* Ich will nicht auf die Idee kommen, dass die Entscheidung, nach rechts und nicht nach links zu fahren, bewusst und ich das Opfer einer Campingverschwörung war.

Die Reifen lösen ein entferntes Klingeln aus. Es gibt eine Zapfsäule für normales Benzin und eine für Diesel, ein leerer Holzschaukelstuhl steht dazwischen, und ein Schild verkündet: »Keine Selbstbedienung«. Der Vorplatz besteht mehr aus Staub als aus Asphalt, aber neben einer Werkstatt ist ein Laden, und wir parken bei einem Holzhaus, wo ein doppelt breiter Wohnwagen steht.

»Telefonieren Sie«, sagt Laureen und hilft Jasper beim Aussteigen, »und während wir warten, können Sie beide duschen, und ich mache uns Frühstück.«

»Oh, das ist sehr nett von Ihnen, aber …«

»Genial«, sagt Jasper, »ich bin am Verhungern. Ist das Homer?« Jasper ignoriert mich und wird von einem alten, steifen, wohlgenährten Labrador begrüßt wie ein lang verlorener Sohn. Der Hund wünschte sich wahrscheinlich, seine Gelenke an den Beinen würden halb so gut funktionieren wie sein Schwanz. Whistler muss warten, bis er an der Reihe ist. Ihre Begrüßung ist zurückhaltender und konzentriert sich auf die subtilen Aromen des jeweiligen Unterleibs.

Laureen führt uns eine kurze Treppe hinauf, über eine Holzterrasse zur unverschlossenen Vordertür des Wohnwagens. »Das Telefon steht neben dem Fernseher. Die Dusche ist links hinter der Küche. Es sind genug Handtücher und warmes Wasser da. Halten Sie sich nicht zurück.«

Sie holt einen Karton Eier und eine Packung Speck aus dem Kühlschrank. Es ist, als hätte sie uns erwartet, als würden hier ständig Autos liegen bleiben. Vielleicht freut sie sich über die Gesellschaft. Oder vielleicht ist sie einfach nur ein guter Mensch, und ich muss mich daran gewöhnen, andere Leute tun zu lassen, was sie am besten können.

Ich frage Jasper: »Bist du okay?«

Große, glückliche Augen und ein heftiges Nicken. Es braucht nicht viel, um dieses Kind froh zu machen.

»Dann rufe ich mal die Mietwagenfirma an. Hol du deinen Toilettenbeutel aus dem Koffer, und ich komme gleich, um deinen Zugang einzupacken.«

Ziploc-Beutel und chirurgisches Klebeband wurden erfunden, um zu duschen, wenn einem ein steriler Katheter aus dem Arm heraushängt.

Ein Ersatzwagen ist unterwegs, Jasper sauber, feucht und rosig, und ich lege seinen ersten Antibiotika-Tropf des Tages an. Dann gehe ich in das Badezimmer einer Fremden und bemühe mich, nicht darüber nachzudenken, wie entspannt ich mich ausziehe und mich hinter einem durchsichtigen Plastikvorhang wasche, auf dem gelbe Enten herumspazieren. Nach dem Flug, der Autofahrt und dem unerwarteten Campingausflug fühlt sich das hier ehrlich gesagt wie das *Four Seasons* an.

Von der Dusche erfrischt und umgezogen erlaube ich mir, meiner Nase zu folgen, die vom Geruch des warmen Frühstücks angelockt wird, vorbei an der gefalteten amerikanischen Flagge in einem Rahmen und dem Foto eines jungen, gut aussehenden Mannes in Uniform, bis in die Küche.

»Hier draußen.«

Laureen ruft von der Terrasse aus, und bevor ich mich zu ihr setzen kann, zeigt sie zur Zapfsäule, zu Jasper, der mit dem Antibiotika-Ball in der einen Hand und einem Gummiabzieher in der anderen sich nach oben und zur Seite streckt, um ein paar Schaumblasen von einer Windschutzscheibe zu wischen. Das Zapfventil steckt in einem offenen Tank, und in der Nähe sitzt Whistler mit hocherhobenem Kopf in einem sanft wippenden Schaukelstuhl und beobachtet alles. Jasper bemerkt, dass ich zu ihm hinsehe, lächelt, winkt aber nicht, als müsse er ernst bleiben, weil er etwas Wichtiges zu erledigen hat.

Ich spüre Laureens Blick auf mir. Sie betrachtet mich, bevor sie eine Hand ausstreckt und mir den Arm tätschelt. Ich sehe zu ihr, befürchte tröstende Plattitüden, aber stattdessen vermittelt ihr subtiles Lächeln: »Es geht ihm gut«, und, noch wichtiger, »keine Erklärung nötig«.

»Mom, Mom«, ruft Jasper und rennt von der Zapfsäule zur Terrasse, dabei wedelt er mit einem Fünfdollarschein. »Der nette Mann hat mir Trinkgeld gegeben.«

Ich bin sprachlos. Ich sollte sagen: »Das gehört Laureen«, aber mein Sohn rennt und ist weder atemlos, noch hustet er.

»Gut gemacht, Junge«, sagt Laureen. »Aber jetzt sollte deine Mom was essen.«

Jasper und Whistler ignorieren mich, folgen Laureen in die Küche und machen da weiter, wo sie ihr Frühstück unterbrochen hatten – der eine haut rein, der andere verteilt Speicheltropfen.

Ich bleibe auf der leeren Terrasse zurück mit dem Bild meines strahlenden Sohnes im Kopf, wie er sich so sehr über kleine Dinge freut, über unwichtige Augenblicke eines normalen Lebens, als stünde Tanken auf dieser schrecklichen Lebenswunschliste der Schule, und jetzt hätte er diesen Punkt abgehakt.

»Essen Sie oder nicht?«, fragt Laureen.

Ich entschuldige mich, gehe in die Küche und setze mich neben Jasper. Laureen stellt einen Teller voller Speckstreifen, Rührei und Pfannkuchen vor mich.

Es klingelt – noch ein Kunde an der Tanksäule.

»Hab mir schon gedacht, dass das passiert«, sagt Laureen. »Meine Version einer Rushhour.« Und ohne ein weiteres Wort verlässt sie uns für einen großen SUV.

Jasper schluckt einen Mundvoll Frühstück hinunter – er isst, als wäre es seine Henkersmahlzeit –, sieht nach, ob wir allein sind, dann sagt er: »Sie ist wirklich nett, oder?«

Er sagt es mit Akzent. Wann ist mein Sohn ein Texaner geworden? Er imitiert so schnell. Ich sollte wohl dankbar sein, dass er nicht wieder seinen britischen Akzent benutzt hat.

Während ich noch schweige, fügt er hinzu: »Du musst dir Homer mal ansehen.«

»Wieso? Was stimmt mit ihm nicht?«

»Als du geduscht hast, habe ich ihn gestreichelt, und er und ich hatten, du weißt schon, unsere Sache … unser ›stummes Gespräch‹.« Er malt mit den Fingern Anführungszeichen in die Luft. »Ich weiß, ich soll damit aufhören, aber ich habe nichts davon gesagt, und es war nicht meine Schuld, es ist einfach passiert, und es tut mir leid, aber ich mache mir Sorgen. Und weil du eine Tierärztin bist und Laureen so nett war, dachte ich, du könntest ihn vielleicht mal ansehen. Ihr eine gratis Untersuchung schenken.«

Ich schaue aus dem Fenster, dieser SUV muss einen Hundertlitertank haben – Laureen braucht noch eine Weile. Zurück zu Jasper, sehe ich den unverwechselbaren, hoffnungsvollen Schimmer in diesen babyblauen Augen. Mein Sohn hat recht, sie war ein Engel, und es ist das Mindeste, was ich tun kann. Aber wenn ich ihren Hund untersuche, ohne dass sie es gewünscht hat und ohne dass es offensichtliche Probleme gibt, nur wegen des Instinkts eines elfjährigen Jungen, nehme ich dann nicht seine Fantasie ernst? Segne ich dann nicht eine Illusion ab, die aus meinem behinderten Sohn einen gestörten Sohn macht?

Ich nehme einen Streifen Speck, knabbere an einem Ende und zeige mit dem anderen auf Jasper. »Okay. Ich mach's, aber nur, wenn du mir genauer erklärst, was *deiner Meinung* nach zwischen dir und Hunden geschieht. Versprich mir, dass es kein echtes Gespräch ist.«

Er zuckt zusammen. »Das wäre bescheuert, Mom.«

»Na und?«

Er legt Messer und Gabel ab, richtet sich auf, sein Körper zittert leicht vor Anspannung, als wolle er es unbedingt richtig machen.

»Ich versuche einfach nur, offen zu sein, normal zu reden, wie mit jedem Tier, aber keine Babysprache, kein Pseudogespräch. Meistens kommt nichts zurück, aber das liegt daran, dass nicht ich es ermögliche. Es ist, als würde ich anrufen, aber die andere Seite hebt nur manchmal ab.«

Lachen und etwas Sarkastisches zu sagen wäre einfacher, gesünder, aber da ist irgendetwas an seinem Verhalten, Unschuld, vielleicht Aufrichtigkeit. Ich hoffe, dass er nichts von *Telepathie* erzählt.

»Es ist schwer zu erklären, aber manchmal lassen sie mich etwas fühlen, irgendwas, es kann Freude, Trauer, Neugier, Hunger, Angst oder sonst was sein.«

»Aber Jasper, woher weißt du, dass es nicht *deine* Gefühle sind oder *du* es dir einbildest?«

»Ich weiß nicht«, sagt er, »aber es gibt viele Dinge, die sich nicht erklären lassen.«

»Zum Beispiel?«

»Zum Beispiel ... also ... wieso Katzen schnurren? Und warum Lachse wandern und Küstenseeschwalben und Monarchfalter? Und dieses Gefühl, das man tief drinnen bekommt ...«

»Ein Bauchgefühl.«

»Ja. Wenn etwas total verkehrt ist oder total richtig, und man weiß es einfach. Man vertraut darauf. Niemand hat dafür eine vernünftige Erklärung, aber wir alle kennen es.«

Whistler betrachtet Jasper, und die beiden starren mich an, richtig stolz, als hätten sie gerade mein Argument zerfetzt.

»Und bei Homer hast du etwas gefühlt?«

»Ja, ich habe mich voll gefühlt, als hätte ich zu viel gegessen, aber das war *vor* dem Frühstück.«

Es klingelt wieder auf dem Hof.

Diese präzise Beschreibung macht mir Sorgen. Jaspers Eingeweide kämpfen ständig mit den Unmengen von Medikamenten, die sie aufnehmen müssen. Ich hoffe, es gibt kein Problem.

»Hast du deine Enzyme genommen? Soll ich deinen Bauch abtasten?«

»Nein. Du sollst Homers Bauch abtasten.«

Homer hat sich nicht bewegt. Er liegt auf dem verwaschenen rosa Teppich vor dem Fernseher, zwei Ringe aus weißem Fell liegen auf beiden Enden der Couch, die Katzen, eine *Reader's-Digest*-Ausgabe und eine Fernsehzeitschrift zwischen ihnen. Komisch, dass ein Labrador sich die Chance entgehen lässt, etwas zu schnappen, das vom Tisch fällt. Die Begeisterung seiner Begrüßung ist vergessen, als hätte er seine Energie für heute verbraucht.

Ich stehe auf. Das Schwanzwedeln sagt mir, dass Homer meine Aufmerksamkeit gefällt, eine Sprache, die vernünftig ist, und ich spüre, wie sich sein Körper in Erwartung eines erwünschten Bauchkraulens entspannt. Aber als ich mich hinknie und meine Hände nicht mehr streicheln, sondern seinen Bauch abtasten, zuckt Homer zusammen, besonders als meine neugierigen Finger über eine deutlich tastbare Beule an der Milz streichen.

»Und?«

Ich knie auf dem Boden, Jasper und Whistler neben mir wie Verwandte, die auf eine schlimme Diagnose warten.

Wie ist das möglich? Ein Zufallstreffer? Hat Laureen ihm etwas gesagt? Das bezweifle ich.

»Homer hat etwas in seinem Bauch, wahrscheinlich an der Milz.«

Keine Siegergeste, kein Triumph, bloß ein besorgter Gesichtsausdruck, den ich schon unzählige Male gesehen habe.

»Das ist schlimm, stimmt's?«

Ich stehe auf, spähe zu der Zapfsäule, wo Laureen sich zu einem Beifahrerfenster hinabbeugt.

»Das kann sein«, sage ich, »meistens ist es schlimm.«

»Was sollen wir tun?«

Ich atme tief ein und betrachte das fadenscheinige Sofa, die angeschlagenen, zerkratzten, altmodischen Möbel, die Flecken auf dem alten Teppich, die billigen Eulenfiguren auf dem Fensterbrett. Diese liebe und großzügige Witwe, die ihren Mann und ihren Sohn verloren hat, kommt durch, gerade so. Wie sollte sie sich teure Untersuchungen und eine Operation und Medikamente, die Homer womöglich brauchen wird, leisten können? Was für ein Mensch wäre ich, wenn ich sagen würde: »Danke für alles, ach, und Ihr Hund hat übrigens Krebs«?

»Ich weiß nicht.«

»Ich schon«, sagt Jasper. »Wir sagen es Laureen. Wenn mir etwas Schlimmes passieren würde, würdest du es doch auch wissen wollen. Oder?«

Ich denke an die andere ZF-Mom in der Krankenhausküche und an den alten Mann im Krankenhausgarten und zwinge mich, nicht die nagende Angst vor der Zukunft zu zeigen. Doch nach dem Zwischenfall mit dem Motorradfahrer sollte ich meine Instinkte vielleicht ignorieren und Jaspers trauen. Was weiß ich denn schon, Laureen könnte auch Millionärin sein.

Nach dem Frühstück und Jaspers Brustphysio – Laureen hat darauf bestanden, dass wir dazu in ihr Schlafzimmer gehen – sitze ich mit ihr und einer Tasse Kaffee auf der Terrasse und warte darauf, dass ein neuer Fiat 500 kommt, während Jasper zwischen Trucks und Autos hin und her flitzt und seine finanzielle Entlohnung genießt, die er in seinem neuen Beruf als »Spezialist fürs Nachfüllen fossiler Brennstoffe« erhält. Er und Whistler sind zwar froh, bei den Zapfsäulen bleiben zu können, aber sie sehen immer wieder zu mir herüber. Ihre Blicke bedeuten: »Hast du es ihr schon gesagt?«

Laureen und ich reden wenig. Es ist erst kurz nach acht, in der Ferne hört man, dass der Verkehr auf der Interstate dichter wird, und schon ist der Oktoberhimmel strahlend blau. Es gibt eigentlich nichts, das man sich ansehen kann, aber zwischen uns breitet sich eine angenehme Ruhe aus wie bei alten Freunden, die zuschauen, wie ein Kind am Strand spielt. Hier kann ich meinen Schlafmangel vergessen, meine Nacken- und Schulterschmerzen. Hier kann ich die stumme Empörung von Dr. Dan ignorieren, als ich ihm von meinem Plan erzählte, ich kann die Angst ignorieren, dass all das nur eine Geld- und Zeitverschwendung ist und dass ich bei meinem Sohn einen ernsten und eventuell dauerhaften Gesundheitsschaden anrichte.

Dann sagt sie plötzlich: »Es wird ihm gut gehen.«

Und anstelle meiner reflexhaften Antwort »Nein, wird es nicht« oder »Woher wollen Sie das wissen?« bin ich erfüllt von Wahrheit jenseits der Hoffnung, dass sie recht hat.

»Als ich meinen Sohn verloren habe, haben die Leute mir gesagt, dass der Herr es nur denen zumutet, die es tragen können.«

Ich zucke zusammen. Ich kann nicht anders, der Wunsch zurückzuschlagen ist instinktiv und tief verwurzelt.

»Was für eine Scheiße«, fügt sie hinzu, »ein Haufen Idioten. Ich denke, wir alle leiden, so oder so. Es kann plötzlich sein, es kann Jahre dauern, es kann ein Baby sein, ein Opa. Aber das ist das Leben, und niemand von uns kann etwas daran ändern. Es bringt nichts, nach Ihrem Sohn zu fragen, weil ich sehe, was vor mir steht. Es sieht aus, als hätte er alles im Griff.«

Sie schaut ihn direkt an, und ich möchte Danke sagen, aber das fühlt sich so banal und unzureichend an.

»Und sein Hund, der ist vielleicht grottenhässlich, aber, Mann, die beiden sind ein Paar.«

Es ist zwar nicht die perfekte Antwort, und ich befürchte, dass sie gleich sagen wird, dass Homer ihre Rettung ist, der letzte Rest einer direkten Verbindung zu ihrem verstorbenen Sohn oder Ehemann. »Laureen, Sie sind zu höflich, um zu fragen, aber ich bin Tierärztin, und normalerweise laufe ich nicht herum und untersuche die Hunde anderer Leute … aber Homer hat ein Gesundheitsproblem, und es erscheint mir nur fair, es Ihnen zu sagen.«

»Falls es dieser Knoten an seiner Hüfte ist, das ist bloß Fett. Mein Tierarzt hat ihn untersucht. Den hat er schon immer.«

»Nein, es ist in seinem Bauch, wahrscheinlich an seiner Milz. Ich hasse es, schlechte Nachrichten zu überbringen, aber Homer braucht eine Blutuntersuchung, wahrscheinlich einen Ultraschall des Bauchraums, ein Röntgenbild der Brust, und dann ist da …«

»Ich kümmere mich darum«, sagt Laureen, steht auf und sieht auf ihre Uhr. »Ich werde Doc Nelson anrufen, sobald er um neun Uhr aufmacht. Ich bringe ihn sofort hin. Was immer für meinen Jungen nötig ist.«

Worüber habe ich mir Sorgen gemacht? Wieder einmal hatte mein Sohn recht. Homer wird die bestmögliche Pflege bekommen.

Ich stehe auf, und Laureen besteht darauf, mich zu umarmen.

»Und da habe ich gedacht, ich wäre die Retterin. Unsere Wege haben sich nicht grundlos gekreuzt.«

Mir fällt keine Antwort ein, und zum Glück fährt in dem Moment ein Abschleppwagen der Mietwagenfirma auf den Vorplatz, und, was für ein Schock, es scheint, als habe Dwayne beschlossen, uns ein Upgrade zu gewähren.

50

Jasper

Mein Po ist eingeschlafen von all dieser Fahrerei, obwohl unser krachneuer, glänzend schwarzer Chevy Tahoe krass ist. Er ist so groß, dass Mom mich nicht vorn sitzen lässt. Das Gute daran ist, dass Whistler auf meinem Schoß liegt, den Kopf ein paar Zentimeter von meinem entfernt, und darauf achtet, dass ich zwischen seinen Ohren hindurch eine Hundeversion der Welt sehe.

Ich trage mein Lionel-Messi-Argentinien-Trikot mit weiß-blauen Streifen, das mir Tante Gwen zu meinem letzten Geburtstag geschenkt hat. Das war nett von ihr, sie hat herausgefunden, dass Messi der beste Fußballspieler der Welt ist, aber England und Argentinien haben wegen irgendeiner Insel Krieg geführt, vor x Jahren, und sind immer noch nicht versöhnt. Wenn ich das Trikot trage, fühle ich mich deswegen ein bisschen wie ein Verräter.

»Alles okay dahinten?«, fragt Mom, schaut in den Rückspiegel und wartet auf mein Nicken. »Nur noch ein paar Stunden.«

Meine Hand liegt auf der großen Antarktisnarbe, unter meinen Fingern schlägt sein Herz langsam und ruhig wie ein Countdown zum Abschied. Dadurch fühle ich mich schlecht.

»Mom, glaubst du, Whistlers DNA wurde je untersucht?«

»Das bezweifle ich«, sagt sie, und dann sieht sie mich im Rückspiegel misstrauisch an. »Wieso?«

»Na ja, wäre ich Emily, das Mädchen mit den Anfällen, dann würde ich gern wissen, welche Art von Assistenzhund ich bekomme. Denkst du, Mr Silver hat ihr die Fotos gezeigt, die Martha geschickt hat?«

Mom windet sich auf ihrem Sitz, was Quatsch ist, weil die Sitze super bequem sind. Dann antwortet sie: »Die Leute sehen, was sie sehen wollen, eine Rasse anhand seiner Ohren, seiner Beine, seines Schwanzes, egal, aber weißt du was, ich finde es toll, dass Whistler eine Promenadenmischung ist, ein Streuner, ein Mischling. Wie auch immer man ihn nennen will, man muss ihn einen sehr außergewöhnlichen Assistenzhund nennen. Er ist der lebende Beweis für das Potenzial eines Underdogs. Ich sehe vielleicht keinen Chihuahua oder Pitbull oder Dalmatiner, zumindest nicht direkt, aber was soll's, es steckt irgendwo tief drinnen in ihm. Weißt du, warum?«

»Warum?«

»Weil ich glaube, Whistler ist jeder Hund.«

Mir gefällt die Antwort, und das bringt Mom zum Lächeln. Ich sage es ihr nicht, aber mir fällt auf, dass sie glücklich ist so wie in dem Moment, als sie und Laureen sich zum Abschied umarmten.

Mom sagt, sie würde mir jederzeit ihre Lunge geben, womit sie mir mitteilen will, wie sehr sie mich liebt, aber manchmal – vor allem nachts – höre ich, wenn sie mit Tante Gwen spricht, und es ist klar, dass ich der Grund bin, warum sie traurig ist. Es heißt, dass ein Hundejahr sieben Menschenjahren entspricht, weil die Zeit für Hunde zu schnell vergeht. Meine Krankheit macht Mom traurig, weil dadurch die Zeit für mich zu schnell vergeht. Kinder mit ZF haben eine geringere Lebenserwartung als normal, manchmal so kurz wie ein Hundeleben, und jeder, der Hunde kennt, weiß, wie schwer das für diejenigen sein kann, die uns lieben.

»Mom, glaubst du mir jetzt?«

Sie sieht mich mit zusammengekniffenen Augen an, anstatt zu fragen: »Was glauben?«

»Wegen Homer, dass ich dieses Ding habe.«

»Ich glaube, dass du auf jeden Fall sensibler auf Hunde reagierst als ich. Aber …«

»Aber?«

»Na ja … einen Milztumor durch eine, was … eine Ahnung zu diagnostizieren? Das ist schwierig für mich zu verstehen. Du nimmst so viele Medikamente, dass ich mir eher Sorgen mache, weil ›sich voll fühlen‹ bedeuten kann, dass du eine Verstopfung hast. Und zu erraten, dass der Hund ernstlich krank ist, war nicht so schwer. Ein Labrador, der sich nicht für frisch gebratenen Speck interessiert? Kaum zu glauben, dass er noch am Leben ist, geschweige denn gesund.«

Mom greift nach ihrer Wasserflasche und nimmt einen richtig großen Schluck. Zum Glück fällt ihr mein bestes wütendes Gesicht auf.

»*Glauben* ist ein starkes Wort, Jasper, und wenn du älter wirst und Naturwissenschaften lernst, wie Biologie und Chemie, wirst du sehen, dass mehr als ein Beispiel erforderlich ist, um etwas zu beweisen. Ich weiß ohne jeden Zweifel, dass du eine besondere Beziehung zu Hunden hast und sie zu dir. Besonders der hässliche Kerl, der dich gerade erdrückt.«

Das war's, mehr bekomme ich nicht. Aber dann fährt sie fort: »Manchmal sollten die Dinge, an die wir glauben möchten, privat bleiben, weißt du, wie Gott oder der Himmel oder Geister oder … keine Ahnung, Aliens.«

Bei ihr klingt es so, als würde sie eigentlich sagen: »Behalt es für dich«, und schlimmer noch: »Blamier mich nicht.« Ich wollte es nicht tun, aber Mom lässt mir keine Wahl. Es ist Zeit zu gestehen, den *wahren* Grund zu offenbaren, über den sie sich mit Sicherheit aufregen wird.

»Mom, erinnerst du dich, als ich im Krankenhaus die Fassung verloren habe, weil ich wollte, dass es etwas Gutes gibt, um all das Schlechte der ZF aufzuwiegen?«

»Wie könnte ich das vergessen? Du weinst fast nie.«

»Ja, also, manchmal, wenn du und Tante Gwen telefoniert, dann höre ich zufällig, wie du dich aufregst und wie du danach weinst. Lange. Und das macht mir Angst, dass du dir die Schuld an dem gibst, was mir passiert, weil es ja nicht so ist, als hättest du mir ZF geben wollen, was bedeutet, dass es nicht deine Schuld ist. Deswegen möchte ich, dass du an das, was zwischen mir und Hunden geschieht, glaubst, denn dann wirst du nicht mehr traurig sein.«

Ihre Augen sehen mich durch den Rückspiegel an. Wenn sie jetzt einen Unfall baut, dann nehme ich alles zurück, denn dann wird mein Tod auf jeden Fall ihre Schuld sein.

»Weißt du, ich rieche nicht richtig und mein Gehör lässt nach und ich brauche vielleicht eine Brille und meine Fingerspitzen werden taub und kribbelig, und ich weiß, dass das alles nichts ist im Vergleich zu meiner Lunge, aber anstelle von fünf Sinnen habe ich noch so zweidreiviertel, und das ist total Kacke, aber … es ist ein Tausch für etwas total Geniales, hundertmal Besseres. Und wenn die Magie geschieht, dann macht sie alles, was *wir* durchmachen, etwas weniger schlimm. Wenn du dir also die Schuld dafür geben willst, dass ich ZF habe, dann mach nur. Aber weißt du was, das bedeutet auch, dass du mir dieses Ding gegeben hast, diese Gabe, und deswegen will ich, dass du daran glaubst, denn dann müsstest du dich nie wieder schuldig fühlen.«

Whistler stupst mich an, sein Blick sagt: »Jetzt hast du es getan.« Mom verschwindet aus dem Rückspiegel, sackt in sich zusammen wie eine Hüpfburg mit Loch. Ich kann ihre Reaktion nicht erkennen, aber sie schluchzt auf jeden Fall.

Schließlich sagt sie: »Du hast ›wir‹ gesagt, ›was *wir* durchmachen‹.«

»Und?«

Ihr Ninjagriff ums Lenkrad lockert sich etwas, aber ihre Stimme klingt traurig und matt. »Ich liebe dich unendlich, Jasper. Ich liebe es, dass wir beide *zusammen* sind, aber …«

Sie sollte mich lieber nicht wie ein totales Muttersöhnchen darstellen.

»Du bist fast ein Teenager. Es ist normal, dass du dich von mir lösen willst. Ich, wir können niemals aufgeben, aber so oder so wird die ZF dich zurückhalten, und dann wirst du gegen mich austeilen. Du wirst mir die Schuld geben. Teenager werden wütend auf ihre Eltern. So ging es mir mit meiner Mom, und jetzt schau dir uns an.«

Ich halte den Mund. Besser die Klappe halten als sagen: »Ich will nicht, dass wir enden wie du und Grandma.«

»Also, zwei Dinge: Erstens – hör auf, mir und Tante Gwen zuzuhören. Jeder darf mal einen schlechten Tag haben. Zweitens: Schuldgefühle sind einfach nur eine andere Art, mir Sorgen zu machen. Das ist mein Problem, nicht deines.«

»Okay«, sage ich, »aber ich bin noch kein Teenager, erst in zweiundzwanzig Monaten, also, was hast du bis dahin schon zu verlieren?«

Keine Antwort.

»Hör mal«, fahre ich fort, »Miss Sexton sagt immer, man soll die Wahrheit sagen, denn wenn man lügt, trifft man eine Entscheidung, und man muss sich anstrengen, um sich etwas auszudenken. So wie du, als du wegen des Weihnachtsmanns gelogen hast. Nicht dass ich mich deswegen beschwere.«

Keine Antwort. Sie hängt immer noch in ihrem Sitz.

»Dass ich Hunde verstehe, ist was völlig anderes, denn auch wenn ich nicht weiß, wie es passiert oder was es ist, eines ist sicher – und du musst mich jetzt ansehen, Mom.«

Endlich richtet sie sich auf, gerötete Augen tauchen im Rückspiegel auf, eindeutig verheult.

»Gut.«

Ich lege meinen Arm um Whistlers Kopf und drücke ihn an meinen, wir beide schauen sie an, todernst, passfotoernst – nicht dass ich einen hätte.

»Jetzt gib mir deinen besten Lügendetektor-Blick. Den, der Angst macht. Ja, genau den. Und jetzt schau uns ins Gesicht. Da ist nichts, stimmt's? Denn egal was, *wir* lügen nicht.«

Zwei leere Sekunden vergehen, und dann lacht Mom los, Lachtränen fließen, und während sie nach einem Taschentuch sucht, vermeidet sie, mir zu antworten.

Draußen ist immer noch nichts zu sehen. Irgendwann vor Kurzem gab es ein Schild, auf dem stand: »Don't Mess with Texas. We enjoy gunfights. If you kill someone, we will kill you back.«

»Soll ich was im Radio suchen?«

Ich schüttle den Kopf. Zeit, Mom aus ihrer Komfortzone zu locken – nichts sagen, nirgendwohin sehen, cool bleiben. Ach, und ihr nicht im Spiegel in die Augen sehen.

»Wirst du ihn vermissen?«

Da bitte, sie hat angebissen. Jetzt muss ich langsam machen. Wie Grandpa immer gesagt hat, damals, als er verrückt nach Angeln war und nicht nach Golfen, »nicht zu früh reinholen«.

Trauriges, langsames Nicken, ohne ihr in die Augen zu sehen.

Dann erwischt sie mich, indem sie sagt: »Ich auch.« Und vor Überraschung schaue ich doch in den Spiegel. Sie lächelt wieder, und ich hoffe, dass sie es ernst meint.

»Was, wenn wir ihn länger behalten könnten?«, frage ich.

Blick im Spiegel. »Das Leben ist voller ›Was, wenn‹. Was, wenn du ihm nie begegnet wärst? Wäre das besser oder schlechter?«

»Schlechter«, rufe ich, was mir ein langsames Lecken über die Wange einbringt, als solle ich mich beruhigen.

»Das ist gut. Selbst wenn Whistler nicht lange genug da war, war es besser als nichts.«

Ich kraule seine vernarbte Schnauze, und wir drücken die Köpfe aneinander.

»Mom, findest du, Menschen sollten lernen, mehr wie Hunde zu leben?«

Sie lacht. »Wie kommst du denn darauf?«

Ich weiß nicht, was ich sagen soll. Ich kann es auf keinen Fall erklären. Seit Whistler aufgetaucht ist, hat sich in meinem Kopf etwas verändert, und verschiedene Dinge wurden klar, ergeben jetzt einen Sinn, sind offensichtlich. Wie damals, als Miss Sexton mir in Mathe erklärt hat, wie Bruchrechnen funktioniert, und als ich es begriffen hatte, habe ich nicht verstanden, wieso das so lange gedauert hat. Bloß dass Whistler ein viel besseres Fach unterrichtet.

»Du meinst, sich gegenseitig am Hintern beschnüffeln, an Laternenpfähle pinkeln und Briefträger angreifen?«

»Ich meine es ernst, Mom.«

Sie richtet sich auf und strafft die Schultern. Ich kann ihr Gesicht nicht sehen, möglich also, dass sie nur so tut als ob.

»Denk doch mal an irgendeinen Hund aus dem Tierheim«, sage ich, »einen Hund, der adoptiert wird. Denk mal darüber nach, wie die ihr Leben leben.«

»Wie denn?«

»Siehst du, ich glaube, dass Hunde nicht einfach auftauchen. Ich glaube, sie leben, wie Hunde *wirklich* leben, sie tun alles voll und ganz.« Ich brauche ein Beispiel. »Erinnerst du dich, als wir zum Strand gegangen sind, um Whistler zu retten?«

Sie nickt.

»Sobald all die Hunde von der Leine gelassen werden, spielen sie verrückt, rennen herum, als würden sie brennen. Sie dehnen sich nicht, wärmen sich nicht auf, teilen ihre Kraft nicht ein oder machen sich Sorgen, wer ihre weißen Beine sehen könnte. Sie tun es einfach, alles oder nichts, weil sie Spaß haben wollen. Es geht ihnen nur um Spaß. Ich meine, wann hast du das letzte Mal einen motzigen oder jammernden oder verlegenen Hund gesehen? Wenn wir jeden Tag exakt dasselbe essen müssten, würden wir wahnsinnig werden und in einen Hungerstreik treten. Hunde nicht. Sie springen auf und ab, wedeln wie wild mit dem Schwanz und fressen das Trockenfutter, als wäre es das feinste Steak. Und selbst wenn sie schlafen, geben sie alles, sind ratzfatz im Tiefschlaf, können überall pennen. Ich meine, wann hast du das letzte Mal einen Hund gesehen, der Schlaftabletten knabbert?«

Vergiss den Spiegel, jetzt bekomme ich einen schnellen, direkten Blick über die Schulter.

»Zwei Hände am Lenkrad, den Blick auf die Straße«, rufe ich. Ich habe gehört, wie mein Cousin Tawd das sagt, wenn Tante Gwen beim Fahren SMS tippen will.

Mom lacht, und ich versuche, Whistler zu erspüren. Ich hoffe auf Traurigkeit wegen des nahen Abschieds, bin aber auch vorbereitet für Nervosität oder Aufregung wegen eines neuen Zuhauses. Stattdessen bekomme ich nichts außer Nadelstichen in einem Bein.

»Du willst immer noch Tierarzt werden?«

»Hoffentlich.«

»Nun, es gibt da ein großes Problem mit deiner Vorstellung, direkt mit einem Tier kommunizieren zu können.«

»Ach ja?«

»Natürlich. Ich meine, dann braucht man kein Röntgenbild mehr oder Blutuntersuchungen oder viele andere Tests. Wenn ein Tier uns einfach sagen könnte, wo es wehtut, hätten wir nichts mehr zu tun und gingen pleite.«

Ich denke darüber nach.

»Ärzte für Menschen sprechen mit ihren Patienten, und sie gehen nicht pleite.«

Das bringt Mom zum Schweigen.

Ich frage: »Glaubst du, Whistler ist zu alt zum Arbeiten?«

»Ich weiß nicht. Aber ich weiß, dass er eine einzigartige Gabe hat, und wenn er sie noch einsetzen kann, sollte er das wohl tun.«

Ich warte ein paar Sekunden. Miss Sexton macht in der Klasse dasselbe, wenn sie einen Schüler aufruft. Sie nennt es eine »dramatische Pause«.

»Mom, glaubst du, Hunde kommen in den Himmel?«

»Natürlich«, sagt sie, ohne zu zögern, ja, ohne überhaupt nachzudenken. Manchmal begreife ich Erwachsene nicht. »Und du?«, fragt sie.

»Ich hoffe es«, sage ich, »aber ich glaube auch, dass Hunde kein Risiko eingehen.«

Neugieriger Spiegelblick.

»Ich weiß, ich habe noch nicht so lange mit Hunden zu tun wie du, aber alles, was ich sehe, sagt mir, dass sie ihr Leben leben, als wäre das hier der Himmel, also, so gut es geht, so als wollten sie nichts verpassen, wenn man nur eine Runde hat.«

Die Augen im Spiegel verschwinden, und sie schüttelt langsam den Kopf. »Mach dich doch mal nützlich.« Sie wirft ihr Handy auf den Rücksitz. »Ich muss aufs Klo. Sieh mal nach, wie lange es bis zur nächsten Raststätte ist, also, falls wir ein Netz haben.«

Ich sehe Balken, und während ich auf Google Maps suche, schiebt Whistler sich nach vorn, legt seine Pfoten zwischen die beiden Vordersitze.

»Raststätte in ungefähr dreißig …«

Und plötzlich bremst Mom, heftig und schnell, und wir bleiben stehen, und etwas zieht rechts an meinem Fenster vorbei.

»Ich hoffe, ich werde das nicht bereuen«, sagt Mom, öffnet das Beifahrerfenster und dreht sich zu mir um.

Ich habe keine Ahnung, wovon sie redet, aber dann fällt mir Whistler auf, der über meine Schulter sieht, der

Schwanz klopft aufs Leder. Da erkenne ich den Anhalter, an dem wir gestern vorbeigefahren sind, der mit »Go Buffs« auf dem Rücken seines Sweatshirts. Mom hat für ihn angehalten, doch als er die Kapuze lockert, erkennt man, dass es eine junge Frau ist.

»Wo soll's hingehen?«, fragt Mom.

Das Mädchen beugt sich vor. Ich bin nicht gut darin, das Alter zu schätzen, aber sie hat Pickel und keine Falten, sie könnte also in der Highschool sein. Vielleicht hat sie Schulferien wie ich.

»Boulder, Colorado. Aber irgendwas nahe Denver ist gut.«

»So weit fahren wir nicht«, sagt Mom, »aber ich kann dich bis zur nächsten Raststätte mitnehmen, falls dir das weiterhilft?«

Das Mädchen antwortet nicht, öffnet einfach die Tür und steigt ein. Whistler will sie begrüßen, er schnüffelt und dreht sich, sodass sie sich kaum anschnallen kann. Sie versucht nicht, ihn zu streicheln.

»Entschuldigung«, sagt Mom, »Whistler, ab nach hinten. Ich bin Kate, und das ist mein Sohn Jasper.«

Ich lächle, aber sie sieht mich nicht an.

»Wie weit ist es bis zur nächsten Raststätte?«, fragt sie.

»Laut Google Maps dreißig Kilometer«, sage ich.

Sie antwortet nicht, kippt nur ihren Sitz nach hinten und schließt die Augen, als wolle sie schlafen.

Mom wirft mir im Rückspiegel einen Blick zu. Ich zucke mit den Schultern. Whistler will lieber sitzen als liegen, als wolle er nichts verpassen. Ich weiß nicht, ob er dieses Mädchen gut findet oder bloß die Idee, jemanden in Not mitzunehmen.

Mom fährt wieder auf den Highway, und ich frage mich,

ob das Schweigen des Mädchens etwas Ähnliches ist wie mein Jedi-Gedankenspiel mit Mom.

»Wir haben dich gestern gesehen«, sage ich, »als du getrampt bist.«

Sie grunzt und sagt schläfrig: »Was?«

»Ich habe dein Sweatshirt wiedererkannt.«

Sie schlägt die Augen auf. »Aber angehalten habt ihr nicht.«

Sie spricht mit mir und sieht Mom an.

»Mir war nicht klar, dass du … weiblich bist«, sagt Mom.

»Klar, das klingt logisch«, sagt das Mädchen, schüttelt den Kopf und lässt sich dann wieder zurücksinken.

»Was sind Buffs?«, frage ich. »Auf deinem Sweatshirt? ›Go Buffs‹.«

»Was? Ach so, University of Colorado, eine Art … Maskottchen.«

»Bist du eine Collegestudentin?«, fragt Mom und klingt viel zu hoffnungsvoll.

Das Mädchen legt ihren Ellbogen auf die Armlehne, stützt ihre linke Wange in die Hand und murmelt: »Nein.«

»Was führt dich dann nach Boulder?«

Das Mädchen schnaubt, setzt sich auf und verdreht fast die Augen, als wolle sie, dass Mom sie in Ruhe lässt und sie schlafen kann.

Ich bin ausnahmsweise auf Moms Seite. Wenn man gratis mitfahren kann, dann ist das Mindeste, was man tun kann, höflich zu sein und, noch besser, uns zu unterhalten.

»Hören Sie, ich heiße Cotton, ich bin achtzehn, und ich besuche eine Freundin in Colorado. Ich habe kein Geld für einen Greyhound, da dachte ich, warum nicht trampen. Cool?«

Mom nickt, aber nicht auf eine »Das klingt vollkommen logisch«-Art, sondern auf eine »Du legst dich mit der Falschen an«-Art.

»Muss ein bisschen gruselig sein, so ganz allein.«

Ich sehe am Beifahrersitz vorbei in den Fußraum, und mir fällt auf, wie Cotton ihren Rucksack mit ihrem Zeh berührt. Ich hoffe, Mom fragt nicht, ob sie eine Waffe dabeihat. Andererseits, was, wenn ja?

»Ich bin ein großes Mädchen. Ich kann auf mich aufpassen.«

Nach ihrem dreckigen Sweatshirt, dem verschmierten Augen-Make-up und den fettigen Haaren zu urteilen bin ich mir da nicht so sicher.

Cotton beugt sich vor, zieht ihren Rucksack auf den Schoß, greift hinein und wühlt darin herum. Vergiss den entgegenkommenden Verkehr, Mom kann das Mädchen und das, wonach sie sucht, nicht aus den Augen lassen, als wäre sie davon überzeugt, gleich in den Lauf einer Glock 9 zu sehen.

»Kann ich Ihr Ladekabel ausleihen?«, fragt Cotton, nimmt ihr iPhone heraus und stöpselt es, ohne auf eine Antwort zu warten, an das Kabel, das am Armaturenbrett hängt.

Mom atmet auf und tut so, als wäre sie total entspannt, während wir wieder in unsere Spur fahren. Sie klopft mit der rechten Hand auf das Lenkrad. Das ist so was wie das Zucken des linken Augenlids im Auto.

»Willst du jemanden anrufen?«, fragt Mom. »Um Bescheid zu sagen, dass alles in Ordnung ist?«

»Ich bin keine Ausreißerin«, zischt Cotton.

»Habe ich nie behauptet«, sagt Mom, ihre Antwort klingt genauso scharf.

»'tschuldigung«, sagt Cotton, »wie heißen Sie noch mal?«

»Kate.«

»Und ich bin Jasper, und das ist Whistler.«

»Man ist nur eine Ausreißerin, wenn man minderjährig ist. Ich bin alt genug, um mich zu entscheiden, und ich habe mich entschieden, nicht in der Nähe von Moms Freund zu wohnen.«

Dann fragt Mom: »Würde es helfen, mit der Polizei zu sprechen?«

Wow. Was ist los? Plötzlich ist das ein super ernstes Gespräch geworden. Habe ich was verpasst? Ist der Freund von Cottons Mom ein Mörder oder so?

»Hören Sie, vergessen Sie, dass ich was gesagt habe. Es ist okay. Ich habe einen Job, der auf mich wartet, als Bedienung. Meine Freundin sagt, ich kann auf ihrer Couch schlafen. Alles gut.«

Mom schaut im Rückspiegel zu mir, und es ist offensichtlich, dass sie nicht glücklich ist. Jetzt habe ich ein schlechtes Gewissen, weil ich Mom eines gemacht habe, als sie die Anhalterin nicht mitgenommen hatte.

Whistler rührt sich nicht, obwohl Cotton ihn nicht streicheln, kraulen oder tätscheln will. Es ist, als wäre er unsichtbar für sie, aber – und das ist das Merkwürdige – er ist nicht böse. Warum sollte er zufrieden sein, dass Mom angehalten hat, um sie mitzunehmen? Sie scheint weder besonders nett noch dankbar zu sein, aber wenn er nichts gegen sie hat, dann vermute ich, dass sie in Ordnung ist.

»Mein Hund mag dich«, sage ich. »Eigentlich ist er gar nicht mein Hund. Wir bringen ihn zurück zu einer Firma, die Assistenzhunde ausbildet, in Lincoln Peak, New Mexico.«

»Assistenzhunde?« Cotton dreht sich ein wenig nach rechts, kneift die Augen zusammen, schaut Whistler aber kaum an.

»Es gibt eine Abschlussfeier, und wir bekommen eine Belohnung.«

Jetzt richtet sie sich auf.

»Was für eine Art von Belohnung?«

»Mein Sohn übertreibt. Es ist bloß eine Urkunde, ein offizielles Dankeschön. Jasper, bist du sicher, dass es in dreißig Kilometern eine Raststätte gibt?«

»Ja, bin ich, und es ist nicht bloß eine Urkunde. Ich bekomme einen richtig großen Scheck, weil er ein ganz besonderer Hund ist. Wir sind den ganzen Weg von Cape Cod, Massachusetts, hierhergekommen. So sehr wollen sie ihn zurück.«

Cotton zieht ihre Turnschuhe aus und zieht ein Bein hoch, dann dreht sie sich ganz um, spricht mit Whistler und mir. Ich hoffe, sie zeigt aus den richtigen Gründen Interesse. Ich versuche zu übersehen, wie schmutzig ihre Socken sind, die außerdem nicht zueinander passen.

»Was kann er denn?«, fragt Cotton und streckt die Hand nach Whistlers Zebrastreifen aus.

»Vor allem kann er Leuten sagen, dass sie gleich einen Anfall bekommen werden, aber er kann noch viel mehr, wenn man ihn richtig fragt.«

»Meinst du Tricks oder so was wie nach Bomben oder Drogen schnüffeln?«

Moms Blick fällt auf den Rucksack im Fußraum. »Endlich«, sagt Mom, lauter als nötig, »ich dachte schon, wir kommen nie an.«

In der Ferne ragt ein großes Schild hoch neben dem

Highway auf – *Toot'n Totum* –, der Drugstore einer bekannten Kette.

Cotton zieht ihre Sneaker an, als Mom den Tahoe auf einen privaten Parkplatz lenkt.

»Nett, dich kennenzulernen«, sagt Mom und zwingt Cotton zu einem linkischen Händedruck.

Wir steigen aus, ich befestige die Leine an Whistlers Halsband, und wir vier folgen der Menschenmenge, die in einen großen Laden geht.

»Vielleicht gibt es hier Papier oder Pappe«, sagt Mom, »dann könntest du ein Schild basteln, damit die Leute wissen, wohin du willst.«

Cottons Gesichtsausdruck »Ernsthaft?« ist zehnmal besser als meiner.

»Mom, ich muss pinkeln.«

Wir sind fast am Eingang. Warum ist Cotton immer noch bei uns? Ich zupfe an Moms Ärmel, weil ich will, dass nur sie es hört. »Richtig dringend.«

Eine Zeit lang waren öffentliche Toiletten für Mom und mich ein Problem. Wenn man klein ist, ist es schlimm genug, und ich weiß, dass böse Leute in Toiletten warten, bereit, Kinder zu entführen, aber alles ist besser, als in meinem Alter mit meiner Mutter aufs Damenklo zu gehen.

»Ich kann auf den Hund aufpassen«, sagt Cotton. »Geht nur. Wir warten hier.«

Mom will etwas sagen, schluckt es aber hinunter. Vielleicht hat sie das Hunde-verboten-Schild an der Tür entdeckt. Vielleicht ist sie böse, weil ich Whistlers falsche Assistenzhund-Weste im Tahoe liegen lassen habe.

»Okay, Cotton«, sagt Mom und schaut ihr direkt in die Augen, »ich werde dir vertrauen. Enttäusch uns nicht.«

Mom nimmt mir Whistlers Leine aus der Hand und gibt sie ihr.

»Gehen wir«, zische ich und bemühe mich, nicht auf einen nahen Brunnen zu sehen oder auf das Plakat mit einem Wasserfall. Ich packte Moms Ärmel und schiebe sie durch die Eingangstür.

Über den Zapfsäulen hängt eine große rote Digitaluhr, die zwischen Uhrzeit und Temperatur abwechselt. Wir brauchen exakt sechs Minuten, aber als wir zurückkommen, sind Whistler und Cotton nicht da, wo wir sie zurückgelassen haben.

Ich schaue mich um, denke, dass sie herumspazieren – Whistler sucht selbst nach einem Ort zum Pinkeln –, bis das schrille Kreischen von Reifen mich zur Tankstelle sehen lässt. Und dann höre ich eine Frau schreien.

51

Kate

Natürlich ist sie weg. Und hat Whistler mitgenommen. Wir stehen auf dem Bürgersteig, wo wir sie zurückgelassen haben, und ich drehe mich immer wieder um, suche verzweifelt nach einem schmutzigen Sweatshirt oder schwarzem Fell und weiß nicht, was schlimmer ist, die Wut über meine Naivität oder die Angst, Whistler zu verlieren.

Ich bin mir sicher, Jaspers unschuldige Erwähnung der Belohnung hat sie auf die Idee gebracht, aber ich habe die Leine einer völlig Fremden – ich weiß nicht mal ihren Familiennamen – gegeben, als würde ich fünfundzwanzigtausend Dollar in bar weggeben, einfach so, mit fünf Minuten Vorsprung für sie, falls ich meine Meinung noch mal ändern sollte.

Aus jeder Pore schwitze ich Blamage. Ich bin so eine Idiotin. Vermutlich habe ich mich von Laureens Wärme und Großzügigkeit anstecken lassen; meine mütterliche Entschlossenheit verschwand, als Jasper mich auf meine Schuldgefühle wegen der ZF angesprochen hat. Ich wollte nur das Richtige tun, jemandem in Not helfen, wollte weitergeben, was uns Gutes widerfahren ist, das dümmste und unsinnigste Konzept überhaupt. Jetzt fühle ich mich betrogen und beschämt, Ziel eines Witzes, Opfer eines Betrugs.

Trucks und Autos kommen und fahren, ein Bass pulsiert in einem Cabrio, und der Geruch von bleifreiem Benzin liegt schwer in der Luft. Und überall gehen normale Leute ihren Geschäften nach. Ich befehle mir, mich zu beruhigen. Vielleicht ist sie noch irgendwo hier. Aber was, wenn ich mich irre und sie weg ist und Whistler mitgenommen hat? Möglicherweise will sie nur einen Hund als Gesellschaft und zur Sicherheit. Aber vielleicht ist sie auch verzweifelt und Whistler nichts weiter als ein Objekt, das sie gegen Essen, Geld oder Drogen tauschen kann?

Ich beiße die Zähne zusammen, bin kurz davor, mir die Haare auszureißen, da dringt Reifenquietschen durch den Hintergrundlärm, und ich wirble in Richtung der Tanksäulen herum. Der Schrei einer Frau, lang und wild wie ein Ausrufezeichen, bestätigt die Richtung. Aber es ist das Geräusch dazwischen, das in meinem Kopf hängen bleibt, der Aufprall, nicht bloß dumpf und abscheulich, sondern tödlich.

»Komm mit«, rufe ich und greife nach Jaspers Hand. »Sofort«, befehle ich und durchdringe seine Verwirrung. Ich ziehe ihn hinter mir her, die Leute starren, als wäre ich die Entführerin. Mein wütender Blick und die erhobene Hand halten den Verkehr auf. Sollen sie es bloß wagen weiterzufahren, während wir zu der Reihe Zapfsäulen laufen und in eine Szene platzen, bei der alle Konturen der Autos verändert sind – sexy Linien, verkratzt, verbeult, deformiert. Aber die kleine Menge, die sich dort versammelt hat, ignoriert den Blechschaden und die Fahrer, die einander anschreien, denn die Mitte ihres schweigenden Halbkreises starrt bestürzt auf das Tier am Boden.

Niemand bewegt sich, weil Whistler tot ist.

52

Jasper

Natürlich ist er nicht tot. Er tut nur so.

Whistler liegt am Boden, ganz steif, sein gutes Auge geschlossen, *ich sehe dich nicht, dann siehst du mich auch nicht*, wie damals im Sportladen, als er in der Golfabteilung ausgeflippt ist.

Mom lässt meine Hand los und verscheucht die Leute, indem sie ruft: »Ich bin Ärztin, er gehört uns.«

Zwei Gründe, warum das cool ist. Ein Grund, warum es nicht so cool ist.

Erstens: Ich wette, Mom hat sich schon immer gewünscht, die Chance zu bekommen, bei einem Tiernotfall »Ich bin Ärztin« zu sagen. Zweitens: Jetzt, da sie öffentlich »Er gehört uns« gesagt hat, weiß ich, dass sie ihn tatsächlich liebt. Drittens: Ein paar der Leute schauen sie an, als würden sie denken: Was für eine Tierärztin lässt ihren Hund denn von einem Auto anfahren?

Mom kniet am Boden, tastet über sein Fell und seine Narben, sucht nach Wunden und Blut, legt ihren Kopf sanft an seine Brust, horcht auf seinen Atem, entschuldigt sich ununterbrochen und wiederholt flüsternd: »Es tut mir so leid.«

Ich spüre keinerlei Schmerzen im Kopf oder Bauch oder den Knochen, stattdessen eine ganz bestimmte Art der Angst, vergleichbar mit der, wenn ich mich vor Cousin

Todd in Grandmas Garten verstecke und weiß, dass er mich gleich findet. Vor wem hat Whistler sich versteckt?

»Er wurde nicht getroffen.«

Ich drehe mich um, und da steht dieser dünne junge Mann, der gerade tankt, seine Haare hat er zu einem Knoten, so einem *Man Bun* hochgesteckt.

»Der Typ im Honda ist ausgewichen, hat den Hund verfehlt, aber diesen Porsche vorn erwischt.«

Er deutet mit dem Kopf auf die kaputten Autos, aber meine Augen folgen den Reifenspuren bis zu dem Punkt, an dem Whistler gestürzt ist.

»Geht's dem Hund gut?«

Es ist Mr Honda, der es Mom zuruft, als er zu ihr läuft.

»Ich glaube schon«, sagt Mom.

Mrs Porsche mag Tiere offensichtlich nicht, weil sie nur in ihr Handy schreit und die Dellen an ihrem Auto betrachtet.

»Wo ist sie?«, fragt Mr Honda. »Dieses Mädchen.«

»Weg«, sagt Mr Man Bun, der fertig getankt hat. »Ein Typ in einem Pick-up hat sie mitgenommen. Großer Kerl, rote Haare, Zigarette im Mund. Depp. Wer raucht denn an einer Tankstelle? Der Hund hat kurz hingesehen und ist ausgetickt, als würde er ihn kennen, als würde er wegrennen, aber dann hat er sich doch lieber tot gestellt, als wäre der Typ ein Bär oder so.«

Mr Honda ist überrascht. Und Mom auch. Merkwürdig.

»Ich würde mir keine Sorgen machen«, sagt Mr Man Bun, der auf seinen Kassenbeleg wartet. »Ich sehe zwei, drei Kameras. Die haben alles aufgezeichnet. Ich habe mir das Nummernschild nicht gemerkt, aber es war ganz sicher aus Colorado.«

Ich habe vergessen, die einzige wichtige Frage zu stellen: Hat Cotton die Leine losgelassen oder hat sich Whistler losgerissen? Ich vergesse es, weil ich abgelenkt bin.

Whistler sitzt da und leckt langsam über Moms Gesicht.

53

Kate

Whistler hat mich dazu gebracht.

Ja, ich habe angehalten, um eine Anhalterin mitzunehmen, wegen Jasper – als Chance, meinen früheren Fehler wiedergutzumachen, mein Gesicht zu wahren –, aber, und es macht mich fertig, das zuzugeben, Whistler hat alles angezettelt.

Als er sich nach vorn zwischen die Sitze gedrängelt hat, fielen mir seine Narben auf, also die kleinen, und ich stellte mir das Schlimmste vor – das glühende Ende einer Zigarette, ein Schlag mit einem Siebener Eisen. Doch Marthas Lucky schaute stur nach vorn, ungebrochen, als würde er Wache halten, ein entschlossener Bodyguard, der den Horizont nach Gefahren absucht. Und lange bevor ich die Anhalterin sah, bohrte er seine Schnauze in meine Achsel, sodass ich fluchte und einen Bogen fuhr. Ich habe reflexartig gebremst, um ihn abzuschütteln, und da stand sie, als wollte der Hund mir eine zweite Chance geben. Es fühlte sich impulsiv, verwegen und unter Umständen gefährlich an, aber nach dem Motorradfahrer musste ich mir beweisen, dass ich für Whistlers positiv gesinnten Virus empfänglich bin.

Festzustellen, dass es kein Mann, sondern eine junge Frau war, war eine Erleichterung, allerdings nur für kurze Zeit. Ihr Name, Cotton, klang nach Hippie-Eltern, und es tut mir leid, aber jeder Jugendliche lügt. Wahrscheinlich höchstens fünfzehn Jahre alt, Schulschwänzerin oder bereits von der Schule geflogen. Ihre Motivation bezweifle ich gar nicht. Ich musste die ganze Zeit denken: Wo hat sie die letzte Nacht verbracht? Mit wem hatte sie schlafen müssen? Die schlimmsten Varianten gingen mir durch den Kopf, während ich mich fragte, was Cotton zu Hause hatte ertragen müssen. Körperliche Misshandlungen? Psychischen Missbrauch? Sexuellen Missbrauch? Ich konnte es nicht herausfinden, aber es brachte mich dazu, meine Beziehung zu meiner Mutter, meiner Schwester und meinem Sohn zu überdenken. Manchmal ist es ein bisschen zu einfach zu vergessen, dass es da draußen viel schlimmere Dinge gibt, und eine Weile war ich ganz sicher, dass meine ursprüngliche Absicht, trotz meines Unbehagens, gut war.

Der Rucksack, den sie bei sich hatte, war ein Problem. Er schien zu klein, bloß das Nötigste, aber was war das? Eine Pistole? Eine Dose Pfefferspray? Plastikspritze, Kanüle und ein verbogener Löffel?

Erst jetzt, wieder auf dem Highway, Jasper trägt Whistler praktisch wie einen voll aufgeblasenen Airbag, kann ich versuchen, unserem Treffen mit Cotton etwas Positives abzugewinnen.

Ich vermute, sie hat nach einer Mitfahrgelegenheit gesucht und sich gefragt, ob ein Hund dabei hilfreich oder hinderlich ist, als sie ein Nummernschild aus Colorado an den Zapfsäulen entdeckt hat. Und vielleicht hat der Fahrer gesagt: »Ich fahre sofort, entweder du kommst mit oder nicht.« Keine Zeit, nach uns zu suchen. Keine Möglichkeit, einen Zettel zu hinterlassen. Dann hat Whistler den Fahrer gesehen, einen stämmigen Rothaarigen, und plötzlich machte er sich auf den Schlag eines Golfschlägers oder den Schmerz glühend roter Asche gefasst. Vielleicht war dieser Rothaarige ein guter Kerl, ein Hundeliebhaber, aber da Whistler so weit gekommen war, ging er kein Risiko mehr ein. Entschlossen zu fliehen, löste er den Auffahrunfall aus, bemerkte, dass er nicht mehr entkommen konnte, duckte sich, wünschte, er wäre tot, und wartete auf den Schmerz.

Ich hoffe, Cotton hatte nie vor, Whistler mitzunehmen. Ich hoffe, der rothaarige Fahrer hat nicht »Keine Hunde« gesagt, und sie hat daraufhin die Leine fallen lassen. Und kurz bevor Cotton in einem anderen Beifahrersitz einschläft, hoffe ich, dass ihr bewusst wird, dass ich eine Fremde war, die eine Entscheidung getroffen hat, die ihre Not erkannt hatte und die, inspiriert von diesem haarigen Monster auf dem Rücksitz, helfen wollte.

Im Moment steht besagtes haariges Monster auf dem Rücksitz, späht nach links und rechts, als wäre er auf der Suche nach dem nächsten Abenteuer. Und da fällt mir etwas auf: Während ich immer noch wütend bin – Cottons Beweggründe erraten will –, ist der Hund schon weiter. Natürlich hat Whistler den Luxus, dass es in seinem Leben nur um einfache Taten und Gefühle geht: Sei ganz im Jetzt, entdecke die Freude und weiter zur nächsten. Aber ganz offensichtlich funktioniert es. Er lächelt immer, als wüsste er etwas, zum Beispiel was nützen Zweifel und Selbstvorwürfe? Als müsste jede Absicht per Definition gut sein, wenn man sich im Leben auf das Wichtigste konzentriert.

54

Jasper

Ich dachte, ich wäre im Schweigespiel ziemlich gut, aber Mom ist eine Million Mal besser als ich, und im Moment hängt sie über dem Lenkrad und fährt auf jeden Fall zu schnell.

»Mom, glaubst du, Cotton geht's gut?«

Mom lehnt sich im Sitz zurück, hebt langsam das Kinn und dreht ihren Kopf nach links und nach rechts. Es knackt jedes Mal. »Im Moment bin ich einfach nur froh, dass sie bei jemand anderem ist, Jasper.«

Mom kann nicht gut damit umgehen, wenn Dinge anders laufen, als sie es geplant hat. Tante Gwen sagt, deswegen will sie *nicht* aus ihrer »Komfortzone« heraus. Aber wenn man nie etwas riskiert, wenn man nie etwas versucht, dann scheitert man zwar auch nicht, aber man verpasst alles.

»Also, ich glaube, als wir beide auf den *Lokus* waren, ist Cotton wahrscheinlich …«

»Jasper«, bellt Mom und wirft mir im Rückspiegel den bösen Blick zu, »was hatten wir abgemacht?«

Ich sehe zu Whistler, und er blickt zurück. Wir sind einer Meinung. Nichts sagen.

»Du hast mir versprochen, dass du dich beim Hundeflüstern und den britischen Ausdrücken zurückhalten würdest. Erinnerst du dich?«

Nicken. Blick nach unten. Ich stupse Whistler mit dem Ellbogen an, um es mir nachzumachen, aber er wird von einer vorbeiwehenden Steppenhexe abgelenkt.

»Ich finde, ich war unglaublich tolerant. Ich habe nichts gesagt, ich war sogar nachsichtig. Aber du hörst mit der Hundesprache einfach nicht auf, und seit Wochen reitest du auf englischen Ausdrücken herum. Es reicht mit *brillant*, *däämlich*, *bombig* oder *Lokus*. Ich habe versucht, nicht über deinen biologischen Vater zu sprechen, weil ich es nicht möchte und es sich nicht richtig anfühlt, aber mit deiner unendlichen Englandliebe lässt du mir ja keine Wahl. Simon Swift war nie Teil unseres Lebens und wird es wohl auch nie sein. Ich will nicht böse sein, aber soweit es mich angeht, existiert er nicht, ein Mann, an den man sich erinnert, weil er vergessen wurde. Es klingt heftig, aber leider ist es die Wahrheit, und je eher du diese Tatsache akzeptierst, umso besser.«

Mein Mund klappt auf. Ich versuche zu verdauen, was Mom gesagt hat.

Das wäre jetzt vielleicht der richtige Moment für einen ordentlichen Husten, aber ich kann gerade nicht – *däämliche* Antibiotika. »Mir ist es egal, dass ich keinen Dad habe, weil ich immer nur eine Mom gebraucht habe.«

Nichts, nur das Reifengeräusch auf Asphalt.

»Wieso dann diese Begeisterung für alles, was Englisch ist?«

Ich überlege, wie ich es erklären soll. Ich sollte es besser machen als damals, als ich es Burt erklären wollte.

»Ich dachte einfach, ein britischer Pass könnte mal nützlich sein.«

Der Tahoe wird langsamer. »Wovon redest du?«

»Erinnerst du dich, als dein Arbeitgeber zu einer neuen Krankenversicherung gewechselt hat und du gesagt hast, dass ich mir am besten einen vernünftigen Job suche, bevor ich sechsundzwanzig bin, weil deine Versicherung danach nicht mehr für mich bezahlt?«

Fragender Blick im Rückspiegel.

»Du hast mir gesagt, dass ich zur Hälfte Amerikaner und zur Hälfte Brite bin. Das bedeutet, dass ich einen englischen Pass bekommen kann, aber wahrscheinlich gibt es da irgendeinen Test, also muss ich üben, um bereit zu sein.«

»Aber wieso brauchst du einen britischen Pass?«

»Damit ich ins Land kann. Denn in England ist das Gesundheitssystem gratis. Falls ich keinen Job habe, wenn ich sechsundzwanzig bin, dann kannst du ja britische Ärzte meine Lunge behandeln lassen.«

Sekunden vergehen, auf der Uhr in der Mitte des Armaturenbretts vergeht noch eine Minute, und Mom sagt immer noch nichts, bis sie schließlich eine Hand vom Lenkrad nimmt und sich an beiden Augen kratzt. »Mein Gott, Jasper, wenn deine Krankheit mich nicht umbringt, dann deine Art zu denken.«

Ich bin mir nicht sicher, was sie meint, aber ich frage: »Dann darf ich wieder *Vollpfosten* sagen?«

55

Kate

Trotz einer Bergkette in der Ferne, die die nervtötende Monotonie unserer Fahrt etwas auflockert, denke ich immer noch an den unheimlichen Hund, der mich anschaut, der irgendwie weiß, dass ich an ihn denke, derselbe, den ich – ja, ich traue mich endlich, es zuzugeben – nicht verlieren will. An der Tankstelle, mitten in der Panik, habe ich keine Sekunde lang an die Belohnung gedacht, weil meine unmittelbare Reaktion war: Mein Sohn braucht diesen Hund, dieser Hund braucht meinen Sohn.

Obwohl ich mit Jasper nicht darüber gesprochen habe – ich werde ihm keine falschen Hoffnungen mehr machen –, habe ich vor, sollte es sich ergeben, ein letztes Mal darum zu bitten, Whistler behalten zu dürfen. Ja, es geht um Schuld und Wiedergutmachung, aber im Moment ist mein Hauptargument – Mukoviszidose – in ernsten Schwierigkeiten, weil der pumpende Antibiotika-Ball auf dem Sitz neben ihm gerade das einzige Zeichen dafür ist, dass Jasper eine unheilbare Krankheit hat. Dass er für sein Alter klein und sehr hübsch ist, wird nicht genügen, um die Sympathie zu gewinnen, die wir so dringend brauchen. Und eine verrückte Mutter, die Jaspers tolle Eigenschaften feiert, wirkt dämlich. Nein, die Entscheider müssen erleben, was ich erlebt habe, die Magie, die entsteht, wenn dieser Junge und dieser Hund zusammen sind.

Jasper hat mich umgehauen mit seiner Argumentation zum britischen Pass. Welches amerikanische Kind seines Alters hat überhaupt schon mal vom National Health Service gehört? Und ich dachte an einen Plan, eine verzweifelte Pilgerreise. Wochenlang habe ich mir über unterschiedliche mögliche Motive den Kopf zerbrochen: normale Neugier, Wunsch nach Aufmerksamkeit oder, das schlimmste, sich einen anderen Elternteil zu wünschen, den »gehassten« zu wählen anstelle der Frau, die bereit ist, alles zu opfern. Und jetzt stellt sich heraus, dass diese bizarre Besessenheit von allem Englischen für mich war, für uns; vielleicht nicht ganz logisch, aber die Absicht war rührend perfekt. Jetzt gefällt mir jedes *brillant* oder *däämlich*, das von ihm kommt.

Vielleicht ist das der Jasper, den der Beirat von *Paws Unlimited* sehen muss: Der Optimist mit einem halb vollen Glas, gehirngewaschen von einem Hund. Ich weiß, dass der Husten weg ist, und dass Jasper auf dem Rücken schläft, hat mich schwer beeindruckt. Ich bin überzeugt davon, dass diese Behandlungsrunde anders ist, dass ihre Wirkung anhalten wird und wir sechs Monate, vielleicht ein Jahr haben, bevor wir sie wiederholen müssen. Und ich lerne nie dazu, weil es sich jedes Mal wie die Chance auf einen Neustart anfühlt, ein neuer Versuch wie die Aufregung an Silvester samt den neuen Vorsätzen. Die Sache ist bloß, Neujahrsvorsätze halten nie lang. Warum sich also die Mühe machen?

Ich sage Ihnen, warum: Dank Jasper und dem Narbenhund sehe ich endlich, was sie die ganze Zeit schon gesehen haben. Auch wenn es Jasper unausweichlich schlechter gehen wird, so können wir doch beschließen, das Beste aus jedem Augenblick, in dem es ihm gut geht, herauszuholen. Das wird unser Leben auszeichnen.

Die beiden schauen aus dem Fenster, abgelenkt, während wir langsam durch die Main Street von Lincoln Peak fahren. Jasper hat mit seinen Nonstop-Kommentaren aufgehört, aber sein Schweigen hat nichts Unangenehmes, es ist nicht die Angst, nichts mehr zu sagen zu haben, zu beleidigen, zu verletzen oder das Falsche zu sagen. Wie einfach die Beziehung zwischen einem Jungen und einem Hund doch ist, die Art von Liebesgeschichte, für die die meisten Menschen über Leichen gehen würden.

Ich lasse meine Gedanken schweifen, denke an die Arbeit und wie ich KGB besänftigen kann, sodass sie mich in Ruhe und den Laden weiterlaufen lässt. Wie wäre es, wenn ich mich mehr ums Spendeneintreiben kümmern würde? Was, wenn ich ein paar Unternehmen als Sponsoren gewinnen könnte, die gern eine große Kampagne mittragen würden, damit wir endlich ein offenes Tierheim werden? Und es wäre nicht schlecht, toleranter, netter zu Martha zu sein. Ich denke an Gwen und daran, dass sie Angst hatte, um Hilfe zu bitten. Ich denke an meine Mom und meinen Dad und frage mich, ob sie sich zurückgezogen haben oder ob ich sie vertrieben habe.

Schilder informieren mich, dass wir durch einen historischen Stadtteil fahren; neu angepflanzte Bäumchen stehen an den Bürgersteigen Spalier, an Reihen alter Ziegel- und Stuckgebäude, keines mehr als drei Stockwerke hoch; an den vollen Schaufenstern leuchten die Reklameschilder: Cowboy, New Age, regional, Kunsthandwerk.

»Glaubst du, in unserem Hotelzimmer gibt's den Soccer Channel?«

»Ganz sicher«, antworte ich, bremse an einer roten Ampel und erinnere mich an sein letztes Fußballspiel, seine Luftakrobatik im Tor und wie ich, abgesehen von Whistler, ganz allein zugesehen habe. Was, wenn ich das Pferd von hinten aufgezäumt habe? Was, wenn es die Leute verrückt macht, dass ich so tue, als sei alles gut?

Ich kritisiere alle, die ein sogenanntes Facebook-Leben leben, die Wahrheit verzerren, der Onlinewelt nur das zeigen, was sie sehen soll. Aber wenn ich ehrlich bin, mache ich es doch auch so. Du kannst mit meiner Realität nicht umgehen. Deswegen poste ich nie. Ich klicke auf »like«, um höflich zu sein. Ich würde lieber »neidisch« anklicken oder »Du machst mich fertig«, »Ich hätte nicht gedacht, dass ich dich noch mehr hassen könnte« oder »Niemand lebt so«. Wir alle bearbeiten und filtern, aber wenigstens haben sie Material, aus dem sie auswählen können, ein Notizbuch voller Lächeln. Mein Notizbuch hat viel zu viele leere Seiten. Vielleicht ist es an der Zeit, sie zu füllen. Vielleicht ist es an der Zeit, eine neue Version von mir herauszulassen – mit Fehlern, verletzlich und, wenn ich mich traue, real.

Ich war viel zu lange selbst mein ärgster Feind. Natürlich kann ich mich darauf berufen, dass ich von meinem Vater und seiner idiotischen Abscheu vor Schulden geprägt worden bin, aber seine Sünden sind nicht meine. Mein Bedürfnis, Jaspers Krankheit zu kontrollieren, beweisen zu wollen, dass ich es kann, unabhängig zu sein, hat mich trotzig werden lassen, überzeugt davon, dass ich Schwäche zeige, wenn ich Hilfe annehme. Und gleichzeitig gärt Bitterkeit in mir, überzeugt davon, dass uns sowieso niemand wirklich helfen will. Es ist an der Zeit, die vorgekochten Essen anzunehmen, die Angebote, ins Krankenhaus zu Besuch zu kommen, die Einladungen auf einen Drink, einen Kaffee, anstatt alles immer abzulehnen. Ausreden, »Ich habe zu tun«, »Wir gehen essen« oder »Das ist nett, aber Jasper hat eine Allergie«, abzulegen. Wenn die Leute um mich herum zurückhaltend sind, was soll's? Ist es nicht ganz normal, *nicht* zu wissen, was man tun soll, wie man helfen kann, und Angst zu haben, das Falsche zu sagen? Schweigen ist nicht der böse Zwilling der Gleichgültigkeit. Manchmal ist Schweigen unschuldig und bedeutet lediglich, dass man nicht weiß, was man sagen soll, damit sich jemand besser fühlt.

Wir fahren an unserem Hotel vorbei – es ist noch zu früh, um einzuchecken –, ein *Holiday Inn Express* am anderen Ende der Stadt. Mein Sohn will den Leuten bei der Abschlussfeier erzählen, dass wir die Nacht dort verbracht haben; außerdem ist es das billigste Hotel der Gegend, und nach weiteren fünf Meilen verkündet Jasper: »Wir sind da«, weil er als Erster einen Pfotenabdruck in einem Handabdruck in einem Herzen entdeckt, das Logo von *Paws Unlimited.*

Es ist riesig, eine Anlage im Adobe-Stil aus Lehmziegeln mit Schildern, um die Verirrten zu leiten, Bodenschwellen, um die Ungeduldigen abzubremsen, Grünflächen mit Hundetütenspendern für die Unvorbereiteten und mit vielen Parkplätzen. Ich folge den Schildern zum Empfang.

»Glaubst du, er braucht seine gefälschte Weste?«, fragt Jasper.

Ich verziehe das Gesicht, spritze Heparin in Jaspers Port und versiegle ihn danach.

»Dann los«, sagt er, vielleicht zu mir, vielleicht zu Whistler, und ich komme mit. Wir drei gehen nebeneinander wie Revolverhelden über den Parkplatz zu der Glasschiebetür des Haupteingangs.

Ein allzu bekannter Geruch erfüllt meine Nase: nasser Hund, Trockenfutter und tierfreundlicher Bodenreiniger. Ich würde sagen, ich habe mein Tierheim nie verlassen, abgesehen von einem großen Unterschied: der Stille – kein Bellen.

»Alles okay?«, frage ich und drücke Jaspers Schulter, sein Kopf bewegt sich automatisch, mit den Gedanken ist er woanders. Ich muss nicht raten, wo, während ein nervöser Whistler neben Jasper herläuft.

»Hallo«, sage ich zu der Frau am Empfang. »Kate und Jasper Blunt, mit Whistler. Wir haben einen Termin.«

Die Frau hebt den Kopf und lächelt. Ihr Mund ist riesig, und sie scheint ganz aus Zähnen zu bestehen, strahlende, Hollywood-weiße, Lippen öffnende, unmöglich zurückzuhaltende Zähne. Sie sollte eigentlich am Empfang einer Zahnarztpraxis sitzen. Sie schaut auf einen Computerbildschirm, tippt etwas ein und sagt dann begeistert: »Ja. Willkommen. Nehmen Sie Platz, Terri kommt gleich zu Ihnen.«

Jasper fragt leise: »Terri?«

Ich zucke mit den Schultern.

Wir sitzen gegenüber einer Wand, die von oben bis unten mit Bildern von Hunden und ihren menschlichen Partnern bedeckt ist – Männer und Frauen in Uniform, im Rollstuhl, lachende Kinder, und immer ist ein Hund im Bild, als Katalysator, als Krücke, als Rettung.

»Sieh mal, Mom.«

Jasper zeigt auf eine große goldene Plakette, aber mich lenkt die Titelseite einer Zeitung, die auf einem Stuhl liegt, zu sehr ab. Es ist die *Lincoln Peak Tribune* von heute Morgen mit folgender Schlagzeile: »Vermisster Wunderhund gibt einem Mädchen mit Epilepsie aus Albuquerque neue Hoffnung«. Die Realität, warum wir hier sind und wie viel es einer völlig Fremden bedeutet, trifft mich wie eine Faust in den Magen.

»Mom, komm mal her.«

Ich schnappe nach Luft, achte darauf, dass Jasper nicht hinsieht, und drehe die Zeitung um, um die Schlagzeile zu verbergen.

»Hundenamen im Ruhestand – unser Tribut an ihre treuen Dienste«, liest er von der Plakette vor. Hundenamen sind in alphabetischer Reihenfolge von oben nach unten aufgelistet, und neben dem Namen steht ein Datum und daneben der Namenssponsor. Jaspers Finger ist direkt zu dem einzigen »W« gewandert.

»Wenn sie ihn immer noch als Assistenzhund einsetzen wollen«, fragt Jasper, »warum gilt Whistler als Hund im Ruhestand?«

Ich habe keine Ahnung. Außerdem bin ich neugierig, wer Whistlers Sponsor ist oder war, ein gewisser D. H. McClennon?

Whistler rettet mich, er entdeckt eine Frau, die auf uns zukommt. Zuerst fällt mir seine Aufmerksamkeit auf, er ist sofort hellwach wie ein Soldat, der bemerkt, dass ein Offizier an Deck ist. Aber als die Frau näher kommt, wird sie langsamer, greift sich theatralisch an die Brust, und unser Yeti verwandelt sich in ein Wildpferd. Er tänzelt auf seinen Hinterpfoten, die Vorderpfoten schlagen in die Luft.

Ohne ein Wort, ohne auch nur einen Blick in unsere Richtung zu werfen, fällt die Frau auf die Knie, und die beiden begrüßen sich, ohne Zögern, ohne Zurückhaltung – Whistler bewegt sein Hinterteil wie eine hawaiianische Hulatänzerin und leckt langsam ihre Tränen ab.

»Ich bin … ich bin … sprachlos«, sagt sie, sie weint halb, lacht halb und steht auf. »Völlig umgehauen. Ohne Worte. Terri. Entschuldigung, ich bin Terri, Whistlers alte Trainerin. Ehemalige Trainerin. Nicht so alt.«

Ich schätze, sie ist etwas älter als ich, ihre Haut durch viel Bewegung an der frischen Luft leicht gebräunt, in ihren glatten, schulterlangen braunen Haaren sieht man ungefärbte graue Strähnen. Ihre schlichte Goldrandbrille sagt »praktisch«, nicht »schick«, genau wie ihre Uniformjeans, Turnschuhe und ein *Paws-Unlimited*-Sweatshirt.

»Ich hoffe, es ist okay«, sagt sie, sieht Jasper an und wird ernst, »aber ich muss dich umarmen für das größte Dankeschön aller Zeiten.«

Jasper nickt zustimmend und strahlt, obwohl er in Terris Armen fast erdrückt wird. Er ist so klein und zerbrechlich, aber so offensichtlich begeistert, dass er all das möglich gemacht hat, diesen Augenblick der puren Freude einer völlig Fremden, sodass ich plötzlich total mitgerissen bin von der Direktheit dieses Zusammentreffens und selbst in Tränen ausbreche.

Whistler bietet sehr willkommene komische Erleichterung. Seine Zebraschnauze wühlt im einzigen Teil an Terri, das nicht ausschließlich praktisch ist: einer Barbie-pinkfarbenen Nylontasche an ihrer Hüfte – ich vermute Hundeleckerlis darin.

»Tut mir leid«, sagt sie und gibt ihm etwas, bevor sie zu mir kommt und meine Hand zwischen ihre Hände nimmt. »Es bedeutet mir so viel zu wissen, dass Whistler lebt und es ihm gut geht und er seine besondere Magie mit der Welt teilen kann.«

Zum ersten Mal – und es ist schockierend, dass es so lange gedauert hat – leuchten mir Terris Worte tatsächlich ein. Ich sehe, was sie sieht, mir wird bewusst, dass dieser komisch aussehende Köter, diese wilde Promenadenmischung eine Gabe besitzt, die Leben verändern kann. Terri wirkt so aufrichtig und beeindruckend, und jegliche Sorge, jegliche Angst, dass wir nicht das Richtige tun, indem wir ihn zurückbringen, verschwindet, als ich ihre Dankbarkeit wahrnehme.

»Gern geschehen«, sagt Jasper, als wäre es keine große Sache, dreitausend Kilometer zu reisen, um seinen perfekten Hundegefährten wegzugeben.

»Wie lange war er bei Ihnen?«, fragt Terri.

Es scheint ewig her zu sein, seit bei uns im Tierheim ein schäbiger Mischling abgegeben wurde, der *nicht* auf den Namen Lucky hörte.

»Ein paar Wochen«, sage ich und hoffe, dass sie erkennt, dass Jasper und Whistler mehr als genug Zeit miteinander hatten, um eine Beziehung aufzubauen. Im Moment würde ich gern sagen, eine unzerstörbare.

»Wurde Whistler hier zum Assistenzhund ausgebildet?«, fragt Jasper.

»Teilweise hier, teilweise auf dem gesamten Gelände. Wir haben hier ein Frühförderzentrum, wo die acht bis sechzehn Wochen alten Welpen anfangen, bevor sie ins Gefängnis gehen.«

»Wie, ins Gefängnis? Ein echtes Gefängnis?«

»Dort erhalten unsere Hunde den größten Teil ihrer Ausbildung.«

Jaspers Gesichtsausdruck verrät mir, dass Terri ihn gerade völlig überrascht hat. Sie erzählt, dass eines der Gebäude ein Haus ist, in dem Hunde mit ihren neuen Partnern trainieren, ausprobieren, ob alles klappt, lernen, wie man einen Lichtschalter bedient, einen Kühlschrank öffnet, ein Bad einlässt. Aber ich weiß, dass Jasper hängen geblieben ist bei »Sind Gefängnisse nicht für böse Menschen?«, als erkenne er nicht den Wert darin, die Kunst des Straßenkampfs zu erlernen oder wie man aus einem Plastiklöffel eine Klinge macht.

»Da ist er ja«, sagt Terri, als ein großer, breit lächelnder Mann auf uns zukommt.

Mr Clayton Silver strahlt die weiche, kräftige Wärme eines Mannes aus, dessen Körpergröße ihn zum perfekten Weihnachtsmann bei Spendengalas macht. Er hat den weißen Vollbart zwar gegen einen struppigen Walross-Schnurrbart getauscht, aber seine strahlenden Augen zeigen, dass er sich unbändig freut, uns zu sehen.

»Kate. Jasper. Whistler. Das ist fantastisch. Ich kann euch gar nicht genug danken. Der Rest des Beirats ebenfalls. Terri, geh doch mal hoch in den Trainingsraum, um auszutesten, woran Whistler sich erinnert und was er vergessen hat, und dann können wir uns nach dem Mittagessen treffen und das Ergebnis besprechen. Halb drei?«

Terri ist einverstanden und nimmt ihre Gentle-Leader-Leine heraus. Ich beobachte, wie Whistler seine Schnauze nicht gerade hilfreich bewegt und wackelt, als sähe der Hund das Nasenband weniger als Unterrichtshilfe und mehr als unnötige Einschränkung.

Das beharrliche Zupfen an meinem Ärmel bittet um Aufmerksamkeit, aber als ich zu Jasper sehe, bleibt mir fast das Herz stehen. Er hat Angst, er ist fast panisch, seinen ernsten Gesichtsausdruck habe ich bisher erst ein Mal gesehen, als er das erste Mal Blut gehustet hat. Und selbst damals war es nicht der rote Fleck auf dem weißen Stoff, der ihm Angst eingejagt hat, es war der Schrecken, der *mir* ins Gesicht geschrieben stand und den ich – seine nachlässige Mutter – nicht verborgen habe.

»Mom«, flüstert er, »ist es jetzt? Muss ich mich jetzt verabschieden?«

Clayton Silver hört es, runzelt besorgt die Stirn und sagt: »Natürlich nicht. Dafür ist noch viel Zeit.«

Silver sieht mich an, sein Gesichtsausdruck hat fast etwas Lauerndes, und ich frage mich, ob er darüber nachgedacht hat, ob der gesamte Beirat darüber nachgedacht hat, wie man am besten mit dieser »heiklen« Trennung umgeht. Erwarten sie eine Szene? Ich bin mir sicher, dass darüber diskutiert wurde, dass wir Whistler gern behalten würden. Vielleicht haben sie einen Sicherheitsdienst engagiert.

Jasper breitet seine Arme aus, und Whistler kuschelt sich hinein, die Köpfe aneinandergedrückt. Etwas wird in ein zerfetztes Blumenkohlohr geflüstert, etwas Wichtiges, als würde mein Sohn Silver nicht glauben oder wolle kein Risiko eingehen, und dann löst Jasper sich, schlurft linkisch direkt vor mich und muss noch ein letztes Mal über seine Schulter sehen.

Weiter unten im Flur gehen wir an einem älteren Mann in einem Bestatter-Dreiteiler samt Krawatte vorbei – vielleicht haben sie wirklich einen Sicherheitsdienst engagiert –, der vor einer Tür sitzt. Der Mann ignoriert uns, den Kopf gesenkt, in eine Zeitschrift vertieft, als warte er eher darauf, dass jemand herauskommt, als selbst hineingerufen zu werden.

Silver führt uns an ihm vorbei in einen hell erleuchteten Konferenzraum, der von einem glänzenden schwarzen Holztisch dominiert wird, um den Lederstühle mit hohen Rückenlehnen aufgereiht sind. Als wir eintreten, stehen die Leute auf, und Silver lotst uns durch Begrüßungen und Small Talk mit jedem Mitglied des *Paws-Unlimited*-Beirats.

Ich kann mir übrigens ganz schlecht die Namen von Leuten merken, denen ich gerade vorgestellt wurde, und das ist bei der Ersten, die mir vorgestellt wird, genauso. Diese Frau, die, warum auch immer, auf eine etwas eckige, zu familiäre Umarmung besteht, sieht aus, als wäre sie in der Führungsriege einer Wohltätigkeitsorganisation völlig fehl am Platz. Sie ist zu jung, höchstens Ende zwanzig, eine hübsche, blasse Rothaarige mit Sommersprossen und eindeutig falschen Wimpern, die einen viel zu tiefen Ausschnitt trägt. Ihre linke Hand wird von etwas herabgezogen, das ich nur einen glitzernden Felsbrocken nennen kann.

»Und du musst der berühmte Jasper Blunt sein«, sagt sie mit einem leichten Südstaatenakzent und schüttelt ganz förmlich Jasper die Hand.

Ich möchte gern glauben, dass sie *keine* Vorzeigefrau ist. Ich möchte glauben, dass sie eine sehr erfolgreiche Unternehmerin ist, die Hunde liebt und philanthropisch denkt. Aber trotzdem muss ich unwillkürlich an Fräulein Gloria Roth aus Jaspers Cluedo-Spiel denken.

Noch ein Name wird in meine Richtung abgeschossen, aber er fliegt einfach an mir vorbei, und ich lande im festen, doppelten Händedruck eines Mannes, der aussieht, als käme er gerade aus den Tropen, so braun ist er. Seine Zähne strahlen, in seinem linken Ohrläppchen glitzert ein kleiner Diamant, und die dünne Cowboykrawatte ist ein

Fehler, aber am meisten fällt mir auf, wie viel Zeit er sich mit Jasper nimmt.

»Welches Trikot ist das?«, fragt er, anscheinend interessiert an der Geschichte hinter Jaspers Argentinien-Trikot.

Die schüchternste Begrüßung kommt von einer kleinen südamerikanischen Frau – ich weiß noch, dass ihr Name auf »chez« endet, aber das war's dann auch –, um deren Hals eine Brille an einer Goldkette hängt wie ein Schmuckstück. Sie trägt ihr pechschwarzes Haar glatt und lang, der Mittelscheitel ist so präzise, dass er eine dicke weiße Trennlinie bildet, die ihren Kopf zweiteilt wie eine chirurgische Narbe. Anders als die anderen behält sie eine gewisse Distanz, nickt flüchtig und lächelt höflich, aber nervös, als wäre sie traurig oder verletzt, uns zu sehen. Ich frage mich, ob sie die ganze Sache bereits bereut. Vielleicht wurde sie von der Begeisterung, Emily Smart und Whistler zusammenzubringen, mitgerissen, stellt aber jetzt fest, da mein Sohn vor ihr steht, dass die neue Verbindung eine schmerzhafte Trennung nötig macht. Was, wenn sie es bereut, dass sie Jasper den Hund, den er liebt, wegnehmen muss?

Die letzte Person, die zu begrüßen ist, ist auch die langsamste. Eine Frau, etwa neunzig Jahre alt und schwer auf einen Holzgehstock gestützt, geht um die Tischecke und auf mich zu. Sie trägt ein anthrazitfarbenes Kostüm, wie es die Leiterin einer katholischen Mädchenschule tragen würde, der Kragen ihrer weißen Bluse ist hoch und gerüscht, kein Schmuck, ihre weißen Haare sind kurz geschnitten. Ihr Kopf und ihr Hals strecken sich aus ihren Schultern heraus, hohe Wangenknochen. Aber ihre Augen fangen die Aufmerksamkeit ein. Vergessen Sie wässrig, blutunterlaufen oder milchig: Trotz all der Falten und Altersflecken sind ihre Augen lebendig, leuchtend grün und vermitteln alles, was man wissen muss: Ignorieren Sie das zerbrechliche Äußere, denn hier drinnen bin ich sehr lebendig.

»Und last, but not least, das ist Alice McClennon.«

McClennon. Also an diesen Namen werde ich mich erinnern. Das war Whistlers Sponsor auf der Plakette im Foyer.

Ich will ihr die Hand geben, aber Alice' rechte Hand umklammert ihren Gehstock, sodass ich gekünstelt lächle und ungeplant meine Haare zurückstreiche.

Alice lächelt zurück und antwortet mit einem knappen Nicken – Anerkennung oder Geringschätzung, unmöglich zu sagen. Ich wurde selten so durchdringend gemustert.

»Und das ist Kates Sohn. Das ist Jasper.«

Clay hat Jasper nach vorn geschoben, und Jasper steht so nahe vor Alice McClennon, dass er den Kopf zurücklegen muss, um ihr in die Augen sehen zu können. Es ist nicht gerade hilfreich, dass Jasper sie anstarrt. Sie ist wahrscheinlich die älteste Person, die er je getroffen hat.

»Vielen Dank, junger Mann«, sagt Alice.

Mein hypnotisierter Sohn schafft es, »Gern geschehen« zu murmeln.

»Nehmen Sie beide doch Platz«, sagt Silver. »Es wird nicht lange dauern.«

Jasper und ich sitzen, bevor Mrs McClennon sich wieder auf ihren Stuhl am anderen Ende des Zimmers hat fallen lassen. Vielleicht hat sie sich ganz bewusst von den anderen abgesetzt.

Ich lasse meine Hände unter die Tischkante sinken, damit niemand sieht, dass ich auf die Uhr schaue. In vier Minuten muss ich Jasper noch ein Antibiotikum anhängen.

»Ich weiß gar nicht, wo ich anfangen soll«, sagt Silver, »aber lassen Sie mich mit großartigen Neuigkeiten beginnen. Bevor Sie heute Morgen angekommen sind, hat der Beirat einstimmig beschlossen, all Ihre Reisekosten, um Whistler nach Hause zu bringen, zu übernehmen.«

Er macht eine Pause, vielleicht wartet er darauf, dass ich »Das wäre doch nicht nötig« einwerfe, dabei konzentriere ich mich auf Jasper, da er bei *nach Hause* zusammengezuckt ist. Es scheint niemandem aufzufallen.

»Auf diesem Zettel« – Clayton Silver schiebt sowohl Jasper als auch mir eine Kopie zu – »finden Sie das Programm für die morgige Abschlussfeier. Sie werden sehen, dass es gegen zehn losgeht, und wir möchten um zwölf, spätestens Viertel nach zwölf fertig sein.«

Jasper beugt sich zu mir und flüstert ein Wort: »Flug.«

»Das könnte ein Problem werden«, sage ich, »unser Flug zurück nach Boston geht ab Dallas. Um zwölf loszufahren könnte knapp werden.«

Gloria Roth wendet sich an Sonnenbräune und fragt leise: »Dallas?« Sie legt ihre perfekte Nase in Falten, und zack bin ich gereizt, mein altes Ich kommt hervor, bereit, ihr eine Lektion zu erteilen, wie schwierig es ist, Medikamentengabe und Flugpläne zu koordinieren, bereit, ihre Haltung, »fieses Highschool-Mädchen«, auseinanderzunehmen, bevor sie ergänzen kann: »Was für ein Loser fliegt denn von Dallas?« Aber anstatt auszuflippen, zögere ich, dann spüre ich innerlich einen Ruck und warte, bis sich alles beruhigt und ihre Frage von einem zickigen Vorwurf – ja, natürlich nehme ich den Learjet meines Sugardaddys – zu ehrlicher

Verwunderung angesichts der vielen näher gelegenen Flughäfen wird.

Sonnenbräune – Ian? Ethan? – beugt sich in seinem Stuhl vor und betrachtet sein eigenes Programm. »Ich sehe da kein Problem. Solange der Kongressabgeordnete Jessup nicht überzieht, sollte es klappen. Wenn nötig, können wir immer noch die Präsentation von Jasper vorziehen und dann direkt mit Whistler weitermachen.«

Clayton Silver schaut sich fragend um, und mir fällt auf, dass er als Erstes Alice McClennon ansieht. Er wird mit einem trägen, zustimmenden Blinzeln belohnt, und soweit ich das beurteilen kann, ist ihr »Ja« das einzige, was zählt.

»Kate, Jasper, vielleicht kann ich Ihnen eine kleine Geschichte erzählen, dann können Sie besser …«

»Es tut mir leid, Sie unterbrechen zu müssen, Mr Silver, aber macht es Ihnen allen etwas aus, wenn ich Jaspers Antibiotika-Infusion anhänge? Wir können uns auch irgendwohin zurückziehen, wenn Ihnen das lieber ist.«

»Wenn es dir recht ist, Jasper, dann ist es uns recht«, sagt Alice McClennon.

Alle nicken zustimmend, aber ich bin beeindruckt, dass die alte Dame direkt meinen Sohn gefragt hat und nicht mich.

Jasper rollt seine Ärmel hoch und legt den Port frei, und wir hängen den Tropf an. Da ich bemerke, dass er kein bisschen verlegen ist, wage ich es, den Pumpenball gut sichtbar auf dem Tisch liegen zu lassen. Das ist gut.

»Entschuldigung, Mr Silver, wo waren Sie stehen geblieben?«

»Ja. Richtig. Ich will mit Ihnen beiden ganz ehrlich sein. Unsere jährliche Abschlussfeier der Assistenzhunde ist das größte Ereignis des Jahres. Es ist erhebend, inspirierend und sehr emotional. Jeder, der einen Hund bekommt, hat die Möglichkeit, seine Geschichte zu erzählen, was es ihm oder ihr bedeutet, diesen Hundegefährten in seinem Leben zu haben. Selbst dabei zu sein, diese Verbundenheit zu erleben, nun … ich dachte, das wäre hilfreich. Ich hoffe, es wird … ich weiß nicht … Ihre Sorgen mildern … bestätigen, dass Sie das Richtige tun.«

»Vertrauen Sie mir«, sagt Gloria Roth, »tragen Sie keine Wimperntusche, es sei denn, sie ist wasserfest.«

Sonnenbräune stimmt zu. »Da bleibt kein Auge trocken.«

Alice McClennon wirkt, als sähe sie das anders und als solle ihr melaninsüchtiger Kollege sich zusammenreißen.

»Das Timing bei Whistler, ihn jetzt zu finden, hätte nicht besser sein können. Aber es ist kein reiner Zufall. Was ich meine, ist, dass wir diese Feier Monate im Voraus planen und immer nach etwas Neuem suchen, um die Medien dafür zu interessieren.«

»Es ist eine enorme Chance, um Spenden zu sammeln«, flüstert die südamerikanische Frau und verzieht fast das Gesicht, weil es peinlich ist, über Geld zu sprechen.

»Whistler ist wie ein vermisster Soldat«, sagt Silver, »für uns ist er eine Legende, ein Mysterium, ein Held, der in einem Wirbelsturm verschwand, bei dem sein Partner auf tragische Weise ums Leben gekommen ist. Um diese Zeit strecke ich jedes Jahr meine Fühler aus, frage bei Tierschutzvereinen nach, nur um sicherzugehen. Ich hätte nie gedacht, dass er in einer Entfernung von dreitausend Kilometern auftauchen würde. Mal ehrlich, das war so unwahrscheinlich, als hätte ich den Lottojackpot geknackt.«

Er spricht jetzt direkt mit Jasper, aber ich denke an die

südamerikanische Frau. *Es ist eine enorme Chance, Spenden zu sammeln.* Will sie mir ein schlechtes Gewissen einjagen, damit ich die Belohnung *nicht* annehme? Ich muss klarmachen, dass es hier nicht um das Geld geht. Es geht darum, dass Jasper einen anderen Hund bekommt, weil er den Hund, den er haben will, nicht haben kann.

»Sehen Sie«, sagt Sonnenbräune, Ellbogen auf dem Tisch, die Hände gefaltet, »wir können nicht nur einem jungen Mädchen, das dringend Hilfe braucht, einen Anfallwarnhund übergeben, wir können auch die Rückkehr eines tot geglaubten Assistenzhundes feiern. Im Fernsehen und den Printmedien wurde tagelang über die Wirbelsturmtragödie von Beaver Creek berichtet. Es kam in den landesweiten Nachrichten. Wie oft gibt es bei einer so großen Katastrophe am Ende doch noch eine Erfolgsgeschichte? Es ist für alle Betroffenen eine Win-win-Situation.«

Einen Augenblick halte ich mich zurück, bereit, mir auf die Zunge zu beißen, aber ich kann die Ungerechtigkeit nicht ignorieren. Ist das der Moment für meine letzte Bitte? Und wie weit gehe ich? Meine verletzliche Seite zu enthüllen bringt mir vielleicht mehr Sympathien, aber Jasper erwartet immer noch, dass seine Mutter ein Fels in der Brandung ist. Am besten, ich ziele auf ein Gleichgewicht. Ein bisschen nachgeben. Weniger ein Riss, mehr ein Biegen.

»Nun, das stimmt leider nicht«, sage ich und spüre, wie sich die Köpfe drehen, ein synchronisiertes Zurückweichen vor meinem Widerspruch. »Mein Sohn ist der Verlierer, und eventuell auch der Hund, der im Zentrum Ihrer Geschichte steht. Oh, ich begreife es, und wir sind dafür, dass ein Hund mit einer einzigartigen Gabe einem einzigartigen

Menschen in Not hilft. Aber erzählen Sie mir nicht, es wäre ein Win-win. Das macht es nicht einfacher, wenigstens nicht für meinen Sohn.«

»Es tut mir leid«, sagt Sonnenbräune, eine Hand auf dem Herzen, »und nur damit das klar ist, die Belohnung, die Jasper erhalten wird, ist lediglich dazu gedacht, unsere Dankbarkeit für Whistlers Rückkehr zu zeigen. Es ist auf keinen Fall ein … nun …«

»Schmiergeld. Bakschisch. Bestechung«, biete ich an. »Das ist okay. Ich wünschte, wir wären nicht hier, um einen Scheck abzuholen, aber das sind wir. Wir brauchen das Geld. Ja, ich bin Tierärztin, aber ich bin eine alleinerziehende Mutter. Ich arbeite in einem Tierheim, das ums Überleben kämpft, und ich würde Ihnen gern erzählen, dass wir das Geld für ein neues Auto brauchen können oder um mit Jasper eine Kreuzfahrt zu machen oder um für sein erstes Collegejahr zu bezahlen. Aber ich brauche es, um einen Umzug zu ermöglichen, in eine Wohnung, wo Haustiere erlaubt sind, weil ich meinem Sohn versprochen habe, dass er einen Hund bekommt.«

Ein Moment der Stille folgt, und es ist mir egal, ob es peinlich ist.

Meinem Sohn leider nicht. »Wann trifft Emily mit Whistler zusammen?«, fragt er.

»Das passiert bei der eigentlichen Abschlussfeier«, sagt Silver. »Normalerweise läuft es nicht so, aber ein paar Produzenten der Fernsehsender schlugen vor, es könnte nett sein.«

»Entschuldigen Sie«, werfe ich ein, »aber Terri hat erwähnt, dass es eine Abteilung gibt, wo Hunde und ihre Partner einander kennenlernen, um herauszufinden, ob es funktioniert. Was, wenn Emily und Whistler nicht zusammenpassen?«

Silver schaut zu den anderen Beiratsmitgliedern, und mir fällt auf, dass Alice McClennon den Blick senkt.

»Wenn es bei Emily nicht funktioniert, Kate, dann gibt es ein Dutzend andere Emilys, die seine Dienste als Anfallwarnhund brauchen.«

Natürlich gibt es die, denke ich und muss mich wieder einmal anstrengen, um die Frustration im Zaum zu halten, die ich empfinde. Zeit, eine andere Taktik zu probieren.

»Aber was ist mit Whistlers Verletzungen? Um ganz offen zu sein, er wurde« – ich möchte gefoltert sagen, nicht zuletzt wegen des dramatischen Effekts, aber ich will Jasper keine Angst einjagen – »misshandelt, seine Schnauze wurde zusammengeklebt, damit er nicht bellt.«

Jasper zuckt zusammen, er ist aufrichtig entsetzt, wahrscheinlich hätte ich ihn vorwarnen sollen, aber dass er kurz davor ist, in Tränen auszubrechen, weckt auf jeden Fall ihre Aufmerksamkeit.

»Ich habe den Rachen des Hundes untersucht. Seine Stimmbänder sind völlig gesund. Ich glaube, er hat einfach *Angst* zu bellen. Ich bin mir sicher, dass wir nie herausfinden werden, welches Monster Whistler das angetan hat, aber seine körperlichen Narben sind vielleicht nur ein kleiner Teil dessen, was ihn immer noch quält. Stellen Sie sich die psychischen Konsequenzen vor, wenn ein Hund gezwungen wird, das Bellen zu unterdrücken. Und er ist seit Jahren aus der Übung. Was, wenn er vergessen hat, warum er hier ist, seine Fähigkeit, einen Anfall vorherzusagen? In dem Fall hätte er doch sicherlich die Chance, sich zur Ruhe zu setzen, oder?«

»Sie stellen Fragen, die ich nicht beantworten kann«, sagt Silver, »aber ich kann sagen, dass Whistlers Rückkehr uns auf jeden Fall eine fantastische Möglichkeit bietet, die Bedeutung von Assistenzhunden landesweit ins Bewusstsein zu rufen. Die Nachfrage nach diesen besonderen Gefährten war nie größer. Wenn unsere Organisation dank Whistlers Rückkehr mehr Hunde an mehr bedürftige Menschen vermitteln kann, dann war es das auf alle Fälle wert.«

»Bei Ihnen klingt seine Rückkehr wie ein Werbegag.«

Ich denke an den Artikel, den ich in der Zeitung gesehen habe – eine perfekt getimte Werbung –, da seufzt Silver und rutscht verlegen auf seinem Stuhl herum.

»Tut mir leid«, sage ich, »das war unfair. Normalerweise würde ich mich nicht so engagieren. Aber es geht um meinen Sohn. Und aus irgendeinem Grund hat er sich in diesen Hund verliebt. Was ich sagen möchte, zu Ihnen allen, ist, falls Whistler durchfällt, falls er nicht arbeiten kann, sich weigert zu arbeiten, vergessen hat, wie es geht, dann denken Sie bitte, bitte an meinen Sohn. Er und ich werden ihn jederzeit willkommen heißen und Whistler den besten Ruhestand bieten, den sich ein Assistenzhund je wünschen könnte.«

Gloria Roth und Sonnenbräune nicken beide, die südamerikanische Frau vermeidet es, mir in die Augen zu sehen, während Alice McClennon gar nicht aufhören kann, Jasper anzusehen. Silver denkt einen Augenblick nach, streicht mit Daumen und Zeigefinger über seinen Schnurrbart.

»Sollte es je nötig werden, dann bin ich mir sicher, dass dieser Beirat« – er öffnet die Hände wie ein Priester vor seiner Gemeinde – »Ihren Vorschlag ernsthaft diskutieren wird.«

Aber ich glaube, dass sein höfliches Lächeln in diesem Moment bedeutet: »Ich verbreite jetzt nur gute Laune«, was kaum weniger unsensibel ist, als würde er sich an Jasper wenden und sagen: »Warte nicht darauf.«

56

Jasper

Nachdem Mom damit rausrückte, wie Whistler seine Zebranarben bekommen hat, habe ich eigentlich abgeschaltet, weil es mich richtig traurig gemacht hat und dann wütend. Ich würde gern denjenigen finden, der es getan hat, und seinen Mund zukleben und sehen, wie ihm das gefällt.

Mom war erschreckend ernst, sogar ihre Stimme hat gezittert, und es war cool, wie es totenstill im Raum wurde, als sie all diese netten Sachen über Whistler gesagt hat. Noch ein Beweis, dass sie ihn wirklich liebt.

Cowboy Clay hat weiter über die Abschlussfeier geredet und wohin wir gehen müssen und wann wir da sein müssen und irgendwas, dass wir Reportern erzählen sollen, wie wir Whistler gefunden haben, und bla, bla, bla, immer so weiter. Ich wollte nur wissen, wie es Whistler geht. Hat er gedacht, ich wäre einfach so gegangen, einfach verschwunden? War er oben bei Terri und versagte bei seinen Tests? War ein Teil meiner Traurigkeit seine Traurigkeit?

Dann höre ich plötzlich, dass Mom sagt, wir sind fertig. Als wir gehen, winke ich jedem mit meinem Pumpenball zu, und dann sind wir auf dem Parkplatz, laufen zum Tahoe, und es fühlt sich ganz falsch an, weil wir nicht mehr zu dritt, sondern wieder nur zu zweit sind.

»Dr. Blunt, Dr. Blunt.« Es ist der Typ, der vor dem Konferenzraum saß, der im schwarzen Anzug. Er ist viel zu alt, um schnell zu rennen. Vielleicht hat Cowboy Clay ihn geschickt, um zu sagen: »Wir haben unsere Meinung geändert. Sie können Whistler doch behalten.«

»Dr. Blunt.« Der Typ ist völlig außer Atem. Willkommen in meiner Welt. »Mrs McClennon lässt fragen, ob Sie und Ihr Sohn mit ihr zu Mittag essen würden.«

Mom und ich drehen uns um und sehen die älteste Frau, die ich je gesehen habe, an ihrem Gehstock schwankend auf uns zukommen.

»Sie war sehr nachdrücklich«, sagt der Mann und sieht besorgt aus, als hätte er Angst, sie würde ihn umbringen, wenn wir ablehnen.

Mom schaut auf ihre Uhr und dann zu mir. »Wir haben noch ein paar Stunden, bis wir ins Hotel können. Wie du willst.«

Ich zucke mit den Schultern. »Solange es keine Meeresfrüchte sind«, sage ich zu dem Mann.

Er lächelt. Sein Schneidezahn ist beschädigt, was mich wieder an Whistler erinnert. »Danke schön«, sagt er und winkt der alten Dame zu. »Ich hole den Wagen. Ich bin sofort wieder da.«

Er verschwindet, das *Klack-klack-klack* des Gehstocks kommt immer näher.

»Ich bin sehr froh, dass Stephen Sie noch erwischt hat«, sagt Mrs McClennon. Sie trägt eine kleine Handtasche – ein bisschen wie die Queen von England. »Ich hätte Sie schon früher eingeladen, aber ich wollte vor den anderen keine Aufmerksamkeit erregen. Es ist nur eine zehnminütige Fahrt, Sie können Ihren Wagen also hierlassen, und Stephen bringt Sie zurück, oder Sie folgen mir in Ihrem Auto, falls Ihnen das lieber ist.«

»Wir folgen Ihnen«, sagt Mom, als mir ein lautes »Wow« entwischt, als dieses wirklich coole Auto um die Ecke biegt und bei uns vorfährt. Es ist riesig und lang, glänzend dunkelblau, und vorn steht diese große silberne Engelsfigur.

Stephen steigt aus und läuft zur hinteren Tür. Es dauert einen Moment, bis Mrs McClennon hinten eingestiegen ist, aber von drinnen sagt sie: »Würde Jasper gern mal in einem Rolls-Royce fahren?«

»Das wäre *brillant*«, sage ich und warte darauf, dass Mom Nein sagt. Doch Mom lächelt, dann sagt sie: »Na los.«

Ich stecke meinen Antibiotika-Ball hinten in meine Hosentasche und will gerade einsteigen, da beugt sich Mom vor und flüstert: »Sei ganz du selbst.« Sie schaut mich ernst an und nickt kurz, als würde ich es schon verstehen, dann geht sie schnell zum Tahoe. Ich begreife es nicht. *Sei du selbst.* Wer sollte ich denn sonst sein? Was meint sie damit?

Ich setze mich gegenüber von Mrs McClennon hin – einfach weil das möglich ist –, mit dem Rücken zu Stephen am Lenkrad. Sie schnallt sich umständlich an und zieht die Augenbrauen hoch, als wolle sie sagen, ich solle am besten dasselbe tun, sonst geht es nirgendwohin. Als Mom mit dem Tahoe hinter uns aufschließt und kurz aufblendet, geht's los.

Ich sollte wahrscheinlich etwas Nettes über die weichen Sitze oder den Barschrank oder die tolle verstellbare Fußstütze sagen, aber das Fenster ist so dunkel gefärbt, dass die Leute draußen vermutlich denken, dass ich berühmt bin, also tue ich cool. Dann mache ich mir Sorgen, dass es vielleicht keine gute Idee war, sich mit dem Rücken zur Fahrtrichtung zu setzen. Was, wenn mir schlecht wird und ich mich in ihren Schoß übergebe?

Mrs McClennon drückt auf einen Knopf, und hinter meinem Kopf surrt etwas. Es ist eine lange Glaswand, die bis zur Decke hochfährt und uns von Stephen trennt – mega cool.

»Er ist ein großartiger Assistent, aber er lauscht gern, um Tratsch zu erfahren«, sagt sie. Ich nicke, was »Kein Thema« bedeuten soll. Dann frage ich mich, ob sie denkt, ich stimme zu, als wüsste ich genau, was sie meint, als hätte jeder einen Diener.

»Wozu ist das …?« Sie zeigt auf den Ball, der auf dem Sitz neben mir herumrollt. Ich stopfe ihn wieder in meine Tasche und erzähle ihr von den Antibiotika und ZF. Es ist merkwürdig, der ältesten Frau, die ich je getroffen habe, zu berichten, wie schwer es ist, am Leben zu bleiben. Aber sie scheint ehrlich interessiert.

»Ich hätte nie gedacht, dass du krank bist, abgesehen von der, ähm …«

»Infusionspumpe. Das ist eben ZF, das Schlimme steckt tief im Inneren, wo man es nicht sehen kann. Ein bisschen wie bei einem Eisberg.«

Mrs McClennon scheint verwirrt, aber sie muss *Titanic* doch gesehen haben. Vielleicht war sie sogar eine Passagierin.

»Haben Kinder mit ZF Anfälle?«

Mir gefällt, worauf sie damit hinauswill, und dann wird mir etwas klar. Mom dachte, dass diese Fahrt zu einem Interview wird, wieso ich Whistler behalten will. Deswegen sollte ich ich selbst sein.

»Kann passieren«, sage ich, weil ich natürlich ordentlich darüber recherchiert habe. »Viele ZF-Patienten bekommen Diabetes, und dann kann man zu wenig Zucker im Blut haben, und das kann zu Anfällen führen. Um Ihre Frage zu beantworten, irgendwie schon.«

Mrs McClennon beugt sich zu mir vor, ihre Falten werden noch runzliger, und sie fragt: »Hast du manchmal Angst?«

Wow. Schwierige Frage.

»Nur, wenn ich schwer atmen kann, und normalerweise genügt dann ein Stoß aus meinem Inhalator.«

Sie lehnt sich wieder zurück, behält mich aber im Auge, als könnte ich etwas stehlen. Kein Wunder, dass Stephen Angst vor ihr hat.

»Ich finde, du bist sehr tapfer.«

Ich schüttle den Kopf. »Andere Leute *entscheiden* sich dafür, tapfer zu sein, aber ich habe *keine Wahl*. Ich bin also nicht tapfer. Ich bin einfach nur ein Kind mit ZF.«

Dieses Mal bekomme ich ein winziges Lächeln. Viel besser.

»Hast du Freunde in der Schule?«

»Ein paar«, sage ich und hoffe, die Jungs aus der Fußballmannschaft zählen auch.

»Gesunde Kinder, Kinder, die ohne Einschränkungen leben, ohne jede Sorge?«

Ich nicke, und sie hebt langsam ihr Kinn an – aus dieser Nähe sehe ich, dass es pudrig und von leichtem Flaum bedeckt ist.

»Wirst du nicht neidisch? Ich würde neidisch, das weiß ich. Dass du so schwer arbeiten musst, um am Leben zu bleiben, und sie kommen einfach so durch?«

»Es ist nicht meine Schuld. Und nicht ihre. Ich kenne es nicht anders. Und überhaupt sehen sie vielleicht normal aus, aber was ist schon normal? Wenn ich mit Mom im Krankenhaus bin und mich umschaue, wird mir klar, dass es mir nicht so schlecht geht. Vielen Kindern geht es viel schlechter. Vielen Eltern geht es viel schlechter, wenn zum Beispiel ihr Kind bei einem Autounfall stirbt oder entführt wird oder Drogen nimmt oder im Gefängnis landet.«

Mrs McClennon lächelt fast noch einmal, aber dann bemerkt sie, dass Stephen sie im Rückspiegel beobachtet. Sie drückt auf einen Knopf neben ihrer Armlehne, hält ihn gedrückt und fragt: »Verfolgt Dr. Blunt uns noch?«

Eine dünne Stimme sagt: »Ja, Ma'am.«

Sie lässt den Knopf los und legt ihre Hand wieder auf den Schoß. Ich schaue ihre Hand an. Ich schaue mir immer die Hände alter Leute an, die dicken Venen und die Falten und Flecken, weil ich wahrscheinlich nicht so alt werde, um solche Hände zu bekommen.

»Das mit dem Zukleben von Whistlers Schnauze macht mich so wütend«, sage ich, »und nicht nur, weil es wehgetan haben muss, sondern weil er nicht gewusst haben kann, was er falsch gemacht hat.«

Sie sieht mich mit einem erwachsenen Blick an – Kopf leicht schräg gelegt, die Augen zusammengekniffen –, dem Blick, bei dem sie herausfinden wollen, was man wirklich denkt. »Habt ihr beiden ein enges Verhältnis?«

Heftiges Nicken. »Sehr eng.«

Sie sieht überrascht aus, als würde sie mir nicht richtig glauben. »Vielleicht hat er sich nach all den Jahren verändert.«

»Moment mal. Sie kannten Whistler früher, bevor er verschwunden ist?«

»Natürlich. Mein verstorbener Ehemann, Donald, gab Whistler seinen Namen.«

Wow. Klar. Die Plakette mit den Hundenamen im Ruhestand im Foyer. D. H. McClennon. *D* steht für Donald. Das ist eine Riesensache.

»Wie war Whistler damals? Wieso hat Ihr Mann ihn ausgewählt? War er schwierig zu trainieren? Nein. Sicher nicht. Whistler ist viel zu klug. Hat er bei Ihnen …?«

Sie macht eine beschwichtigende Geste, als müsse ich mich beruhigen. »Mein Donald hat alle Hunde geliebt: Rasse, Promenadenmischung, groß, klein, ganz egal. Ich vermute, etwas Besonderes an Whistler hat seine Aufmerksamkeit geweckt. Nachdem Donald aus dem Krieg zurückgekommen war, waren Hunde sehr wichtig für ihn, um Trost zu finden. Dass er der Erbe eines Ölvermögens war, hat natürlich geholfen, *Paws Unlimited* wahr werden zu lassen, aber es wurde lebendig gehalten von seiner Leidenschaft, mit anderen die Freude an einem Hundegefährten zu teilen.«

Zwei Dinge: Alice McClennons Augen werden traurig, wenn sie ihren Mann erwähnt; und über welchen Krieg redet sie?

»Mr McClennon hat Whistler seinen Namen gegeben?«

»Das stimmt. Ach, es ist nur ein Gag, Geld zu bezahlen, um einem Hund in Ausbildung einen Namen zu geben, eine Art, mehr Geld zu spenden, aber Donald bekam dadurch immer eine persönliche Beziehung zu dem Tier und dem Menschen, dem er half. Sehr oft hat er einen seiner Lieblingsmaler ausgewählt, besonders aus dem 19. Jahrhundert – Manet, Monet, Matisse, Munch …«

»Und James Abbott McNeil Whistler.«

Sie sieht mich mit großen Augen an: »Streber«, und ich werde rot. Ich könnte ihr sagen, dass ich das nur wegen des Motorradfahrers weiß, der uns gerettet hat, als der Fiat liegen geblieben ist.

»Glauben Sie, er wird wieder als Assistenzhund arbeiten können?«, frage ich.

»Warum nicht?«

»Weil er vielleicht vergessen hat, wie man jemanden vor einem Anfall warnt?«

Sie streicht ihren Rock glatt und summt, als dächte sie nach. »Ich erinnere mich, dass Donald gesagt hat, dass Whistler besonders schwierig zu vermitteln war.«

Mein »Was?« ist mehr ein Schrei als eine Frage.

»Bei *Paws Unlimited* sind wir stolz darauf, dass wir immer genau den richtigen Hund für den richtigen Kunden auswählen. Ich glaube, dass kein Hund schwieriger zu vermitteln war als Whistler. Und das Problem waren nicht die Kunden. Sie liebten ihn. Es ging darum, ob Whistler sie ebenfalls liebte, ob er für sie arbeiten wollte. Clayton achtet immer darauf, dass seine großzügigen Spender regelmäßig Neuigkeiten über die Hunde bekommen, die sie unterstützen, und ich weiß nicht mehr, wie oft Whistler seine Partner gewechselt hat. Deswegen machte diese ganze Beaver-Creek-Tornadotragödie keinen Sinn. Ich meine, es schien, als hätte Whistler endlich den armen Mr Wallace akzeptiert. Warum ist der Hund dann verschwunden? Wieso war er nicht bei seinem Herrchen?«

»Vielleicht wurde er verschüttet, verletzt oder gefangen, um an ein Labor verkauft zu werden oder so etwas.« Ich stelle fest, dass sie von meinem Wissen über Gefahren beeindruckt ist.

»Möglicherweise«, sagt sie, »aber wenn Whistler eine echte Beziehung zu seinem Partner aufgebaut hatte, wäre seine natürliche Reaktion dann nicht, nach ihm zu suchen?«

Ich denke darüber nach und stelle mir die Antarktisnarbe vor, das zerfetzte Ohr und das hängende Augenlid und frage mich: Hätte er all diese Verletzungen erlitten und ich wäre sein Partner, würde er dann nach mir suchen?

»Er ist ziemlich viel herumgekommen, seit er in Cape gelandet ist.« Ich erzähle ihr, dass er verschiedenen Besitzern weggelaufen ist, und dann davon, als wir im Krankenhaus waren und Whistler den Weg zu unserer Wohnung gefunden hat.

»Was habt ihr beiden sonst noch so angestellt?« Bei ihr klingt es so, als stecke ich in Schwierigkeiten, und eine Sekunde lang stottere und murmle ich über langsames Lecken und dass Whistler gern den Kopf auf meinen Schoß legt. Aber dann denke ich daran, wie Mom immer im Krankenhaus allen Ärzten und Schwestern von meiner Krankheit erzählt, als könne sie nicht aufhören. Und plötzlich bin ich genauso, erzähle Mrs McClennon von dem Versteckspielen mit Cousin Tawd und wie wir es in die Endspielrunde geschafft haben. Und ohne dass ich darüber nachdenke, werde ich irgendwie langsamer und vergesse meine Worte, weil mich all das Reden über Whistler traurig macht. Mrs McClennon hat recht – ich muss tapfer sein.

Sie beugt sich vor und tätschelt mir das Knie. »Nach dem, was du mir erzählt hast, und trotz allem, was dieser arme Hund durchgemacht hat, ist das Wesen von Whistler anscheinend dasselbe wie vorher. Unverändert, resilient und intakt.«

Mrs McClennon spricht mit mir, als würde sie mich für viel intelligenter halten, als ich es tatsächlich bin. Vielleicht sollte ich sie daran erinnern, dass ich erst elf Jahre alt bin.

Zum ersten Mal auf dieser Fahrt schaut sie mich nicht mehr direkt an, ihre Augen glänzen, und dann, aus heiterem Himmel, lächelt sie. »Entschuldige«, sagt sie, nimmt ein weißes Taschentuch aus ihrer Tasche und tupft ihr rechtes Auge trocken, »in diesem Wagen werde ich immer ein bisschen sentimental.«

Ich frage: »Warum?«, um höflich zu sein und weil ich mir ziemlich sicher bin, dass sie es mir sowieso erzählen wird.

»Oh, Donald liebte seinen Rolls. Er liebte seine Oldtimer; immer Oldtimer. Er bestand darauf, dass Stephen sie regelmäßig spazieren fährt.«

Und los geht's. Das passiert jedes Mal, wenn ich im Tierheim mit Burt rede. Alte Leute plappern gern über eine Zeit, als es noch keine Handys gab und kein Internet, als niemand unhöflich war und glutenfreies Essen noch kein Thema und Rock'n'Roll noch nicht erfunden war.

»Das, was du über Whistler gesagt hast, erinnerte mich an den Abend, als Donald und ich uns das erste Mal gesehen haben, 1949, auf einem Wohltätigkeitsball im Hotel Lawrence in Dallas. Es war Liebe auf den ersten Blick.«

Ganz genau, möchte ich schreien, tue es aber nicht. Genau das ist passiert, als ich Whistler zum ersten Mal getroffen habe.

Der Wagen wird langsamer, und wir fahren eine scharfe Kurve. Auf einem Schild jenseits der gefärbten Fenster erkenne ich noch die Wörter: Irgendwas Countryclub.

»Mrs McClennon, darf ich Sie etwas über Mr McClennon fragen?«

»Nur zu.«

»Weil … mit Whistler … also … seit er mich gefunden hat, tauchen diese großen Ideen in meinem Kopf auf … als wäre ich klüger, als könnte ich Dinge anders sehen, und plötzlich ergibt alles einen Sinn. Ich schwöre, es sind nicht meine Ideen, ich vermute daher, dass sie von Whistler stammen müssen. Ich weiß, das klingt irgendwie eigenartig, und ich will Sie auch nicht erschrecken, aber ich frage mich, ob Mr McClennon je gesagt hat, dass er und Whistler, also, dass sie wussten, was der andere denkt, einfach wissen ohne Wörter wie eine besondere Art der Kommunikation.«

Ihr Gesichtsausdruck sagt mir, dass sie mich für komplett bekloppt hält.

»Es ist bloß … meine Nase ist total kaputt, sodass ich nicht richtig riechen kann, und eines meiner Medikamente macht mich schwerhörig, aber – und das ist vielleicht das größte ›aber‹ jemals – es ist, als hätte ich meine miserablen Sinne gegen einen völlig neuen und tollen Sinn getauscht: die Fähigkeit zu spüren, was Whistler fühlt, tief im Inneren genau zu wissen, was er laut sagen würde, wenn er es könnte.«

Mrs McClennon grinst breit. »Ich weiß genau, was du meinst.«

»Ehrlich?«, frage ich.

»Natürlich. Oh, ich weiß nicht, ob mein verstorbener Mann so etwas mit Whistler oder sonst einem Hund gehabt hat, aber ich habe so etwas auf jeden Fall mit Donald selbst erlebt.«

»Wirklich?«

»Aber ja. Und diese Fähigkeit zu wissen, was jemand anderes oder ein Tier fühlt, hat einen Namen.«

Das ist *brillant.* Viel besser als Psychohundesprache.

»Ja«, sagt sie, »diese Fähigkeit heißt Liebe.«

57

Kate

Seine Augenlider zucken, er spricht undeutlich, und egal, wie sehr er sich dagegen wehrt, mein wunderschöner Junge schläft ein, dabei murmelt er immer noch etwas über Sie wissen schon, wen.

Wegen der Fahrerei und dem Campingabenteuer gestern Nacht bin ich genauso erledigt, aber es ist noch nicht mal acht Uhr abends. Ich muss noch eine Ladung Gift verabreichen, bevor ich mich schlafen legen kann.

Natürlich bin ich nicht objektiv, aber falls Mrs McClennon bei dem gemeinsamen Mittagessen herausfinden wollte, ob Jasper und Whistler zusammenpassen, dann muss sie beeindruckt gewesen sein. Mein Sohn ignorierte die dunkle, muffige Atmosphäre und wie die Angestellten des Countryclubs um die blaublütige Texanerin herumtänzelten und dass es keine Kinderspeisekarte gab, und zog alle Register. Es macht mir Angst zu sehen, wie alte Leute ihn faszinieren, wie er sie mustert, als dächte er darüber nach, wie diese Lebensphase wäre, die er nie erreichen wird. Jedes Mal, wenn sie ihn nach Whistler fragte, war er hin und weg, als ob er und der Hund viel mehr als Gefährten wären, als könnten sie die Sätze des anderen beenden.

Zurück in der Realität des Holiday Inn Express wurde Jaspers Enttäuschung, dass es keinen Zimmerservice gibt, von einer viel spannenderen Attraktion überstrahlt – einem Whirlpool.

»Ich verspreche, ich gehe nur bis zum Nabel rein.«

Ich habe diese blubbernden Bakterienbottiche immer verflucht, aber durch meine neue Einstellung, Jasper Spaß zu erlauben, habe ich nachgegeben und erfreut zugesehen, wie dieser blasse, dünne Junge mit einem Ziploc-Beutel und mehreren Lagen Frischhaltefolie um seinen Oberarm sich in einen blaugrünen Kessel sinken lässt. Weil ich heimlich eine Ausgabe der *Lincoln Peak Tribune* vom Empfang geschnappt habe, ist es die perfekte Ablenkung, während ich endlich den Artikel lese, der mich schon den ganzen Tag beschäftigt.

»›Emily wird nicht bloß einen Hund bekommen, der sie bedingungslos liebt, sondern der ihr auch das Leben retten kann‹, sagt Clayton Silver, Verantwortlicher der morgigen Feier. ›Wenn unsere Assistenzhunde ihren Abschluss machen, ist das immer etwas Besonderes und sehr emotional, aber Emily mit Whistler zusammenzubringen, das wird die Veranstaltung noch einmal ganz besonders spannend machen.‹«

Ich muss die Zeitung weglegen. Das ist vielleicht nicht mehr als die Werbetrommel, Silvers Versuch, viele großzügige Zuschauer anzulocken, aber es bestätigt seine Überzeugung, dass Whistler mit einem Mädchen zusammengebracht werden soll, das der Hund nie gesehen hat, und von einem Jungen getrennt werden soll, den er liebt. Wie, zur Hölle, soll ich dafür sorgen, dass Whistler und mein Sohn zusammenbleiben können? Sosehr Alice McClennon ihre Verbindung auch bewundert hat, sie hat keinerlei Anzeichen erkennen lassen, ihre Meinung zu ändern und Jasper

Emily vorzuziehen. Ich hatte eher den Eindruck, dass ihr trotz ihres Einflusses die Hände gebunden sind. Nachdem ich den Artikel gelesen habe und uns morgen die Abschlussfeier bevorsteht, ist es jetzt vielleicht an der Zeit, meine Versuche, zu argumentieren und höflich zu appellieren, einzustellen. Ich werde mich bemühen, Jasper herauszuhalten, denn anders als er, habe ich nichts zu verlieren. Um Whistler zu behalten, muss ich offensichtlich direkter kämpfen.

Nach der Dusche – um den Urschlamm aus dem Whirlpool abzuwaschen – und dem Zähneputzen sitzt Jasper im Schneidersitz aufrecht auf dem Boden. Es sieht wie eine Yogaposition aus.

»Was ist los?«

»Versuch das mal«, sagt er, »setz dich auf den Boden, so wie ich, und probiere aufzustehen, ohne die Hände zu benutzen.«

Ich tue, was er sagt, versage aber total, während mein Sohn in einer einzigen fließenden Bewegung ohne Anstrengung aufsteht.

»Ich bin beeindruckt«, erkläre ich.

»Ich habe im Internet gelesen, dass man lange leben wird, wenn man das kann.«

»Und was, wenn man es nicht kann?«

Er kneift die Augen zusammen und verzieht die Lippen, ohne »Pech gehabt« laut auszusprechen, daher jage ich ihn ins Bett.

Aber Gedanken über mein kurz bevorstehendes Ableben scheinen immer noch in seinem Kopf herumzuwirbeln. »Was passiert mit mir, wenn dir etwas passiert?«

Und wieder einmal nimmt mir Jasper einfach so den Wind aus den Segeln.

Ich überlege, wer sich um ihn kümmern würde. Nicht sein Vater, selbst wenn es über meine Leiche wäre. Gwen? Mom und Dad?

»Mir wird schon nichts passieren.«

»Woher willst du das wissen?«

»Weil«, sage ich, als ich neben ihm auf dem Bett sitze, »ich etwas versprochen habe.«

»Wem? Wann? Ich erinnere mich nicht.«

»Nicht dir, sondern Baby-Jasper. Als man damals ZF bei dir diagnostiziert hat, habe ich dem zweijährigen Kind geschworen, dass ich immer da sein werde, egal was passiert. Ich kann nicht glauben, dass du das schon vergessen hast.«

»Mom.« Jasper windet sich unter der Decke, und ich möchte die Zeit anhalten, damit er niemals auch nur eine Sekunde älter, eine Spur kränker wird, als er im Moment ist.

Er richtet sein Kissen, dreht sich auf die Seite, und ich decke ihn zu.

»Whistler will nicht hier sein. Das spüre ich.«

»Jasper, als ich so alt war wie du jetzt, haben meine Eltern mich jeden Sommer in ein Ferienlager nach Maine geschickt. Jedes Mal hatte ich am Anfang Heimweh und hasste alles. Acht Wochen später habe ich geweint, weil ich nicht nach Hause fahren wollte. Es ist völlig normal, wegen einer Veränderung aufgeregt zu sein, aber Whistler wird es gut gehen. Er wird sich anpassen. Er ist bereit, sich einzuleben.«

»Aber was, wenn nicht?«

»Wenn nicht, dann sprechen wir mit deiner neuen besten Freundin Alice McClennon, die ihn am längsten kennt.«

Er schläft bereits, noch bevor meine Lippen sich von seiner Wange gelöst haben. Ich glaube, er hat den ganzen Tag nicht gehustet. Ich sollte ihn für immer an diesen Giftsaft hängen. Das ist ein Blick auf das, was möglich wäre. Unsere zeitweilige Heilung ist unwiderstehlich, berauschend, und sie bricht mir das Herz, diese Ruhe vor dem nächsten Sturm. Kann ich mich darauf einlassen, sie so umfassend zu genießen wie nur möglich, solange sie anhält?

Dieses fremde, sterile Hotelzimmer verstört mich, und dass unser hässlicher Köter fehlt, macht es nicht besser; der große Hund hinterlässt ein großes Loch. Ich denke an unser Treffen mit der Ausbilderin Terri, dass sie etwas Besonderes in diesem Tier sieht, und mir wird bewusst, dass Whistlers Talent sich nicht darauf beschränkt zu erkennen, dass sich im Kopf eines Kindes ein elektrischer Sturm zusammenbraut. Es ist viel weniger komplex, aber viel weitreichender. Wie sonst lässt sich erklären, wie intensiv mir seine Abwesenheit auffällt, die Abwesenheit dieses Hundes, der seine Magie einfach nur mit seiner Präsenz bewirkt?

Whistler ist die Gabe, er hat eine Wirkung auf jeden, den er trifft. Er kann einen zum Lächeln bringen und zum Fluchen, er kann deinen Blickwinkel ändern und deinen Entschluss stärken, er kann dich bockig machen oder die rauen Kanten abschleifen. Trotz seiner tollen Ausbildung ist er ein Hund, der eine Reaktion provoziert, der dich aus deiner Komfortzone lockt. Mit anderen Worten, wie ein weiser kleiner Junge gesagt hat, Whistler lässt dich leben. Nicht größer, nicht kleiner, einfach intensiver.

Ich klappe meinen Laptop auf, klicke auf das Outlook-Icon und öffne Marthas letzte E-Mail – »Kein Grund, schnell zurückzukommen« und »Bitte sag mir, dass du dir eine langfristige Lösung ausgedacht hast, um das Tierheim am Leben zu halten« –, dann denke ich, warum nicht, und hole mein Handy.

Martha ist zunächst überrascht und verlegen, aber schnell wechselt sie von einsilbigen Antworten zu blumigen Beschreibungen der kurz bevorstehenden Insolvenz des Tierheims.

»Was auch immer passieren wird«, sage ich, »ohne dich wären wir schon lange untergegangen.«

Stille, und ich frage mich, ob sie jetzt mit mir schimpfen wird, weil ich mich habe ablenken lassen und sie hängen gelassen habe, weil ich die Familie an erste Stelle setze. Doch dann sagt sie: »Er hat Glück. Du bist so eine gute Mom.«

Und obwohl ihre Stimme schockierend leise ist, schreckt es mich auf, so unerwartet und doch so persönlich, was es nur umso mächtiger und überzeugender macht.

Du bist so eine gute Mom. Wann habe ich das letzte Mal Gwen oder meiner Mutter dieses Kompliment gemacht?

Dann kehre ich in Gedanken zurück, sehe an der Schmeichelei vorbei und bleibe an dem Wort lucky, Glück, hängen. Damals im Krankenhaus habe ich das Wort gehört, als ich mit Martha telefoniert habe. Ich bin zusammengezuckt, denn meine frühere Haltung war darauf ausgerichtet, es als Sarkasmus oder Angriff zu werten. Nicht mehr. Martha bezog sich nicht auf Whistler. Sie war nicht boshaft. Sie hat wahrscheinlich irgendwas gesagt wie: »Ich hoffe, Jasper weiß sein Glück zu schätzen.« Ein hingeworfener Satz, damit ein Sohn seine hingebungsvolle Mutter wertschätzt. Nichts weiter. Manchmal habe ich mich über

Martha aufgeregt, weil ich nur eine Angestellte sehen wollte, die Tiere Menschen vorzieht, die zu den Freiwilligen barsch und autoritär ist und deswegen vielleicht insgeheim feindselig gegenüber meinem Sohn gesinnt war. Jetzt erkenne ich, wie sehr ich mich geirrt habe, und noch wichtiger, wie unbeteiligt ich war. Deswegen klingt die Frage, die ich jetzt stelle, falsch, nicht nach mir, aber ich stelle sie trotzdem.

»Martha, was machst du an Thanksgiving?«

Diese ungelenke Einladung entwischt mir, gefolgt von einem nervösen Witz über meine gestörte Familie, der Versicherung, dass sie mir und Jasper einen Gefallen täte, und einer Beichte, was meine kulinarischen Fähigkeiten angeht.

Da keine Reaktion kommt, denke ich, dass sie nach einer passenden Ausrede sucht. Ich will ihr gerade die Chance dazu bieten und sagen, dass sie wahrscheinlich schon etwas vorhat, als Martha rasch antwortet: »Gern« und »Sag mir, was ich mitbringen soll.« Zehn Sekunden später ist sie weg, als würde das schnelle Auflegen sie davor schützen, ihre Meinung zu ändern.

Zurück in die Wirklichkeit, zu unendlich vielen E-Mails und einer von Katrina Goddard-Brown mit einem roten Ausrufezeichen, in der unter anderem steht: »Da ich keine gegenteilige Antwort erhalten habe, schlage ich vor, dass wir uns am Tag Ihrer Rückkehr um Punkt elf im Tierheim treffen.« Moment mal. KGB will das Tierheim besuchen? Ein echtes Treffen? Ich lese mir noch mal ihre letzten sechs E-Mails durch – aber da ist nicht mehr als ihre übliche unternehmerische Kälte. Wenn sie mich feuern oder den Laden schließen will, dann hätte sie doch sicherlich vorher Andeutungen gemacht?

Danke, Whistler. Vielleicht sollte ich meine neue positive Einstellung nutzen – weiß der Himmel, wie lange sie mir erhalten bleibt – und sie bei zwei anderen Anrufen testen, die ich schon viel zu lange vor mir herschiebe. Egal, wenn sie glauben, ich hätte mich durch die Minibar gesoffen.

Als Erstes meine Schwester Gwen. Wir tauschen die üblichen Freundlichkeiten aus sowie eine oberflächliche Zusammenfassung der Reise samt Neuigkeiten, dann spreche ich es an.

»Wann wolltest du mir von deinem Alkoholproblem erzählen?«

Es wird still in der Leitung.

»Gwen, bist du noch da?«

»Es schien einfach nie zu passen, bei allem, was du durchmachst«, sagt sie, ihre Worte zögerlich und verhalten.

Ich zucke zusammen, und mir wird klar, dass ich einen Fehler gemacht habe. Genau wie ich befürchtet habe, führt alles zur unheilbaren Krankheit meines Sohnes.

»Bitte schiebe die Schuld nicht auf Jasper.«

»Es ist nicht Jasper, eigentlich nicht«, sagt sie, »es ist einfach so, dass … es sich falsch anfühlt, sich bei dir auszukotzen. Wenn ich ehrlich bin, fühlt es sich manchmal so an, als wärst du wütend auf mich.«

Normalerweise würde so ein Satz mich umhauen, und Gwens Befürchtung würde real werden. Seit wann geht es bei *meinem* Schmerz und *meiner* Angst um Jasper um sie? Aber dieses Mal ist es anders. Wieso? Weil sie auf einer verdrehten Ebene recht hat. Ich bin super wütend über Jaspers Schicksal, mein Schicksal und die ganze Ungerechtigkeit, überzeugt, dass wir leiden und alle anderen ungeschoren davonkommen.

»Sprich mit mir«, sage ich. Und zögerlich erzählt sie von ihrer Einsamkeit, ihrer wackligen Ehe und ihrer Angst vor der Zukunft. Es ist eine einfache Geschichte, eine universelle Geschichte, eine, die von jeder Mutter überall erzählt werden könnte, egal, ob ihre Kinder gesund oder krank sind.

»Ich habe ein paar Freunde, die Krebs hatten«, sagt Gwen, »und ich kann mir gar nicht vorstellen, was sie alles durchmachen, aber – und ich weiß, das klingt schlimm –, aber manchmal könnte ich schwören, dass es dir und Jasper schlechter geht.«

»Wie meinst du das?«

Sie zögert, doch dann betritt sie das Minenfeld. »Bitte hass mich nicht für das, was ich jetzt sage, aber für viele Krebsarten gibt es entweder eine Heilung, eine Remission, oder man stirbt. Es ist schrecklich, aber wahr. Wenn Freunde und Familie hören, dass man Krebs hat, dann scharen sie sich um dich, sie unterstützen dich, kochen für dich, sammeln Spenden, rasieren sich den Kopf, besuchen dich im Krankenhaus, weil sie mit einer gewissen Entschlossenheit für ein Ziel kämpfen, ein hoffentlich gutes, das erreichbar ist. ZF ist anders. ZF geht einfach immer weiter, ohne ein Ende in Sicht.«

Ich will sie genau hier unterbrechen. Es ist mir egal, über welche Art du sprichst, Krebs ist nie ein Spaziergang; und was ZF angeht, so gibt es sehr wohl ein Ende – eines, das nicht nach Hollywood passt.

»Nach einer Weile geben wir auf, wählen den einfachen Weg und fragen nur noch nach, weil wir das Gefühl haben, dass wir es müssen. Mich nicht bei dir auszukotzen scheint das Mindeste zu sein, was ich tun kann.«

Ich habe mich völlig in Gwen getäuscht, aber auf gewisse Weise ist sie mir gar nicht so unähnlich. Ich erzähle nichts, denn wenn mein Gegenüber genug mitfühlt, will ich denjenigen nicht traurig machen, und ich kann nicht »darüber hinwegkommen«, weil man nicht darüber hinwegkommt. Wenn man immer und immer weiter über die schlechten Dinge spricht, macht einen das sprachlos, stumm. Und so merkwürdig es auch klingen mag, ich empfinde dann ein perverses Schuldgefühl, weil ich den anderen runterziehe. Es ist einfacher, die Klappe zu halten, sich zurückzuziehen, sich einzuigeln und zu hoffen, dass es niemandem auffällt.

»Aber Gwen, du *kennst* meine Situation. Woher sollte ich wissen, dass du ein Problem hast?«

»Wovon redest du?«, fragt Gwen. »So etwas erzählt doch niemand.«

Sie hat wahrscheinlich recht. Wer weiß schon, was hinter dem gezwungenen Lächeln, den hochfliegenden Plänen und der falschen Bescheidenheit steckt? Seit wann tut eine unheilbare Lungenkrankheit mehr weh als eine Querschnittslähmung, als Leukämie, als der Verlust eines Elternteils, als eine unbezahlte Hypothek, als eine gescheiterte Ehe, als der Drang nach einem weiteren Glas Wein? Mein Schmerz ist nicht größer als dein Schmerz. Er ist nur anders. Entscheidend ist, wie wir damit umgehen und weitermachen wollen. Ich wünschte, ich wüsste die Antwort, hätte einen Wegweiser zum einfachsten Weg. Wenn ich meinem Sohn Glauben schenke, dann sollte ich Gwen empfehlen, sich irgendeinen Hund anzuschaffen und ihn vorausgehen zu lassen.

»Ich wirke manchmal ungeduldig und intolerant«, sage ich, »und verbittert und nervig, aber ich verspreche, nicht mehr so viel vor dir zu verbergen, wenn du mir versprichst, nichts mehr vor mir zu verbergen.«

Sie atmet tief ein. »Abgemacht«, sagt sie, und als wir auflegen, fühle ich mich besser – was nicht dasselbe ist wie voller Illusionen. Würde sich Jaspers Gesundheit verschlechtern, wäre ich mit dem Kopf wahrscheinlich ganz woanders.

Das war der einfache Anruf.

Der Zeitunterschied dürfte kein Problem sein. Meine Mutter, die Nachteule, hebt beim ersten Klingeln ab.

»Hallo, meine Liebe, wie läuft die Reise?«

Mir fällt auf, wie fröhlich und unbekümmert sie klingt. Eine Sekunde lang überlege ich, ob es zynisch gemeint sein könnte, dass sie eigentlich fragen wollte: »Wie läuft deine unvernünftige Reise?«, als lechze sie nach einer Horrorstory. Könnte es sein, dass die Jahre als alleinerziehende Mutter eines kranken Kindes mich übersensibel gemacht haben?

»Super. Jasper ist völlig begeistert.« Ich schaue zu meinem Jungen im Bett, der auf dem Rücken liegt und schläft, und sage: »Eigentlich rufe ich wegen ihm an.«

Sie wartet kurz – vielleicht aus Angst, vielleicht aus Verwirrung –, dann fragt sie: »Ist alles in Ordnung?«

»Alles ist gut. Ich wollte nur … es ist bloß … manchmal weiß ich nicht zu schätzen, wie schwer es für dich sein muss, die Großmutter eines unehelichen Kindes mit ZF zu sein. Und es ist meine Schuld, ich sperre dich aus, es ist meine Schuld, dass ich mich verstecke und alles schönrede und allem ausweiche und versuche, normal zu sein, aber ich wollte dir sagen, dass Jasper dich braucht. Wir beide brauchen dich. Er ist ein kleiner Junge, der ein bisschen leben will, wie auch immer dieses Leben aussehen mag. Ich bin, wer ich bin, wegen ihm. Er hat mich sicherlich geformt, aber er liebt es, Teil einer Familie zu sein, und wie bei jedem Kind mit nur einem Elternteil sind seine Großeltern besonders wichtig.«

Es entsteht eine lange Pause, und eine Weile höre ich nur das sanfte Geräusch ihres Atems. Ich kann gar nicht glauben, dass sie mich nicht unterbrochen oder das Thema gewechselt hat, aber dann verändert sich der Atemrhythmus und wird ersetzt vom zerhackten Luftholen des Schluchzens.

»Oh, Mom, reg dich nicht auf.«

»Ihr Kinder wart ... einfach ... gesund ... manchmal ... manchmal weiß ich nicht, was ich tun soll. Ich meine, ich weiß, dass ich ...«

Ich warte auf »ungeduldig werde, selbstsüchtig, zickig«.

»... frustriert bin ... aber ich verurteile niemanden ... na gut, vielleicht doch ... aber nicht dich.«

»Ich kann dir nicht mehr folgen, Mom.«

Sie zögert, als suche sie nach den Worten, die ausgesprochen werden müssen, um Klarheit zu schaffen.

»Du hast ›unehelich‹ gesagt, als wäre die Ehe eine Art Lösung oder Rettung, aber sieh dir nur deine Schwester an – teure Kleider, teures Haus, keine Geldsorgen und vollkommen unglücklich. Und sieh dir deinen Vater und mich an.«

»Ihr beiden habt's doch gut hingekriegt. Wie lange schon, vierzig ...«

»Vierundvierzig Jahre.«

»Na also.«

»Kate, also bitte, dein Vater und ich leben im selben

Haus, aber wir sind bestenfalls Mitbewohner. So war es schon immer.«

Da kann ich ihr nicht widersprechen.

»Da gibt es etwas, das ich dir erzählen sollte, etwas, das ich den Großteil meines Lebens vergessen wollte. Und keine Sorge, heutzutage ist es keine große Sache, und ich hätte nie gedacht, dass es dir irgendwie helfen könnte, es zu wissen, aber … in den letzten Jahren … na ja … du weißt schon … haben wir uns voneinander entfernt, nicht wahr?«

Nachdem wir ein Leben lang allem Unangenehmen aus dem Weg gegangen sind und Mom ein Talent dafür hat, peinliche und kontroverse Themen unter den Teppich zu kehren, steigt jetzt schiere Panik in mir auf.

»Die Sache ist die: Ich beneide dich. Natürlich nicht um deine Situation, aber um deine Stärke.«

»Danke, ähm, glaube ich.«

»Wenn ich sehe, was du mit Jasper durchmachst und wie du damit umgehst, dann fühle ich mich schlecht, als hätte ich als Mutter besser sein müssen.«

»Mom, du hast drei Kinder wunderbar großgezogen …«

»Dein Bruder, Bob, wurde, drei Monate bevor dein Vater und ich geheiratet haben, gezeugt.«

Es ist wie ein Pistolenschuss und genauso schockierend.

»Was? Aber … Bob ist am achten März geboren. Euer Hochzeitstag ist … irgendwann im Mai?«

»Wir haben uns den Mai ausgesucht. Wir haben tatsächlich Ende August geheiratet. Sieh mal, jeder erinnert sich an Geburtstage. Nur zwei Menschen – wenn man Glück hat – erinnern sich an einen Hochzeitstag. Unsere Eltern sind tot, die paar Freunde, die bei der Hochzeit dabei waren, sind weggezogen. Das Geheimnis war sicher.«

Der Schock verfliegt, als die Wut einsetzt.

»Herrgott, Mom, warum lässt du diese Bombe jetzt platzen und nicht vor zwölf Jahren, als sie mir hätte helfen können, da ich genau dieselbe Krise durchgemacht habe?«

»Aber es war nicht dasselbe«, sagt sie rechtfertigend, »damals war man als alleinerziehende Mutter gebrandmarkt … und es war ja nicht so, als ob Simon oder wie er hieß, bereit gewesen wäre, dich zu heiraten.« Sie hält inne. »Und es musste sowieso deine Entscheidung sein. Was, wenn du es später bereut und es mir vorgeworfen hättest, dass ich dich in die eine oder andere Richtung gedrängt habe? Nein, Kate, eine so große Entscheidung musstest du ganz allein treffen.«

Ich möchte schreien oder etwas sagen, das ich später bereuen würde. Selbst wenn sie recht hat, warum spricht sie es jetzt an und nicht vor sechs Monaten, einem Jahr, vor fünf Jahren? Habe ich sie so sehr ausgegrenzt? Hat sie meinen veränderten Tonfall heute Abend bemerkt und sich auf die Chance, es mir zu erzählen, gestürzt? Sagen Sie mir nicht, dass ich schon wieder dem hässlichen Köter danken muss. Oder erkennt sie einen Wendepunkt, der sie dazu zwingt, eine Karte auszuspielen, von der sie gehofft hatte, sie nie auf den Tisch legen zu müssen? Ich frage mich, ob Bob es weiß. Vielleicht sollte ich es seiner Frau erzählen, wenn sie mich das nächste Mal nervt, weil ich keinen Freund habe.

»Es ist so, Kate, ich beneide dich darum, dass deine Entscheidungen nicht von einem Mann beeinflusst wurden. Du warst – du bist – ganz du selbst. Und manchmal …«

Sie beginnt erneut zu weinen.

»Wenn ich deine Stärke sehe … wie du alles hinkriegst,

dann erinnert es mich an meine eigenen Entscheidungen, erfüllt mich mit Reue, besonders wenn dein Vater mich wegen etwas so Blödem wie einem Rinderfilet nervt.«

Ich lache und meine es ehrlich, und in diesem Moment denke ich, wenn Mom mir das doch bloß schon früher erzählt hätte, wie eng hätten wir dann sein können, zwei Mütter vereint durch ein Geheimnis.

»Ich bete für dich und Jasper«, sagt Mom, »jeden Tag. Das scheint nicht viel, aber ich fühle mich dann besser, weil ich es versuche, und ich hoffe, dass er sich dadurch auch ein kleines bisschen besser fühlt. Du weißt, dass du nur fragen musst, wenn du irgendetwas brauchst. Ach, und dein Vater motzt vielleicht und sucht nach Ausflüchten, aber ich glaube, das liegt nur daran, dass er Angst hat, verletzt zu werden, und … du weißt schon … Angst, einen Enkel zu verlieren.«

Mein Geist ist weit von Zen-Gelassenheit entfernt, also verdränge ich das Bedürfnis, diese Vogel-Strauß-Philosophie zu zerpflücken. Es genügt, mir etwas zu merken – der Schmerz des Verlustes ist besser als der Schmerz eines verhärteten Herzens.

Ich sage ihr, wie sehr ich ihre Aufrichtigkeit zu schätzen weiß, verspreche, dass wir noch mehr reden werden, wenn ich wieder zu Hause bin, und schiebe eine Unmenge hässlicher Fragen vorerst beiseite. Als ich auflege, ist es noch zu früh, um zu entscheiden, ob mir diese neue Version von mir gefällt oder nicht.

Theoretisch müsste der letzte Punkt auf meiner To-do-Liste der einfachste sein. Und doch ist Willenskraft nötig, um die Kaffeemaschine mit der gerissenen Kanne einzuschalten, das Elixier aus der trockenen Bohne zu brühen und aus einem Styroporbecher zu trinken. Ja, ich bin wohl ein Kaffeesnob, aber es geht jetzt um ein ausgezeichnetes Getränk als Ersatz für etwas, das ich schon seit Längerem aufgeben will.

Als ich ausreichend mit Koffein versorgt bin, um für Jaspers letzte Behandlung wach bleiben zu können, wühle ich in meiner Handtasche und finde die Flasche mit dem falschen Ibuprofen. Das Etikett hat sich teilweise gelöst, und die Plastikflasche ist von Hundebissen rau und zerkaut. Okay, ich hab's verstanden. Ich gehe ins Badezimmer und werfe das restliche Amphetamin in den Müll.

58

Jasper

Mom, ich sehe aus wie ein *Vollpfosten.*«

Sie hat mir Hemd und Schlips angezogen und einen Blazer, und der Kragen ist eng und kratzt am Hals. Wenn mich jetzt jemand aus meiner Schule sehen würde, würde er sich vor Lachen in die Hose pinkeln.

»Du siehst toll aus«, ruft Mom aus dem Schlafzimmer, ohne auch nur hinzusehen, »außerdem haben wir nichts anderes, es muss also sein.«

Mein Spiegelbild grummelt und motzt, während ich eine wild abstehende Haarsträhne mit einer Bürste bändigen will. Da fällt mir etwas im Mülleimer auf. Ich hebe es hoch und schüttle es.

»Weißt du, dass diese Ibuprofen-Flasche noch nicht leer ist?«, frage ich.

»Keine Sorge«, sagt Mom, »ich wollte sie wegwerfen.«

»Aber da drin sind noch viele Tabletten.«

»Es ist okay, Jasper. Ich wechsle zu Paracetamol.«

Die Flasche ist kaum wieder auf dem Boden des Mülleimers gelandet, da höre ich: »Komm schon. Hol deinen Koffer. Wir sind spät dran.«

Die jährliche Abschlussfeier von *Paws Unlimited* findet in einem großen schicken *Marriott Hotel* statt. Und auch wenn das Foyer voller Schilder steht, die uns zu Festsaal A lotsen, ist es für Mom und mich einfacher, der Menschenmenge zu folgen. Einige Leute haben Labradore mit Westen dabei.

»Ich hoffe, es gibt noch einen Moment, um sich richtig von Whistler zu verabschieden.«

»Ganz sicher«, sagt Mom, »entspann dich. Und lächle, wenn jemand Fotos macht. Mach dir keine Sorgen, ich kümmere mich um unseren Rückflug.«

Ich habe mir keine Sorgen gemacht. Aber jetzt schon.

Wir werden langsamer, weil in einem breiten Flur eine laute Menschenmenge steht. Überall verteilen Leute in *Paws-Unlimited*-Sweatshirts lächelnd Broschüren und Programme und versuchen geschickt, an Zeit und Geld der Gäste zu kommen – Mom und ich machen es genauso für das Tierheim, wir kennen also alle Tricks. An Tischen werden T-Shirts und Becher und Hundeleinen und Kühlschrankmagnete verkauft, und es gibt eine Schlange bei einer stillen Auktion, aber meine Aufmerksamkeit richtet sich, wegen meiner Größe, ganz auf die vierbeinigen Gäste. Ich entdecke vor allem Labradore in allen Farben, ein paar Schäferhunde, einen normalen Pudel, einen kleinen schwarzen Terrier und einen Doodle – da hat wohl jemand eine Fellallergie. Es wird gekreischt, aufgeschrien, gelacht, und jeder einzelne Hund benimmt sich perfekt, sitzt oder liegt, völlig cool, als mache ihm der Rummel nichts aus. Doch der eine Hund, der mir am wichtigsten ist, fehlt.

»Ich sehe ihn nicht.«

»Er wird hier irgendwo sein«, sagt Mom und nimmt ein Programm von einem Mädchen mit einer grünen Zahnspange entgegen. »Sieh mal, da bist du.« Ganz unten steht: »Besondere Präsentation: Jasper Blunt, Emily Smart und Whistler.«

Ich tue so, als würde ich lächeln. Wieso steht da nicht Jasper Blunt und Whistler und dann Emily Smart? Wieso habe ich ihn schon verloren?

»Kate. Jasper. Ich dachte schon, Sie schaffen es nicht.« Es ist Cowboy Clay, ganz fein in einem Anzug, die Wangen feuerrot, eine Hand auf dem Herz. Ich hoffe, er bekommt keinen Herzinfarkt.

»Es wird toll«, sagt Clay, »unser Videofilmer wird alles aufnehmen, vergessen Sie also ruhig Ihre Handys. Wir schicken Ihnen eine CD.« Bei ihm klingt das nach einer großen Sache. »Die Fernsehteams sind ganz vorn, und wenn es deiner Mom recht ist, werde ich den Reportern Bescheid geben, dass du eingetroffen bist.«

»Aber Mr Silver, wo ist Whistler?«

»Was? Ach so, er ist wahrscheinlich bei Terri. Sie holt dich dann ab, wenn du dran bist, um ihn auf die Bühne zu führen. Sei nicht überrascht, wenn wir dich bitten, ein paar Worte zu sagen, irgendetwas Kurzes und Nettes, bevor du den Hund übergibst. Es werden ein paar Fotos gemacht und …«

»Sie denken daran, dass wir spätestens um Viertel nach zwölf hier raus sein müssen, damit wir unseren Flug noch erwischen.«

»Machen Sie sich keine Sorgen«, sagt Cowboy Clay und tätschelt Moms Arm. Ich sehe, dass sie es hasst. Er benimmt sich wie ein schlechter Moderator einer Quizshow, aufgedonnert und überfreundlich. »Ich habe den Laden fest im Griff. Das geht hier zu wie bei den *Golden Globes*.« Er tut so, als würde er ein Lasso werfen und einholen. »Ich treibe alles voran. Sieh mal, da ist Emily Smart mit ihren Eltern.«

Dass ich eine Rede halten soll, legt sich mir sofort auf

den Magen, und ich würge fast. Wir haben kaum Zeit, seinem Zeigefinger mit dem Blick zu folgen, als die Empfangsdame mit den glänzend weißen Zähnen auftaucht und ihm etwas ins Ohr flüstert.

»Tut mir leid, ich muss los.« Er beugt sich näher zu Mom und flüstert gekünstelt: »Mrs McClennon wird unruhig. Ich sehe Sie noch, bevor Sie abreisen.« Und damit ist er weg.

59

Kate

Bevor ich dem Feind gegenübertrete, bete ich, dass die Familie Smart arrogant oder sonst irgendwie charakterlich zweifelhaft wirkt, was mein schlechtes Gewissen beruhigen würde, denn ich werde darum bitten, Whistler behalten zu können. Ich meine, es gibt keine gute Art, einem kranken Kind den Hund vorzuenthalten, der sein Leben ändern wird. Emily ins Gesicht zu sehen und zu sagen: »Die Vereinbarung ist gestorben. Du wirst Whistlers Leine nur aus meinen toten, kalten Fingern reißen können.« Im Moment fühlt sich das Kämpfen so an, als würde mich die ganze Welt mithilfe einer Überwachungskamera dabei beobachten, wie ich aus einer Sammelbüchse für Epilepsiekranke klaue.

Vielleicht habe ich eine Chance, wenn ich Mrs Smart wegen der Fähigkeiten ihres Schönheitschirurgen verachten könnte oder wegen der Entschlossenheit ihres Personal Trainers, ihren Körper zu formen. Oder ich könnte Mr Smart verabscheuen, weil er gut aussehend wie Ryan Gosling ist oder weil er seiner Frau die Hand hält. Ja, macht meine Last leichter durch Reichtum und Arroganz, durch Bestechungsgelder, die geflossen sind, um einer verwöhnten Tochter, die schon einen Stall voller Ponys hat, auch noch einen Assistenzhund zu besorgen.

Als Alternative nehme ich auch Armut, ungeschützten

Sex und mögliches Schmiergeld. Wenn der Smart-Klan groß genug für eine eigene Fußballmannschaft ist, dann ist das Geld vielleicht knapp, und sie wären bereit, Whistler gegen die fünfundzwanzigtausend Dollar Belohnung einzutauschen. Noch besser, was, wenn Mr Smart ein kräftiger, kettenrauchender Rotschopf ist und die Familienmitglieder wie besessen Golf spielen?

Doch bereits aus der Ferne enttäuscht Mrs Smart: Ihre flachen Ballerinas zeigen mir, dass sie kein Problem hat, so klein zu sein, während ihr bestes Sonntagskleid voller Blumen ist, und ihre schulterlangen, glatten blonden Haare sprechen für unkomplizierte Bescheidenheit. Mr Smart, gute dreißig Zentimeter größer und breiter, trägt ein oben offenes Karohemd, er ist kräftig genug, dass sich das junge Mädchen hinter ihm verstecken kann. Emily ist viel größer als ihre Mom, was mich überrascht, bis mir ihre zehn Zentimeter hohen Absätze auffallen, ihr sehr kurzer Rock, der Eyeliner, Lippenstift und üppige Korkenzieherlocken in ihren Haaren. Das ist offensichtlich etwas Besonderes. Das ist ihr großer Tag.

»Wir sollten Hallo sagen«, sage ich zu Jasper und gehe in ihre Richtung, bevor er antworten und bevor ich meine Meinung ändern kann.

»Mrs Smart? Ich bin Kate Blunt, und das ist mein Sohn Jasper. Wir dachten, wir sagen kurz Hallo …«

Mrs Smart tritt vor, packt mich an den Oberarmen und schaut mich mit Augen an, in denen Jahre der Angst wegen der Krankheit ihrer Tochter zu erkennen sind.

»O mein Gott. Wir haben für diesen Tag gebetet, nicht wahr, Jeff?«

Jeff Smart nickt, er hat tatsächlich feuchte Augen, und

mir fällt unwillkürlich der einzige Schmuck seiner Frau auf – ein kleines Goldkreuz an einer dünnen Goldkette um ihren Hals.

»Worte können nicht beschreiben, dass Ihr … Ihr Opfer … unser Hoffnungsschimmer auf eine Zukunft ist, von der wir gedacht haben, dass Emily sie nie bekäme. Sie und Ihren Sohn werden wir immer in unsere Gebete einschließen. Immer.«

Und jetzt bin ich Zeugin, wie das erschöpfte Aussehen einer überstrapazierten Mutter langsam verschwindet. Mrs Smart wagt es, Erleichterung und inneren Frieden auszustrahlen, bevor sie mich so fest umarmt, dass es sich mehr wie ein Heimlich-Handgriff gegen Ersticken anfühlt.

Als ich zu Jasper sehe, kann ich einen Fluch gerade noch zurückhalten. Mir wird klar, dass mein Plan, hart zu kämpfen, komplett ruiniert ist.

60

Jasper

Mom ist so peinlich, weil sie denkt, niemandem fällt ihr »geheimer« Blick in Richtung von Emily Smart auf – sie ist erst zwölf Jahre alt, hat aber schon einen Busen und ist geschminkt –, als solle ich zu ihr gehen und sie begrüßen. Zum Glück schiebt sich diese Frau in einem sehr engen knallroten Kleid an mir vorbei, sagt, sie ist eine Fernsehreporterin, und hält Mr und Mrs Smart eines dieser Diktafondinger unter die Nase.

»Wir lassen Sie dann mal in Ruhe«, sagt Mom und zieht mich weg, bevor ich fragen kann, wieso die Reporterin nicht mich zum besten Hund der Welt interviewt.

»Glaubst du, es wird Whistler in seinem neuen Zuhause gut gehen?«

Mom antwortet nicht, ich vermute daher, dass sie nicht davon überzeugt ist.

»Ladys und Gentlemen, wir möchten beginnen, bitte nehmen Sie Platz.«

Gloria Roth vom Beiratstreffen, die richtig Hübsche mit dem netten Akzent – weder Mom noch ich erinnern uns an ihren Namen –, verkündet durch ein Mikrofon den Beginn der Veranstaltung.

»Aber ich dachte, diese Reporterin wollte vielleicht ...«

»Du kannst später noch zu ihr«, sagt Mom, wir beide lassen uns mit der Menschenmenge treiben.

Der sonnengebräunte Mann – sein Name war Ian – hält uns an, sagt: »Lassen Sie mich Ihnen Ihre Plätze zeigen«, entschuldigt sich rechts und links bei Leuten, während er sich und uns durch die Menge drängelt. »Für Sie ist ganz vorn reserviert. Richtig toll.«

Wir betreten den Festsaal. Er ist riesig, voll von Tausenden von Leuten, die sich gerade setzen, na ja, vielleicht nicht Tausenden, aber vielen. Ein Gang teilt den Raum in zwei Hälften, und ganz vorn spielen Fotografen und Fernsehteams mit ihren Geräten. Auf einer Bühne stehen leere Stühle – fünf auf einer Seite, ein Dutzend oder so auf der anderen –, und es gibt Treppen und Rampen und ein Geländer, sodass jeder aus dem Publikum auf die Bühne kommen kann. Zwei große Leinwände, kinogroß, bedecken die komplette hintere Wand. Auf einer ist das Livebild des Podiums und eines Mikrofons auf einem Ständer zu sehen, auf der anderen wechseln sich ständig Fotos von Assistenzhunden und ihren lächelnden Partnern ab.

»Bitte schön«, sagt Ian, nachdem er uns bis ans Ende der ersten Reihe, ganz weit rechts, gelotst hat. Ich wollte schon fragen, ob man zu den Plätzen ein Fernglas oder einen Segway bekommt, aber dann umarmt er mich und sagt: »Nur für den Fall, dass ich dich später nicht mehr sehe, wollte ich dir sagen, dass du ein ganz toller junger Mann bist.«

»Ganz toll?«, frage ich Mom, sobald Ian gegangen ist. »Wie diese Plätze?«

»Nein, die sind schon gut, besonders, falls wir schnell wegmüssen. Sieh mal, da ist deine neue beste Freundin.«

Alice McClennon humpelt mit ihrem Gehstock ans andere Ende der Bühne und setzt sich auf den ersten der fünf leeren Stühle. Auf die anderen vier Stühle setzen sich Ian,

Gloria Roth, die schüchterne südamerikanische Frau, und ein Stuhl bleibt leer, während Cowboy Clay unter Applaus das Podium betritt.

Wo ist Whistler? Wo ist Terri? Und wieso sollte ich schnell wegmüssen?

»Willkommen zu unserer dreiundvierzigsten jährlichen …«

Ich schalte sofort ab, rutsche auf meinem Platz hin und her und schaue mich im Raum um. Der Assistenzhund, der uns am nächsten ist, ist der Doodle. Er sitzt ganz gerade, fixiert Cowboy Clay, als wäre das ein Teil seiner Jobanforderungen. Als ich mir den restlichen Raum anschaue, sieht es aus, als würden alle Hunde zuhören. Kein Kläffen, Knurren oder Jaulen. Oder vielleicht sind sie einfach nur höflich.

Ich lächle, als ich endlich einen Störenfried entdecke, einen großen braunen Labrador, der sich streckt und gähnt, dann versucht er, einen Schäferhund abzulenken. Dieser braune Labrador muss der Klassenclown sein, er knabbert am buschigen Schwanz eines Schäferhundes wie an einem Maiskolben. Der Schwanz des Schäferhundes bewegt sich und wedelt ihn weg, und der Labrador seufzt. Ich versuche, ihn zu kontaktieren, er ist ja abgelenkt und deswegen vielleicht empfänglich. Nichts. Ich probiere es beim Doodle. Nichts. Ich versuche es noch mal mit Whistler, meiner größten Chance, aber es ist hoffnungslos. Arbeiten sie alle und lassen mich deswegen nicht rein? Oder verliere ich die Gabe schon wieder?

»… aber bevor wir die Urkunden verleihen und von jedem von ihnen hören, was es für sie bedeutet, ihren neuen Hundepartner zu haben, habe ich das Vergnügen, unseren Festredner …«

»Ich habe Angst«, flüstere ich Mom zu.

»Weswegen?«

»Weil ich vor all diesen vielen Leute etwas sagen soll.«

Sie drückt meine Schulter. »Sag einfach, was du empfindest.«

Ich denke darüber nach und daran, Whistler nie wieder zu sehen, und meine Gedanken springen zurück ins Krankenhaus, als man noch einen Zugang bei mir gelegt hat und eine Krankenschwester mit gelbem Mundschutz sich zu mir beugte und sagte: »Das Schlimmste ist fast vorbei.« Ich schwitze und kneife die Augen zusammen und beiße die Zähne aufeinander und spanne mich an, warte darauf, dass die Aufregung aufhört. Bloß ist das Gefühl jetzt zehnmal so schlimm.

Irgendein alter Typ hat jetzt dieses kabellose Mikro und läuft auf der Bühne hin und her, und ich bemühe mich zuzuhören, aber es ist so langweilig, irgendwas über Gesetze, die er gemacht hat, um Behinderten zu helfen, und was er alles für Kriegsveteranen tut und immer so weiter, wie großartig er ist, obwohl sein perfekt haarloser Anzug wahrscheinlich bedeutet, dass er keinen eigenen Hund hat.

Ich schlage mein Programm auf. Das ist der Kongressabgeordnete, und dann steht da eine Liste mit ungefähr zwanzig Namen von Leuten und Hunden, ich ganz unten, als allerletzter Punkt.

Mom ist nicht sehr unauffällig. Ich bemerke, dass sie alle zehn Minuten auf ihre Uhr schaut. Ich verstehe nicht, wieso ich hier sitzen muss, wo ich doch bei ihm sein könnte. Und ich dachte, Terri wäre nett. Dann frage ich mich, ob sie denkt, dass ein schneller Abschied einfacher für Whistler wäre.

Ich sehe zu Alice McClennon auf der Bühne, und sie schaut zu mir. Sie lächelt und nickt. Will sie mir etwas sagen? Ich hoffe, sie konnte Whistler treffen, bevor er wieder gehen muss.

Dann bemerke ich, dass Gloria Roth die Augenbrauen hochzieht und auf jemanden im Publikum zeigt und das Tauchzeichen für Okay macht – nicht, dass ich jemals werde tauchen können –, und ich sehe, dass es Emily Smart gilt, die mit ihren Eltern weiter links eine Reihe hinter mir sitzt.

Vielleicht macht sich Gloria Roth Sorgen, weil Emily unruhig ist und mit der Hand vor ihrem Gesicht wedelt, als wolle sie sich abkühlen und beruhigen. Möglicherweise ist sie wirklich aufgeregt, Whistler zu treffen, was mich gleichzeitig froh und traurig macht, aber als Emily mich entdeckt und errötet, werde ich auch rot. Zum Glück fangen alle an zu klatschen, und Cowboy Clay springt auf und schüttelt dem Kongressabgeordneten Schlaftablette die Hand.

Mom stöhnt und sagt: »Sie liegen schon weit hinter ihrem Plan.«

»Wann ist meine nächste Infusion?«

»In fünfundvierzig Minuten, um zwölf.«

»Müssten wir dann nicht hier raus sein?«

»So ziemlich. Selbst dann wird's knapp.«

Ich tätschle Mom die Hand. Es macht ihr nichts aus, wenn ich tätschle. »Vielleicht wollen nicht viele Leute reden.«

Das war das Dümmste, was ich am ganzen Tag gesagt habe. Alle wollen reden. Und weißt du, wieso? Weil das, was sie über ihre Hunde erzählen können, unglaublich ist.

Da ist dieser muskulöse Typ in einem coolen Wüstenkampfanzug, neben ihm steht ein kleiner schwarzer Labrador namens Drama. Er himmelt ihn an und beschützt ihn, und er ist so glücklich, dass er weint und allen erzählt, dass er PTBS hat und wie er Angst davor hatte auszugehen, aber jetzt, mit diesem Hund, fühlt er sich endlich sicher. Wenn er nach Hause kommt und das Wort *Grenze* sagt, dann geht Drama an jede Tür im Haus und überprüft, ob sie geschlossen und gesichert ist, und wenn er unterwegs ist und jemand auf ihn zukommt, dann läuft Drama vor und blockiert den Weg, wie der ultimative Verteidiger gegenüber einem Quarterback – nicht dass ich mir viel aus American Football mache.

Das ist erst der Erste, und schon haben die meisten Zuschauer feuchte Augen.

Die Nächste ist eine Frau auf Krücken, die sich die Rampe hinaufkämpft, entschlossen, es ohne Hilfe zu schaffen. Sie stützt sich mit einer Hand ab, nimmt das Mikrofon und erzählt davon, dass sie bei einem Unfall beide Beine verloren und gedacht hat, ihr Leben wäre vorbei, und dass sie sich Sorgen gemacht hat, niemand würde sie je wieder lieben. »Ich habe mich getäuscht«, sagt sie, bittet ihren gelben Labrador namens Kaylee um einen Kuss und bekommt ihn sofort. Sie erzählt, wie dieser Hund ihr morgens die Beine bringt, links und rechts unterscheiden kann, und wenn sie nachts so tut, als würde sie zittern, dann holt Kaylee ihr eine Decke, damit ihr warm ist.

Der ganze Saal lacht, und es fließen noch mehr Tränen, und alles, woran ich denken kann, ist Whistler. Ich habe Angst, dass ich ihn nicht mehr spüre, obwohl er in der Nähe sein muss.

Einer nach dem anderen gehen oder schwanken oder rollen die Leute auf die Bühne, und jeder Einzelne erzählt eine Geschichte, die mein Herz gleichzeitig glücklich und traurig macht.

»Wir müssen mit deiner nächsten Infusion anfangen.«

»Hier?«

»Klar«, sagt Mom, »du befindest dich in guter Gesellschaft.«

Ich ziehe meinen Blazer aus, rolle den Ärmel hoch, und Mom holt den Kram aus ihrer Handtasche und hängt alles an. Nur der Doodle sieht mich an, als wolle er helfen.

Als der Letzte in seinem Rollstuhl dank eines Schäferhundes, so groß wie ein Pony, die Rampe hinauffährt, flüstert mir jemand ins Ohr: »Komm mit.«

Es ist Terri. Endlich. Aber bevor ich fragen kann »Wo wart ihr?«, ist sie schon halb durch eine Schiebetür in der Ecke, die mir gar nicht aufgefallen war.

Mom macht eine Kopfbewegung, die bedeutet, ich soll ihr folgen, und als ich mich durch die Lücke quetsche – es ist eigentlich eine Schiebewand, die nach nebenan, in einen leeren und etwas kleineren Festsaal B führt –, ist er da.

»Whistler.«

Sein Schwanz ist stimmgesteuert, auf Stufe elf der Wahnsinnsskala. Ich hocke mich hin, damit er mir das Gesicht langsam ablecken kann, das letzte Mal meine salzigen Wangen schmecken kann. Er ist gebadet worden, trägt eine brandneue *Paws-Unlimited*-Weste, und Terri hat offensichtlich ihr Bestes gegeben und sein Fell kreativ über einige der kleineren Narben gekämmt.

»Alles okay?«, fragt sie, als nebenan wieder geklatscht wird.

Ich nicke, lasse Whistler nicht aus den Augen, löse meine Hände nicht von ihm.

»Bin sofort wieder da«, sagt sie, und ich weiß nicht, wohin sie geht, aber sie gibt mir seine Leine, die an einem Gentle Leader hängt, der etwas zu eng über seinen Zebranarben sitzt.

»Warte mal«, sage ich, stecke meine Finger unter das Nylonband und kratze mit meinen kurzen Nägeln. Whistler entspannt sich.

»Und damit sind wir bei unserer letzten Präsentation dieses Morgens.«

Durch die Lücke sehe ich seitlich auf Cowboy Clay, der auf dem Podium steht und ein Blatt Papier ausbreitet, als wolle er seinen Text nicht vermasseln. Zwei große Typen ganz vorn fummeln an ihren Fernsehkameras, und ein Fotograf hebt seine Kamera vors Gesicht.

»Ich bin mir sicher, dass sich die meisten von Ihnen noch an die tragischen Ereignisse in Beaver Creek, Oklahoma, vor gut vier Jahren erinnern und wie sie unsere *Paws-Unlimited*-Familie betroffen haben. Die Hunde in diesem Saal stehen für die Besten der Besten, dabei erreicht nur eine kleine Prozentzahl der Tiere, die wir trainieren, die entsprechenden Standards, um als zertifizierter Assistenzhund abschließen zu können. Sie können sich also vorstellen …«

Terri ist wieder da, zieht mich auf die Beine und sagt: »Na endlich.«

»Wie viel Uhr ist es?«, flüstere ich.

»Zwanzig nach zwölf.«

Mein Antibiotikum läuft noch, aber der Ball ist inzwischen klein genug, sodass ich ihn in die Brusttasche meines Hemdes stecken kann; der Schlauch verläuft zu meinem Arm, ein bisschen wie bei einer altmodischen Taschenuhr. Anscheinend läuft jegliche Zeit ab.

»… er nahm nicht nur Christopher Wallace das Leben, sondern uns auch seinen geliebten Hundepartner Whistler.«

Auf der großen Leinwand taucht ein Foto auf, wohl Mr Wallace und Whistler, bevor der Tornado ihn verletzt hat. Mr Wallace scheint alt und schwach zu sein, gar nicht so, wie ich ihn mir vorgestellt habe, wenn er es war, der Whistler Schwimmen und Fußballspielen beigebracht hat. Das Bild ändert sich, und ich sehe das Vermisstenplakat, auf dem Whistler, wie er früher ausgesehen hat, in die Kamera lächelt, mit zwei normalen Augenlidern und einem ganzen rechten Ohr. Und plötzlich frage ich mich, ob Emily Smart überhaupt weiß, wie ihr neuer Hundegefährte heute aussieht.

Das ist vielleicht meine letzte Chance, also knie ich mich hin, und Whistler und ich drücken unsere Köpfe aneinander, und ich öffne die Augen, seine zwei braunen Augen zerfließen zu einem. Er sieht mich an, ich sehe ihn an, und ein paar Sekunden lang ist es, als würde er in meinem Kopf sprechen. Ich weiß, dass wir beide die genau gleiche Frage stellen: Warum?

Ich höre meinen Namen, seinen Namen und dann Gebrüll wie bei Fußballfans von ManU oder Arsenal, wenn sie zu Hause ein Tor schießen.

Terri klopft mir auf den Rücken und sagt: »Okay, Jasper, du bist dran.«

61

Kate

Mit einer Mischung aus tiefem Durchatmen, Willenskraft und der Weigerung, mich reinziehen zu lassen, schaffe ich es fast. Fast.

Jeder, der das Mikrofon nimmt, erzählt eine herzzerreißende, aber am Ende inspirierende Geschichte, und ich schaffe es, mich zusammenzureißen. Und dann, last, but not least, rollt Sergeant Bobby Trask mit einem riesigen Schäferhund namens Maverick auf die Bühne.

»Jetzt habe ich einen Job. Einen echten, bezahlten Job, weil Mav mir dabei hilft, Regale zu füllen, Tüten einzupacken, Einkaufswagen auf dem Parkplatz einzusammeln.«

Trask – großer Kerl, ordentlicher Ziegenbart, Popeye-Unterarme – beugt sich in seinem Rollstuhl vor und betrachtet das Publikum. Maverick hängt wie gebannt an seinen Lippen.

»Das klingt vielleicht nicht nach viel, aber für mich ist es alles.«

Und in einem schwachen Moment habe ich mich auf ihn eingelassen. Es lag nicht daran, wie er gesprochen hat, denn ich merke deutlich, dass Sergeant Trask kein Mitleid von mir will. Und es hat auch nichts damit zu tun, dass er wie ein Biker angezogen ist – schmuddelige ärmellose Jeansweste, auf dem Kopf ein Bandana in den Farben der amerikanischen Flagge – und ich immer noch ein schlechtes

Gewissen habe wegen meiner Reaktion auf den Kerl der Hells Angels in der Wüste. Klar, die Bescheidenheit und Eleganz der eindrucksvollen Wache an seiner Seite ist auch nicht dazu angetan, meine Tränen zurückzuhalten, aber am Ende ist es Trasks Botschaft. Mehr als Loyalität und Hilfe, mehr als Komfort, Selbstvertrauen, Unabhängigkeit und Sicherheit: Dieses selbstlose Wesen hat dem behinderten Mann die Kraft gegeben, sein Leben zu ändern, und die Fähigkeit dazu. Am allerbesten – und deswegen heule ich wie ein Idiot – ist, wie klein die Hilfestellungen des Hundes eigentlich sind und wie enorm sie Trasks Gefühle verändert haben.

Ich putze mir die Nase. Durch den Tränenschleier sehe ich auf meine Uhr – 12:20. So viel zum Thema Clay Silver hat den Laden im Griff. Anstatt alles knapp zu halten, schlachtet er jede Geschichte aus, ergreift jede Chance, die Herzen zu berühren, als würde ihm jede einzelne Träne noch einen Dollar mehr für die gute Sache einbringen. Die Fernsehreporterin – in ihrem knallroten Cocktailkleid und einer Maske aus dickem, knalligem Make-up – hört gar nicht mehr auf zu lächeln, während Silver eine emotional aufgeladene Phrase nach der anderen abfeuert.

»Wie die meisten von Ihnen wissen, werden die Namen unserer Hunde sehr oft von großzügigen Spendern ausgewählt. Es können die Namen von geliebten Menschen sein, die uns verlassen haben, die Namen gefallener Helden, Namen, die Gewicht und Bedeutung haben und ein Vermächtnis vermitteln. Und manchmal, wenn diese Hunde ausgezeichnet gearbeitet haben, wird ein Name in den Ruhestand versetzt, damit man ihn in dieser Organisation für immer mit diesem speziellen Tier in Verbindung bringt.«

Eine große schwarze Promenadenmischung taucht neben einem Mann auf der Leinwand auf, und erst als Clay Silver es mir sagt, begreife ich, dass das Whistler war, bevor ich ihn kennengelernt habe.

Ich blicke über die Schulter zur Familie Smart. Eine lächelnde Mrs Smart stupst ihre Tochter an, aber das wäre gar nicht nötig. Mein böses Alter Ego hatte vielleicht gehofft, dass Emily keine Ahnung hatte, wie Whistler *aussah*, ganz zu schweigen davon, wie er jetzt *aussieht*, und dass sie ihre Enttäuschung offen zeigen würde. Aber ich werde eines Besseren belehrt, denn alles, was ich sehe, ist ein Mädchen mit großen Augen, das vor Aufregung fast platzt. Emily Smart ist ein weiteres perfektes Beispiel für ein Kind mit einer verborgenen Behinderung. Sie wäre nicht für einen Anfallwarnhund qualifiziert, wenn sie ihn nicht wirklich verdiente oder brauchte. Nein, die Zeit ist abgelaufen. Ich muss unser Schicksal akzeptieren, weitergehen, ohne mich umzusehen, und mich wieder einmal darauf einstellen, Jasper durch Schmerzen zu begleiten.

»Whistler zu verlieren wurde für jeden bei *Paws Unlimited* zu etwas Persönlichem. Es lag daran, dass man nichts wusste, dass er spurlos verschwunden war, dieser selbstlose, heldenhafte Hund war verschollen.«

Okay, Silver hat jetzt ganz offiziell die Kontrolle verloren. Er hat die Rede vielleicht vom Kitschfilm der Woche abgekupfert, doch dem gespannt zuhörenden Publikum nach zu urteilen, bin ich wohl die Einzige, die mit einem Würgereiz kämpft.

»Wir haben alles versucht, sind jeden Weg gegangen, haben keinen Stein auf dem anderen gelassen, um diesen Hund oder wenigstens seine Leiche zu finden.«

Die Empfangsdame mit den strahlenden Zähnen ist im Mittelgang aufgetaucht und winkt der Familie Smart zu, dass sie ihr zur linken Ecke der Bühne folgen soll.

»Selbst eine großzügige Belohnung für Whistlers sichere Rückkehr bewirkte nichts.«

Silver schaut unwillkürlich zu Alice McClennon, und mir wird klar, dass sie natürlich hinter dem dicken Scheck steht. Genau das hätte ihr verstorbener Ehemann Donald auch getan, und sie wird alles daransetzen, um seinen Geist lebendig zu halten.

»... und ganz besonders um diese Zeit im Jahr, wenn noch eine Hundeklasse ihren Abschluss macht, erinnere ich mich an ihn« – Clay deutet über seine Schulter auf die Leinwand –, »und jedes Jahr musste ich, wenn auch vergebens, die Polizei, den Tierschutz, Tierheime und Hundeorganisationen kontaktieren, nur für den Fall, dass ...«

Stephen, Mrs McClennons Chauffeur, immer noch auf dem Weg zu einer Beerdigung, betritt die Bühne mit einem dieser lächerlichen überdimensionierten Schecks, während Alice McClennon ihren Gehstock nimmt und aufsteht.

»... von einer Gruppe namens *Panhandle Canine Railroad*. Nach all dieser Zeit taucht Whistler, unser herausragender und seltener Anfallwarnhund fast dreitausend Kilometer entfernt in einem Tierheim auf Cape Cod, Massachusetts, auf.«

Von ganz hinten kommt ein sportliches »Yeah«, vereinzelt Applaus, und ich frage mich, wie es meinem Jungen auf der anderen Seite der Tür geht, meinem Jungen, der sich verabschiedet, wo er doch gerade erst Hallo gesagt hat, und der weiß, dass ihre gemeinsame Zeit nun vorbei ist.

»Natürlich werden wir die Wahrheit nie erfahren, aber

wenn sie in Narben zu finden ist, dann ist Whistlers Überleben die Geschichte von Entschlossenheit und dem Willen, nach Hause zu gelangen.«

Ich hätte nicht gedacht, dass Silver es ansprechen würde, und vielleicht war er vorher unentschlossen, aber da er wohl die Empathie im Publikum spürt, zündet er die Lunte und nennt die provozierende Tatsache, benutzt sogar das Wort *Folter*, als er diese Zebrastreifen auf Whistlers Schnauze erwähnt. Er endet mit einer zittrigen Stimme: »Sein Bellen ist so für immer verstummt, nicht aber sein Geist.«

Um mich herum schnappen die Leute nach Luft, und sogar Trask, der Kriegsveteran, der schon alles gesehen hat, wirkt geschockt.

Zwölf Uhr siebenundzwanzig. Wir sind im Arsch.

»Ich weiß, dass Jasper sehr an Whistler hängt. Und ich kann Ihnen mit absoluter Sicherheit sagen, dass dieser bemerkenswerte junge Mann ein großes Herz hat, denn indem er Whistler quer durch unser großartiges Land hierhergebracht hat, hat er den Wunsch, anderen zu helfen, über die Hilfe für sich selbst gestellt. Jasper ficht jeden Tag seine eigenen Gesundheitskämpfe aus, und wir wissen, dass er lieber Whistler hätte als jede finanzielle Belohnung. Aber dieser Scheck wird hoffentlich dabei helfen, dass er seinen eigenen passenden Assistenzhund bekommt.«

Um mich herum werden Augen zusammengekniffen. Es muss das Wort *passend* sein, es klang merkwürdig, wahrscheinlich fragen sich viele: »Was fehlt dem Jungen denn?«

»Ladys und Gentlemen, er war vier Jahre, fünf Monate und siebzehn Tage verschwunden, aber jetzt ist er endlich wieder zu Hause. Bitte heißen Sie Jasper Blunt und nach langer Zeit auch Whistler herzlich willkommen.«

Die Menge tobt, die meisten Leute stehen auf. Es könnte Erleichterung sein, weil Silver jetzt schweigt, und es könnte der Anblick eines verletzten Hundekriegers sein, der nach Hause zurückkehrt, aber ich glaube, dass etwas davon auch für Jasper ist, diesen kleinen Jungen, der den Kopf hebt und die Schultern strafft, so, wie wir es geübt haben. Ich glaube, dass er fühlt, was ich fühle, und die Dankbarkeit aller Anwesenden spürt. Ich möchte, dass er sie aufsaugt, in sich aufnimmt. Ich hoffe, dass das genügt. Aber als ich sie betrachte, Hund und Junge nebeneinander, zum letzten Mal Partner, ihr letzter Gang im perfekten Gleichschritt, die Leine eigentlich überflüssig, da frage ich mich: »Ist es das jetzt auch für mich?« Falls er nie einen Schulabschluss macht, falls er nie heiratet, ist das meine einzige Chance, als stolze Mutter in einem Raum voller Fremder zu glänzen?

Als er zu mir sieht, sein schüchternes, schiefes Lächeln lacht, fragt sein Blick: »Mache ich es gut?«, und ich kann nur nicken und die Tränen zurückhalten.

Auf der Bühne klammert sich Jasper an Whistlers Leine. Der Hund sitzt neben ihm, während Silver und Alice McClennon mit dem Riesenscheck näher treten. Der Videofilmer und zwei Fotografen kommen wie aufs Stichwort, und ein jetzt sehr anders aussehender Whistler taucht auf einer Leinwandhälfte auf. Der Unterschied zwischen vorher und nachher ist beeindruckend, eine düstere »Enthüllung«, die zu weiterem Gemurmel und hochgezogenen Augenbrauen bei den Zuschauern führt. Ein Blitzlichtgewitter setzt ein, als Alice McClennon, Silver und Jasper für die Fotografen lächeln, Whistler-Rufe werden ignoriert, während wir, das Publikum, sehen, wie der Hund auf der Leinwand nur Augen für einen gewissen jungen Mann hat.

»Und jetzt«, sagt Silver ins Mikrofon, »möchten wir Jasper bitten, ein paar Worte zu sagen.«

Silver richtet den Mikrofonständer, sodass er tief genug für Jasper ist, und mir stockt der Atem, als mein Sohn vortritt, immer noch unfähig, die Leine loszulassen. Und ich denke: Komm schon. Schockiere sie mit etwas Magischem. Zeig ihnen, dass ihr beiden eins seid.

Peinliche, leere Sekunden verstreichen, bis mein Engel endlich tief einatmet, den Mut findet und verkündet: »Whistler ist kein guter Hund.«

62

Jasper

»Whistler ist kein guter Hund.«

Ich stehe da, tue so, als hätte ich Angst, schaue in die Menge, warte, bis die Leute zu flüstern beginnen, sich Sorgen machen, dass ich zu nervös bin oder vergessen habe, was ich sagen wollte. Was natürlich genau das ist, was ich erreichen wollte.

»Weil … weil … Whistler der beste Hund überhaupt ist.«

Vergiss Mr Boa Constrictor. Glückliches Feuerwerk explodiert in meinem Bauch, und ich muss gar nicht nachspüren, ich sehe, dass Whistler es lustig fand.

»Nun … danke schön, Jasper«, sagt Cowboy Clay, nicht sicher, ob ich fertig bin, aber für den Fall feuert er das Publikum an zu applaudieren. »Wenn es in Ordnung ist, hätten wir gern, dass du noch einen Augenblick länger bleibst für unsere Präsentation.«

Ich entdecke Mom. Sie schüttelt den Kopf, klopft auf ihre Uhr, als müssten wir sofort los, und ich vermute, Cowboy Clay sieht sie, aber er ignoriert sie vollkommen. Wir werden unseren Flug verpassen, dieser Riesenscheck passt niemals in mein Handgepäck, und ich habe keinen Hund mehr.

»… es ist also nur richtig, dass du derjenige bist, der Whistler seiner nächsten *möglichen* Partnerin vorstellt.«

Ich hätte etwas von der EMLA-Creme aus dem Krankenhaus klauen sollen.

Das ist diese weiße, klebrige örtliche Betäubung, die sie einem auf die Haut schmieren, bevor sie den großen Tropfzugang in die Vene schieben, und sie hilft nie. Aber wenn ich mir jetzt genug davon über mein Herz reiben würde, würde sie vielleicht helfen, alles ein wenig zu betäuben.

»Empfangen wir Emily Smart und ihre Familie mit einem herzlichen *Paws-Unlimited*-Willkommen.«

Es wird geklatscht, ganz okay, es passt, aber es ist bei Weitem nicht so krass wie der Applaus für Whistler und mich.

Als sie über die Bühne gehen, schiebt Cowboy Clay mich vor, und irgendwie wandert die Leine von meiner Hand in Emilys. Mr und Mrs Smart genießen das Blitzlichtgewitter, da legt mir Cowboy Clay eine Hand auf die Schulter und winkt mit der anderen meiner Mom, als würde ich nicht länger gebraucht.

»Beeil dich«, zischt Mom, schon auf dem Weg die rechte Seite entlang, und bringt mich zum Laufen.

»Aber was ist mit dem Scheck?«

Ich habe ihn auf der Bühne liegen lassen.

»Den werden sie schicken«, sagt sie und wartet nicht, bis ich sie eingeholt habe oder fragen kann, wie sie den in einen Briefkasten quetschen wollen. »Wir müssen los.«

»Aber mein Antibiotikum ist durch.«

»Ich mache dich im Auto los«, blafft sie. Inzwischen sind wir ganz hinten, die Türen des Festsaals sind weit geöffnet, Mom weigert sich immer noch, langsamer zu werden, bis ich brülle:

»Aber das ist nicht fair.«

Das funktioniert. Mom erstarrt wie ein Gangster in einem Fernsehkrimi, und auch wenn sie aussieht, als würde ihr Kopf gleich explodieren, schauen die meisten Leute in der letzten Reihe lieber Whistler und Emily Smart zu.

Nahe genug, um flüstern zu können, sage ich: »Es ist nicht fair, weil ich mir nicht ausgesucht habe, ZF zu haben, und ich weiß, dass du es dir nicht ausgesucht hast, es mir zu geben, und das liegt daran, dass man sich im Leben viele Dinge nicht aussuchen kann. Aber Whistler hat mich ausgesucht, aus irgendeinem Grund, und zum ersten Mal hat es einen Sinn gemacht, diese Krankheit zu haben. Durch ihn hatte ich sogar das Gefühl, dass sie es wert ist.«

Sie seufzt, ihre Augen werden traurig, und sie geht in die Hocke, auf Augenhöhe mit mir – das bedeutet *Zeit für ein ernstes Gespräch.* »Manchmal macht das Aussuchen das Leben schwierig. Manchmal wählen wir das Falsche. Sieh dir nur mich und deinen Vater an.«

»Nein, du verstehst es nicht. Whistler hätte überall hingehen können, hätte bei vielen netten Leuten bleiben können, aber das ist er nicht. Ich habe ihm nie mehr Spaß, mehr Liebe, mehr Spaziergänge, mehr Fußball oder mehr Futter gegeben, aber ich kann ihm helfen zu sagen, was gesagt werden muss.«

Sie nimmt meine Hand. »Komm jetzt. Wir sprechen auf der Fahrt darüber.«

»Nein, hör mir zu«, sage ich und mache mich los. »Es ist, als wüsste Whistler die Antwort auf all die schwierigen Fragen, weil sie kein Geheimnis sein sollten, und es macht ihn wahnsinnig, dass er sie weitergeben will, aber nicht kann. Deswegen hat er mich gefunden, um ihm dabei zu helfen zu erzählen, was schon viel zu lange in ihm gefangen ist. Und obwohl ich möchte, dass er mein Hund ist, ist er nicht dazu bestimmt, bloß meiner zu sein, er ist dazu bestimmt, geteilt zu werden mit Leuten, die seine Hilfe brauchen, die traurig sind oder ängstlich oder einsam. Und Leute wie du, Mom. Leute, die vergessen haben, wie man wirklich lebt, denn auf gewisse Art hat Whistler nie mich ausgesucht. Er hat dich ausgesucht.«

Sie lässt abrupt meine Hand los, als brenne sie, ihr Mund formt ein perfektes O – eindeutig mehr geschockt als wütend –, und ich schaue ein letztes Mal über meine Schulter. Aber ein paar Leute stehen, sodass ich die großen Leinwände nicht sehen kann, und mir wird bewusst, das war's. So endet es. Kein letzter Blick, kein letztes Winken, nicht mal ein gespieltes Lächeln, um ihn zu täuschen, so zu tun, als ginge es mir gut. Und ich schwöre mir, dass ich nicht weinen werde, ich werde nicht weinen, ich werde nicht weinen.

Ich fange an zu weinen.

Und dann höre ich es – einen eigenartigen, rauen, hupenden Ton, der leise und weit entfernt beginnt, aber lauter und lauter wird.

»O mein Gott.« Mom ist groß genug, um es zu sehen, und ich weiß nicht, was es ist, aber sie scheint erschrocken zu sein.

»Was?«

Sie will nicht antworten oder kann nicht, während die krächzenden Töne immer näher kommen, und dann sehe ich es, sehe ihn, wie er auf mich zudonnert, die Ohren flattern, am Kinn hängt Sabber. Es ist Whistler, seine Leine weht hinter ihm her wie eine Drachenleine. Er rennt durch den Mittelgang, gibt richtig Gas, und dieses trockene, schmerzhafte, wenig hundeartige Geräusch ist alles, was von seinem Bellen übrig geblieben ist.

Whistler bellt.

Whistler bellt wie verrückt.

Er bellt wie verrückt wegen mir.

63

Kate

Man kann sich kaum vorstellen, wie es sein muss, seine Stimme wiederzubekommen, nachdem man in mönchischer Stille gelebt hat. Kein Wunder, dass Whistler wie ein Chorknabe im Stimmbruch klingt, die Stimmbänder zum Zerreißen angespannt. Aber bei dieser Geste geht es um so viel mehr als um die Mechanik des Klangs. Es muss außergewöhnliche Willenskraft gekostet haben. Wie oft muss dieser Hund, als er in einer Hölle gefangen war, der er nicht entkommen konnte, vergessen haben, dass Bellen verboten war, bis er gelernt hat, diesen Fehler nicht mehr zu machen? Wie oft hat dieser Hund bellen wollen, hatte aber Angst davor? Und er hat es nie gewagt, bis jetzt. Whistler hat gewartet, bis wir gingen, und indem er diesen besonderen Augenblick gewählt hat, um seine Jahre des stimmlosen Leidens zu beenden, wirkt seine Entscheidung so klar, wie Worte es wären, eine letzte, verzweifelte Ansage: »Angesichts des Verlusts, der mir droht, ist es das Risiko mehr als wert.«

Hätte mein Sohn das, was er gerade zu mir gesagt hat, doch den anderen im Raum gesagt. Seine umwerfende, leidenschaftliche Erkenntnis fühlte sich wie eine verbale Blendattacke an, und ich schwanke noch, als der bellende Whistler ihn mehr attackiert als begrüßt. Er donnert gegen Jasper, die beiden fallen auf den Teppichboden, rollen herum, ein einziges Knäuel aus Lächeln und Sabbern, bis der Hund den Jungen zu Boden drückt und feiert, indem er so tut, als sei Jaspers Gesicht voller Eiscreme.

Ein paar Sekunden lang bin ich so durcheinander wie die restlichen Zuschauer. Die meisten sind aufgestanden, der Videofilmer und eines der Kamerateams sind schnell genug und nehmen das ganze Spektakel auf, zusammen mit vielen Handys, nur zur Sicherheit.

Auf einer der großen Leinwände erscheint die Familie Smart völlig geschlagen. Mr Smart glotzt, Mrs Smart wirkt wie im Schock erstarrt, versucht, die Demütigung und den Verlust zu verarbeiten. In Emilys Blick steht Panik, sie schaut zwischen ihrer Mom und dem ausgebüxten Hund hin und her, als wäre das, was geschehen ist, ihre Schuld.

Dann nimmt entweder das Mikrofon auf dem Podium oder das am Ständer auf, wie Alice McClennon Silver leise tadelt. »Ich stimme zu, aber jeder in diesem Raum hat gehört, was ich gehört habe, ein angeblich stummer Hund bellt zum ersten Mal seit Jahren. Etwas hat ihn dazu gebracht. Und es war niemand von uns.«

Von dieser außerplanmäßigen Programmänderung ist Clayton Silver ziemlich aufgebracht und scheint nicht zu wissen, was er sagen oder tun soll.

»Sieh hin, Clayton«, sagt die alte Dame und deutet auf die Leinwand hinter ihr, auf die Menge, die zusieht, wie Jasper und ein jaulender Whistler in noch einer Runde griechisch-römischen Ringens ineinander verknäuelt sind. »Dieser Hund will nicht von diesem Jungen getrennt werden.«

»Verdammt richtig«, sagt eine bekannte Stimme, und das Publikum dreht sich zu Sergeant Trask, Maverick an seiner

Seite, um. Er rollt noch mal nach vorn und schnappt sich das Mikrofon.

»Kommen Sie, Mann.« Der Sergeant scheint direkt zu Silver zu sprechen. »Sie haben es doch selbst gesagt. Dieser Hund ist misshandelt worden. Wurde gezwungen, nicht zu bellen. Was für ein wahnsinniges Psychospiel ist das denn? Einem Hund zu sagen, dass er nicht bellen darf, ist, als würde ich Ihnen sagen, dass Sie nicht essen dürfen. Es ist krank.«

Jasper und Whistler stehen inzwischen wieder und hören zu, und die Leute setzen sich wieder hin, sodass alle die Bühne sehen können.

»Ich kenne den Jungen nicht, aber ich weiß, was wir alle gesehen haben.« Trask rollt eine halbe Drehung zurück und wendet sich an Emily Smart. »Es tut mir leid, junge Dame, wirklich, aber ich hoffe, dass du es auch erkennst, denn ich sehe es so, dass dieser Hund seine Stimme wiedergefunden und eine Entscheidung getroffen hat.«

Links von mir johlen ein paar ähnlich aussehende Bikertypen zur Bestätigung, feuern ihn an. Und ich betrachte sie genau, als könne ich dort meinen Ritter in glänzendem Leder finden, den Kerl, der uns vor dem kaputten Fiat gerettet hat. Er ist nicht dabei.

»Ich sage Ihnen, dass Hunde auch nicht anders sind als Sie und ich. Es ist vielleicht schwer, Liebe zu finden, aber wenn man sie endlich gefunden hat, ist es leicht. Stimmt's, Mary Beth?«

Aus der Ecke der Biker kommt ein hohes Kreischen. Ich vermute, Mary Beth stimmt zu.

»Wenn man den richtigen Menschen trifft, ist alles andere egal. Man weiß es einfach.«

Ein Lächeln zeigt sich auf Alice McClennons Lippen, und sie applaudiert heftig, die anderen fallen ein. Nur die Smarts und Silver halten sich raus. Silver versucht höflich, Sergeant Trask das Mikrofon aus der Hand zu nehmen.

»Danke schön, Sergeant Trask. Ich weiß, dass ich für den gesamten Beirat spreche, wenn ich sage, wie sehr wir uns gefreut haben, mit Ihnen zu arbeiten und etwas über Ihren besonderen Blick auf Hunde zu erfahren …« Mir ist nicht klar, ob Silver wollte, dass es herablassend klingt, aber in der folgenden Stille fügt er nervös hinzu: »Ich bin mir allerdings nicht sicher, wie ein Hund wirklich wissen kann, welchen Partner er auswählen will.«

Clayton Silver wendet sich zur Bestätigung an die Smarts, aber von ihnen kommt nichts zurück.

Trask legt seinen Kopf ein winziges bisschen schief, und Maverick schnappt sich noch mal das Mikrofon. Silver betrachtet seine Finger, um nachzusehen, ob noch alle da sind.

»Manchmal«, sagt Trask, »ist das *Wie* egal. Manchmal muss man einfach loslassen und das *Warum* annehmen. Aus welchem Grund auch immer, man kann nicht leugnen, dass dieser Hund Whistler gebellt hat, weil er mit diesem Jungen zusammen sein will.«

Trask gibt das Mikro zurück, und Clayton Silver schaut die Familie Smart an, besonders Mrs Smart. Fairerweise muss man sagen, dass Silver hin- und hergerissen zu sein scheint. Die Rolle als Schiedsrichter, der entscheiden muss, stresst ihn. Mrs Smart spürt das vielleicht, tritt vor, hebt eine Hand zum Schutz vor den Bühnenlampen, wendet sich an die Leute im Festsaal und ruft: »Bitte, ich muss Dr. Blunt eine Frage stellen!«

Die Menge murmelt, dann wird das Mikrofon wie ein Staffelstab von vorn nach hinten bis in meine Hand durchgereicht. Einer der Kameramänner muss mich im Bild haben, denn ich tauche auf der Leinwand hinter der Bühne auf.

»Dr. Blunt«, sagt Mrs Smart in ihr eigenes Mikro, »als Mutter eines kranken Kindes, angesichts all dessen, was wir gerade von Whistler gesehen und gehört haben, sagen Sie mir ehrlich: Wenn Sie an meiner Stelle wären, würden Sie diesen Hund immer noch behalten wollen?«

Ich lache fast, schaue Jasper und Whistler an, die beiden schauen mich an, wappnen sich gegen das, was vielleicht als Nächstes geschehen wird. Ihr Gesichtsausdruck identisch, die Augen auf derselben Höhe wie bei einer gepunkteten Linie auf einer Karte, die von Erwartung zu Hoffnung und wieder zurück führt. Habe ich nicht das Recht verdient, frei zu sprechen, für Jasper egoistisch zu sein? Der gesamte Saal hält in Erwartung meiner Antwort die Luft an. Das ist meine Chance.

»Natürlich würde ich den Hund behalten wollen«, sage ich, »auf jeden Fall. Ohne Frage oder Zögern.«

Das Publikum wartet auf das »aber«, doch sosehr ich es auch möchte, ich kann damit nicht dienen. Mrs Smart begreift, dass ich es verstanden habe. Wir kämpfen vielleicht gegen unterschiedliche Feinde, aber wenn es um unsere Kinder geht, kämpfen wir bis zum Tod.

Der Kameramann wirbelt herum, zoomt auf Mrs Smarts Gesicht, sodass jeder den Schmerz sehen kann, der in ihren Augen liegt. Ich kann nicht sagen, ob ich ihr grünes Licht gegeben habe, um weiterzumachen und Whistler zu behalten, oder ob meine Ehrlichkeit sie zum Nachdenken gebracht und davon überzeugt hat, dass wir gute Menschen sind und dass Jasper es wirklich verdient hat, seinen Hund zu behalten.

Einen unangenehmen Augenblick lang stöhnen und grummeln einige Zuschauer, als wären sie von meiner Antwort enttäuscht, während alle auf der Bühne offensichtlich ihren Text vergessen haben.

Clayton Silver hastet nach vorn, um die Kontrolle über das Mikro wiederzuerlangen. »Hören Sie, es ist offensichtlich, dass viele von Ihnen Jasper und Whistler zusammen sehen wollen, aber so einfach ist es nicht. Ich garantiere Ihnen, dass wir auf jeden Fall unser Bestes tun werden, und ich verspreche, dass wir eine gütliche Lösung finden.«

Er endet mit vorbereiteten Nettigkeiten, und während die Hotelangestellten in den Kulissen warten – wir werden informiert, dass der Saal um drei für eine Hochzeit gebucht ist –, gehen die ersten Leute zum Ausgang.

Fünfzehn Minuten später warten wir immer noch auf diese gütliche Lösung. Silver, Mr und Mrs Smart und Terri, die Ausbilderin, drängen sich vor der Bühne. Der Beirat, inklusive Alice McClennon, ist am Eingang des Festsaals versammelt, während Jasper mit Whistler und Emily Smart ein paar Schritte entfernt im Gang wartet. Die rivalisierenden Parteien halten einen Sicherheitsabstand ein und warten. Die einzige Person, die ungeduldig auf eine Entscheidung hofft, ist die Reporterin im roten Kleid. Ihr Gespräch mit ihrem Redakteur ist laut genug, sodass alle hören, dass sie sehr gern diese großartige Wohlfühlgeschichte in die regionalen Abendnachrichten stellen würde.

Ich schaue auf meinem Handy nach der Uhrzeit – keine

Chance mehr, unseren Flug zu erreichen – und will es gerade ausschalten, als ich die Zahl drei neben meinem E-Mail-Icon entdecke. Ich sollte in den Posteingang sehen, ein Feuer bei der Arbeit löschen, KGB besänftigen, aber aus irgendeinem Grund wandert mein Daumen zu den Entwürfen, zu einer bestimmten Nachricht, die in der elektronischen Schwebe hängt, gerichtet an einen gewissen Dr. Holden Patterson, harmlos, doch voller Potenzial, etwas Neues zu beginnen. Schuld des Jungen oder des Hundes? Was habe ich schon zu verlieren? Ich klicke auf »Senden«.

Alice McClennon löst sich von ihrer Gruppe und tappt zu mir.

»Wie läuft's?«, frage ich, mein Blick schweift zu den anderen Beiräten. Wurde Alice auf diplomatische Mission geschickt, um die schlechten Nachrichten zu verkünden?

»Ach, die sind ein leichter Gegner. Sie hätten Sie nie den ganzen Weg hierherzitieren sollen, aber ich bin sehr froh, dass sie es getan haben, dadurch konnte ich Ihren Sohn kennenlernen und die beiden zusammen erleben.«

Das ist eine enorme Bestätigung, aber noch nicht genug.

»Was ist denn da vorn los?«

Unten bei der Bühne legt Silver die Hände aufs Herz, während Mrs Smart nervös die Haare richtet und gestresst gestikuliert.

»Clayton versucht, sein Gesicht zu wahren. Terri ist diejenige, um die wir uns Sorgen machen müssen. Sie wird sich auf eine Sache konzentrieren, und nur auf eine Sache, nämlich was das Beste für Whistler ist. Jemand muss in dieser Gleichung für den Hund sprechen, besonders wenn man so viel Training und Mühe in ein Tier investiert hat. Ihre Meinung ist sehr wichtig.«

Was das Beste für Whistler ist.

Wie aufs Stichwort bellt der Hund noch einmal krächzend und trocken – als könne er nicht aufhören zu probieren, es richtig hinzukriegen. Ich sehe, wie Jasper den Reißverschluss an Whistlers Arbeitsweste öffnet und ein Blatt Papier herausnimmt. Er grinst über beide Ohren, schaut zu mir und hebt die Daumen.

»Leute wie Terri verbringen viel Zeit damit, den richtigen Hund für den richtigen Menschen auszusuchen«, sagt Alice, »besser als diese beiden kann sie es nicht hinkriegen.«

Ich folge ihrem Blick zu dem kleinen Mann, der in einem übergroßen Blazer ganz verloren wirkt, und zu dem Hund, der den Blick nicht von ihm abwenden kann.

»Sie geben ein seltsames Paar ab«, sage ich.

»Überhaupt nicht«, sagt Alice und betrachtet sie, »nur unterschiedliche Varianten von schön.«

Und sie hat recht. Ich begreife, dass dieser wunderschöne Junge und dieser wunderschöne Hund ein perfektes Paar sind, wieso sie zueinander passen und harmonieren und eins ergeben. Jasper, mein Engel, sieht für alle wie ein normaler Junge aus, ist aber im Inneren beschädigt und versehrt, und Whistler, dessen Talente verborgen sind und darauf warten, entdeckt zu werden, hat einen vernarbten und geschundenen Körper, den jeder sehen kann.

»Glauben Sie ihm«, fragt die alte Dame, »wenn er sagt, dass der Hund ihm Ideen und Gefühle eingibt?«

»Es ist egal, was ich glaube«, erwidere ich, »denn das, was ich da vor mir sehe, ist auf jeden Fall ziemlich magisch.« Und für eine Sekunde, etwas länger als ein langsames Blinzeln, erlaube ich mir einen Blick in die Zukunft, die ich mir wünsche, aber nicht vorzustellen wage. In meinen Träumen ruft jemand an, oder es kommt in den Nachrichten, oder ich lese im Internet darüber, und zunächst kann ich es nicht glauben, kann es nicht begreifen, bis ich nach meiner neuen Wirklichkeit greife, dieser unfassbaren Freiheit. Ich sacke zu Boden, während die Last von allem, was er erträgt, von mir weicht und die Hoffnung auf eine Zukunft ihren Platz einnimmt. Die Heilung ist alles, woran ich denke, und alles, woran ich nicht zu denken wage. Heute gibt es keine Schlagzeile, keinen medizinischen Durchbruch, aber trotzdem ist die Möglichkeit, dass ein Junge und ein Hund eine gemeinsame Zukunft haben, etwas ganz Besonderes. Ich öffne die Augen. Ich lächle immer noch. Nicht *die* Heilung, aber *eine* Heilung. Wie jeder Hund ist Whistler ein Heiler, eine Therapie an der Leine, das perfekte Heilmittel für ein besseres Jetzt. Und in diesem Moment ist es genau richtig, wie ich mich dadurch fühle.

Mein Handy vibriert, zeigt eine neue Nachricht an. Normalerweise würde ich es ignorieren, aber ich drücke auf das SMS-Icon und bin von dem, was ich sehe, völlig überrascht.

Hi Kate,

hier ist Holden. Deine E-Mail hat meinen Tag gerettet.

Ein kleiner grauer Kreis sagt mir, dass er noch mehr tippt.

»Alles okay?«, fragt Alice.

»Oh, ja … großartig … wirklich gut.«

Schweren Herzens stecke ich das Handy in meine Tasche, es vibriert immer und immer wieder.

»Haben Sie die Reporterin gesehen?«

»Sie ist schwer zu übersehen«, antworte ich.

»Ich bin froh, dass sie geblieben ist«, erklärt Alice, »falls Clayton euch den Hund nicht geben will, dann sagen wir ihr, dass Sie ihr ein Interview geben.«

Aha, die streitlustige Mrs McClennon lässt mich einen Blick erhaschen auf eine viel jüngere, freche Frau, die sich amüsiert. Das habe ich nicht vorhergesehen.

»Keine Sorge«, fährt sie fort, »ich werde den perfekten Hund für Emily finden. Versprochen.«

Ich lächle, ihre Überzeugung beruhigt mich, ihre Gewissheit. Ich bemühe mich, nicht daran zu denken, dass Anfallwarnhunde wie weiße Raben sind.

Alice legt ihre Hand auf meinen Arm und fügt hinzu: »Alles geschieht aus einem bestimmten Grund.«

Das ist noch so eine dieser hirnlosen, nervigen Phrasen, auf die ich vor Kurzem noch aggressiv reagiert hätte. Stattdessen lasse ich das Gerede einfach an mir vorbeiziehen und erwidere gelassen: »Vor allem, wenn Whistler der Grund ist.«

Alice McClennons grüne Augen blitzen zustimmend. »Das hätte ich fast vergessen«, sagt sie und zeigt mir einen unbeschriebenen Briefumschlag.

»Wenn es das ist, was ich denke, dass es ist, dann brauchen wir es nicht. Es ging nie ums Geld. Es ging immer um den Hund.«

Sie zögert, der Scheck hängt zwischen uns, und eine unangenehme Sekunde lang frage ich mich, ob sie weiß, dass unser allerletzter Versuch, den Hund doch noch zu behalten, immer noch in der Schwebe ist. Aber dann denke ich an das Tierheim zu Hause, daran, es richtig zu organisieren, sodass es keine Vierzehn-Tage-Hunde mehr gibt. Kann ich KGB zum Schweigen bringen, indem ich ihr die beste Perspektive überhaupt biete?

»Mrs McClennon, was, wenn ich Ihnen sage, dass ich das Geld trotzdem brauchen kann?«

64

Jasper

An Whistlers Assistenzhund-Weste gibt es drei kleine Taschen, und darin finde ich drei unglaublich nützliche Dinge:

1. Hundetüten.
2. eine Tüte mit Minimilchknochen als Leckerlis
3. eine Urkunde, die bestätigt, dass Whistler ein voll qualifizierter Assistenzhund ist

Die Urkunde ist super wichtig. Jetzt muss Mr Crabtree, der Hausdrachen, Whistler bei uns wohnen lassen. Ich schaue auf und bemerke Mom und Mrs McClennon, die mich beobachten. Ich mache ein Okay-Zeichen, wedele mit der Urkunde und stecke sie sorgfältig wieder zurück.

Mr und Mrs Smart sprechen mit Cowboy Clay und Terri. Emily wurde nicht miteinbezogen. Sie läuft durch den Gang, bearbeitet ihr Handy. Ein Kopfstoß in meine Knie sagt mir, dass ich sie erlösen soll.

»Hi, ich bin Jasper Blunt.«

Emilys Augen sind gerötet und geschwollen vom Weinen, aber ihr Blick sagt: »Ja, weiß ich doch.« Von Nahem sehe ich, dass sie wie ihre Mom ein goldenes Kreuz an einer Goldkette um den Hals trägt.

»Hör mal, ich glaube, du brauchst Whistler, wegen

den … Anfällen, er sollte also auf jeden Fall bei dir bleiben, weil …«

»Es ist schon okay«, sagt sie und schwankt etwas, »ich habe gehört, wie diese Trainerin meinem Dad gesagt hat, dass sie nicht hundert Prozent sicher ist, ob er noch als Anfallwarnhund arbeiten kann. Whistler hat so viel durchgemacht, dass er selbst einen Assistenzhund brauchen könnte.«

Ich fühle mich schrecklich.

»Zwei Jahre stehe ich schon auf der Warteliste, und immer noch kein Hund. Ich weiß, es ist gemein, das zu sagen, aber manchmal denke ich, es wäre besser, blind oder gehörlos zu sein, weil Anfallwarnhunde so selten sind.«

Ein sarkastisches »Ja, klar« taucht in meinem Kopf auf, aber es gehört nicht zu mir. Whistler tut so, als wäre er unschuldig, und zuerst glaube ich, er sagt: »Wer will schon blind oder gehörlos sein?«, aber dann wird mir klar, dass er über Anfallwarnhunde spricht. Natürlich sind sie nicht selten. Ich wette, dass viele Hunde es spüren können, wenn sich ein Anfall ankündigt, und dies ihrem Besitzer mitteilen. Wir Menschen müssen nur lernen, die Botschaft zu verstehen. Und ich kenne den perfekten Lehrer, um Emily ihre erste Lektion zu geben.

»Was ist denn so lustig?«

Ihre Frage überrascht mich, bis mir klar wird, dass ich grinse wie ein Idiot. Vielleicht habe ich *deswegen* dieses Leben bekommen. Vielleicht soll ich Hundedolmetscher werden, wenn ich erwachsen bin?

»Glaubst du an Wunder?«, frage ich.

Emilys gerunzelte Nase sagt deutlich »Nein«, aber ich rede weiter.

»Okay, wie wäre es dann mit dem Glauben daran, dass Dinge aus einem bestimmten Grund geschehen und dass du dazu bestimmt warst, heute hier zu sein, und ich ebenfalls und auch Whistler.« Ich dachte, weil sie das Kreuz trägt, hätte sie vielleicht kein Problem mit etwas Erstaunlichem und Unerklärlichem, aber sie tritt einen Schritt von mir weg.

»Was ist denn mit dir los?«

Meint sie das, was ich gerade gesagt habe, oder meine Gesundheit?

»Ich habe etwas, das ZF heißt. Das ist diese Lungenkrankheit. Man wird damit geboren.«

»Das ist Kacke.«

»Manchmal.«

»Aber wenn du deine Krankheit aus einem bestimmten Grund bekommen hast, welcher Grund soll das sein?«

Ich lächle. »Du hast gesehen, was ich gesehen habe. Ein Hund, der nicht mehr sprechen konnte, hat sich entschlossen, wieder zu sprechen.«

»Moment mal. Du glaubst, dass du der Grund dafür bist, weil du diese Lungenkrankheit hast?«

Ich bin nicht gut darin, cool zu tun, besonders bei Mädchen, aber ich zucke mit den Schultern.

»Du liebst diesen Hund also so richtig?«

Jetzt weiß ich, dass sie nicht überzeugt ist und versucht, mich mit diesem L-Wort in Verlegenheit zu bringen, das für Mom und Whistler reserviert ist, und vor allem nur, wenn niemand in der Nähe ist.

»Er ist okay«, sage ich, und dann spüre ich eine Zebraschnauze, die mich am Oberschenkel anstupst, höre ein zackiges Bellen, das *Hey, das habe ich gehört* bedeutet, und sehe das Glitzern in Whistlers gutem Auge. Er will, dass ich ehrlich bin. »Ja, er ist der Beste.«

»Und du glaubst wirklich, dass du ihn behalten darfst?«

»Auf jeden Fall«, sage ich, versuche, nicht zu zögern und nicht ängstlich auszusehen.

Jetzt zuckt Emily Smart mit den Schultern. »Du hast wahrscheinlich recht«, sagt sie und gibt mir ihr Handy. »Ich kann mir nicht vorstellen, dass du ihn jetzt nicht mehr bekommst.«

Ich sehe, dass sie auf YouTube ist.

»Du trendest schon. Jemand muss ein Handyvideo hochgeladen haben, auf dem sieht man, dass Whistler nicht will, dass du gehst. Zwanzig Minuten, und du hast schon zehntausend Klicks. Du wirst bald berühmt sein.«

Auf einem Bild von Whistler, der gerade mein Gesicht ablecken will, ist ein kleines »Play«-Zeichen, und ich drücke darauf. Und auch wenn es ein unscharfes und wackliges Video ist, ist es das coolste, das ich je gesehen habe. Aber dann lese ich den Titel – *Junge hilft Hund, seine Stimme wiederzufinden* – und denke, das stimmt nicht, es ist genau andersherum: Whistler hat mir geholfen, seine Stimme zu finden. Es ist auch keine echte Stimme oder Reden oder richtige Wörter, und man kann etwas sowieso nur wiederfinden, wenn man es mal verloren hat, und diese innere Hundestimme war immer da; wir Menschen sind nur nicht klug genug, um zuzuhören.

Aber dann streckt Whistler sich nach mir aus, äußerlich und innerlich, schaut zu mir hoch und durch mich hindurch mit seinem magischen, ewigen Starren. Sofort fühle ich mich wie im Krankenhaus, wenn Dr. Dan meine Lunge abhorcht, die Augen zusammenkneift und sich Zeit lässt, bevor er »Viel besser« sagt. Und plötzlich kann ich atmen, und alles wird ruhig und entspannt, und mir wird klar, dass ich mehr habe – mehr Zeit, mehr Leben, mehr zu lernen und schließlich, endlich, mehr Whistler. Und dann blinzelt der Hund mit dem hängenden Augenlid, zuckt mit dem zerfetzten Ohr und der Antarktisnarbe und legt den Kopf schräg, und ich höre: »Wow, das hat aber ganz schön lange gedauert, bis du es begriffen hast.« Und anstelle von Feuerwerk spüre ich die größten Explosionen überhaupt.

Ich gebe Emily ihr Handy zurück. Ich kenne nur ein Wort, das es genau auf den Punkt bringt, wie ich mich fühle. Miss Sexton würde es gefallen. Das beste Adjektiv für den besten Hund.

»*Brillant.*«

Epilog

Am Ende zählen nur drei Dinge:
Wie gut wir gelebt haben.
Wie gut wir geliebt haben.
Wie gut wir gelernt haben loszulassen.
Jack Kornfield

Dr. Jasper Blunt

Sarge und ich nehmen die Treppe, wie üblich. Meine Praxis liegt im dritten Stock, und es zieht sich, aber dank der Lungentransplantation bewältige ich sie jedes Mal voller Stolz. Das Spannungsgefühl in der langen, blassen Narbe, die meinen Brustkorb teilt, erinnert mich daran, wie viel Glück ich habe.

Der Hund an meiner Seite ist eine Promenadenmischung – viel Labrador, etwas Schäferhund, eine Prise Dobermann. Sarges Name hat nichts mit der Armee und Sergeanten zu tun, es ist die Abkürzung von Sargent, wie John Singer Sargent, der berühmte Maler. Sarge ist jung, erst zwei Jahre alt, und obwohl wir gut miteinander klarkommen, wissen wir beide, dass ich nicht der Richtige bin. Es ist offensichtlich, dass er für Größeres bereit ist.

Das Wartezimmer ist voll, Menschen und Hunde, eine

bunte Mischung von Alter und Rasse. Am Empfang sitzt Denise. Sie ist zierlich, trägt Brille und ist der Guru der digitalen Akten.

»Ihr erster Fall wartet in Zimmer drei«, sagt sie und reicht mir ein Tablet, auf dem die wichtigen klinischen, biochemischen, diagnostischen und therapeutischen Informationen für jeden Patienten stehen. Ich scrolle durch, lächle, gebe es zurück, und Sarge geht voran in mein Büro.

»Schon ein halbes Dutzend Bestätigungen für Sonntag«, ruft Denise mir nach.

Verwirrt bleibe ich stehen und drehe mich um.

»Vatertag. Erinnern Sie sich? Laut Wetterbericht wird es perfektes Strandwetter.«

»Stimmt«, sage ich. Wie könnte ich den dritten Sonntag im Juni vergessen, meine jährliche Chance, abwesenden Vätern überall den Mittelfinger zu zeigen?

Bitte überinterpretieren Sie meine Absicht nicht. Es ist kein Opfer. Es ist nicht edel oder heldenhaft, keine Buße oder Entschädigung. Ich will einfach nur, dass Kinder, die so aufwachsen wie ich, wissen, dass sie nicht allein sind, dass es okay ist, den Vatertag nicht zu feiern.

An diesem einen Nachmittag können ein paar erschöpfte selbstlose Mütter entspannen und Luft holen. Außerdem, wer würde nicht jede Ausrede akzeptieren, um den besten Strand am Kap besuchen zu können?

Während ich mich für die Rolle umziehe – altmodischer weißer Kittel, Stethoskop um den Hals (Nostalgie ist nie unmodern) –, denke ich an das einzige Mal, als ich meinen Vater Simon Swift getroffen habe. Obwohl das Wort treffen nicht ganz korrekt ist. Es war Moms 25-jährige Uni-Abschlussfeier, und sie bestand darauf, dass ich sie begleite.

»Sie werden alle damit prahlen, was sie im letzten Vierteljahrhundert erreicht haben«, hat sie gesagt, »deswegen soll mich meine größte Leistung begleiten.«

Und so verbrachten wir ein schönes Wochenende in London, das in einem förmlichen Fest in einem eleganten Hotel gipfelte. Er sollte eigentlich gar nicht da sein – Mom hat sich immer wieder die Teilnehmerliste im Internet angesehen –, aber spät am Abend entdeckte sie einen Mann, der quer durch den Raum in unsere Richtung sah.

»O mein Gott«, hat Mom gesagt, mich an der Hand gepackt und zur Bar gezogen, während ich zurückschaute, damit er auf jeden Fall sah, wohin wir gingen.

Ich habe Tequilas bestellt, wir arbeiteten einen Plan aus. Ich habe noch zwei bestellt, während Mom immer wieder schwor, dass »er nicht so miserabel aussah, als wir zusammen waren«. Ich hörte kaum hin. Der Vater, den ich nie gekannt habe, war irgendwo in dieser Menschenmenge, und seinem Gesichtsausdruck nach zu urteilen – Verwirrung, dann Erkenntnis, dann Angst –, wusste er genau, wer ich war.

»Willst du nicht mit ihm sprechen?«, fragte Mom schon etwas undeutlich. »Bist du nicht neugierig? Hast du keine Fragen? Willst du ihm nichts sagen?«

Hier war ich, die Chance bot sich endlich, doch ich zögerte nicht. »Nein. Es ist egal, ob ich auf der anderen Seite eines Raumes bin oder auf der anderen Seite des Ozeans. Er hat immer gewusst, wo er mich finden konnte. Er hatte ein Leben lang Zeit gehabt, seine Haltung klarzumachen – egoistisch, schwach und ohne Gewissen. Jetzt bin ich an der Reihe, um eine viel mächtigere Aussage zu machen, die er nie vergessen wird.«

»Und das wäre?«

Ich habe gelächelt, ihr in die Augen gesehen und gesagt: »Meine Mutter ist der einzige Vater, den ich je brauchen werde.«

Mom hat mich auf die Wange geküsst, und ich habe ihr gesagt, wie sehr ich sie liebe, und wir haben ihn nie wieder gesehen.

»Guten Morgen, entschuldigen Sie die Verspätung.«

Mark und Sally Saunders stehen auf, begrüßen mich, und ich stelle Sarge vor. Die beiden sind Anfang vierzig, ähnlich groß, schwer, blass und mit ähnlich vielen Sommersprossen. Sie achten darauf, dass sie immer zu zweit zu den Terminen kommen. Ihre fünf Jahre alte Tochter Kaitlin, vertieft in Dr. Bibber, winkt vom Boden auf der anderen Seite des Raumes, um zu sagen: »Sehen Sie nicht, dass ich zu tun habe?« Ihr Boxer-Pitbull-Mischling Toasty – ihre Fellfarbe erinnert an gebräuntes Brot, klar – ist nicht so zurückhaltend und springt wie ein olympischer Dreispringer, der Schwanz wedelt wie eine Reitgerte hin und her, die üblichen Hundemanieren sind vergessen. Ich hatte einen fröhlichen Hund erwartet oder zumindest einen zufriedenen. Ich horche bei Sarge nach, um sicherzugehen, dass ich mich nicht irre, aber er stimmt zu: Toasty wird von einem einzigen Gefühl beherrscht – *Sorge.*

»Ist Bobby in der Schule?«, frage ich. Bobby ist Kaitlins zehn Jahre alter Bruder, der normalerweise mitkommt.

»Er macht Hausaufgaben im Wartezimmer«, sagt Mark, und sein ausdrucksloser Tonfall und die fehlende weitere Erklärung verstärken noch mein Gefühl, dass etwas nicht in Ordnung ist.

Ich setze mich hin, und Sarge rollt sich zu meinen Füßen zusammen, wach und bereit loszulegen.

»Also keine Anfälle in den letzten drei Monaten?«, frage ich. Ich kenne die Antwort, aber ich möchte diesen Erfolg feiern.

»Ja«, sagt Mark, »was das angeht, läuft es gut.«

»Wie sieht es mit den Medikamenten aus?«

Sally hat ihre Finger unter die Oberschenkel geklemmt wie eine Stewardess, die sich auf eine ruppige Landung vorbereitet.

»Zweimal haben wir ihre Tabletten geholt, immer ohne Panik. Wir haben sie ihr gegeben, und es ging ihr gut.«

»Großartig. Und ich habe gesehen, dass sie zugenommen hat. Schläft sie nachts durch?«

Das Ehepaar schaut sich bestätigend an, dann nicken sie gleichzeitig. Sie verschweigen auf jeden Fall etwas.

»Und was ist mit Spielverabredungen, sozialen Beziehungen?«

»Besser«, sagt Mark, »aber …«

»Gut«, sagt Sally, als wolle sie ihn zum Schweigen bringen und nicht etwa seinen Satz beenden. »Sie ist letzte Woche zum ersten Mal zu einem Kindergeburtstag gegangen.«

»*Brillant*«, sage ich, alte Gewohnheiten sind schwer abzulegen.

Ich knie mich auf den Boden neben Kaitlin.

»Darf ich mitspielen?«, frage ich Kaitlin, greife aufs Spielbrett und versage völlig dabei, den Knochen herauszunehmen, ohne den Autschalarm auszulösen, was sie zum Lachen bringt.

Ich warte den passenden Augenblick ab, um zu fragen: »Magst du Toasty?«

Sie nickt, konzentriert sich allerdings weiterhin auf das gebrochene Herz der Figur.

»Und was ist ihr Spezialsignal?«

»Kopfstoß«, sagt Kaitlin, ohne nachzudenken. Sie streckt eine Hand zur Bestätigung aus, Toasty reagiert und kommt zu ihr.

»Und machst du diese Übungen, über die wir das letzte Mal gesprochen haben?«

Ich bekomme ein wortloses Nicken, das den kleinen Mädchenkörper erschüttert.

Früher dachten alle, dass die Fähigkeit, Anfälle vorherzusagen, darauf basiert, empfänglich auf subtile Verhaltensänderungen zu reagieren, auf Änderungen des Geruchs oder der Körperchemie. Wie ein Seismologe, der Erdbeben vorhersagt. Die Wissenschaftler können so viele Hirnscans und elektrische Tests machen, wie sie wollen, aber ich glaube immer noch an etwas, das ich als Junge am besten formuliert habe: »Wenn man in einem Raum mit einem Ventilator schläft, wacht man auf, wenn der Ventilator abgeschaltet wird.« Wenn das normale Hintergrundrauschen im Gehirn verstummt, weil ein Anfall bevorsteht, wird das Ihre Aufmerksamkeit erregen – sofern Sie zuhören.

Toasty meldet sich bei mir, während sich Kaitlin auf die Rippen konzentriert. Mit einiger Erfahrung ist diese Verbindung direkter und genauer geworden, aber vor allem nuancierter. Verbale Kommunikation – Sprache – kann eine Barriere sein, kann Fallen stellen und verwirren, offen für Interpretationen sein. Das hier ist real, unverfälscht, unzweideutig. Keine Absicht dahinter, keine Spielchen, keine Lügen.

Innerhalb von Sekunden spüre ich bei Toasty eine Mischung aus Traurigkeit, Einsamkeit und Vernachlässigung.

Kaitlin zuckt wieder zurück und kichert über den Autschalarm.

»Ich gehe kurz mit deiner Mom und deinem Dad vor die Tür, wenn das in Ordnung ist. Das ist mein Freund Sarge, er würde dir gern Hallo sagen.«

Sarge nimmt seine Position ein, schiebt ihr den Kopf unter die Hand, will gestreichelt werden.

Wir gehen in den Flur, mit Blick ins Wartezimmer, aber weit genug entfernt für ein privates Gespräch. Ich lasse die Tür einen Spalt offen, um die Erwachsenen besser einschätzen zu können. Manchmal tue ich es aber auch, damit der Hund die Situation ohne Ablenkung und Störung durch andere Menschen bewerten kann.

»Vielleicht liege ich falsch«, sage ich, »aber es scheint mit Toasty gut zu klappen.«

Ich höre ein zweistimmige »Ja«, dann sieht Sally an mir vorbei zu ihrem Sohn und macht ihm ein Zeichen für »noch fünf Minuten«. Sogar aus dieser Entfernung erkenne ich das theatralische Seufzen und die hochgezogenen Schultern des Jungen, der an einem offenen Laptop sitzt.

»Es sind erst ein paar Monate, und wir sind schon bei einer hundertprozentigen Warnrate.«

Noch mehr Nicken, aber Sally presst die Lippen unnatürlich fest zusammen.

»Wieso ist Kaitlin dann so traurig?«

Einen Augenblick lang sagt keiner der beiden etwas, sie spähen durch den Türspalt zu ihrer Tochter, die Sarge und Toasty den Unterschied zwischen einem Adamsapfel und einem Schlüsselbein beibringen will.

»Das erzählt sie uns nicht«, sagt Mark, »aber manchmal weint sie nachts und sagt, dass es ihr leidtut und dass alles ihre Schuld sei.«

»Wir haben ihr immer wieder erklärt, dass niemand Schuld hat«, sagt Sally, »aber sie scheint es nicht zu glauben. Ich kann mir den Mund fusselig reden und ihr immer wieder versichern, dass ich sie liebe, egal.«

Sarge kommt aus dem Raum getrottet, lässt sich zu meinen Füßen nieder und schaut zu mir hoch, ohne einen erkennbaren Gesichtsausdruck. Ich vermute, mein Gesichtsausdruck spiegelt seinen wider, bis ich es begreife, als verstünde ich endlich die Pointe eines Witzes, den der Hund nicht mehr lustig findet. Seine Nachrichten erreichen mich immer, aber sie sind oft unglaublich frustrierend und kryptisch. Mir fällt das Gefühl auf, das durch mein Hirn tropft, ähnlich wie die Aufregung, wenn man eine schwierige Aufgabe löst oder das letzte Puzzlestück legt: reine Befriedigung gemischt mit der Erleichterung, nicht mehr überfordert zu sein. Das Problem ist bloß, dass ich nur das von ihm spüre. Sarge teilt mir die Lösung nicht mit.

»Dr. Blunt?«

»Entschuldigung«, sage ich, »abgesehen von den fehlenden Anfällen, hat sich sonst noch etwas zu Hause verändert?«

Mark und Sally machen den üblichen Fehler und suchen nach etwas Weltbewegendem – Scheidung, Tod eines Großelternteils, Arbeitslosigkeit.

»Kleinigkeiten. Details.«

»Bobby hat mit dem Geigenunterricht aufgehört«, sagt Sally, »er hat gesagt, es wäre langweilig. Aber er ist super gut in der Schule. Das letzte Zeugnis war sein bestes bisher.«

Ich schaue ins Zimmer zu Kaitlin. Sie spielt immer noch ganz versunken. Ich sehe zu Sarge hinunter, aber er ist weg, nicht mehr zu meinen Füßen.

»... scheint zufrieden, das ist ja gut so.«

Ich kehre in Gedanken wieder zurück, Sally spricht immer noch. Da entdecke ich Sarge, der im Wartezimmer mit Bobby kuschelt. Der Laptop ist uninteressant geworden, die Körpersprache des Jungen hat sich komplett verändert. Er beugt sich nach unten, ist engagiert, streichelt, knuddelt und lacht. Bobby bemerkt nicht, dass ich hinsehe, aber Sarge. Volle drei Sekunden blickt der Hund zu mir, nicht vage in meine Richtung, sondern direkt in mich hinein, ein Volltreffer. Und dieses Mal steht die Nachricht nicht in unentzifferbaren Hieroglyphen da, sondern in klaren Druckbuchstaben.

»... sagt, es sei normal, in seiner Klasse die Freunde zu wechseln.«

»Entschuldigung«, erwidere ich, »mir ist gerade bewusst geworden, was ich übersehen habe.«

Sally atmet tief durch, nicht wie jemand, der sich gegen eine schlechte Nachricht wappnet, eher wie jemand, der empört ist über meine Inkompetenz.

»Ich hätte es schon vor Monaten erkennen sollen«, sage ich, »es ist klassisch, hat wahrscheinlich als Eifersucht auf die größere Aufmerksamkeit begonnen, völlig normal, aber ich wette, es gab Wutausbrüche oder Missgunst. Kaum überraschend angesichts dieses neuen, allgegenwärtigen und permanenten Risikos, was passieren könnte, wenn sie als Familie in der Öffentlichkeit unterwegs sind. Andere Kinder, Klassenkameraden in seinem Alter, können grausam sein. Es spricht für Ihre Erziehung, dass die Gefühle sich geändert haben, in Richtung von Schuldgefühlen und Frustration eben wegen dieser Gefühle. Fast sicher hat Toasty es als Erste bemerkt. Aber Kaitlin dann auch rasch. Bobbys Verhalten, dass er die Geigenstunden aufgegeben hat und verzweifelt versucht, in der Schule perfekt zu sein, ist ein Schrei nach Hilfe, allerdings ein Hilfeschrei, für den es die perfekte Lösung gibt.«

Keiner der beiden sagt etwas, sie erwarten die Auflösung.

»Sie brauchen noch einen Hund«, sage ich, »Ihre Familie braucht noch einen Hund.«

Ein schrilles Geräusch, irgendwas zwischen einem Lachen und einem Schrei, bleibt in Mrs Saunders Hals stecken.

»Auf keinen Fall«, sagt Mark und richtet sich auf, »wir sind keine Hundeleute. Waren wir nie. Okay, Toasty ist sinnvoll, aber einer reicht. Ein zweiter Hund ist das Letzte, was wir brauchen.«

»Hören Sie, Dr. Blunt«, sagt Sally, »wir mögen sie, wirklich, aber Sie sind Kinderpsychologe und kein Tierarzt.«

»Bitte«, sage ich, »er ist nicht für Sie oder für Ihre Tochter. Er ist für Bobby.«

Ich deute in Richtung des Wartezimmers, in der Hoffnung, dass sie sehen, was ich sehe: einen Jungen, der sich vor dem Schmerz versteckt hat, einen Jungen, der resilient sein will, sich aber Sorgen um die Zukunft seiner kleinen Schwester macht. Mr und Mrs Saunders trifft keine Schuld. Sie sind die Eltern eines Kindes mit einer chronischen Krankheit und kämpfen, damit klarzukommen und gleichzeitig ihre Zukunft zu sichern. Ihnen wird jetzt schmerzlich bewusst, dass ihr Erstgeborener sich schlecht gefühlt hat oder noch schlimmer, dass er den Eindruck hat, übersehen zu werden.

»Bobby weiß, dass Sie für ihn da sind, wenn es zählt. Aber für all die anderen Momente ist der Hund ein Freund, dem er vertrauen kann, etwas anvertrauen, bei dem er sich ausheulen kann und der zuhört und versteht. Ich glaube, Sarge hat sich gerade ein neues Zuhause gesucht.«

Mark legt seinen Arm um die Schultern seiner Frau, als diese zu weinen beginnt.

»Aber das ist Ihr Hund«, sagt sie.

Innerlich zucke ich zusammen, das Konzept des Besitzes gefällt mir nicht.

»Er ist noch ein Kind«, sagt Mark, »wem würde es nicht gefallen, wenn ein Hund ihn begrüßt? Aber was passiert, wenn der Wassernapf leer ist oder er um Mitternacht raus muss?«

»Ich mache mir da keine Sorgen«, sage ich, »weil es nicht so schwierig ist, den richtigen Hund zu finden. Niemand von uns muss die Entscheidung treffen.«

Ich lasse die Aussage zwischen uns stehen, genieße die Pause, sehe ihre verwirrten Blicke.

»Hunde suchen uns aus, nicht andersrum. Vertrauen Sie mir, Sarge weiß, was er tut.«

Die Erkenntnis, die sich auf ihren Gesichtern ausbreitetet, begleitet mich, bis sie gehen und ich wieder allein bin und mich frage, ob das Leben nichts weiter ist als eine Reihe von Zusammenstößen und Beinahekollisionen, der Weg, den wir wählen, und der, den wir gern gewählt hätten. Wenn ich Reue oder Trauer empfinden würde, weil ich mich von Sarge verabschieden muss, dann ginge es nur um mich. Wenn ich ein Grinsen aufsetzte, dann ginge es nur um Sarge. Burt, der alte Freiwillige aus Moms Tierheim, hat es am besten ausgedrückt: »Es gibt einen einfachen Grund, warum das Leben eines Hundes so kurz ist, Hunde geben uns viele Chancen, den perfekten Partner zu finden.«

Alles geht auf Whistler zurück und auf das, was er mir beigebracht hat: Wie man sich in einen Hund verliebt und die nächsten zehn bis fünfzehn Jahre Angst hat, sich verabschieden zu müssen. Deswegen ist es am besten, wenn man sie führen lässt und wir ihnen folgen. Wie oft erinnert man sich an ein winziges, völlig unbedeutendes Detail eines Haustiers: Wie es so gern im Sonnenlicht schlief, dass es lieber das runde, nicht das knochenförmige Trockenfutter gefressen hat, dass es nie pinkeln konnte, wenn man nicht mindestens einen halben Kilometer gegangen ist. Indem man die Erinnerung an die kleinen Gewohnheiten festhält, werden sie immer da sein, in unserem Gehirn verfügbar, und muntern uns garantiert auf, wenn wir uns nicht allein fühlen wollen.

Als ich dreizehn Jahre alt war, immer noch als Freiwilliger in Moms Tierheim gearbeitet habe und ihr immer noch wie besessen alles beibrachte, was Whistler mitteilte, fragte sie mich, ob ich Angst hätte, weil ich ja wüsste, wie alt und gebrechlich Whistler geworden war.

»Wenn man weint, weil man einen Hund verliert«, habe ich ihr damals geantwortet, »dann bedeutet das, dass der Hund seine Arbeit erledigt hat. Es bedeutet, dass der Hund eine Verbindung aufgebaut hat. Du hast ihn verstanden. Er hat dich verstanden.«

Bevor ich mich dem nächsten Patienten zuwende, hole ich mein Handy aus der Hosentasche und wähle. Bei dieser Art von Arbeit gibt es niemanden, der besser darin ist, eine weitere vierbeinige Lösung für jedes menschliche Problem zu finden.

»Hi, Holden. Ja, ich auch. Mir geht's gut. Bist du sicher, dass es okay ist, diesen Sonntag wieder zu dir zu kommen? Wirklich? Dann vielen Dank. Nein, die Kinder finden es immer toll. Absolut. Es wird nie langweilig, ihre Gesichter zu beobachten, wenn sie deinen Strand das erste Mal sehen. Ja, das wäre schön. Aber ich will dich nicht aufhalten. Ist Mom da?«

Und dann ist sie am Telefon, und zu meiner Freude sagt sie, was sie immer sagt: »Ich hatte so ein Gefühl, dass du anrufen würdest.«

Danksagung

Alle Fehler, was das Leben mit oder die Pflege eines Mukoviszidose-Patienten angeht, sind meine Fehler. Keine ZF-Reise gleicht der anderen. Es war nicht meine Absicht, Angst einzujagen, aber gleichzeitig möchte ich auch nicht die Herausforderung kleinreden, die jeder Elternteil annimmt, dessen Kind diese Diagnose erhält. Ich hoffe vor allem auf Bewusstwerdung, Information und eine neue Perspektive auf einem positiven Weg vorwärts.

Ebenso gehen alle eventuellen Fehler, was Tierheime, Assistenzhunde und die Ausbildung zum Assistenzhund angeht, auf meine Kappe. Ich bewundere, was diese Ausbilder leisten und wie sie dadurch das Leben von Menschen zum Besseren ändern. Besonders dankbar bin ich Dr. Terri Bright und Dr. Cynthia Barker Cox für ihre Informationen, und ich entschuldige mich, sollte die Geschichte, die ich erzählt habe, nicht wahr klingen.

Ich mag einige der persönlichen und beruflichen Qualifikationen besitzen, die nötig sind, damit dieser Roman authentisch ist, aber es war zweifellos mein Agent, Jeff Kleinman, durch dessen Einsatz er verwirklicht wurde. Jeff war da, als dieses Buch kaum mehr als ein vages Konzept war, eine linkische Kurzpräsentation, er erkannte sein Potenzial und hat über viele Jahre unermüdlich daran gearbeitet, dass ich die Geschichte und ihre Botschaft hinkriege. Vielen Dank an Jeff und auch an Christine Pride und Jamie

Chambliss für ihr kluges und konstruktives Feedback zu den ersten Versionen.

Das ist mein erstes Buch bei William Morrow, und ich bin einem tollen Team zu Dank verpflichtet – Amelia Wood, Andrew Gibeley, Jennifer Hart, Yeon Kim, Elsie Lyons, Liate Stehlik – und der enorm talentierten Lektorin Lyssa Keusch. Lyssa, danke, dass du mich auf dem Papier viel besser aussehen lässt, als ich es verdiene. Ebenfalls vielen Dank an Lyssas Sohn, Xander Lee, der mir dabei geholfen hat, die authentische Stimme eines Elfjährigen zu finden.

Jessica Kensky, Patrick Downes und, wie könnte ich ihn vergessen, ihr Assistenzhund Rescue haben mir einen ehrlichen, direkten und fesselnden Einblick erlaubt, wie es ist, nach einem belastenden, lebensverändernden Ereignis weiterzuleben und weiter voranzugehen. Sie haben mir viel über Assistenzhunde beigebracht, aber noch wichtiger, über Resilienz, Tapferkeit und die absolute Entschlossenheit, etwas zu verändern.

Schließlich wäre nichts von alldem möglich gewesen ohne die Unterstützung und Liebe meiner Familie – Emily, Whitney, Andrew und mein Enkel Henry, der mich immer ehrlich sein lässt. Wenn ich Glück habe, haben Sie in diesem Buch einen Satz gefunden, der Sie berührt hat, den Sie zweimal gelesen haben, der eine persönliche Verbindung zu Ihnen hergestellt hat, dann können Sie sicher sein, dass er entweder von meiner Frau Kathy stammt oder direkt von ihr inspiriert wurde. Dieses Buch einer Frau zu widmen, die so entschlossen hingebungsvoll, selbstlos und engagiert ist, war das Einzige an diesem Projekt, was wirklich einfach war.

Autor

Nick Trout hat an der University of Cambridge Tiermedizin studiert und arbeitet als Chirurg am berühmten Angell Animal Medical Center in Boston. Er hat mehrere Bücher über seine Arbeit und sein Leben mit Tieren geschrieben, allesamt New-York-Times-Bestseller. Mit seiner Familie und seinen zwei Hunden lebt er in Massachusetts.

Mehr zum Autor unter: www.drnicktrout.com

Nick Trout im Goldmann Verlag:
Ein Streuner kehrt heim. Roman
(nur als E-Book erhältlich)
Ein Streuner kommt selten allein. Roman
(nur als E-Book erhältlich)
Lass uns an Wunder glauben. Roman
(auch als E-Book erhältlich)

GOLDMANN
Lesen erleben

Unsere Leseempfehlung

544 Seiten
Auch als E-Book erhältlich

Die junge Lorna arbeitet ehrenamtlich in einem Hospiz in London. Zuletzt hat sie die exzentrische Betty gepflegt, die ihr zwei Dinge mit auf den Weg gab: den Rat, dem Leben mit Mut zu begegnen, und ihren Dackel Rudy. Und so wagt Lorna einen Neuanfang und kehrt mit Rudy zurück in ihre Heimat Longhampton, wo sie sich den Traum einer eigenen Galerie erfüllen möchte. Doch in Longhampton lauern auch die Geister der Vergangenheit: Hier zerbrach ihre Familie und auch ihre Jugendliebe, die sie nie vergessen konnte. Erst als Lorna die ältere menschenscheue Künstlerin Joyce bei sich aufnimmt, erfüllt sich das Leben beider Frauen mit neuem Glanz.